PIERRE BRISÉE

LA SÉRIE PIERRE
TOME 5

DAKOTA WILLINK

Traduction par
EVA MERLIN

AVERTISSEMENT

*Ce livre aborde le sujet de la perte de grossesse et l'infertilité,
et sa lecture peut être difficile pour certaines personnes.*

« L'histoire, malgré sa douleur déchirante, ne peut pas être non vécue, mais lorsqu'elle est confrontée avec courage, n'a pas besoin d'être vécue à nouveau »

- Maya Angelou

1

Alexander

Le sourd battement de la basse s'infiltrait depuis les tréfonds du Club O jusqu'à la Salle des Tortures du sous-sol. Le son était ténu, mais parvenait jusqu'aux suites privées situées deux étages au-dessus. Je m'imaginais une mer de corps s'entrelaçant sur la piste de danse, l'odeur du plaisir charnel flottant lourdement dans l'air. Le parfum doux et aigre suintait pratiquement sur chaque mur de cet endroit. Il m'était difficile de croire que j'étais de retour ici, dans le club que je m'étais juré de ne plus jamais fréquenter.

Mon regard errait sur les murs gris ardoise de la chambre privée dans laquelle nous étions. Des entraves longeaient les parois aux côtés de divers équipements BDSM et autres accessoires destinés à donner du plaisir. Des dispositifs de suspension pendaient du plafond, projetant des ombres sur un lit drapé de satin noir et seulement doté de quatre grands piliers à chaque coin. Près de moi, une vaste fenêtre s'étirait en parallèle, mais ses rideaux étaient tirés afin de préserver jalousement sa vue à l'abri des regards indiscrets. Je n'en n'aurais pas voulu autrement. Peut-être qu'à un moment donné, l'exhibitionnisme ne m'aurait pas dérangé, mais tout avait changé depuis ma rencontre avec Krystina.

Avec ma femme, nous avions décidé d'un commun accord de nous préserver : elle montrait parfois une certaine possessivité à mon égard, et moi, de mon côté, j'étais beaucoup trop protecteur envers elle. Je lui appartenais et elle était à moi. Notre intimité ne serait jamais partagée avec personne d'autre.

Je laissais mes yeux explorer son corps nu qui reposait avec élégance sur le satin noir. Un bandeau rouge encerclait l'un de ses poignets, symbolisant qu'elle n'était disponible que pour moi. C'était une mesure de sécurité fournie par le club pour éviter tout avancement indésirable de la part d'autres dominants. Sa poitrine se soulevait et s'abaissait dans une respiration lourde d'anticipation tandis qu'elle attendait ma prochaine demande. Jusqu'à présent, la seule chose que je lui avais ordonnée était de se déshabiller et de s'allonger au milieu du lit.

Longeant le mur orné de cravaches et de fouets, je les caressais tout en pesant quel accessoire serait le plus judicieux de choisir. Après avoir opté pour un fouet en cuir noir et rouge écarlate, je regardais la petite table pressée contre le mur. Un haut-parleur Bluetooth reposait sur sa surface en verre. Contournant cet obstacle, je manipulais l'appareil pour le synchroniser avec mon téléphone, attendant le moment où la chanson *Possession* de Sarah McLachlan allait recouvrir le brouhaha du club. Je voulais que la seule concentration de ma femme soit dirigée uniquement sur ce qui se passait dans cette pièce. Certes, cette chanson était triste, tout comme les temps que Krystina et moi traversions. Je voulais que ma femme en ressente les paroles obsédantes et qu'elle se souvienne de la raison pour laquelle nous étions ici. Venir au Club O avait été son idée. J'avais d'abord résisté, puis finalement cédé après l'autre tentative infructueuse de la dominer dans la salle de jeux de notre maison à Westchester. Il y avait simplement trop de souvenirs dans cette pièce, des souvenirs emprisonnés dans le temps que je ne pouvais tout simplement pas surmonter. Mais je ne voulais pas penser à ça. Tout ce que je voulais, c'était satisfaire chaque désir de la femme que je chérissais. Il était temps de laisser le passé derrière. Elle aspirait à ma domination, et c'était ce que je comptais lui offrir.

M'approchant du lit, je fis glisser mes doigts le long de la peau lisse de son épaule nue. En descendant sur son corps, je laissais ma caresse suivre la courbe de son sein, m'arrêtant seulement un instant pour en pincer le bout durci du mamelon. Elle prit une grande inspiration, mais je ne m'arrêtais pas pour autant, continuant mes caresses. Lorsque mes doigts sentirent la peau légèrement marquée par une petite vergeture près de sa hanche, ma mâchoire se crispa, mais je n'interrompis pas mon exploration. Je ne voulais rien laisser entraver ce qui allait se produire ce soir - surtout pas les cicatrices qui étaient la preuve permanente de la douleur de ma femme.

Une fois que j'eus atteint sa cheville, je me servais du manche du fouet pour lui écarter les jambes et exposer ses parties intimes avant de remonter le long de son corps. Contournant le lit, je laissais mes doigts glisser à travers sa crinière bouclée brune qui s'étalait sur l'oreiller et la regardais. Elle me fixait, ses yeux tourbillonnant de passion et de désir. Sa langue effleurait sa lèvre inférieure, et cela me fit de l'effet. Je me déplaçais inconfortablement dans mon jean, pressé de me débarrasser du denim restrictif.

- Dis-moi ce dont tu as besoin, mon ange, m'enquis-je.

- Fais-moi mal, répondit-elle sans hésiter. Je veux avoir mal, avec tout le plaisir qui s'ensuit. S'il te plaît, ne te retiens pas, Alex.

La voix de Krystina était suppliante, et je la trouvais à la fois excitante et préoccupante. J'aimais lui donner de la douleur et du plaisir en même temps, mais dernièrement, c'était plus la douleur qu'elle semblait rechercher.

J'observais son visage un instant avant de répondre. L'obscurité habituelle était absente ce soir, laissant place à un désir intense. Peut-être que venir ici était exactement ce dont elle avait besoin pour que tout s'évapore. Il n'y avait qu'un moyen de le découvrir.

- Retourne-toi sur le ventre, lui ordonnai-je.

Elle m'obéissait en m'offrant une vue complète de son dos. Me penchant au-dessus d'elle, je fis glisser mes mains le long de sa colonne vertébrale et les posai sur ses deux fesses. Sa chair chaude épousait mes paumes. Les fesses de Krystina étaient toujours une vision fabuleuse à contempler.

En m'avançant entre ses jambes, mon doigt trouva son intimité humide. Je le glissais jusqu'à la pénétrer, en émettant un gémissement lorsque sa chaleur glissante m'aspira. Un petit cri lui échappa et elle se mit à légèrement onduler des hanches. Cependant, presque aussi rapidement qu'elle avait commencé à se livrer au plaisir, je sentais son corps se contracter.

- Non, Alex. Je veux d'abord avoir mal.

Instinctivement, je me raidissais face à sa tentative de prendre le contrôle. Je retirais mon doigt de son corps, puis utilisais cette même main pour lui gifler la joue droite avec l'intention de lui faire mal. Sa joue rougit instantanément.

- Ne cherche pas à m'imposer les choses, dis-je fermement. Je ne t'ai pas giflée juste parce que tu recherchais la douleur, mais juste pour te rappeler ta place. Tu n'auras que ce que je te donnerais, et si je veux te montrer du plaisir en premier, tu l'accepteras sans poser de questions. Est-ce que tu comprends ?

- Oui, chuchota-t-elle.

Je souriais avec satisfaction en glissant à nouveau mon doigt dans ses parties intimes en faisant doucement des cercles, afin de répandre son humidité pour la faire trembler d'excitation. Cependant, après plusieurs minutes de caresses de ses parois internes à tous les endroits qui ne manqueraient pas de la faire jouir, Krystina restait raide et immobile sur le lit. Il ne me fallut pas longtemps avant de réaliser qu'elle se refusait délibérément le plaisir que je lui avais ordonné de prendre.

- Je veux ton orgasme, exigeai-je d'une voix rauque. Détends-toi pour que je puisse sentir ta chatte palpiter autour de mes doigts.

Enfonçant un deuxième doigt dans son vagin brûlant, je me

cambrais contre son point G. Son intimité se resserra instantanément, mais je savais qu'elle luttait toujours contre son orgasme imminent à en juger par la façon dont elle serrait les poings. Des marques creusaient ses paumes là où ses ongles s'enfonçaient. C'était exactement ce qu'elle faisait quand je lui ordonnais de se retenir, sauf que cette fois-ci, c'était l'inverse de ce que je lui imposais. Mais avant que je puisse commencer à comprendre pourquoi elle se torturait de cette manière, j'entendis un sanglot s'échapper de ses lèvres.

- Alex, s'il te plaît, gémit-elle. La douleur. J'en ai besoin d'abord.

Il était impossible de nier l'émotion tremblante de sa voix. Je penchais la tête pour lire son expression. Si ses yeux étaient fermés, j'avais bel et bien vu une larme glisser le long de sa joue.

Putain !

Pourtant, c'était ma dominance que je voulais libérer avant tout. Je voulais la posséder - exiger qu'elle tombe à genoux pour me sucer. Je voulais ses ongles plantés dans ma chair pendant que je la prenais de manière brute et sans retenue. Je voulais ses cris, ses supplications, sa douleur et son plaisir. Je voulais tout prendre sans conséquence.

Mais pas si elle pleurait.

Après tout ce que nous avions traversé, les larmes de Krystina l'emportaient sur toutes mes idées de dominance. Je réalisais alors que sa volonté d'avoir voulu venir ici ce soir n'avait rien à voir avec le fait de surmonter ses souvenirs douloureux. Ce n'était pas moi qu'elle voulait - elle voulait une évasion, tout simplement. Réaliser tout ça provoqua une constriction dans ma poitrine. Pourtant, je savais qu'il n'y avait rien de personnel dans tout ça. Tout le monde avait le droit de surmonter des émotions difficiles à sa manière. Je souhaitais simplement que Krystina parvienne à trouver une autre façon de canaliser ses sentiments.

Ma mâchoire se crispa et ma main se contracta autour du manche du fouet. Si elle voulait de la douleur, je lui donnerais ce dont elle avait besoin, mais seulement pour ce soir. Demain, je prendrais le temps de lui rappeler qui devait commander une fois dans notre chambre.

Levant la main, je délivrais le premier coup. Le son sec du cuir frappant sa chair était un aphrodisiaque incomparable, et mon sexe devint instantanément dur comme de la pierre. Portant ma main libre sur la ceinture de mon jean, j'en défaisais le bouton et descendais la fermeture éclair. Mon érection jaillit librement, impatiente de sentir l'une des cavités serrées de Krystina.

Abattant le fouet une deuxième fois, je la reflagellais au même endroit. Normalement, j'aurais réparti les coups de manière égale sur ses fesses, mais elle voulait de la douleur ce soir - de la vraie douleur - et c'était un moyen sûr de la lui procurer. Lorsque le troisième et le quatrième coup s'abattirent, les mains de Krystina agrippèrent le rebord du lit jusqu'à ce que ses jointures blanchissent. Je n'avais pas retenu mes coups du tout et savais que cela lui faisait mal, mais elle ne prononça pas un seul mot.

J'observais les magnifiques lignes roses qui avaient fleuri sur ses fesses. Mon sexe palpita à cette vue. Et là, je voulais pénétrer son puits sucré. Mon plaisir, et le sien, viendraient assez tôt. Agrippant la base de mon sexe, je le caressais et abattais le fouet pour la cinquième fois.

Au moment où j'atteignais le dixième coup, la teinte rose avait viré au rouge vif. Des boursouflures avaient commencé à apparaître, et je n'étais pas sûr de combien de temps Krystina allait tenir avant de se mettre à saigner. Faisant une pause, j'attendais qu'elle prononce son safeword, mais le mot *saphir* ne sortait pas de ses lèvres. Étant donné son comportement récent, je ne savais pas si elle l'utiliserait pour m'arrêter. Tout ce que je savais, c'était que je n'allais pas attendre pour le découvrir. C'était de la douleur qu'elle voulait - et c'était ce que je lui avais précisément donné - mais là, c'était assez. Il était temps qu'elle prenne du plaisir.

Posant le fouet, j'ôtais mon pantalon et montais sur le lit. Puis, me déplaçant sur un coude pour m'assurer que tout mon poids n'était pas sur elle, je baissais le bout de mon sexe jusqu'à son vagin.

- Alex, non ! cria-t-elle en refermant les jambes en même temps. Pas encore. J'en veux plus. Frappe-moi à nouveau.

- Tu as eu ce qu'il fallait, mon ange.

- Je le saurais quand j'en aurai assez. J'utiliserai mon safeword à ce moment-là.

- Je n'en suis pas convaincu, et je ne veux pas que tu saignes, Krystina. Je ne ferai jamais rien qui puisse laisser des marques permanentes sur ton corps, et ça, tu le sais très bien. Alors pourquoi tu persistes ?

- C'est bon. Je ne vais pas saigner, insista-t-elle en bougeant légèrement son corps vers la gauche pour ne plus être directement sous moi. Tu peux continuer.

Je pressais mes lèvres en une ligne serrée, profondément agacé par son attitude capricieuse ; mais j'étais aussi préoccupé. Très préoccupé.

Elle n'est plus elle-même. Et ça, c'est pas bon du tout.

Descendant du lit, je ramassais mon pantalon qui était par terre.

- On a terminé, lui dis-je.

- Attends... Quoi ? Elle se retourna sur le dos et me lança un regard incrédule.

- Tu m'as bien entendu, mon ange. Rhabille-toi.

- Non. On n'a pas terminé, contesta-t-elle.

- Si, on a terminé. C'était une erreur de venir ici. Ce n'est pas la solution au problème.

Se précipitant vers le bord du lit, Krystina ramassa le fouet et me le tendit.

- J'en ai besoin, Alex ; du moins, on en a besoin. S'il te plaît.

- Ne me regarde pas comme ça. Ce n'est pas sain, et tu le sais.

- Et c'est toi qui me parles de ce qui est sain et de ce qui ne l'est pas ? C'est vraiment ironique venant de ta part, répliqua-t-elle avec colère.

Ses pupilles s'élargissaient et des frissons glacés se

manifestaient sur mes bras. Je savais qu'elle ne pensait pas ce qu'elle disait. Ses paroles provenaient d'un endroit sombre - d'un endroit où je ne pouvais pas l'atteindre. Je devais sauver ma femme de l'abîme noir dans lequel elle tombait, mais je ne savais pas comment.

- Tu ne veux pas t'engager sur ce chemin, Krystina.

- Tu n'as pas le droit de me juger. C'est pas toi qui as essayé d'échapper à la vie à travers le BDSM ? Je ne connais peut-être pas tous les détails de cette période de ta vie, mais je sais qui les connaît. Peut-être devrions-nous la contacter. Qu'en dis-tu, Alex ? Devrions-nous voir si notre chère Sasha est toujours membre du Club O ?

- Assez ! éclatai-je. Je refusais d'avancer comme ça avec elle ; pas maintenant, en tout cas, et pas dans cet endroit non plus. La douleur physique ne va pas effacer ta douleur émotionnelle.

- J'en suis parfaitement consciente ! cracha-t-elle. Ne tente pas de me psycho-analyser. Je n'ai pas besoin que tu me récites des lignes de tes manuels universitaires.

Elle avait raison. Aucun diplôme en psychologie ne m'aiderait maintenant.

- Habille-toi. On s'en va, déclarai-je amèrement, ne me souciant pas de dissimuler mon dégoût face à notre situation actuelle. Dès demain matin, je prends rendez-vous pour que tu vois le Dr. Tumblin.

- Pour que je lui dise quoi ? Qu'après plus de cinq ans de pratique du BDSM avec mon mari, il a soudainement peur de me fouetter ?

- Ne joue pas à ce jeu. Tu sais très bien que ce n'est pas que ça, dis-je en lui jetant ses vêtements.

Comme elle ne les enfilait pas tout de suite, je m'approchais d'elle et ramassais sa chemise en satin noir. Je la drapais autour de ses épaules, essayant de la lui enfiler avec douceur.

- Arrête, protesta-t-elle. Je n'ai même pas mon soutien-gorge. Il faut que je...

- Oublie ton putain de soutien-gorge, l'interrompis-je.

Je voulais juste qu'elle soit suffisamment couverte pour sortir d'ici. Nous nous étions engagés dans une sorte de tir à la corde, avec elle qui tirait sur une manche de la chemise et moi sur l'autre. Utilisant ma main libre, j'essayais de tout faire pour lui faire lâcher prise.

- Alex ! cria-t-elle, se dégageant de ma prise. S'il te plaît. Ne me fais pas quitter cet endroit. J'ai juste besoin... On a juste besoin...

Sa voix se brisa. Je levais le regard pour voir ses yeux s'emplir de larmes. Ses paupières papillonnaient, mais ces dernières se mirent à couler. Relâchant sa chemise, je levais la main pour lui caresser les joues. Je passais mon doigt sur son front, souhaitant pouvoir lire ses pensées. Son agonie était visible, mais la solution à ce qui la tourmentait était hors de ma portée.

M'inclinant, je pressais mes lèvres contre les siennes, utilisant ma bouche pour exprimer tout ce que les mots ne pouvaient pas. Je remontais les mains à la base de son cou et dans ses cheveux afin d'en rassembler l'épaisseur et de lui maintenir la tête immobile pendant que je l'explorais avec ma langue. Le goût salé de ses larmes se mêlait à notre salive, et j'intensifiais le baiser. Elle me répondait avec une passion violente. Sa respiration tremblait dans son désespoir. Cette femme était ma faiblesse. J'aimerais pouvoir être celui qui serait capable de lui chasser ses démons pour de bon.

- Alex, souffla-t-elle.

La vulnérabilité fissurée de sa voix me faisait reculer pour la regarder. Utilisant mon pouce, je suivais la ligne de sa lèvre inférieure. Elle me fixait pendant un long moment. Lorsqu'elle parla enfin, sa voix dégoulinait de remords.

- Je suis tellement désolée.

- Mon ange, ne t'excuse pas. Tu traverses beaucoup de choses, et...

- Non. Ce n'est pas une excuse. Je n'aurais pas dû réagir si cruellement et te jeter ton passé au visage. Peu importe de savoir ce que je traverse, tu ne méritais pas ça. Je m'attendais à ce que cette soirée... Elle s'interrompit, semblant à court de mots. En fait, je ne sais vraiment pas à quoi je m'attendais. Allez, on rentre.

Sans dire un mot de plus, elle se pencha pour récupérer ses vêtements et nous nous dépêchâmes de nous habiller en silence. Ensuite, une fois prêts à partir, je lui passais le bras autour de la taille et la menais de la suite privée au couloir. La musique battante y était beaucoup plus forte, mais pas assez pour que je ne puisse être entendu par-dessus les basses.

- On pourra revenir ici plus tard mon ange, suggérai-je alors que nous descendions le long couloir vers les marches qui nous conduisaient au vestibule principal. Je n'étais pas sûr de savoir si revenir serait une meilleure idée, mais voir son expression vaincue était presque trop difficile pour moi à supporter. Je devais lui donner de l'espoir, du moins, lui faire croire que nous serions bien à nouveau. On pourrait éventuellement penser à revenir ici une fois que... Une fois qu'on y aura bien réfléchi !

- Peut-être, me répondit-elle doucement.

Avant de sortir du Club O, nous passâmes devant la statue en marbre de Vénus. La déesse romaine était enveloppée dans un drap lâche avec un sein exposé, faisant allusion à sa beauté érotique. J'avais toujours apprécié ses attributs - la beauté, la persuasion, la séduction, le sexe et la fertilité. Pourtant, la voir aujourd'hui me donnait une sensation aigre-douce, car son expression séduisante semblait tout simplement se moquer de mon existence.

2

Krystina

Je clignais des yeux, ma vision s'adaptant lentement à la lueur de la lune glissant sur le plafond. Je changeais de position et sentais le corps chaud d'Alexander à côté de moi. Instinctivement, je me tournais sur le côté pour me blottir contre lui, mais je m'arrêtais au dernier moment. Ma main se tendait comme pour le toucher. J'hésitais simplement parce que j'avais peur de le réveiller. Le week-end avait été assez éprouvant après ce qui s'était passé au Club O. Depuis, nous avions à peine parlé, et maintenant, nous étions déjà lundi matin, et je n'étais toujours pas sûre de ce que je devais lui dire.

Me repositionnant sur le dos, je fixais le plafond. Malgré l'obscurité extérieure, je savais que l'aube approchait grâce aux bruits provenant des fenêtres ouvertes de la chambre. Les oiseaux reprenaient vie, leurs pépiements se mêlant à la respiration lente et régulière d'Alexander. Comme la température de cette nuit d'août était agréable quand nous nous étions couchés, nous avions décidé de laisser le balcon de la chambre ouvert. La matinée promettait d'être belle.

Tournant la tête, je regardais l'heure : presque cinq heures du matin. Alexander allait bientôt se lever. Je connaissais sa routine par cœur : il descendra d'abord à la salle de sport que nous avions installée en bas. Ensuite, il remontera pour prendre une douche avant d'aller travailler. Il commençait toujours sa journée de travail bien avant moi. S'il arrivait généralement au bureau vers les sept heures, je n'y arrivais qu'après huit heures. Je n'avais pas besoin d'arriver plus tôt car la plupart des clients de Turning Stone Advertising n'ouvraient pas leurs portes avant neuf heures.

Un instant plus tard, le faible son de l'alarme du téléphone d'Alexander retentissait. Après qu'il l'eut fait taire, je sentais un mouvement dans le lit alors qu'il se levait. Quant à moi, je restais parfaitement immobile, faisant semblant de dormir. À en juger par ses pas sur le parquet en bambou, il se dirigeait vers son dressing. L'observant d'un œil mi-clos, j'admirais sa carrure nue éclairée dans la pénombre. Un Alexander nu était toujours un vrai spectacle à contempler : les lignes ciselées de son corps, aussi dures que la roche, titilleraient l'imagination de n'importe quel sculpteur en quête de reproduire sa forme impeccable.

Quand il ouvrit la porte du placard, la poignée émit un *clic* discret, et la lumière du bas de la porte luit doucement. Quand il émergea quelques minutes plus tard, il était vêtu d'un short et d'un t-shirt. Il se tourna vers moi et je fermai rapidement les yeux, feignant de dormir à nouveau. Alexander était toujours tellement en phase avec moi qu'il savait probablement que je faisais semblant de dormir. Mais si c'était le cas, il n'en fit pas mention, quittant la chambre pour se lancer dans sa séance d'entraînement quotidienne.

Pour le troisième matin d'affilée, j'adoptais la même tactique, observant silencieusement mon mari tout en ressentant le désir de le toucher. J'avais envie de sa chaleur et de ses étreintes, mais récemment, nous avions l'impression d'être aux antipodes l'un de l'autre. Comme deux âmes un peu perdues dans le chagrin, sauf que je ne trouvais pas les mots pour en parler. Comment pourrais-je le faire quand je ne parvenais même pas à comprendre mes propres sentiments ? Ce n'était pas comme si je ne voulais pas partager ce que je ressentais. Bien au contraire. C'était juste que les bons mots me semblaient hors de portée.

Me retournant sur le côté, j'ignorais la larme qui glissait sur ma joue et fermais les yeux. J'ajustais la couette sur mon épaule, contente de pouvoir rester allongée pendant au moins une heure de plus. J'avais besoin de sombrer dans le sommeil pour m'échapper dans l'obscurité et fuir la douleur, ne serait-ce que pour un bref moment, avant d'affronter la nouvelle journée qui se profilait.

DEUX HEURES PLUS TARD, Samuel Faye, mon garde du corps, sortait la belle Maserati Quattroporte noire du garage alors que je m'y installais tranquillement sur la banquette. Je n'avais pas réussi à me rendormir comme je l'aurais voulu, d'où la présence rassurante de ma deuxième tasse de café dans mon mug nomade isotherme. Je traitais la caféine comme si c'était ma bouée de sauvetage.

L'élégante Maserati franchit le portail en fer forgé noir au bout de l'allée, rejoignant ainsi la route principale. Le ronronnement profond du moteur était le seul son audible dans cette rue tranquille. Cette Maserati constituait la dernière acquisition d'Alexander, décidant qu'il était temps de passer de la BMW conduite par Samuel à quelque chose de plus sécurisé pour moi. Mon mari insistait sur le fait que l'attention constante des paparazzis justifiait le besoin d'un véhicule blindé. J'avais tenté d'argumenter, qualifiant cette luxueuse voiture italienne d'excentrique et superflue, mais j'avais abandonné lorsqu'il avait parlé de boucliers pare-balles latéraux, une terminologie qui me laissait perplexe. Même si j'étais plutôt calée en matière de connaissances automobiles, ce jargon particulier était définitivement hors de ma zone de confort.

Moins de dix minutes plus tard, Samuel tournait en direction de l'entrée principale du cimetière de Westwood Hills. Je connaissais le trajet par cœur et je remarquais à peine le paysage qui défilait tandis qu'il naviguait sur la route étroite en asphalte. Après tout, je venais au cimetière tous les jours depuis que nous avions enterré notre petite fille.

Le jour où j'avais annoncé à Alexander que j'étais enceinte semblait lointain... Une sorte de conte de fées de Noël qui n'a malheureusement pas connu de fin heureuse. J'avais perdu le bébé au bout de vingt-huit semaines de grossesse et il n'y avait pas de mots pour décrire ce genre de douleur. Le temps semblait s'être arrêté, laissant derrière lui un vide béant. Même si quatre mois et demi s'étaient écoulés depuis que le destin nous avait cruellement tout arraché, Alexander et moi nous sentions piégés dans le temps. Nous étions figés, stagnants de la manière la plus inexplicable sans savoir comment retrouver notre unité d'avant.

C'était en partie pour ça que je venais au cimetière tous les jours. Je ne voulais surtout pas oublier à quel point la vie était précieuse.

La vie est un cadeau inestimable parfois négligé lorsque nous sommes pris dans le tourbillon de notre routine quotidienne.

Ce n'était que dans les moments les plus extrêmes de la vie, qu'il s'agisse d'une joie incommensurable ou d'un chagrin déchirant, qu'on se sentait encore plus vivant. D'une certaine manière, venir ici était ma thérapie. Cela me rappelait que j'étais en vie malgré ma léthargie affligeante.

Samuel ralentit la voiture jusqu'à ce qu'elle s'arrête devant un érable imposant qui ne m'était que trop familier. Lorsqu'il s'approcha de la portière pour me l'ouvrir, j'écartais les jambes et je me levais sur le bord de la route. Je gardais la tête baissée, regardant distraitement les brins d'herbe verte en attendant que Samuel me tende un lys. C'était une autre partie de ma routine quotidienne. Quand je le vis apparaître dans ma périphérie visuelle, ma mémoire musculaire propulsa ma main en l'air pour le prendre. Ma mâchoire se serrait tandis que j'enroulais mes doigts autour de la tige, essayant de lutter contre les visions qui défilaient devant mes yeux.

Pour une raison quelconque, le même souvenir me revenait toujours à ce moment précis. J'avais beau essayer, je ne parvenais pas à chasser mes pensées, et je ressentais chaque émotion comme le jour où je l'avais ressentie : ce sentiment de joie exaltée qu'on m'arrachait violemment, laissant un trou noir béant alors qu'il n'aurait dû y avoir que de l'amour et de la dévotion. C'était le jour où mon destin avait été décidé pour moi.

J'avais donné naissance à notre fille après un travail long et difficile qui avait commencé beaucoup trop tôt. Les médecins avaient tenté d'y mettre fin, mais en vain. Après sa naissance, j'avais bercé sa forme minuscule dans mes bras. Alexander et moi l'avions regardée et placé ses petites mains délicates dans les nôtres. Ses cils étaient à peine visibles sur sa peau translucide, et les quelques cheveux qui avaient commencé à pousser sur sa tête étaient sombres. Si on leur avait laissé la chance de pousser, je les aurais imaginés avec de longues mèches presque noires, un peu comme celles de Justine, la sœur d'Alexander.

Notre bébé, une petite fille, était parfait. Minuscule, mais parfait quand même. Nous avions eu la chance de la prendre dans nos bras, même si cela avait semblé durer une minute bien trop courte. Nous l'avions perdue sans être prêts. Un nœud dans son cordon ombilical l'avait privée des nutriments essentiels, et du même coup, nous avait privés, nous, d'un futur avec elle. Toutes les précautions que nous avions prises pour une grossesse pérenne semblaient vaines, et la douleur que j'avais endurée lors de l'accouchement n'avait servi à rien.

Le plus difficile dans tout ça, c'était d'accepter la réalité de ma situation. Les yeux empreints de compassion de l'infirmière de la maternité étaient encore présents lorsque nous avons été présentés, Alexander et moi, à la conseillère en deuil qui devait nous guider dans le processus des arrangements funéraires. J'étais abasourdie. Même si c'était le cours naturel des choses, l'idée d'organiser des funérailles n'avait jamais traversé mon esprit avant que notre petit ange soit emmené sur une chaise roulante. Planifier des funérailles pour un bébé qui n'a vécu que quelques instants sur cette terre me semblait étrange. Toute cette expérience me paraissait complètement hors de la réalité.

Je ne me souvenais même pas du nom de cette conseillère. Je me souvenais seulement qu'elle m'avait remis deux brochures : une qui présentait une sélection de cercueils miniatures, et l'autre, qui abordait le sujet de la crémation. Je ne pus regarder ni l'une ni l'autre. La prise de conscience soudaine de ce qui m'attendait m'avait fait vomir sur mon lit d'hôpital.

Comme si nous n'étions déjà pas assez éprouvés, ma gynécologue nous avait asséné un nouveau coup. Non seulement je venais de perdre notre enfant, mais elle m'avait dit que je ne pourrais probablement plus jamais concevoir. Ses mots brutaux m'avaient déchiré la chair et les os, me laissant écorchée vive, avec l'impression que je ne serais plus jamais entière. Les expressions comme *utérus inhospitalier* avaient douloureusement résonné au milieu de tout ça. Entre le décollement du placenta qui s'était produit lors de l'accouchement et les cicatrices utérines de mes fausses couches précédentes, les dommages causés à mon utérus étaient trop importants. Tenter une nouvelle grossesse serait bien trop risqué pour moi. J'avais perdu tout espoir en l'avenir et avais l'impression qu'une partie de moi était morte. Il y avait des jours où je me sentais encore comme ça. Je n'avais trouvé aucun moyen de surmonter réellement une telle douleur. En fait, je ne pensais même pas pouvoir le faire un jour. Tout ce que je savais, c'était que je voulais échapper à cette réalité par tous les moyens possibles. Quand les gens nous encourageaient à réessayer bientôt, j'avais envie d'hurler. Alors, au lieu de me justifier, je forçais un sourire et hochais la tête, une partie de moi refusant encore de croire à cette nouvelle réalité.

Prenant une profonde inspiration, je m'efforçais de mettre un pied devant l'autre. J'essayais d'embrasser la sérénité qui m'entourait alors que je m'approchais de la tombe de ma fille. En m'arrêtant devant la pierre tombale, je levais lentement les yeux pour lire l'inscription.

Liliana Lucille Stone
Portée un moment, aimée pour toujours
9 avril 2022

Je venais ici si souvent que la lecture du marbre gravé ne me serrait plus le cœur. Maintenant, je ressentais juste un engourdissement. On m'avait dit que tout avait une raison, une idée à laquelle je croyais fermement autrefois. Mais aujourd'hui, ça ne tenait plus, car il n'y avait aucune raison à cette situation, et je ne pensais pas mériter une telle souffrance.

Je m'accroupis, remplaçant le lys de la veille par le lys frais, et me relevais.

- Liliana, ma chérie, murmurai-je. On ne connaîtra jamais ton esprit, ta sagesse et ta personnalité, mais je sais que tu aurais comblé nos cœurs. Chaque moment passé avec toi était un cadeau. La vie évolue, obligeant les gens à changer avec elle. Tu as changé ton père et moi de la manière la plus inexplicable qui soit. Tu feras toujours partie de nous. Jusqu'à ce que nous nous rencontrions à nouveau...

Pressant deux doigts sur mes lèvres, je les ramenais sur la pierre tombale en marbre froid.

J'avais évolué et grandi de façon significative depuis ces jours-là, marquant en quelque sorte la fin de mon innocence. Je me demandais si notre tragédie résultait de mauvais choix ou si c'était vraiment le destin. Pour ma part, je préférais croire en cette dernière option. Penser autrement me plongerait dans une spirale de remises en question interminable.

En jetant un regard par-dessus mon épaule, je voyais Samuel qui attendait patiemment près de la voiture. Ça faisait depuis quinze minutes que j'étais devant la tombe de Liliana, et je sentais qu'il était temps de partir. Pourtant, m'éloigner n'était jamais une tâche facile. Ma poitrine se serrait toujours à chaque premier pas. Aujourd'hui, ce n'était pas différent.

Alors que je me dirigeais vers la voiture, une larme glissa sur ma joue. Je l'essuyais en respirant profondément par le nez tout en me murmurant à moi-même :

- Il est temps d'y aller. Une journée de plus à affronter. Tu peux y arriver !

3

Krystina

Alors que Samuel conduisait à travers la ville, la circulation était terrible. Je soupirais d'impatience à l'approche du quartier financier. Même si je détestais être en retard, je faisais avec : les rues encombrées signifiaient que la vraie vie était finalement revenue à la normale. Cela avait pris du temps, mais New York avait fini par tourner la page de la pandémie et était redevenue la ville animée que j'avais appris à aimer.

Lorsque nous nous arrêtâmes à l'angle de Trinity Place et de Rector Street, ma tête reposait contre le siège, caressant le cuir italien. Fermant les yeux, je respirais profondément. Mes matinées au cimetière étaient toujours chargées d'émotion, et j'avais parfois besoin d'une bonne remise à zéro rapide avant d'essayer d'attaquer la journée. J'étais dans l'un de ces jours.

Comptant mentalement jusqu'à dix, je me concentrais sur ma respiration. J'inspirais et expirais lentement, essayant de chasser mon anxiété à chaque fois que j'expirais. C'était un exercice que le docteur Tumblin m'avait donné pour calmer les vagues d'anxiété qui me submergeaient régulièrement depuis la perte de Liliana. Il m'avait prescrit des antidépresseurs pour m'aider à surmonter le pire, mais je ne voulais pas en prendre à long terme. Ce simple exercice me permettait de retrouver la paix intérieure sans médicaments et de me concentrer plus sereinement.

Finalement, la circulation se rétablit et nous poursuivîmes le parcours. Lorsque Samuel s'arrêta sur le trottoir devant la Cornerstone Tower, je me sentais relativement plus calme. J'attendis qu'il descende pour m'ouvrir la porte du passager.

- Merci, Samuel, dis-je en sortant sur le trottoir.

- Madame, répondit-il avec un bref signe de tête en me prenant le coude et en me conduisant jusqu'aux portes principales du bâtiment.

Je respirais profondément, captant un arôme délicat de miel et de sucre flottant dans l'air : un vendeur ambulant installé sur le trottoir proposait des amandes grillées. Je me disais que je pourrais en acheter pour le déjeuner en levant les yeux sur la Cornerstone Tower. L'impressionnante structure se dressait devant moi. Depuis ma place sur le trottoir, la flèche ornementale s'élevait très haut et donnait l'impression de s'étendre à l'infini.

À en juger par l'aspect du ciel, la pluie allait certainement tomber avant midi. L'humidité qui accompagnait toujours les averses estivales était de plus en plus brutale, et j'étais bien contente d'avoir décidé de m'attacher les cheveux en arrière ce matin. Il m'était impossible de me dompter les boucles après une pluie d'été new-yorkaise.

Samuel et moi approchions des grandes portes rotatives vitrées donnant accès au hall principal. Une fois à l'intérieur, il suivit sa routine habituelle en regardant autour de lui pour voir si quelque chose sortait de l'ordinaire. Après s'être assuré que tout était en ordre, il me fit un demi-salut avant de retourner à la voiture. Il n'allait pas tarder à revenir : après avoir garé la voiture, il reviendra monter la garde devant les bureaux de Turning Stone Advertising.

Même si j'appréciais de me sentir en sécurité, le fait d'avoir toujours quelqu'un au-dessus de mon épaule me paraissait parfois étouffant. Pourtant, j'en comprenais la nécessité. Après qu'un photographe véreux eut volé une photo de moi en bikini au bord de notre piscine à Westchester, je m'étais sentie violée. Même si l'incident s'était produit il y avait quelques années, j'avais encore la chair de poule quand j'y repensais. Alexander était devenu complètement fou en me voyant à la une des journaux locaux. Cette photo avait suscité en moi un intérêt soudain qui n'existait pas auparavant. Les tabloïds ne semblaient plus se préoccuper d'Alexander le milliardaire car ils avaient trouvé une nouvelle obsession pour sa femme, c'est-à-dire moi. À cause de ça, Alexander avait juré que je ne serais plus jamais sans garde du corps dans les rues de New York.

Traversant le vaste hall d'entrée, je passais le bureau de sécurité et me dirigeais vers les ascenseurs. Mes talons hauts résonnaient sur le sol de marbre veiné de bleu. Lorsque j'atteignis l'ascenseur, je tapais mon numéro d'étage sur le clavier. Un instant plus tard, les portes s'ouvrirent et je fus surprise de voir Alexander apparaître.

- Alex ! m'exclamai-je, déconcertée. Même s'il sortait souvent de son bureau pour des réunions extérieures, il était inhabituel pour lui de quitter le cinquantième étage si tôt dans la journée. Tu vas où de si bon matin ?

- En bas de l'immeuble, au Billy's Bagel Shop. J'ai zappé le p'tit-déj ce matin et je veux prendre un bagel et une boisson énergisante, m'expliqua-t-il.

Je m'écartais pour le laisser passer et fronçais les sourcils lorsqu'il sortit de l'ascenseur. D'habitude, c'était Laura, son assistante, qui s'occupait de ce genre de choses pour lui.

- Laura n'est pas là ?

- Non. Sa mère se fait opérer ce matin. Du coup, elle a pris sa journée aujourd'hui et celle de demain, aussi. Je te l'ai dit la semaine dernière, mon ange.

Je fronçais les sourcils. Je me souvenais vaguement qu'il avait parlé de Laura, mais je ne me souvenais pas de ces détails.

- J'ai dû oublier.

- Cela t'arrive souvent ces derniers temps. Pourtant, ce n'est pas dans tes habitudes. Tu te sens bien ?

Pas vraiment.

Mais je ne pouvais pas lui dire ça sans lui fournir une explication que je n'étais pas en mesure de donner. Je ne savais pas comment on pouvait expliquer un tel sentiment de vide.

- Je vais bien, mentis-je.

Alexander fronça les sourcils comme s'il ne me croyait pas.

- T'es allée au cimetière ce matin ?

Je me raidis.

- Bien sûr que j'y suis allée, répondis-je.

J'essayais de ne pas faire ressortir la rigidité de ma voix, car je ne voulais pas déclencher de dispute.

Mes visites quotidiennes au cimetière étaient un point sensible entre Alexander et moi. Il n'aimait pas que j'y aille si souvent, et insistait sur le fait que c'était la raison pour laquelle je n'arrivais pas à surmonter la perte de Liliana. Mais il ne comprenait pas. En fait, il avait refusé de retourner sur sa tombe après l'enterrement. J'avais essayé de ne pas le juger trop sévèrement. Chacun a le droit de vivre son deuil différemment, mais je ne pouvais m'empêcher de penser qu'il essayait simplement de masquer sa douleur. C'était donc seule que je me rendais au cimetière et j'avais du mal à ne pas lui en vouloir.

- C'est bien ce que je pensais, dit-il avec résignation. Se pinçant les lèvres, il se déplaçait d'un pied sur l'autre. Tu veux que je t'apporte quelque chose pendant que j'y suis ?

- Non merci, lui dis-je en brandissant le thermos que j'avais préparé avant de quitter la maison.

Alexander se rapprochait de moi et même s'il ne me touchait pas, il était impossible d'ignorer la chaleur qui émanait de lui. Mon mari était toujours aussi présent. Peu importait le type de tourmente que nous traversions, rien ne semblait arrêter l'énergie sexuelle et cinétique qui circulait entre nous.

- Mon ange, commença-t-il en posant sa main sur mon bras. J'ai zappé le petit déjeuner de ce matin parce que je n'avais pas d'appétit après avoir vu que tu n'étais pas dans la cuisine pour le troisième jour consécutif. Toi et moi, on prend toujours notre petit-déjeuner ensemble le matin, quel que soit notre emploi du temps. Je suis sûr que Viviane a trouvé ça bizarre aussi. Qu'est-ce qui t'arrive ?

- Alex, ce n'est pas vraiment le moment de...

- Alors quand est-ce que c'est, le moment, putain ! ? lança-t-il durement. Il laissa tomber sa main et recula d'un pas. Les dents serrées, il passa sa main libre dans ses cheveux noirs. Je suis désolé. Je n'aurais pas dû m'emporter. C'est juste que... Je ne sais pas.

Je détestais l'expression d'impuissance qui traversait son visage - j'en détestais en être la cause.

- C'est bon. Laisse tomber. Ces derniers jours ont été bizarres. Peut-être qu'on pourrait reparler de tout ça plus tard ? suggérai-je.

L'expression d'Alexander s'adoucissait ; il se rapprocha de moi et me passa un bras autour de la taille.

Je tendais la main vers lui et prenais délicatement sa joue de ma main libre. Ses yeux bleu saphir devinrent hypnotiques, envoûtants et séduisants. Pendant un long moment, nous nous regardions simplement.

- Je t'aime, Alex, murmurai-je.

En se penchant, il colla sa bouche à la mienne. Je sentis un courant parcourir ma colonne vertébrale au moment où nos lèvres se rencontraient. Quelque chose d'électrique. D'énergisant. C'était toujours comme ça avec lui. Peu importait ce qui se passait, l'amour et le désir n'étaient jamais un problème entre nous.

Ce baiser fut bref, et lorsqu'il s'éloigna, on ne pouvait nier la chaleur de son regard. Mais il y avait aussi quelque chose d'autre. Si je ne me trompais pas, j'y voyais une lueur de tristesse.

- Je sais que tu m'aimes, mon ange. Et je t'aime aussi. Tu as toujours été ma lumière, mais tu t'es assombrie et je suis inquiet.

- Alex, je ne veux pas régler ça ici. Comme je l'ai dit...

- Je sais. Plus tard. Tu as raison. Ce n'est pas l'endroit. Se penchant à nouveau, il déposa un léger baiser sur mon front. À tout à l'heure.

Un sentiment de mélancolie m'envahit en le regardant partir. Mon corps semblait se déplacer en pilote automatique, et j'étais un peu secouée lorsque les portes de l'ascenseur s'ouvrirent au trente-septième étage. Je me souvenais à peine d'être montée dans l'ascenseur. Alexander avait raison de dire que j'oubliais des choses ces derniers temps. J'étais toujours à côté de la plaque. Sûrement à cause du stress.

En sortant de l'ascenseur, je me dirigeais vers mon bureau à Turning Stone Advertising.

- Bonjour, Regina, dis-je à ma secrétaire en passant devant son bureau.

- Bonjour. La journée s'annonce déjà bien chargée, me fit-elle remarquer.

- Et oui. On a beau se préparer, c'est toujours ce qui se passe lorsqu'on lance une nouvelle campagne, n'est-ce pas ?

- C'est sûr.

- Clive est arrivé ? demandai-je. J'aimerais revoir avec lui la nouvelle campagne en ligne pour les Cuisines Sheppard avant qu'elle ne soit lancée.

- Il est là. Je l'ai vu passer ici il y a quelques minutes. Il avait déjà l'air très fatigué, ajouta Regina en riant.

Je secouais la tête.

- S'il est à bout de nerfs, peut-être que je ne vais pas commencer à en parler avec lui. Clive a besoin de se détendre. C'est pas comme si c'était notre premier lancement. Si on considère tous les obstacles qu'on a dû franchir pendant la pandémie, ça devrait être un jeu d'enfant. S'il commence à agir comme s'il y avait le feu au lac, envoyez-le dans mon bureau. L'avoir sur le dos quand il est sur les nerfs n'est jamais bon pour personne.

Laissant Regina à sa routine matinale, je continuais vers mon bureau. Une fois arrivée, j'accrochais mon sac à main au dossier du fauteuil de mon bureau et m'asseyais face à l'ordinateur. Au moment où je secouais la souris pour allumer l'écran, j'entendis mon téléphone portable vibrer dans mon sac. Je le récupérais et lus le nom d'Allyson sur l'écran.

En souriant, je fis glisser mon doigt sur la surface de l'appareil pour lui répondre.

- Hé, toi, dis-je.

- Hé, toi-même. Qu'est-ce que tu fais ? me demanda-t-elle.

Je me mis à rire.

- On est lundi et il est neuf heures moins cinq. À ton avis, je fais quoi, Ally ?

- Ok, petite maline. Et sinon, tu vas faire quoi à l'heure du déjeuner ? Je vais faire un shooting photos près de ton bureau et je me disais qu'on pourrait manger ensemble.

- J'aimerais beaucoup, mais je pensais faire une pause rapide entre midi et deux aujourd'hui. J'ai un tas de choses à faire. On lance une nouvelle campagne publicitaire et on en prépare une autre qui doit sortir la semaine prochaine.

- C'est dommage. J'ai l'impression de ne pas t'avoir vue depuis longtemps. Tu me manques.

- Je sais. Tu me manques aussi. Nos emplois du temps ne sont pas alignés en ce moment. J'aurais vraiment besoin d'un peu de temps entre filles.

- Je te comprends. Ces derniers mois ont été difficiles. Tu tiens le coup ? me demanda-t-elle doucement.

- En quelque sorte. Alex et moi... Eh bien, nous sommes en froid ces derniers temps. Je ne peux pas l'expliquer.

- Krys, vous avez vécu le pire. C'est normal, ce que tu me dis ! Aie confiance. Vous allez retrouver votre équilibre. À moins, bien sûr, qu'il ne se soit passé quelque chose d'autre dont je ne suis pas au courant.

- Oui et non, lui répondis-je en me mordant la lèvre inférieure.

Je me demandais si je devais lui parler du Club O. Allyson connaissait l'existence de ce club, mais je ne lui avais jamais parlé du fait que j'y étais déjà allée. Je ne savais pas exactement pourquoi je ne l'avais pas fait, mais lui parler de ce club libertin alors que j'étais assise tranquillement dans mon bureau était certainement une conversation inappropriée : mon bureau avait une porte, mais les murs n'étaient pas épais et le risque que quelqu'un m'entende était trop élevé. Malgré les journalistes qui fouinaient en permanence sur la vie d'Alexander, tout cela était miraculeusement resté en dehors du cycle des potins et je ne voulais rien faire qui puisse potentiellement changer cela.

- Qu'est-ce que tu veux dire par *oui et non* ? s'enquit Allyson.

- C'est une longue histoire que je ne peux pas aborder au travail.

- Tu as l'air fatiguée, Krys. T'es sûre que ça va ?

- Oui, Ally. Je vais bien.

Je serrais les lèvres l'une contre l'autre. J'avais l'impression d'avoir trop souvent dit ça ces derniers temps.

- Tu sais c'que j'pense ? Je pense que tu travailles trop. Alex et toi, vous êtes des bourreaux du travail. Ce n'est pas étonnant que vous ne vous sentiez pas à l'aise tous les deux. Vous avez besoin de vacances.

Je me mis à rire.

- Des vacances ? En quoi ça résoudra tout ça ?

- C'est une pause dans la vie ! Et je ne vois pas deux personnes qui le méritent davantage. En fait, maintenant que j'y pense, je n'ai pas pris de vacances depuis la pandémie ! On devrait tous partir ensemble quelques jours. Peut-être... Elle s'interrompit avant de s'exclamer soudain : Mais, c'est ça ! Vegas !

Un mal de ventre soudain m'envahit. Allyson ne parlait pas de vacances. Elle voulait voyager, ce qui signifiait que je devrais m'éloigner de la ville et de Liliana.

- Las Vegas ? répétai-je lentement.

- Pourquoi toi, moi, Alex et Matteo n'irions-nous pas passer quelques jours à Las Vegas ? La fête du travail approche et Matteo disait justement que c'est généralement un week-end creux pour son restaurant. Je suis sûre que comme ça, il pourrait s'évader. C'est le moment idéal de prendre un long week-end. Ça pourrait être marrant ! T'en penses quoi ?

Je secouais la tête. Elle avait l'air tellement excitée qu'il était difficile de la faire taire.

- Je n'sais pas, Ally. Je vais en parler à Alex, mais...

- Parfait ! Et moi, à Matteo. Oh, mon Dieu ! Vegas ! Elle poussa un cri et je dus éloigner le téléphone de mon oreille pour ne pas risquer une rupture du tympan. Tiens-moi au courant de ce qu'en pense Alex. Je dois y aller. Le mannequin que je dois photographier sera là dans dix minutes et je dois finir de préparer le plateau. À bientôt !

Avant que je ne puisse dire un mot de plus, la ligne coupa.

Qu'est-ce-qui-s'passe ?

J'étais habitué aux frasques d'Allyson, mais là, c'était un peu trop, même pour elle.

Las Vegas ?

Je n'y étais jamais allée, et je devais admettre que l'idée était séduisante. La dernière fois qu'Alexander et moi avions fait une pause, c'était lors de nos vacances dans le Vermont. Deux ans auparavant. Pourtant, je n'étais pas sûre de pouvoir quitter Liliana. Mes visites quotidiennes sur sa tombe étaient devenues une stratégie d'adaptation, et l'idée de ne plus pouvoir y aller m'angoissait.

Cependant, je ne pouvais pas nier qu'Alexander et moi avions besoin d'une pause. Et qui sait ? J'allais peut-être enfin comprendre ce qui se passait avec Allyson et Matteo. Ils insistaient toujours sur le fait qu'il n'y avait rien entre eux, mais je n'étais pas aveugle. On pouvait pratiquement couper au couteau la tension sexuelle chaque fois qu'ils étaient en présence l'un de l'autre.

Je m'adossais à la chaise et fronçais les sourcils en réfléchissant. Peut-être qu'aller à Las Vegas était exactement ce dont Alexander et moi avions besoin pour sortir de notre mauvaise passe. Je réfléchissais à ce que nous pourrions bien faire là-bas. Nous n'étions pas très portés sur le jeu, mais j'avais entendu dire qu'il y avait bien plus que cela à Vegas.

Décidant de présenter cette possibilité de vacances à Alexander en fin de journée, je retournais sur mon ordinateur.

J'allumais la chaîne stéréo de mon bureau et commençais à trier mes e-mails sur une chanson de Kelly Clarkson. Classant chaque e-mail dans son dossier approprié, j'essayais de me faire à l'idée de ne pas rendre visite à Liliana pendant quelques jours.

Au fil de la journée, je me rendais de plus en plus compte que ce ne serait pas vraiment à ma portée.

$$4$$

Alexander

En prenant place derrière le volant de ma toute nouvelle Tesla, une vague de satisfaction m'envahit. Ma journée avait été bien remplie et très positive, notamment grâce à la finalisation d'un accord très intéressant avec l'Empire State Innovation (ESI). Leur objectif était de générer de nouveaux emplois dans tout l'État. Depuis qu'ils m'avaient dirigé vers l'épicerie Wally's, un investissement des plus rentables, je travaillais en étroite collaboration avec eux. Sans leur recommandation, je n'aurais jamais fait la connaissance de Krystina.

Aujourd'hui, nous venions de finaliser un accord qui ouvrira la porte à la création d'emplois bien rémunérés et à des revenus supplémentaires pour la ville et Stone Enterprise. La Stone Arena, mon projet phare, le premier complexe de la Major League Soccer à New York, était enfin sur la bonne voie. En tant qu'investisseur principal, j'avais même acquis les droits pour baptiser le stade. Cependant, depuis le début des travaux, cet endroit s'était révélé être un défi financier. On avait rapidement compris que seul le football ne suffirait pas à le rendre rentable.

La pandémie n'avait fait qu'accentuer cette pression financière. Nous avions besoin d'autres événements, comme des concerts ou des salons professionnels, pour diversifier nos sources de revenus. C'était pourquoi cet accord avec l'ESI revêtait une importance capitale pour moi. Après des mois de négociations, de poignées de main, de sourires complices et peut-être un peu trop de verres d'alcools hors de prix, nous avions enfin conclu un contrat. Celui-ci conférait à l'ESI le contrôle exclusif des concessions et la prise en charge de la coordination avec la municipalité de la planification d'événements majeurs à la Stone Arena, la rendant ainsi concurrentielle par rapport à des lieux tels que le Madison Square Garden. Cette garantie d'un nombre défini d'événements assurerait non seulement la rentabilité immédiate de la Stone Arena, mais elle en ferait également un investissement extrêmement lucratif à long terme. Le communiqué de presse annonçant le partenariat sera publié la semaine prochaine. Même mon comptable était ravi. Bryan, qui était habituellement assez pessimiste, était très enthousiaste. C'était contagieux, et c'était la raison pour laquelle j'avais encore le sourire aux lèvres en sortant du parking de la Cornerstone Tower. Maintenant, ma seule hâte était de rentrer chez moi et de retrouver Krystina. Après ce qui s'était passé le week-end dernier au Club O, j'étais préparé à une discussion assez lourde en émotions avec elle, mais je m'en fichais. Je serais près d'elle et c'était tout ce qui comptait.

Un crachin tombait, ce qui provoqua la mise en marche des essuie-glaces automatiques. En lançant un regard furtif dans mon rétroviseur, je repérais Hale qui me suivait de près dans la Porsche Cayenne. Il était inhabituel que nous conduisions chacun notre voiture, mais il m'avait dit qu'il avait quelque chose à faire cet après-midi et qu'il n'était pas sûr d'être de retour à temps pour me raccompagner. Il ne m'avait ni précisé ce qu'il devait faire, ni à quel endroit, et j'aurais bien aimé le lui demander. Lorsque je l'avais vu revenir de cette « mission », je pouvais lire de l'inquiétude sur les traits de son visage. J'étais tellement absorbé par l'affaire de la Stone Arena que je n'avais pas eu l'occasion de lui demander ce qui n'allait pas.

Tendant la main en avant, j'appuyais sur la petite flèche du bas de l'écran de la Tesla situé au niveau du tableau de bord pour en activer le menu puis sélectionnais l'icône du téléphone pour l'appeler.

- Oui, chef ? dit-il après la première sonnerie. Que puis-je faire pour vous ?

- Je voulais juste m'entretenir avec vous de ce que vous êtes allé faire cet après-midi. Tout à l'heure, quand je vous ai croisé, vous aviez l'air distrait, voire inquiet, mais je n'ai pas eu l'occasion de vous parler de ça. Qu'avez-vous à me dire par rapport à ça ?

- J'allais justement vous parler de ça une fois rentré.

- On est à une heure de route de Westchester. On peut en discuter dès maintenant.

Lorsqu'il reprit la parole, l'hésitation dans sa voix était indéniable. Des drapeaux rouges se dressèrent instantanément et ma mâchoire se serra tandis que je me préparais à ce qu'il s'apprêtait à me dire.

- J'ai quelque chose pour vous à propos de Michael Ketry, commença-t-il lentement. Et je pense que vous n'allez pas aimer ce que je vais vous dire.

- Ketry ? Pouvez-vous me rappeler de qui il s'agit ?

- Le père biologique de Krystina, m'indiqua Hale.

Je serrais les lèvres et fronçais les sourcils. Lorsque Hale m'avait parlé de Michael Ketry pour la première fois, j'étais vraiment surpris. Krystina ne m'avait parlé de lui qu'une seule fois, sans me donner son nom. Je n'étais même pas certain qu'elle sache comment il s'appelait. Pour me protéger lorsque j'avais commencé à sortir avec Krystina, Hale avait fait des recherches approfondies sur elle et sur les membres de sa famille, y compris sur ceux qu'elle ne voyait plus du tout. C'était comme ça qu'il avait appris l'existence de son père biologique, mais il ne me l'avait mentionné qu'en décembre dernier, après qu'il ait découvert que Ketry avait déménagé dans la ville de New York. Comme je n'avais plus entendu parler de lui pendant un bon moment, je me disais qu'il ne poserait pas de problème. Pourtant, le ton de Hale disait le contraire.

- Qu'est-ce que je ne vais pas aimer ? demandai-je prudemment.

- Quand je vous avais parlé de lui, je vous avais dit que son nouvel appartement se trouvait à quelques pas de la Cornerstone Tower, mais que ce n'était peut-être qu'une coïncidence.

- Je m'en souviens.

- Il s'avère que j'ai eu raison de garder un œil sur lui. Je le surveille depuis début janvier. Au début, tout semblait normal. Mais maintenant on dirait qu'il est venu s'installer ici pour Krystina.

- Comment ça, *on dirait qu'il est venu s'installer ici pour Krystina* ? m'enquis-je.

- Le détective privé qui le suivait a dit qu'on l'avait vu traîner à l'extérieur de la Cornerstone Tower à plusieurs reprises. J'ai aussi des images de lui dans le hall principal du bâtiment du loft provenant de caméras de sécurité. Mais comme il n'a pas la carte magnétique pour accéder à l'ascenseur qui mène aux étages, il n'y est pas resté longtemps. On l'a également vu s'attarder à La Biga.

Mes mains serraient le volant tellement fort que mes jointures devinrent blanches. Si Krystina et moi ne vivions plus dans ce loft, nous avions décidé de le garder pour des raisons de commodité : nous n'y séjournions que très rarement, lorsque nous restions tard le soir en ville, par exemple. C'était une question de bon sens : notre maison à Westchester se trouvait à une heure de route et l'appartement était pratique dans ce genre de situation. Nous avions également gardé l'ancien appartement de Hale pour que notre équipe de sécurité ait un endroit où loger.

Pourtant, ce fut lorsque Hale mentionna La Biga qu'un million de sonnettes d'alarme se déclenchèrent dans ma tête. La Biga était le café préféré de Krystina. La présence de Ketry à cet endroit ainsi que dans le hall d'entrée du bâtiment du loft ne pouvait pas être une coïncidence. Il cherchait quelque chose - ou quelqu'un. Il la suivait, et rien que de penser à ça me donnait des frissons dans le dos.

- Avez-vous alerté les bonnes personnes ?

- Bien sûr, patron. J'en ai parlé personnellement à Angelo, qui travaille à La Biga, et j'ai fait renforcer la sécurité au loft, mais aussi à la Cornerstone Tower et autour de la maison de Westchester. J'ai même augmenté les patrouilles autour du *Lucy* à la marina. Toutes les personnes concernées ont reçu une photo de Ketry, y compris Jeffrey.

Jeffrey, le portier du bâtiment du loft, était très distrait. Même si, au fil du temps, il s'était amélioré, il était très peu probable qu'il ait remarqué quoi que ce soit de suspect, et je me sentais mieux en sachant que Hale avait renforcé la sécurité à cet endroit.

- Ce Ketry, il n'est rien pour Krystina - juste un donneur de sperme. Que pensez-vous de la raison pour laquelle il traîne soudainement dans les parages ? interrogeai-je Hale.

- Sûrement parce qu'il a découvert que Krystina est mariée avec vous et qu'il cherche à grappiller de l'argent. Vu l'attention médiatique dont sa fille fait l'objet depuis quelques temps, cela ne me surprendrait pas. Hormis ça, je ne vois pas pourquoi...

- Vous avez probablement raison. Satanés vautours, maudis-je. Je compte sur vous pour savoir ce qu'il veut. Aussi, je veux tout savoir sur lui. Et en attendant, je veux que vous preniez en charge la sécurité de Krystina. Samuel fait du bon travail, mais vous et moi savons très bien à quel point elle peut être imprévisible. Jusqu'à ce que nous puissions déterminer si ce Ketry représente une menace sérieuse, je vous confie la sécurité de ma femme.

- Je comprends. Mais si c'est moi qui surveille Krystina, c'est vous qui n'avez pas de couverture. Dois-je réaffecter Samuel à votre service ?

- Non, je préfère qu'il soit à la maison pour surveiller Viviane et ma mère au cas où Ketry déciderait de traîner dans les parages.

- Mais cela vous laissera seul. Je pourrais éventuellement demander à un autre membre de l'équipe et voir si...

- Non. C'est bon. Je n'ai besoin de personne, l'interrompis-je.

Hale n'avait quitté mon équipe que peu de temps après notre déménagement à Westchester. Je l'avais affecté à la maison parce que je voulais que quelqu'un en qui j'avais confiance soit proche de ma mère. J'avais essayé d'engager quelqu'un d'autre pour le remplacer, mais j'avais vite appris qu'il était irremplaçable. Personne d'autre n'avait tenu plus d'une semaine. Je préférais être seul plutôt que d'avoir quelqu'un en qui je n'avais pas confiance.

- Comme vous voulez. Krystina a déjà quitté la Cornerstone Tower pour la journée. D'après le GPS de la Maserati, elle devrait être de retour chez vous dans une vingtaine de minutes. J'informerai Samuel de la situation et commencerai à m'occuper de Krystina dès demain à la première heure.

- Je lui parlerai de ce changement, mais je ne veux surtout pas qu'elle s'inquiète à ce sujet, Hale. Si jamais elle vous posait la question - et la connaissant je sais qu'elle le fera, trouvez une excuse pour lui expliquer pourquoi vous prenez la relève sans lui parler de Ketry. Du moins, pas tout de suite. Essayons d'abord de comprendre ce qui se passe.

- Je comprends votre raisonnement, et je ne veux pas remettre votre jugement en cause, mais... Il hésita.

- Mais quoi ?

- Nous parlons de son père biologique, et nous savons tous les deux comment votre femme peut être. Êtes-vous sûr qu'il est judicieux de lui cacher cela ?

- Non, je n'en suis pas sûr. Mais que puis-je faire d'autre ? Elle en a tellement bavé, ces derniers temps !

Je marquais une pause et me passais une main frustrée dans les cheveux.

- Oui, je le sais. J'étais là pour le voir.

- Elle n'a pas besoin de souffrir davantage, Hale. On doit d'abord en savoir plus sur Ketry avant que je n'aborde le sujet avec elle. Je ne peux pas la protéger de l'inconnu.

- C'est compris.

J'appuyais sur le bouton de l'écran tactile qui mettait fin à l'appel, puis je réfléchissais à la situation. Peut-être que j'avais réagi de manière excessive. Peut-être que cet homme voulait juste parler, apprendre à connaître la fille qu'il avait abandonnée.

J'm'en fous.

Un homme qui abandonne son enfant n'est pas un homme à mes yeux. Il avait perdu le droit de lui parler il y a des années. Quiconque essayait de revenir au bout de presque trois décennies devait avoir un objectif. Je ne savais pas pourquoi, mais je ne permettrais pas qu'il revienne dans la vie de Krystina sans poser de questions. J'avais besoin de réponses, et jusqu'à ce que je les obtienne, je ferais tout ce qui est en mon pouvoir pour protéger ma femme.

Je tournais sur la bretelle de l'I-87 en direction de Westchester et ouvris le toit ouvrant vitré de la Tesla. J'augmentais le volume de la radio, et *Gold on the Ceiling* des Black Keys se mit à retentir dans les haut-parleurs tandis que j'appuyais sur l'accélérateur. Embrassant la force foudroyante du véhicule, j'étais heureux de quitter le chaos de la ville et de me diriger vers la tranquillité de mon chez moi.

***

EN ENTRANT DANS LA MAISON, une odeur de romarin me mit l'eau à la bouche. Si mon odorat ne me trompait pas, je devinais que Viviane était en train de préparer un poulet rôti pour le dîner. En me dirigeant vers le couloir qui menait à la cuisine, je trouvais ma gouvernante en train de préparer un plat avec des pommes de terre coupées en quatre.

- Bonsoir, Monsieur Stone, me salua-t-elle en me voyant entrer.

- Ça sent bon, Viviane !

- Oh, pour ce soir, c'est quelque chose de simple : juste un poulet avec des pommes de terre salées et des haricots verts en accompagnement.

- Ça m'a l'air parfait, en tous cas. Avez-vous vu Krystina ?

- Oui, monsieur. Elle est arrivée il y a une trentaine de minutes.

Elle a dit qu'elle était contente que la pluie se soit calmée, et elle est partie dans le jardin après s'être servie un verre de vin.

Je la remerciais d'un signe de tête et me précipitais dans la chambre pour enlever mon costume et ma cravate. L'humidité laissée par la pluie était brutale et la dernière chose dont j'avais envie était de me prélasser dans le jardin vêtu de cachemire.

Une fois habillé plus confortablement d'un bermuda et d'un tee-shirt, j'allais rejoindre Krystina dans le jardin. En passant la porte, j'entendais la voix mélodieuse d'Adele provenant des haut-parleurs du jardin entourant la piscine. J'y trouvais Krystina en train de se détendre sur une chaise longue. Des pins et de grands érables parsemaient le paysage en suivant la courbe de la pente jusqu'à devenir si épais qu'on ne pouvait pas voir l'étang situé à l'arrière de la propriété depuis ce point d'observation.

Krystina leva les yeux en m'entendant approcher. Elle m'offrit un petit sourire, but une rapide gorgée de son vin, puis elle se leva. Elle était vêtue d'un débardeur ample et d'un short en jean. Elle avait l'air à l'aise et décontractée, et toujours aussi sexy. Je ne pouvais m'empêcher d'admirer ses longues jambes, bronzées par nos week-ends passés sur le *Lucy*. J'imaginais son corps léger envelopper le mien, et j'eus soudain hâte de la toucher.

Réduisant la distance qui nous séparait, j'entourais sa taille de mes bras et la serrais contre moi, mon besoin d'elle étant plus féroce que jamais. Je me penchais pour presser mes lèvres contre les siennes. Elle céda, posant son verre sur une table et levant les mains pour me serrer la nuque. Le bout de ses doigts jouait avec les pointes de mes cheveux, et je poussais un grognement d'appréciation. Je l'embrassais profondément, notant le goût vif du vin sur sa langue tandis que nos bouches glissaient et s'entrechoquaient. Je savourais ce sentiment de retour à la maison - le goût de ses lèvres, la pression de son corps contre le mien. Tout en elle était vital et réel à chaque fois que nous étions ensemble.

Même si elle m'avait rendu mon baiser, c'était comme si elle était détachée de moi de manière émotionnelle. C'était comme si son corps était là, mais que son esprit était loin. À contrecœur, je reculais pour la regarder. Ses grands yeux d'un brun intense me fixaient. En tendant la main, je traçais du doigt la racine de ses cheveux au niveau de sa tempe.

- Où es-tu ? demandai-je.

- Que veux-tu dire ?

- Tu es là mais tu sembles perdue dans tes pensées.

Elle recula d'un pas et soupira. Ce n'était pas un soupir d'exaspération, mais plutôt un soupir de confusion. C'était comme si elle essayait d'éclaircir quelque chose dans son esprit.

- Ally m'a appelée ce matin, commença-t-elle. Elle veut qu'on aille tous - Matteo, elle, toi et moi - à Las Vegas.

Dans ma surprise, je haussais les sourcils.

- Je lui ai dit que je t'en parlerais, mais pour être tout à fait honnête, je ne suis pas sûre de vouloir y aller.

L'idée d'aller à Las Vegas ne m'enchantait guère. Si certaines personnes adoraient cette ville, ce n'était pas mon cas. C'était peut-être parce que je connaissais son côté sombre. Alors que les touristes et les flambeurs y venaient pour y être vus et les décors extravagants, la face cachée de Las Vegas leur passait complètement sous le nez. Des camps de sans-abri vivant sous les casinos aux orgies orchestrées par des grooms trafiquants de drogue, la ville du péché était loin d'être aussi glamour que tout le monde voulait bien le croire.

Pourtant, je n'avais jamais fait part à Krystina de mon dégoût pour Vegas. Mettant mes pensées de côté, j'étais curieux de connaître sa réticence.

- Pourquoi n'es-tu pas sûre de vouloir y aller ? lui demandai-je.

- Parce que je ne sais pas si je suis prête à...

Elle s'interrompit, semblant avoir du mal à trouver ses mots alors qu'elle se retournait vers la chaise longue. Alors qu'elle se baissait pour s'asseoir, je remarquais la façon dont ses mains se tordaient sur ses genoux.

- T'as la bougeotte, dis-je en pointant du doigt son ventre. Qu'est-ce qui te rend nerveuse ?

- Je ne pense pas être prête à faire une pause au niveau de mes visites à Liliana, même si ce n'est que pour quelques jours, admit-elle. L'idée de ne pas aller la voir le matin me rend anxieuse.

Je laissais mariner ses paroles pendant un moment avant de répondre. Une distraction et une rupture dans la routine pourraient bien être le bon remède pour Krystina. De plus, l'idée de la faire sortir de New York pendant que Hale découvrirait ce que Michael Ketry préparait avait certainement son charme. J'aurais juste aimé qu'Allyson suggère d'aller ailleurs.

- Krystina, je ne peux pas dire que Vegas soit l'endroit que je préfère non plus. Cependant, ce que j'en pense n'est pas très important. Ce qui m'intéresse, c'est de savoir pourquoi tu ne veux pas y aller. Je sais pourquoi tu te rends sur la tombe de Liliana tous les jours, mais je pense qu'une pause dans ta routine te fera du bien. C'est ce que je me dis depuis un moment. Plus le temps passe, plus tu sembles te replier sur toi-même, et je pense que c'est une réponse directe au fait de revivre tous ces souvenirs douloureux au début de chaque journée.

- C'est ton diagnostic professionnel ? me demanda-t-elle sèchement.

- Non, c'est le diagnostic de ton mari inquiet.

Son visage s'adoucissait, perdant un peu de l'anxiété qui avait semblé l'habiter auparavant.

- Je ne veux pas t'inquiéter, Alex. Et peut-être que tu as raison. Peut-être que ce sera bon pour moi. Mais si ce n'était pas le cas ? Et si, une fois qu'on arrive, je suis prise d'une crise de panique le premier matin parce que je ne pourrai pas aller la voir ?

M'approchant d'elle, je m'asseyais sur le bord de la chaise et pris sa main dans la mienne.

- Si tu es bouleversée ou si tu commences à paniquer, je serais là pour t'aider à surmonter cette épreuve. Je suis là pour toi, mon ange. Je te soutiendrai toujours. Tu dois me croire.

Elle me regardait avec de grands yeux qui se voilaient lentement alors que des larmes commençaient à se former. Elle les chassait d'un revers de main et me serrait les doigts, tandis qu'un coin de sa bouche se retroussait en un petit sourire sardonique.

- Je te fais confiance, Alex. C'est en moi que je n'ai pas confiance.

Je serrais les lèvres et fronçais les sourcils devant la gravité de son ton. Il y avait tellement d'émotions dans ses yeux expressifs. Je ne savais pas par où commencer, mais j'avais du mal à m'en défaire.

- Mon ange, il faut qu'on parle du Club O. Qu'est-ce qui t'est arrivé pendant qu'on était là-bas ?

- Je n'sais pas, dit-elle en secouant la tête.

- Moi je pense que si. Aide-moi à comprendre ce désir que tu as que je te fasse du mal, que je t'inflige des dommages permanents. Ce n'était pas la première fois que tu me poussais à le faire. Ce lent chemin vers l'autodestruction est... Je fis une pause pour essayer de résumer son comportement. Tu m'échappes un peu plus chaque jour depuis des mois. Physiquement, tu es là. Mais mentalement, tu es ailleurs. Je ne peux pas t'aider si tu continues à me mettre à l'écart. Parle-moi, Krystina.

Prenant une grande inspiration, elle détournait les yeux en semblant se ressaisir avant de me regarder à nouveau.

- J'ai tout le temps mal. Je n'en parle pas parce que ça ne sert à rien. Rien ne changera le fait qu'une partie de moi soit morte avec Liliana. Je ne sais pas si je me sentirais à nouveau entière. Au Club O, je voulais juste échapper à ces sentiments par tous les moyens. C'était idiot, je le sais. J'aimerais juste pouvoir expliquer le mal que je ressens à chaque instant.

Mes paupières commençaient à me brûler et je clignais des yeux. Je n'avais pas le luxe de me laisser aller à une seule larme, surtout pas maintenant. Pas quand Krystina avait besoin que je sois fort.

- Tu n'as pas besoin de t'expliquer, mon ange, dis-je, incapable d'empêcher ma voix de s'érailler.

- Mais je le dois, Alex.

- Non, tu n'en n'as pas besoin. Je sais exactement ce que tu ressens parce que je ressens le même vide chaque jour. Elle me manque tellement et...

Je m'interrompis, sachant que si je continuais à parler, je n'arriverais pas à tenir le coup. L'horrible douleur dont elle parlait était quelque chose que je ne connaissais que trop bien.

Liliana Lucille était pure et innocente, tout comme la signification de son prénom. Nous l'avions nommée d'après la fleur préférée de Krystina, le lys[1], en combinaison avec le prénom de ma grand-mère. Elle était la chose la plus précieuse sur laquelle je n'avais jamais posé les yeux - si petite qu'elle aurait tenu dans ma main. Je ne pensais pas qu'il était possible de ressentir autant de bonheur, d'amour et de chagrin en même temps. Lorsque Krystina et moi avions perdu notre petit bout de miracle, la douleur que j'avais ressentie était sans pareille. C'était comme si le diable en personne avait surgi des flammes de l'enfer pour m'arracher le cœur de la poitrine.

- Si elle te manque, pourquoi ne viens-tu pas avec moi au cimetière ? demanda Krystina. Je n'ai pas manqué un seul jour depuis que nous l'avons enterrée. J'y vais tous les matins, toute seule.

J'entendais la blessure et l'accusation dans sa voix, et c'est là que je compris.

Elle pensait que je l'avais abandonnée.

Est-ce que c'est pour ça que j'ai eu l'impression qu'elle se retirait émotionnellement de moi ?

- Mon ange, commençai-je, sachant qu'elle avait besoin de mon honnêteté plus que de toute autre chose en ce moment. Je n'y vais pas parce que j'ai peur qu'en revoyant sa tombe, le trou qui a été laissé dans ma poitrine après sa mort s'ouvrira en grand. Je ne veux pas que cela arrive. Je la regardais droit dans les yeux. Si je cède et que je laisse la douleur me consumer, je ne pourrais pas t'apporter le soutien dont tu as besoin. J'ai beau essayer de te protéger de tout ce qui pourrait te faire du mal, mais je ne peux pas te protéger de tes propres émotions. La seule chose que je puisse faire, c'est de m'assurer que je suis assez fort pour que tu puisses puiser dans ma force. Cela peut sembler mélodramatique, mais je sais ce qui se passera si je me laisse aller au chagrin. Je deviendrais l'ombre de moi-même, et en fait, je deviendrais inutile pour toi. Je préférerais mourir avant que cela n'arrive.

Krystina changea de position pour venir se mettre à califourchon sur mes genoux. Enroulant ses bras autour de mon cou, je regardais ses yeux remplis de larmes. Lorsque l'une d'entre elles coula sur sa joue, je l'effaçais d'un baiser.

- Je suis désolée, Alex.

- Désolée pour quoi ?

- Je sais que la mort de Liliana a été difficile pour toi, mais tu as semblé t'en remettre si vite. Je t'en voulais tellement de ne pas être venu au cimetière, de ne pas avoir montré d'émotion, de ne pas avoir... Enfin, je suppose que ça n'a plus d'importance maintenant. Je n'avais aucune idée que tu avais tenu le coup tout ce temps juste pour moi.

- Je ferais n'importe quoi pour toi. Tu le sais.

- Mais tu dois faire ton deuil, Alex.

- Je l'ai fait, et je continuerai à le faire pour le reste de ma vie. Mais pour l'instant et pour toujours, tu es ma priorité. Nous pouvons pleurer les morts, mais nous devons vivre pour les vivants - et c'est exactement ce que je fais.

- Je t'aime tellement que ça fait mal, murmura-t-elle.

- Idem pour moi, mon ange.

En se penchant, elle pressait ses lèvres contre les miennes. Si son baiser était quelque peu chaste au début - presque hésitant - il faisait battre mon cœur. Ma langue se mit à tracer sa lèvre inférieure, à en amadouer la courbe sensuelle jusqu'à ce qu'elle s'ouvre à moi. Lorsqu'elle céda, sa langue rencontra la mienne avec une envie brûlante qui m'allait droit à l'aine. Ce baiser était chargé d'émotions : de tristesse, de compréhension, de désir. Je ressentais tout ça en passant mes mains dans son dos, plongeant mes doigts dans l'épaisseur des boucles de sa queue de cheval. Ma femme avait la capacité de transformer mon sang en lave en fusion, et j'étais en feu.

Lorsqu'elle s'éloignait finalement, je traçais un doigt le long de sa lèvre inférieure.

- J'adore t'embrasser, souffla-t-elle. Et même si j'aimerais beaucoup continuer, je suis sûre que Viviane va nous appeler d'une minute à l'autre pour nous dire que le dîner est prêt. On continue plus tard ? Peut-être dans la piscine ? ajouta-t-elle de manière suggestive.

- Seulement si tu es nue.

- C'est un bon plan, dit-elle avec un sourire complice en se dégageant de mes genoux.

Une fois debout devant moi, elle sortit son téléphone de la poche arrière de son short en jean et fronçait les sourcils.

- Qu'est-ce qu'il y a ?

- C'est un texto d'Ally qui m'informe que Matteo est partant pour Vegas. Je suppose qu'on devrait en parler davantage.

- Qu'est-ce qu'il y a à dire ? Allons-y, dis-je en haussant les épaules dans mon indifférence.

Pourtant, j'avais déjà réglé les détails du voyage dans ma tête. Un jet privé était une évidence. Je devais m'arranger pour avoir un service voiturier puisque je prévoyais que Hale et Samuel resteraient sur place. Je chargerai Samuel de surveiller la maison et ma mère, et je dirai à Hale de profiter de notre absence pour découvrir ce que mijotait Michael Ketry.

- Tu penses que c'est une bonne idée ? demanda Krystina.

- Je ne peux pas dire que Las Vegas soit une des idées les plus brillantes d'Allyson, mais oui. Je pense qu'on devrait y aller. Comme je l'ai dit, je pense qu'une pause dans le quotidien nous fera du bien. Et si tu as des difficultés, je t'aiderais à les surmonter. Je vais voir Hale dans la matinée pour qu'il nous réserve un avion.

- Eh bien, je suppose que c'est réglé alors. Vegas, nous voilà !

Son ton était plat et contenait peu d'émotion. Il n'y avait ni l'excitation ni l'anticipation d'une escapade d'un week-end, et je ne pouvais pas m'empêcher de me demander si ce voyage n'allait pas être une erreur monumentale.

5

Krystina

Ce vendredi matin, Alexander et moi sortîmes de chez nous pour rejoindre la limousine, le SUV noir soigneusement stationné dans l'allée. Le fait de me rendre à l'aéroport à bord d'un service voiturier me semblait bizarre, parce que j'étais habituée à voir Hale ou Samuel au volant de nos véhicules. L'un d'eux semblait toujours être avec nous, où que nous allions. Les seules fois où ce n'était pas le cas, c'était pendant la pandémie, une période où maintenir une distance physique était impératif pour le bien-être de tout le monde. Lorsqu'Alexander m'avait annoncé notre escapade à Las Vegas sans eux, je fus surprise. Il expliqua que ce n'était pas nécessaire, car notre notoriété y était moindre qu'à New York, rendant ainsi plus aisé le fait de passer inaperçus.

Je n'avais pas posé de question, préférant apprécier la rare occasion d'être vraiment seule avec mon mari une fois arrivés à Las Vegas. Même si j'appréciais Hale et Samuel, le simple fait de ne pas les avoir constamment à nos côtés se profilait comme une perspective agréable, même si ce n'était que pour un long week-end. Pourtant, si la présence parfois intrusive des paparazzis pouvait être agaçante, la nécessité d'avoir un garde du corps à nos côtés vingt-quatre heures sur vingt-quatre restait une énigme pour moi. Je persistais à penser que les préoccupations d'Alexander étaient quelque peu exagérées.

Nous nous approchions de la limousine et d'un jeune chauffeur qui tenait la porte du passager ouverte. Alexander posa une main possessive et revendicatrice sur le bas de mon dos. Je me souriais à moi-même, aimant le message qui se cachait derrière ce geste. Il ne voulait pas que l'on se demande à qui j'appartenais - et apparemment, cela concernait aussi le chauffeur de la limousine. Je me considérais comme forte et indépendante, mais la possessivité d'Alexander m'excitait toujours autant. C'était un équilibre constant que je maintenais.

Lorsque nous fûmes tous deux assis à l'intérieur, le chauffeur ferma la porte. Alexander s'assit à ma droite, face à l'arrière de la voiture. Quant à moi, je m'installais sur la banquette qui s'étendait sur toute la longueur du véhicule. Quand le chauffeur eut pris sa place, Alexander s'adressa à lui :

- Vous avez bien les adresses ?

- Oui, monsieur. Votre chef de la sécurité me les a données, lui répondit-il.

Un petit sourire se dessinait aux coins de ma bouche. Nous pouvions presque toujours compter sur Hale pour avoir une longueur d'avance.

- Parfait, dit Alexander avec un léger hochement de tête. On ira d'abord chercher Allyson à Greenwich Village, puis Matteo avant d'aller à l'aéroport.

- Oui, Monsieur.

La limousine contourna l'allée circulaire pour atteindre la rue. Comme le trajet jusqu'à l'appartement d'Allyson allait durer une heure, je m'installais confortablement et regardais par la fenêtre en profitant de la tranquillité du trajet. Nous roulions en silence pendant un moment, et j'en profitais pour réfléchir à ce que j'avais fait ce matin. Comme d'habitude, j'avais rendu visite à Liliana. La quitter m'était toujours difficile, mais aujourd'hui, ça l'avait été encore plus, car je savais que je ne reviendrai pas la voir avant mardi matin. Rien que d'y penser, mon estomac se resserrait et se retournait sous l'effet de l'anxiété. Je me demandais si je pourrais vraiment quitter New York en pensant sérieusement à ne pas dire au chauffeur de faire demi-tour. Au bout d'un moment, j'eus l'impression que quelqu'un m'observait. Distraitement, je détournais mon attention de mes pensées et mon regard croisa celui d'Alexander.

- Reste avec moi, dit-il à voix basse.

- Je suis là.

- Non, tu n'es pas là, insista-t-il. Tu sembles agitée. Détends-toi, mon ange. Tout ira bien.

Mes yeux dévièrent vers le bas, contemplant mes mains se nouer anxieusement sur mes genoux au fur et à mesure qu'Alexander s'approchait en m'effleurant la cuisse du bout d'un doigt. Puis, d'une main assurée, il empoigna mon mollet et le remonta délicatement, reposant ma jambe sur ses genoux. Puis il commença à me masser la cheville. Ses yeux bleu saphir s'étrécirent pour me transmettre un message inattendu. Intriguée, je haussais les sourcils, reconnaissant trop bien cette expression. Mon mari était clairement dans un état d'excitation. Perplexe quant à la cause, je pris un moment pour l'observer. Il était vêtu d'un jean bleu et d'une chemise blanche. Une veste légère Brunello Cucinelli bleu marine complétait la tenue. Même habillé de façon décontractée, Alexander était un véritable régal visuel qui respirait la sophistication et le prestige.

Sa chemise, négligemment déboutonnée au col, révélait un aperçu de son torse. Mon esprit s'égarait dans l'imaginaire, dévalant le chemin hypothétique de mes doigts qui la déboutonnaient puis qui exploraient les contours musclés de son corps. Un sourire s'esquissa sur mes lèvres à cette pensée. Alexander connaissait bien mon penchant pour son style vestimentaire, et je ne pouvais m'empêcher de penser que son désir soudain était intentionnel. Sa capacité à lire mes pensées ne devrait jamais me surprendre, et j'étais convaincue que cette manifestation inattendue de désir était sa manière habile de me détourner des pensées de Liliana, qui me manquait déjà.

Je ne pouvais que constater l'efficacité indéniable de sa stratégie. Un frisson naissait dans le creux de mon ventre, et il ne fallut guère de temps pour que notre tension sexuelle épaississe l'atmosphère. Peut-être que le fait d'être dans une limousine contribuait à cette impression, car il y avait toujours quelque chose de stimulant dans les espaces confinés. Ou peut-être était-ce simplement le regard scrutateur d'Alexander : il ne se contentait pas de me regarder mais il m'étudiait comme s'il analysait le moindre de mes gestes. Mon visage s'embrasa et ma respiration s'accéléra au rythme de mes émotions. Je n'avais aucune idée de ce qu'il préparait, mais je savais que je ne serais pas déçue.

Cependant, au bout d'un moment, il devint évident qu'il n'allait pas faire avancer grand-chose. Un froncement de sourcils trahit ma perplexité, car j'étais convaincue que d'autres options s'offraient à nous. Une lueur chaude et audacieuse dans ses yeux ne tarda pas à m'alerter, une expression que j'avais rencontrée maintes fois dans le passé, et je ne pouvais pas la sous-estimer.

Qu'est-ce que vous êtes en train de manigancer, Monsieur Stone ?

Je réfléchissais aux intentions d'Alexander avant de décider qu'il n'y avait aucune raison pour que je ne prenne pas les choses en main. Déplaçant mon pied, j'enlevai une ballerine Louboutin et fis glisser mes orteils le long de la cuisse d'Alexander. En raison de ma position, l'angle de quarante-cinq degrés entre mon corps et le sien ne me permettait pas d'exercer la pression que je souhaitais sur son aine. Mais il savait très bien où je voulais en venir. Sa main passait sur mon genou et remontait le long de ma jambe. Son expression restait stoïque tandis qu'il pressait son pouce en haut de ma cuisse. J'inspirais fortement lorsqu'il se mit à me masser légèrement au travers de mon jean. Son regard était attentif et ne quittait pas mon visage. Je lançais un regard sur le chauffeur. La vitre séparatrice était baissée et j'avais envie de me mettre sur les genoux de mon mari et de le chevaucher, mais je ne voulais pas qu'il y ait de spectateurs. Je fixais le bouton qui fermait la vitre et Alexander suivait mon regard.

- N'y pense même pas, mon ange, m'informa-t-il avant que je ne puisse exprimer mes pensées.

- Pourquoi ?

Abaissant sa voix à un murmure, il me rétorqua : Parce que ce que je veux faire avec toi demande plus de temps, et nous serons en bas de chez Allyson dans moins d'une demi-heure.

- Pourtant, moi, je peux penser à beaucoup de choses faisables en une demi-heure, lui répliquai-je en me sentant déjà essoufflée rien qu'en y pensant.

Puis, à ma grande satisfaction, je vis un lent sourire s'étirer sur le visage d'Alexander.

- Vous avez peut-être raison, Madame Stone. Je vous laisse vous asseoir ici, me dit-il fermement en tapotant l'espace de la banquette qui était à côté de lui. Je lançais un autre regard furtif sur le chauffeur et Alexander grimaça : Ignorez-le et faites ce que je vous dis, Madame Stone.

Sa voix grave se répercutait sur moi. Il avait ce ton dominant qui me donnait la chair de poule.

- Bien, Monsieur, murmurai-je.

Je m'exécutais rapidement et me glissais près de lui.

Il se pencha près de mon oreille et chuchota : Je ne veux pas que tu fasses le moindre bruit. Tes cris sont pour moi, et pour moi seul. D'accord ?

En d'autres termes, nous n'étions pas seuls et dans tous les cas je devais me taire. Le chauffeur était à portée de voix et pour une raison inexpliquée, la possibilité d'être entendue ou remarquée suscitait en moi une excitation indéfinissable. Ma respiration se suspendait involontairement tandis que je répondais d'un signe de tête approbateur.

Alexander passa son bras droit dans mon dos pour le glisser sous ma chemise jusqu'à ce que sa main touche mon sein. Abaissant le bonnet en dentelle de mon soutien-gorge, il se mit à faire rouler mon mamelon entre ses doigts. Je gémissais presque, mais me rappelais très vite du fait qu'il m'avait imposée de rester silencieuse. Cependant, ce qu'il fit juste après rendit tout ça presque impossible. En baissant les yeux, je le vis utiliser sa main libre pour défaire le bouton de mon jean et en abaisser la fermeture Éclair en un mouvement fluide.

- Lève les hanches, m'ordonna-t-il.

Je m'exécutais en lui permettant de baisser mon pantalon suffisamment pour qu'il ait accès à mon point sensible. Puis, avant même que je n'eus le temps de réagir, ses doigts étaient partout dans mon entrejambe à la recherche des terminaisons nerveuses situées au niveau de mon clitoris qu'il était le seul à savoir commander. Lorsqu'il les trouva, je me mis à gémir.

- Chut. Reste tranquille.

Ses mots étouffés étaient à peine audibles contre mon oreille. En avançant la main encore plus loin, il trouva l'ouverture de mon entrejambe et en suivait la fente. J'étais déjà mouillée. Il fredonnait son approbation pour que je sois la seule à l'entendre, puis il me pénétra avec deux doigts jusqu'au niveau de la deuxième phalange. Mon corps entier l'aspira tandis qu'il en caressait les parois internes. Alors que sa magie opérait, je l'observais. Mon jean faisait à peine le tour de mes hanches et il y avait quelque chose d'incroyablement excitant à le regarder faire. Son doigté avait une précision d'expert, glissant de plus en plus profondément en moi jusqu'à ce que je pense que je pourrais m'évanouir. Reposant la tête contre la banquette, je tentais de rester immobile même si j'avais envie de la balancer d'un côté à l'autre.

Faisant de mon mieux pour ne pas bouger du tout, je me concentrais uniquement sur son contact. Mes gémissements étaient bas et silencieux, comme il me l'avait demandé. Lorsqu'il enfonça un troisième doigt et qu'il accéléra le mouvement, mes gémissements se transformèrent en une respiration presque silencieuse. Mais je n'allais pas pouvoir continuer ainsi plus longtemps. Je désespérais d'aller jusqu'au bout.

Comme s'il avait senti mon besoin de libération, Alexander me pinça le mamelon, le faisant rouler fortement entre son pouce et son index. La secousse de la douleur déclencha une étincelle qui me fit décoller comme une fusée. Mon corps se raidit et je fermai les yeux. En quelques secondes, j'explosais grâce à ses doigts habiles.

- Il était temps, chuchota Alexander en retirant lentement ses doigts de l'emprise spasmodique de mon corps.

J'ouvrais paresseusement les yeux pour constater que nous étions arrivés depuis longtemps à Greenwich Village et que nous tournions dans Bleeker Street. L'appartement d'Allyson se trouvait juste en haut de la rue. Soudain au garde-à-vous, j'expirais, incapable de croire qu'il me restait moins de deux minutes pour me ressaisir.

- Maudit sois-tu, Alexander, maugréai-je en me remettant à la place que j'avais prise au début du trajet.

- Tu verras plus tard, mon ange, me dit-il en riant. Ce n'était qu'un avant-goût. Je suis loin d'en avoir fini avec toi.

L'ignorant, je m'empressais de fermer le bouton de mon jean et de remettre mon soutien-gorge en place. Une fois rhabillée, je sortais mon poudrier de mon sac à main et l'ouvris pour me regarder dans le miroir. Mes yeux étaient dilatés et je maudissais une fois de plus Alexander quand je vis à quel point mon visage était rougi. J'avais toujours détesté la rapidité avec laquelle mon visage rougissait. Je lançais un regard à mon mari. Il ressemblait à un vrai dieu du sexe, comme d'habitude, alors que moi, j'avais l'air d'avoir couru un marathon. Je m'appliquais une nouvelle couche de fond de teint en espérant pouvoir remédier à mon problème de rougeurs intempestives.

En remettant le poudrier dans mon sac à main, l'écran de mon portable s'alluma et je remarquai que j'avais eu deux appels manqués. Ne reconnaissant pas le numéro, je grimaçais.

- Qu'est-ce qui s'passe ? demanda Alexander.

- Je viens de recevoir deux appels manqués d'affilée d'un numéro inconnu. Encore une pub ! dis-je insolemment en remettant le téléphone dans mon sac à main alors que la voiture s'arrêtait.

Je levais les yeux pour voir que nous étions arrivés à destination. Allyson descendait les marches de son immeuble, vêtue d'un jean ample qui s'arrêtait au niveau des chevilles et d'un haut noir, ses cheveux blonds relevés en une queue de cheval élégante. Elle ne prit pas le temps d'attendre que le chauffeur de la limousine lui ouvre la porte et le fit elle-même en se glissant à l'intérieur du véhicule. Des anneaux argentés flottaient à ses oreilles et elle nous offrit un grand sourire. Puis, sortant une main de derrière son dos, elle nous présenta une bouteille de champagne et quatre longues flûtes en plastique.

En agitant ses sourcils parfaitement dessinés, elle déclara à mon attention :

- Hey ! On va à Las Vegas, ma poupée !

6

Alexander

Huit heures plus tard, nous arrivions au Florentine Resort de Las Vegas. Lorsque nous franchissâmes les portes principales pour traverser le hall, je remarquais l'expression lumineuse de Krystina. Le vol avait été long, mais elle avait dormi pendant la majeure partie du trajet. Maintenant, elle avait l'air plus reposée qu'elle ne l'avait été depuis des mois. Les cernes qui d'habitude semblaient omniprésentes sous ses yeux avaient disparu, et son sourire était comme un rayon de soleil éclairant l'aura sombre qui nous avait enveloppés après la perte de Liliana. Un sourire de satisfaction se dessinait aux coins de ma bouche, et je pouvais presque sentir la tension dans mes épaules se relâcher.

Ce ne fut qu'après notre enregistrement que nous réalisâmes que notre suite ne se trouvait pas dans le même bâtiment que celui de la chambre d'Allyson et de Matteo. Même si ce n'était qu'un inconvénient mineur, j'étais tout de même contrarié. Lorsque j'avais fait la réservation, j'avais été explicite sur le fait que nos chambres devaient être proches. Pressant mes lèvres l'une contre l'autre, je me tournais vers Krystina et nos amis. Les filles discutaient de ce qu'on allait faire pour le dîner.

- J'aimerais aller me rafraîchir, dit Allyson. J'ai toujours l'impression d'être sale après avoir pris l'avion, même dans un jet privé comme celui qu'Alex nous a réservé. Est-ce que j'ai le temps de me changer ?

- Amplement, lui dit Matteo. N'oublie pas le changement d'heure. On a gagné trois heures en venant ici. Je connais déjà l'endroit idéal pour manger. L'*Amore Tuscan Steakhouse*. Un de mes clients m'en a parlé. Il m'a dit que leur cuisine rivalisait avec celle que je sers *Chez Krystina* et il jure que c'est *delizioso* ! Je peux appeler et réserver, si vous voulez.

Krystina leva les yeux vers moi.

- Ça m'a l'air bien ! Alex, on les retrouve où ?

- À l'entrée principale de l'hôtel.

- Bonne idée, acquiesça Allyson.

Nous nous séparâmes pour suivre le groom jusqu'à notre suite. Cependant, comme c'était souvent le cas à Las Vegas, nous avions été obligés de traverser une grande partie du casino de l'hôtel pour nous rendre à notre chambre. C'était un stratagème utilisé par les hôteliers pour tenter de soutirer le moindre centime à leurs clients, et je détestais ça. En fait, je n'aimais pas grand-chose, à Vegas. Tant de gens aimaient se perdre dans la mer de paillettes, se délectant de la cacophonie des jetons qui s'empilaient et des pièces qui se mélangeaient. Pour moi, c'était exagéré.

J'observais ce qui se passait autour de nous tout en gardant ma main sur le dos de Krystina. Les personnes que nous croisions affichaient des expressions contrastées. Certaines avaient l'air heureux, manifestement portées par la chance ou profitant simplement de vacances bien méritées. D'autres avaient l'air frustré, beaucoup avaient un regard presque anormal. On aurait dit qu'ils gardaient l'espoir que le prochain tour de roulette serait *le bon*.

Nous croisâmes un couple d'âge moyen qui se disputait à voix haute. Je n'entendais qu'une partie de leur conversation, mais suffisamment pour savoir qu'ils se demandaient si leurs cinq derniers dollars ne leur serviraient pas mieux à la table de blackjack. J'espérais seulement qu'ils n'avaient pas d'enfants jeunes. Si c'était le cas, ils étaient probablement endormis dans une allée quelque part à l'extérieur du casino, une conséquence désespérante de la dépendance au jeu.

Juste avant d'atteindre l'ascenseur, je repérais un trio qui se dirigeait dans notre direction : deux femmes au bras d'un homme portant un costume à rayures et un fedora. Les femmes portaient des jupes beaucoup trop courtes pour leurs immenses jambes, et leurs lèvres trop rouges étaient retroussées en un sourire complice mais sulfureux. Malgré leur maquillage excessif, je pouvais voir la dureté sous leur façade. L'homme portait une petite boîte noire, et il ne m'était pas difficile d'imaginer ce qu'elle contenait. Il ne me fallut pas plus d'un regard furtif pour comprendre que ces femmes étaient des travailleuses du sexe et qu'il était leur proxénète. Il les escortait certainement jusqu'à leur prochain client.

Krystina et moi fîmes une pause pour les laisser passer, et je soupirais intérieurement. C'était Vegas et c'était exactement comme je m'en souvenais. Le sexe, le péché et la folie étaient omniprésents.

Pourquoi ai-je accepté de venir dans cet endroit paumé ?

Après un court trajet en ascenseur, le groom ouvrit la double porte de notre suite et s'écarta pour nous laisser entrer. Le laissant passer devant moi, je balayais du regard les alentours en découvrant la chambre. Malheureusement, comme nous nous y étions pris à la dernière minute, la suite Penthouse était déjà réservée, et j'avais dû me contenter de l'Executive King Suite. Heureusement, cette chambre semblait offrir tout le confort que l'on est en droit d'attendre d'un établissement de luxe. Le marbre italien du hall d'entrée était élégant et notre suite spacieuse et cossue n'était pas décevante.

- Monsieur, où voulez-vous que je dépose vos bagages ? demanda le groom avec un fort accent ukrainien.

Je me retournais vers le jeune homme brun vêtu d'une chemise noire impeccable. Toujours très courtois, il était avec nous depuis notre arrivée à l'aéroport. Regardant son badge hâtivement, je pris soin de m'adresser à lui en l'appelant par son prénom. C'était une pratique que Krystina m'avait incité à adopter avant notre mariage, en insistant sur le fait qu'il s'agissait d'une marque de respect à l'égard d'un membre du personnel chargé de s'occuper de nous. Malgré notre vie de luxe, ma femme était tout sauf prétentieuse.

- Vous pouvez les déposer dans le dressing, Nykolai, l'informai-je.

- Dois-je les déballer pour vous, monsieur ?

- Non, merci. Nous pourrons nous en occuper, s'empressa de répondre Krystina.

- Comme vous voulez, madame.

Après que Nykolai eut déposé nos sacs, je lui donnais un pourboire généreux pour ses bons services avant qu'il ne parte. Après avoir refermé la porte derrière lui, je me dirigeais vers le salon où Krystina m'attendait. J'avais fait livrer du champagne, un plateau de charcuterie et des fraises enrobées de chocolat dans la suite à temps pour notre arrivée. Krystina se retourna vers moi lorsqu'elle m'entendit entrer dans la pièce, et je vis ses yeux s'illuminer de plaisir.

- Je ne sais pas quand j'ai mangé des fraises au chocolat pour la dernière fois, me dit-elle.

Je souriais en me délectant encore de la voir si détendue. Elle avait peut-être eu raison d'avoir accepté de faire ce voyage à Las Vegas. Malgré ma résistance initiale, je commençais à penser qu'après tout, Sin City pourrait être la distraction dont nous avions besoin pour nous aider à surmonter la douleur que nous avions traversée récemment.

- Après ce long trajet en avion, je m'étais dit qu'on aurait besoin d'un en-cas pour tenir jusqu'au repas, lui expliquai-je.

Je m'approchais de la chaise longue nichée dans un coin de la pièce et me penchais pour ôter mes chaussures. Après avoir abandonné ma veste bleu marine et défait ma chemise, je me déplaçais pieds nus, vêtu uniquement de mon jean en direction de la table basse, où la nourriture était disposée. Je saisis une fraise enrobée de chocolat noir sur le plateau, me tournant ensuite vers Krystina. La tête inclinée sur le côté, elle affichait une expression curieuse.

À quoi elle pense ?

Après cinq ans de mariage, on pourrait croire que je savais ce qui se cachait derrière ces grands et beaux yeux bruns. Malheureusement, Krystina n'était pour moi qu'un puzzle. Parfois les pièces s'emboîtaient parfaitement, et parfois non. Comprendre son esprit était une intimité rare, et je détestais ne pas savoir ce qu'elle pensait.

Je m'approchais d'elle, lui passait un bras autour de la taille et portais la fraise à ses lèvres.

- Croque, lui dis-je. Ensuite, j'aimerais que tu me dises à quoi tu es en train de penser.

Plaçant ses yeux dans les miens, elle entoura la fraise de ses lèvres et la mâchait lentement, pour ensuite en aspirer paresseusement le jus. Je haussais les sourcils de surprise. Il était impossible de nier sa tentative délibérée de séduction lorsqu'elle passa délicatement sa langue sur sa lèvre inférieure. Même si ce n'était pas inhabituel pour Krystina de me provoquer de la sorte, je pensais qu'elle était fatiguée du vol. Apparemment, j'avais tout faux.

- J'essayais juste de me rappeler à quelle heure Matteo avait dit qu'il avait réservé la table. Tu t'en souviens ? me demanda-t-elle avec une innocence feinte en prenant une autre bouchée de la fraise. Du jus coula au coin de sa bouche, incitant sa langue à s'élancer pour l'attraper.

Mon souffle se bloqua immédiatement dans ma gorge avant de s'échapper dans une expiration grondante. Il n'y avait rien d'autre que de la chaleur dans les yeux de ma femme, et son regard était le même que celui qu'elle avait lorsque je l'avais aguichée pendant le trajet en limousine jusqu'à l'aéroport. Je savais que nous étions sur le point de terminer ce que nous avions commencé à ce moment-là.

- Il faut qu'on parte d'ici dans deux heures.

Même à mes propres oreilles, mes mots semblaient rauques. Se hissant sur la pointe des pieds, elle se penchait pour prendre ma lèvre inférieure entre ses dents. Elle la suçota d'un coup, puis elle releva la tête pour croiser mon regard.

- C'est parfait, dans ce cas. Parce qu'on peut faire un tas d'choses, pendant tout ce temps, Alex, chuchota-t-elle de manière attisante.

Elle recula d'un pas et ses mains déboutonnaient lentement sa chemise. Je restais immobile et la regardais se déshabiller, hypnotisé par sa beauté singulière. Chaque centimètre carré d'elle était parfait. C'était tout ce que je pouvais faire - sinon, je l'aurais balancée par-dessus mon épaule pour l'emmener dans la chambre et la posséder comme une bête impitoyable. Le désir me tenaillait et je réprimais un gémissement.

Krystina se dirigeait vers la chambre en faisant un strip-tease interminable qui laissait une traînée de vêtements dans son sillage. Je la suivais et mes vêtements tombaient à côté des siens au fur et à mesure que j'avançais. Lorsqu'elle atteignit le lit, elle ne portait rien d'autre qu'un string rouge. Mes yeux remontaient le long de ses jambes impeccables et se posaient sur le galbe de son cul parfait. Une vision de ses membres souples enroulés autour de mes hanches m'envahit.

Je ralentissais le rythme de mes pas, voulant à la fois la toucher et savourer la vision qui s'offrait à moi. Après avoir grimpé sur le lit, elle rampa à quatre pattes en direction des oreillers. Cette fois, je ne pris même pas la peine de réprimer mon gémissement.

En grimpant sur le lit, je la faisais basculer sur le dos et je me penchais pour prendre sa bouche. Je poussais ma langue brutalement au-delà de ses lèvres ouvertes et je la dévorais. Elle gémit, la vibration de ses lèvres envoyant une décharge électrique directement dans mon aine. Je descendais le long de son cou, appréciant le battement de son pouls sous sa peau tout en respirant son parfum. Elle sentait la vanille et les fraises, un aphrodisiaque enivrant pour mes sens.

Elle enroula ses longues jambes autour de ma taille et me serra contre elle. Je sentais la chaleur de son sexe au travers de la dentelle rouge lorsqu'elle pressa son bassin contre moi et commença à se frotter dessus. Son désir était brûlant. Tellement brûlant.

Je tordais ses mamelons entre mes doigts et elle soupirait de plaisir. Je savourais le poids de ses seins nus dans mes mains avant de prendre en bouche une aréole, que je suçais en jouant avec ma langue tout en remerciant en silence tout ce qui était divin d'avoir fait de cette femme la mienne. Je désespérais d'être en elle et de sentir sa chaleur de velours. Mais pas maintenant. Elle avait pris les devants, et il était temps pour moi de reprendre le contrôle. Réfléchissant rapidement, je concoctais un plan qui lui apporterait le plus de plaisir possible dans le peu de temps dont nous disposions.

- Attends ici et garde les yeux fermés, lui chuchotai-je à l'oreille.

Me glissant du lit, je me dirigeais vers le coin de la pièce où Nykolai avait laissé nos sacs. Je savais que les raisons pour lesquelles Krystina voulait déballer les valises elle-même allaient au-delà de sa répugnance à voir des étrangers toucher à ses affaires. Plus que probablement, elle avait prédit que j'avais peut-être emporté des objets douteux. Elle avait raison. Même si je n'avais pas une pléthore de sex toys à ma disposition comme nous le faisions à la maison, j'en avais emporté suffisamment pour faire preuve de créativité.

Je pris une cravate et une corde en soie, puis je retournais dans le salon pour prendre la bouteille de cham-pagne. De retour dans la chambre, Krystina était toujours immobile, les yeux fermés.

Je posais les objets sur la table de nuit et me glissais sur son corps. Ma langue traçait des cercles sur sa peau comme une aiguille tournant sur un vinyle. Des sons charnels et sensuels s'échappaient d'elle à chaque révolution, créant une musique entêtante pour mes oreilles avides. Lentement et délibérément, je descendais son string le long de ses jambes, adorant chaque centimètre de sa peau au fur et à mesure.

Une fois qu'elle fut complètement nue, je descendais à nouveau du lit et récupérais la cravate, que je nouais rapidement pour la glisser sur sa tête en guise de bandeau. Après m'être assuré que le nœud était bien fixé à la base de son crâne, je déroulais la corde.

- Je veux que tu restes immobile. Je contrôle la situation, mon ange. Je ferai ce que je veux à ton corps, comme je le veux. Tu me comprends ?

- Oui, monsieur, souffla-t-elle.

Je me souriais à moi-même, heureux d'entendre le ton qu'elle n'utilisait que lorsqu'elle était complètement soumise. J'aurais pu enfouir ma bite en elle à ce moment-là, l'enfoncer comme l'animal sauvage que j'étais. Un jour ou l'autre, je le ferais. Mais ma femme méritait d'abord mon adoration.

Manipulant la corde avec une lenteur délibérée, j'en déroulais le tissu soyeux pour l'enlacer autour de ses poignets. Une fois ses mains solidement liées, j'en étirais les extrémités jusqu'aux coins supérieurs du lit pour les fixer aux barreaux latéraux. Ainsi, avec ses mains immobilisées au-dessus de sa tête, son corps s'étendait devant moi tel un festin attendant d'être dégusté avec avidité.

Attrapant la bouteille de champagne, je m'installais à califourchon sur son corps. Ma bite gonflée pesait lourdement sur son ventre, attendant impatiemment d'être enfouie en elle tandis que je m'efforçais de retirer le bouchon de la bouteille. Au bout d'un moment, le bruit sec du bouchon qui cède se fit entendre, et le champagne s'échappa et se mit à couler sur le torse de Krystina, déferlant sur ses flancs et le lit pour glisser entre nous jusqu'au sommet de ses cuisses. Je me déplaçais pour me positionner entre ses jambes et je lui repoussais les cuisses vers le haut pour qu'elle s'ouvre complètement à moi.

- Oh, mon ange, murmurai-je en regardant son sexe scintillant.

Me baissant, j'appuyais ma joue contre l'intérieur de sa cuisse.

Ses lèvres roses étaient invitantes, et tellement de possibilités envahissaient mon esprit.

- Que veux-tu que je te fasse ?

Comme elle ne répondait pas, je lui mordillais la cuisse ; suffisamment fort pour lui faire mal. Dans son inconfort, elle se tortilla légèrement avant de pousser ses hanches vers le haut pour me communiquer silencieusement son besoin ardent. Je me souriais à moi-même : une once de douleur serait certainement le moyen le plus efficace pour exciter ma femme.

- Je suis preneuse de tout ce que tu es prêt à me donner.

- Tu veux un orgasme ? Je la titillais en inclinant la bouteille de champagne jusqu'à ce que le liquide commence à couler lentement.

- Oui, dit-elle dans un murmure.

Elle inspira brusquement et son souffle s'envola de ses poumons une fois que le champagne eût atteint son entrejambe et qu'il glissa au travers de ses lèvres. Je pressais le goulot en verre de la bouteille contre sa chaleur humide en lui chatouillant doucement le clitoris palpitant. Elle se mit à respirer de manière plus rythmée, et rien que le fait d'entendre sa respiration m'aurait presque fait jouir. Je savais que je ne pourrais pas attendre plus longtemps. Je devais agir. Plonger en elle. Me penchant sur elle, j'écrasais ma bouche contre son désir. Enfouissant mon visage dans sa chaleur trempée, son dos s'arqua et elle poussa un cri sous les mouvements persistants de ma langue.

Je m'éloignais le temps de reposer la bouteille sur la table de nuit. Une fois de retour, je lui poussais les jambes vers le haut du corps afin de pouvoir la dévorer encore plus. Un peu comme un homme affamé qui ne serait jamais rassasié. Le goût du champagne acidulé mélangé au sien m'excitait les sens au plus haut point. Sa respiration saccadée et sa tête se balançait d'avant en arrière dans les affres de la passion. Son clitoris palpitait sous les coups impitoyables de ma langue, et je savais qu'elle était proche de l'orgasme. Au bout de quelques instants, son corps s'immobilisa et elle cria dans son extase. Son jus, le plus doux de tous les nectars, explosa sur ma langue et sur mes lèvres. Je sentais un tremblement descendre le long de ses jambes et souriais dans ma satisfaction. Je me délectais de la dernière goute de son nectar puis, levant la main, je faisais glisser le bandeau sur son front pour pouvoir la regarder dans les yeux. Ses joues étaient rouges et son regard semblait désespéré. Le désir s'accumulait au fond de ses yeux et je savais ce qu'elle voulait : moi. Elle voulait que je m'enfouisse en elle. Sans aucune retenue. Elle ne voulait pas que mes doigts la préparent d'abord comme pour l'étirer avant mon invasion. Elle voulait que j'agisse rapidement et violemment.

- Tu veux que je vienne en toi, c'est ça ? la questionnai-je d'une voix rauque.

Ses lèvres s'écartaient légèrement et ses yeux devenaient sombres de désir.

- Tu peux y aller. Surtout, ne te retiens pas.

Je me positionnais à l'entrée de son corps et glissais en son intérieur. Je bougeais lentement, mais sans aucune tendresse. Sa respiration s'arrêta et sa bouche se relâcha alors qu'elle absorbait chaque bouffée de plaisir que je lui procurais tout en l'étirant. Je la berçais en l'entraînant dans une frénésie désespérée.

- Tu peux encore jouir, mon ange.

Je lui embrassais le visage, en passant des joues jusqu'au pavillon de l'oreille, pour ensuite redescendre jusqu'à son cou et ses épaules. Je continuais mes allées et venues jusqu'à ce qu'elle commence à trembler sous la pression que j'exerçais profondément en elle. Je lui saisis la jambe droite pour la ramener par-dessus mon épaule, puis je poursuivais mes allées et venues ; chaque fois plus pour m'insérer toujours plus profondément en elle.

- Oh, Alex ! souffla-t-elle.

Et c'est là que je le sentis : un plaisir brûlant se répandit dans mes veines alors que les parois de son vagin commençaient à se resserrer autour de moi. Elle enveloppa ma bite de chaleur, palpitante de désir. Je me retirais lentement, avant de reprendre mes va-et-vient en ressentant le besoin de sentir son orgasme encore plus que le mien. Son corps se tordait de plaisir, prenant tout ce que je pouvais lui donner. Avec ses boucles brunes étalées sur l'oreiller et ses seins qui rebondissaient pendant que je la chevauchais, elle ressemblait à une déesse sensuelle et ardente. Poussant sa jambe plus haut, je lui donnais une fessée.

- Oui ! cria-t-elle. Encore !

Je la frappais à nouveau, cette fois un peu plus fort. Sa chatte se resserrait de plus en plus à chaque coup que je lui donnais, jusqu'à ce que son sexe s'enroule autour du mien. Elle suivait mon rythme en tirant sur ses liens tout en gémissant tandis que je la possédais. Lorsqu'elle cria encore, la vision que j'eus d'elle n'était comparable à rien d'autre. Ses yeux se révulsèrent et son sexe se resserra comme un étau. Je savais que je ne tiendrais pas longtemps.

- À moi, maint'nant. C'est mon tour, mon ange, soufflai-je en serrant ses hanches.

- Oui, mais d'abord, laisse-moi te sentir profondément. S'teu plaît, Alex !

Cet appel spectaculaire de la part de Krystina me fit basculer. Tout tomba dans l'obscurité avant qu'une sorte de conscience blanche ne m'emporte. Je plongeais profondément en elle pour laisser ma semence s'éjecter dans l'endroit le plus intime de son corps. Notre connexion était complète.

Rassasié et hors d'haleine, je m'effondrais en me déplaçant légèrement sur le côté pour ne pas l'écraser. Au bout d'un moment, quand nos respirations reprirent leur rythme normal, je me levais pour aller détacher les poignets de Krystina. Des marques de couleur rouge vif étaient apparues, contrastant vivement avec celles que j'avais l'habitude de voir et qui étaient rose pâle. La peau ne semblait pas abîmée, mais son poignet avait quand même été bien malmené. Je fronçais les sourcils en me maudissant silencieusement et en me faisant une note mentale pour ne plus utiliser ce genre de corde.

Je m'éloignais du lit pour aller récupérer un flacon d'aloe vera dans ma trousse de toilette. Après l'avoir rapidement décapsulé, je m'asseyais sur le bord du matelas et lui massais les poignets avec le produit. Krystina me regardait faire en silence. Quand je pus enfin m'installer contre les oreillers, elle se déplaça jusqu'à moi pour pouvoir se caler contre ma poitrine en poussant un soupir de contentement. Elle se mit à tracer des petits cercles sur ma poitrine avec ses doigts et au bout de quelques minutes, elle ralentit son mouvement tout comme sa respiration. Je vérifiais l'heure. Il nous restait moins d'une demi-heure avant notre rendez-vous avec Allyson et Matteo.

- On devrait p't'être se préparer, suggérai-je.

J'étais sûr que si nous restions allongés plus longtemps, Krystina s'endormirait.

- Hummm... murmura-t-elle, puis elle se tourna sur le dos. Je me demande ce que faisaient Ally et Matteo pendant qu'on...

- ... pendant qu'on faisait des cochonneries vite et bien à Vegas ?

J'avais terminé sa phrase à sa place.

- C'est comme ça qu'on pourrait dire, en effet ! me dit-elle en riant doucement. Après l'atterrissage, j'ai eu l'impression qu'ils partaient chacun de leur côté. C'est bizarre, j'arrive jamais à savoir ce qui se passe, avec eux !

- Bien d'accord avec toi, lui confirmai-je. Je me demande souvent s'il y a plus qu'ils ne le laissent entendre.

Dire que je me posais la question était un euphémisme. Si j'étais un homme de jeu, j'aurais parié qu'il se passait quelque chose de plus qu'une simple amitié entre nos deux meilleurs amis. Cependant, j'avais fait le choix de ne pas exprimer mes soupçons à Krystina. Leur relation ne nous regardait pas, et je ne voulais pas que ces spéculations nous empêchent de profiter pleinement de notre séjour ici. Nous étions venus à Las Vegas pour une bonne raison : celle d'échapper à des mois difficiles et de pouvoir enfin respirer un peu mieux et d'avoir l'impression de revivre.

Krystina voulait s'échapper et laisser tout ça derrière elle. Et jusqu'à présent, on s'était bien débrouillés.

7

Alexander

Krystina et moi sortions de l'ascenseur en direction du hall de l'hôtel. Nous dûmes une fois de plus traverser une partie du casino. Une fois dehors, ce fut la chaleur de l'été qui nous accabla. Une chaleur différente de celle de New York. Ici, elle était sèche et pas aussi moite ; mais ceci dit, l'air était toujours aussi étouffant. Le voiturier avait décapoté l'Audi R8 que j'avais louée, et il se tenait patiemment près d'elle en attendant de m'en remettre les clés. Je cherchais Allyson et Matteo, mais ils n'étaient pas encore là. Je trouvais ça dommage de rester dehors en pleine chaleur, et je me demandais si nous ne pourrions pas rentrer jusqu'à ce qu'ils nous rejoignent.

J'étais sur le point de faire part de ces pensées à Krystina, mais je m'arrêtai devant ses yeux écarquillés d'émerveillement. Elle était souriante et semblait emportée dans les paillettes et le glamour que je détestais tant.

- La beauté est dans l'œil de celui qui regarde[1], remarquai-je.

- Pourquoi tu dis ça ? me demanda-t-elle distraitement alors qu'elle continuait à regarder autour d'elle.

- Tu sembles émerveillée par tout ce qui nous entoure, alors que moi, je vois à peine toutes ces choses. Je ne peux pas regarder au-delà de ton sourire. C'est déjà pas mal.

Elle me regarda et son sourire s'élargit. Je restais scotché en me rappelant que finalement, c'était pour elle que j'étais venu ici. Et j'étais même prêt à y revenir encore et encore si ça voulait dire qu'elle continuerait à rayonner comme ça.

- Hé salut ! appela une voix familière depuis derrière moi.

Je me retournais pour voir Ally et Matteo s'approcher. La bouche de Matteo était dressée dans un sourire bancal. C'était presque un sourire enjôleur - une expression que j'avais déjà vue plusieurs fois.

Et merde.

Depuis aussi longtemps que je me souvenais, Matteo et moi étions inséparables. S'il était souvent impassible, j'arrivais toujours à lire aisément ses humeurs. Mais sur ce coup-là, je connaissais trop bien son regard. Mon ami venait de s'envoyer en l'air, et j'étais certain qu'il n'avait pas fait ça avec quelqu'un qu'il venait de rencontrer. Pour commencer, ce n'était pas son style. De plus, nous venions tout juste d'arriver. La probabilité qu'il s'agisse d'une partie de jambes en l'air vite-fait-bien-fait était mince, voire nulle. Cela ne laissait qu'une possibilité.

Je regardais rapidement Allyson. Elle faisait comme si de rien n'était et souriait en se penchant pour embrasser Krystina. Cette fille était une vraie menteuse. En me retournant vers Matteo, je lui saisissais fermement l'épaule et me penchais près de lui pour qu'il soit le seul à pouvoir entendre.

- J'espère que tu sais c'que tu fais, mec, lui chuchotai-je. Ne fous pas tout en l'air. Krystina aura tes couilles si ça devait arriver.

Matteo se pencha en arrière et tentait d'avoir l'air surpris.

- De quoi tu parles ? feignit-il.

Je lui souris.

- Arrête de mentir, Matt. Je te connais trop bien. Je ne sais pas pourquoi tu le caches, mais c'est ton secret. Je ne dis rien pour l'instant, mais préfère t'avertir. Krystina n'est pas dupe. Elle le découvrira bientôt et il vaut mieux qu'elle le sache par l'un de vous deux.

- Vous êtes prêts, les garçons ? demanda Krystina. Ally est déjà dans la voiture. On vous attend ! Mais vous faites quoi, là, tous les deux, à comploter dans votre coin ?

En la fixant des yeux, je lui glissais un bras autour de sa taille et en profitais pour lancer un regard conscient à Matteo tout en pressant mes lèvres au sommet de la tête de Krystina.

- On fait rien. Allez, mon ange. On va manger !

LE TRAJET vers le restaurant était animé. Malgré la chaleur, Krystina et Allyson avaient insisté pour que je laisse la voiture décapotée pour mieux voir la vue. Alors que je trouvais les répliques d'endroits célèbres dans le monde entier présentes à Las Vegas un peu tape-à-l'œil, je ne pouvais pas leur enlever la vue sur le Strip[2] emblématique qui abritait les hôtels et les casinos les plus célèbres de la ville. Passant devant tout un tas de fontaines spectaculaires, de montagnes russes et d'hôtels tous plus prestigieux les uns que les autres, Krystina et Allyson avaient dégainé leurs téléphones portables pour pouvoir les capturer grâce à l'option « photo » de leurs appareils.

Pendant ce court trajet, de la musique explosait en sortant de la voiture. Quant à moi, je commençais à me rendre compte que mon regard sur Vegas était un peu moins dur. Peut-être était-ce le rire mélodieux de Krystina qui résonnait dans l'air chaque fois qu'elle voyait quelque chose qui la captivait. Certes, je n'en n'étais pas certain, mais tout ce que je savais, c'était qu'au moment où nous atteignîmes le restaurant, la réticence que j'avais eue à propos du choix d'Allyson de notre lieu de vacances sembla se dissiper.

Une fois bien installés à table et les boissons commandées, Krystina et Allyson commencèrent à discuter de ce que nous ferions lors de notre long week-end ensemble. Allyson voulait voir un spectacle du Cirque du Soleil, et Krystina voulait trouver une boîte de nuit sympa pour aller danser. Comme elles ne semblaient laisser aucune place à Matteo ou à moi pour connaître nos avis par rapport à ça, je préférais rester assis en silence pendant que Matteo examinait le menu. J'étais sûr qu'il faisait des comparaisons avec son menu de *Chez Krystina*. Pour dire vrai, je ne sais pas s'il le critiquait ou s'il essayait de piquer des idées nouvelles.

La serveuse arriva pour nous servir les boissons. Je saisis mon verre de bourbon et en profita pour en aspirer une petite gorgée, tout en éprouvant un sentiment de contentement pour la première fois depuis longtemps. Même si j'adorais mon travail, je me sentais bien, loin de Stone Enterprise. J'avais des employés compétents et je savais que je pouvais leur faire confiance pendant mon absence. Cela me fit apprécier à quel point j'avais été sélectif lors de leur embauche. Je savais aussi que si quelqu'un sortait du rang, Laura serait là pour les remettre en place. Mon assistante était une vraie bénédiction, et je me demandais parfois ce que je ferais sans elle.

- Avez-vous fait votre choix ? J'aimerais prendre vos commandes, nous indiqua poliment la serveuse en interrompant mes rêveries.

Je fis un clin d'œil à Krystina, mais elle me fit signe en disant :

- Je ne sais pas encore ce que je veux prendre. Tout a l'air bon. Je vous laisse commander en premier.

La serveuse s'adressa à Allyson, qui prit une salade César et du saumon d'Atlantique. Je m'orientais sur des escargots en entrée et un filet de steak porterhouse en plat principal. Quant à Matteo, il avait commandé suffisamment de nourriture pour nourrir tout un petit village, passant commande de manière très italienne avec des *antipasti*, des *zuppe*, des *pasta*, et des *secondi*.

Je me mis à rire.

- Tu veux que je fasse comment ? J'ai besoin de connaître mes concurrents, dit un Matteo un peu sur la défensive.

- À ta place, je ne considérerais pas cet endroit comme une

concurrence à ton restaurant de New York, répondit sèchement Allyson.

La serveuse se contenta de hausser un sourcil, l'air légèrement amusé, avant de reporter son attention sur Krystina.

- Avez-vous décidé de ce que vous voulez commander, Mademoiselle ?

- Oui, commença Krystina en montrant le menu. J'aimerais débuter mon repas par une tasse de *zuppa di fagioli*, avec le petit filet mignon comme plat principal.

- Bien, madame. Comment voulez-vous qu'il soit cuit ?

- À point, s'il vous plaît. Et pourrais-je avoir...

Elle s'arrêta net et regarda son téléphone portable posé devant elle sur la table. L'écran était allumé et il vibrait. Levant les yeux vers la serveuse, elle secoua la tête et s'excusa.

- Désolée. Est-ce que je peux avoir des champignons sautés en accompagnement ?

- Tout à fait, lui répondit la serveuse.

Après qu'elle se soit éloignée, je demandais à Krystina :

- C'était qui, au téléphone ?

- Je n'sais pas. Elle haussa les épaules. Je n'arrête pas de recevoir des appels d'un numéro inconnu. C'est la troisième fois, aujourd'hui. J'hésite à y répondre après la débâcle des paparazzis que nous avons connue il y a quelques années.

- Je comprends. C'est vrai que c'était horrible, convint Allyson.

- C'était après que le photographe véreux ait pris une photo de toi en maillot de bain, c'est ça ? s'enquit Matteo.

- Oui, répondit Krystina en secouant la tête d'un air dégoûté. Puis il a divulgué notre adresse et mon numéro de téléphone. Après trois jours de messages vocaux de pervers, j'ai changé de numéro. Ça rendait Alex complètement fou rien qu'à les entendre !

Je restais silencieux pendant qu'ils discutaient tous les trois des détails de cet incident, mon inquiétude grandissant de minute en minute. Je ne pouvais m'empêcher de me demander si cet appelant inconnu n'était pas Michael Ketry. J'en parlerais à Hale dès notre retour à New York. Je ne pouvais pas supporter l'idée que Krystina soit confrontée à une nouvelle tourmente. Me calant dans mon dossier, j'avalai une autre gorgée de bourbon en pensant à tout ça. Ma femme avait assez souffert ces deux dernières années. Je n'avais aucune raison de croire qu'elle ne pouvait pas gérer la possibilité de rencontrer le père qu'elle n'a jamais connu, car c'était l'une des personnes les plus fortes que je connaissais. Je ne voulais tout simplement pas qu'elle ait à y faire face. Après tout, elle méritait bien un peu de paix.

8

Krystina

Mon visage se crispait et j'avais l'impression d'avoir une boule de plomb dans l'estomac. J'avais rêvé de quelque chose, mais je ne me souvenais pas de quoi. Je savais seulement que ce qui m'avait hanté la nuit m'avait laissé un sentiment de vide. J'ouvrais lentement les yeux et regardais autour de moi. La pièce était sombre, avec une lueur discrète provenant de deux petites veilleuses placées sur des appliques murales face au lit. Je me sentais désorientée et il me fallut un moment pour me rappeler que j'étais à Las Vegas. Une fois les repérages terminés, un terrible sentiment d'effroi s'empara de moi.

Je ne pourrai pas voir Liliana ce matin.

Mon cœur se serra et mon visage se pinça à nouveau. Je ne pus empêcher les larmes de couler.

J'ai abandonné mon bébé.

Si je restais au lit, Alexander finirait par savoir que j'étais en train de pleurer. Je ne savais pas pourquoi, mais je ne voulais pas qu'il le sache. Je savais que c'était ridicule de se cacher de lui - il était mon mari, après tout. Mais une partie de moi avait honte de

                    DAKOTA WILLINK

pleurer. Pourtant, pleurer ne me ramènera pas mon bébé. Mais une autre partie de moi me disait qu'après tout, je pouvais tout à fait pleurer. Un peu comme si les larmes étaient le symbole d'un chagrin que je devais garder pour moi. Certes, cette pensée était vraiment bizarre, mais c'était tout de même ce que je ressentais.

Je me débarrassais des couvertures, me glissais hors du lit et me dirigeais vers la salle de bains. Un rapide coup d'œil à ma montre m'indiqua qu'il était un peu plus de quatre heures du matin. Je ne voulais pas réveiller Alexander et entrais dans la salle de bains en fermant doucement la porte derrière moi. Je m'appuyais contre la porte en glissant lentement sur le sol. Puis je laissais tomber ma tête dans mes mains et laissait mes larmes couler silencieusement.

Contre toute attente, la pièce se mit à tourner et j'eus une sorte de vision d'un tunnel. Je clignais rapidement des yeux, m'efforçant de retrouver ma concentration. Ma vue s'étrécissait et mon cœur se mettait à battre la chamade. Je n'étais pas sûre de combien de temps s'était écoulé. Il aurait pu s'agir de minutes ou d'heures et je ne l'aurais même pas deviné. Tout ce que je faisais était de me concentrer sur le poids qui pesait sur moi, me privant d'un oxygène précieux. Je serrais la poitrine, luttant pour trouver mon souffle.

- Krystina ? entendis-je de l'autre côté de la porte.

Alex.

Le fait de penser à lui sembla faire battre mon cœur plus vite. Je respirais de manière saccadée et avais l'impression de suffoquer ; en même temps, je me demandais si c'était ce que je ressentirais en mourant.

On frappait à la porte. Au départ, c'était un peu comme un silence, puis cela devint plus persistant.

- Krystina !

J'entendais Alexander m'appeler à nouveau. Un instant plus tard, je sentais que l'on me poussait.

Qui me pousse ?

Suis-je en train de faire une crise cardiaque ?

J'ai envie de vomir.

Mais qui me pousse ?

- Krystina, éloigne-toi de la porte pour que je puisse entrer.

Alex.

C'est lui qui me pousse.

Avec cette putain d'porte.

C'est moi qui l'entrave.

Faut qu'je bouge.

Je me déplaçais sur le côté, suivant distraitement la demande d'Alexander alors que des pensées fragmentaires tourbillonnaient dans mon esprit. Je me griffais la poitrine. J'avais l'impression de vivre une expérience extracorporelle. Je pouvais voir ce qui se passait, mais j'avais l'impression d'être dans un film muet, avec seulement le bruit de mon cœur qui battait dans mes oreilles. J'avais l'impression de voir - et non de sentir - Alexander lorsqu'il me souleva et me porta jusqu'aux toilettes. Il abaissa le couvercle, me posa et commença à frotter sa main le long de mon dos.

- Bon sang, tu trembles comme une feuille, maugréa-t-il.

Je fais quoi ?

C'était bizarre, parce que c'était lui qui me l'avait fait remarquer ; je ne m'en étais pas rendu compte par moi-même. La seule chose sur laquelle je pouvais me concentrer, c'était mon cœur qui battait à tout rompre et ce sentiment nauséeux. Je me serrais l'estomac et commençais à me balancer en tentant une fois de plus de me concentrer pour me débarrasser de cette terrible vision de tunnel. Je ne réussissais qu'à avoir des sueurs froides.

Ça y est. Je deviens folle.

- Alex, fais que ça s'arrête.

Je m'étouffais.

- Krystina, je crois que tu fais une crise de panique, me dit-il de la voix la plus calme que je n'avais jamais entendue sortir de sa bouche. Concentre-toi sur ta respiration. Inspire profondément, puis expire lentement.

Je m'exécutais, puis répétais l'action à plusieurs reprises. À un moment donné de l'exercice, mon cœur se mit à battre moins vite et ma vision redevint normale. Je fixais le sol et, lorsque je relevais le regard sur mon mari, des rides d'inquiétude marquaient son beau visage.

- Je ne sais pas ce qui s'est passé, commençai-je. Tout ce dont je me souviens, c'est de m'être réveillée après un rêve, mais je ne me souviens pas de quoi il s'agissait. Ensuite, j'étais dans la salle de bains et je ne pouvais plus respirer. Puis tu étais là et...

Soudain, la raison pour laquelle j'étais bouleversée me revint en mémoire.

Liliana.

Les larmes me montèrent instantanément aux yeux et mon cœur se mit à battre à un rythme presque douloureux.

Alexander m'apaisa en passant son pouce sur ma joue pour effacer une larme qui était en train de couler.

- Tout va bien se passer, mon ange.

- Non, dis-je en secouant la tête avec véhémence. Ça ne va pas s'arranger. Venir ici était une erreur. J'aurais dû savoir que je ne pourrais pas la quitter.

Je n'eus pas besoin d'expliquer à qui je faisais référence. Il le savait. Son expression triste l'indiquait.

- Allez, viens, mon ange. Le jour se lève à peine. Retournons nous coucher. J'ai quelque chose à te montrer.

Sans attendre ma réponse, il glissa un bras sous mes genoux et un autre derrière mon dos, me berçant une fois de plus contre sa poitrine. Il me porta hors de la salle de bains comme si je ne pesais rien de plus qu'une plume et me ramena au lit. Une fois qu'il m'eut installée, il se mit à côté de moi et me serra contre lui. J'étais épuisée. Je n'avais jamais eu de crise de panique auparavant, et si c'était bien ce que je venais d'avoir, je ne voulais plus jamais vivre quelque chose de semblable.

- Tu penses que je devrais appeler le Dr Tumblin quand il sera une heure raisonnable à New York ? demandai-je calmement.

- Tu le peux, si tu le souhaites, mais j'aimerais que tu regardes ça en premier.

Il s'approcha de la table de chevet et prit son téléphone

portable. Levant le bras, il laissa le téléphone à l'horizontale pour que nous puissions tous deux voir l'écran. En cliquant sur l'application *camera roll*, il fit apparaître une vidéo et appuya sur *play*. C'était une vidéo de la banquette arrière de la Maserati avec Samuel au volant. Puis, brusquement, l'écran bascula et le visage d'Alexander apparut.

- Je sais que ce ne sera pas la même chose, déclarait-il dans la vidéo. J'espère que ça pourra t'aider les jours où tu ne pourras pas t'y rendre en personne. Je t'aime, mon ange. Je t'aime tellement que j'en ai mal.

Me sentant momentanément confuse, je fronçais les sourcils jusqu'à ce que l'écran se retourne à nouveau pour montrer la voiture qui passait sous l'arche du cimetière de Westwood Hills. J'en eus le souffle coupé.

- Alex, c'est quoi, cette vidéo ? murmurai-je.

- J'ai demandé à Samuel de recréer ta routine matinale.

Je n'arrivais pas à détacher mes yeux de l'écran et regardais Samuel emprunter l'étroite route goudronnée qui menait à la tombe de Liliana. Lorsqu'il ralentit la voiture pour s'arrêter devant l'érable géant, Alexander me prit la main et la serra doucement.

Samuel s'approchait pour ouvrir la porte de la voiture à Alexander, et je le regardais lui donner un lys, comme il le faisait pour moi chaque matin. Ma gorge s'obstruait sous l'effet d'un million d'émotions. Je n'arrivais pas à croire ce que je voyais. Je me rappelais tout ce qu'Alexander m'avait dit sur les raisons pour lesquelles il n'allait pas au cimetière. Il pensait que cela le déchirerait, et pourtant il était en train de recréer ce moment précieux - tout ça pour moi.

Je m'attendais à ce qu'il commence à marcher vers la pierre tombale, mais il restait immobile, l'appareil photo pointé droit devant lui.

- Je vais te demander quelque chose et j'aimerais que tu sois honnête, affirma Alexander. Samuel m'a dit que tu ne te rendais pas tout de suite sur la tombe, mais que tu restais silencieuse près de la voiture pendant un bon moment. Pourquoi ?

Incapable de détacher mes yeux de l'écran, ma réponse fut automatique mais feutrée. C'était comme si le fait de parler trop fort risquait de gâcher ce moment.

- Je revis ces brefs moments de joie que j'ai ressentie en tenant notre fille dans mes bras. C'est le meilleur moment de ma journée. Mais je peux te dire qu'ensuite, je passe un moment très douloureux, parce que je pense au moment où nous l'avons perdue, puis à la façon dont le médecin a énuméré toutes les raisons pour lesquelles je ne pourrai pas avoir d'autre enfant, chaque explication tombant comme de méchants dominos. Et bien... Même si ça ressemble pour toi à une torture, je continue d'espérer qu'un de ces jours, je quitterais le cimetière en ne me rappelant que du moment de joie. Je ne veux plus me souvenir des mauvaises choses.

- Krystina, je...

- Chut. Tais-toi. Laisse-moi profiter de ce moment que tu as créé pour moi.

Je continuais de regarder la vidéo, fixant l'écran avec fascination pendant qu'Alexander marchait sereinement dans le cimetière en direction de la pierre tombale de Liliana. Lorsqu'il l'atteignit, il remplaça le lys de la veille par le nouveau, comme je le faisais chaque jour. Puis il se leva pour permettre à la caméra de faire la mise au point sur l'inscription de la pierre tombale. Les arbres bruissaient en arrière-plan et je pouvais presque sentir la chaleur de l'air sur mon visage. Et en me laissant emporter par les choses, c'était comme si j'y étais vraiment. Alexander avait raison. Ce n'était pas la même chose que d'être physiquement présente dans le cimetière, mais c'était déjà ça.

Et à la seconde près, j'eus l'impression que mon cœur allait exploser sous le coup de l'émotion. Je m'étais sentie si seule pendant si longtemps, et pourtant Alexander avait été là tout le temps, attendant le moment où j'avais le plus besoin de lui. Dans ma solitude, je ne lui avais pas donné assez de crédit, mais finalement, il me comprenait vraiment.

9

Alexander

Krystina et Allyson passèrent leur journée en mode touriste. Après notre matinée riche en émotions, notre programme bien chargé avait été une distraction nécessaire. De l'aquarium Shark Reef à la conduite d'une Lamborghini dans le Speed Vegas Motorsports Park, elles avaient tout prévu pour qu'on n'ait pas une minute de perdue. Pourtant, Krystina avait semblé absente pendant la plus grande partie de la journée. Elle faisait de son mieux pour garder le sourire, mais je voyais très bien que quelque chose clochait. Ce ne fut que lors du dîner qu'elle redevint elle-même.

Pourtant, la journée était loin d'être terminée, et lorsque nous rentrâmes à l'hôtel pour nous préparer à sortir, j'étais lessivé : si Krystina avait réussi à se rendormir après sa crise de panique, je n'y étais pas parvenu, trop préoccupé par ce qui venait de se passer. L'état dans lequel je l'avais trouvée par terre dans la salle de bains m'avait vraiment inquiété : Krystina n'était pas sujette aux crises de panique, et j'espérais que cela ne présageait pas quelque chose de plus grave.

Même si elles n'avaient pas vraiment envie de ressortir,

Krystina et Allyson étaient enthousiastes à l'idée d'essayer la boîte de nuit que Krystina avait trouvée sur Internet, et je ne voulais pas dégonfler leur bulle d'exaltation. Je n'avais jamais entendu parler de l'endroit où elles voulaient aller, et si nous étions à New York, je l'aurais vérifié avant d'y mettre les pieds. Baisser ma garde n'était généralement pas une option pour moi, car il y avait presque toujours un photographe de tabloïd tapi dans l'ombre qui attendait de me surprendre dans une position compromettante.

J'y réfléchissais pendant que nous étions dans l'ascenseur.

- Rappelle-moi le nom de cette boîte de nuit ? m'enquis-je.

- La Porte Rouge.

- Hummm, pensai-je.

Si l'acharnement de la presse était autrefois quelque chose que je prenais à bras-le-corps, tout avait changé après notre mariage. Je n'avais jamais voulu prendre de risques par rapport à Krystina, et je m'en voulais de ne pas avoir vérifié les mesures de sécurité en vigueur dans l'établissement où nous nous apprêtions à aller. Tout ce qui concernait ce voyage avait été fait à la dernière minute, en même temps.

- Je devrais appeler Hale pour qu'il vérifie l'endroit.

- Oh, non. Pas la peine, répondit-elle avec un petit rire. Fais-moi confiance. Je connais les risques. Éloigne le monstre qui veut tout contrôler qui vit en toi. Sinon, il risque de nous gâcher la soirée.

Haussant un sourcil, je souris lorsque les portes de l'ascenseur s'ouvrirent.

- Le monstre qui veut tout contrôler qui vit en moi ? la taquinai-je.

- Tu sais exactement de quoi je parle.

- Je m'inquiète juste de...

- Je sais de quoi tu t'inquiètes, Alex. Puis-je te rappeler que nous sommes à Vegas ? Tu as dit toi-même que nous n'avions pas autant de notoriété ici qu'à New-York.

Serrant la mâchoire, je décidais de ne pas insister pus longuement.

Une fois hors de l'hôtel, j'aperçus Matteo et Allyson. J'étais ravi de voir que l'Audi nous attendait déjà. Lorsque nous nous approchâmes, le voiturier ouvrit la porte arrière de la voiture. Allyson monta en premier. Krystina attendait de pouvoir la suivre, et il n'était pas difficile de voir les yeux du voiturier remonter le long de ses jambes.

Calme-toi mon gars. C'est ma femme.

Je m'approchais d'elle et posa une main possessive dans le bas de son dos tout en la guidant à l'intérieur de la voiture. Le voiturier me tendit les clés et détourna rapidement le regard lorsqu'il croisa le mien. C'était plus fort que moi. Krystina faisait ressortir toute ma possessivité, alimentant ma compulsion à m'assurer que tout le monde autour de nous savait à qui elle appartenait. Mais je ne pouvais pas non plus reprocher au voiturier d'avoir regardé ma femme un peu trop longtemps. Avec ses talons à la hauteur du ciel, elle avait l'air d'une déesse du sexe ce soir.

Après avoir passé près de deux heures à se pomponner, à se coiffer et à faire tout ce que les femmes font dans une salle de bains pendant un temps ridicule, elle s'en était finalement sortie avec un maquillage plus marqué que d'habitude. L'ombre charbonneuse de son regard et ses lèvres roses sulfureuses lui donnaient une allure mystérieuse. Elle portait une jupe noire courte et un débardeur en satin bleu roi, dont le décolleté plongeant était révélateur, mais juste ce qu'il fallait. Doté de fines bretelles ornées de strass, ce petit haut mettait en valeur la courbe élancée de ses épaules. Elle avait mis le collier triskelion que je lui avais offert à l'époque où nous sortions ensemble. La vue de ce collier me fit tressaillir et je n'eus qu'une idée en tête en la voyant sortir de la salle de bains : la jeter violemment sur le lit comme un obsédé sexuel et la baiser si fort qu'elle ne pourrait plus marcher pendant des jours. Les talons aiguilles de treize centimètres qu'elle avait choisi de porter ne faisaient qu'amplifier cette envie. Ils soulignaient la longueur de ses jambes, envoyant un signal très clair que n'importe quel mâle au sang chaud ne pouvait ignorer.

Si sa tenue envoyait toutes sortes de messages à mon aine, c'était sa chevelure qui me faisait réfléchir. Son épaisse crinière de boucles que j'avais appris à aimer avait disparu. Elle s'était lissé les cheveux, et je ne savais pas trop quoi penser de cette créativité changeante de sa part. Ce qui était sûr, c'était qu'elle avait l'air gravement sexy. Mais elle avait aussi l'air différente, presque dangereuse, comme une vraie garce sexuellement excitée à la recherche de sa prochaine victime.

J'étais tenté de lui demander de se changer, mais je savais par expérience qu'elle réagissait rarement bien à une possessivité exacerbée de ma part. Je m'étais donc résigné à la garder près de moi ce soir.

Le trajet jusqu'à *La Porte Rouge* n'était pas long du tout. Lorsque nous contournâmes l'allée circulaire menant au parking VIP, je lançais un regard rapide sur la rangée de voitures qui attendaient sagement leur voiturier. Chaque véhicule affichait un prix à six chiffres et les passagers qui en descendaient étaient habillés en conséquence. De toute évidence, il s'agissait d'un endroit select. Je me forçais à me détendre. Krystina avait raison : cette boîte de nuit était probablement très bien, et je devais apprendre à faire confiance à son jugement.

Après avoir remis la clé de l'Audi au voiturier, nous sortîmes tous les quatre. Prenant garde à toujours avoir ma femme à mes côtés, nous nous dirigeâmes vers le bâtiment, Allyson et Matteo nous accompagnant jusqu'à l'entrée principale. Les filles se parlaient avec beaucoup d'entrain, excitées à l'idée de profiter de notre deuxième soirée à Vegas.

- J'ai tellement hâte de voir l'intérieur de cet endroit. J'espère qu'il est aussi bien que ce que tu m'as dit. Au fait, tes cheveux sont superbes ! s'extasia Allyson en passant une main sur les cheveux de Krystina.

- Merci. J'ai décidé de profiter de l'air sec du Nevada et de me coiffer différemment pour changer, dit Krystina en haussant les épaules.

Si j'entendais leur conversation, il me semblait que j'étais à des kilomètres, parce que pour une raison que j'ignorais, plus nous nous rapprochions du bâtiment, plus j'étais anxieux. Quelque chose me semblait anormal, mais je n'arrivais pas à mettre le doigt dessus. Les poils de ma nuque se hérissaient au fur et à mesure que ce sentiment d'inquiétude grandissait.

Lorsque nous entrâmes dans les locaux, nous fûmes immédiatement confrontés à un autre casino à traverser. Peu importe où l'on se rendait à Vegas. L'occasion de jouer se présentait à chaque instant. Même l'aéroport avait des machines à sous.

La foule de ce casino était plus animée qu'à celui de l'hôtel. J'avais d'abord attribué ça à l'heure tardive, mais j'avais vite compris que toute cette agitation était due à un tournoi de Let-It-Ride[1].

- Attendez ! dit Matteo en posant sa main sur mon bras, puis en désignant la table de jeu. On dirait que c'est la fin. On peut s'arrêter pour regarder ?

J'allais protester, mais Allyson et Krystina semblaient déjà enchantées. Je me pinçais les lèvres dans mon agacement en rêvant d'être n'importe où ailleurs. Je ne savais pas ce qui me gênait dans les jeux d'argent. Peut-être était-ce parce que je voyais des signes de mon père alcoolique et violent dans les yeux de trop d'accros au jeu. Je ne reconnaissais que trop bien ce besoin rageur et maniaque. En fin de compte, la dépendance était la dépendance, qu'il s'agisse de la table de blackjack ou de la bouteille. Les deux peuvent ruiner des vies.

Dix minutes plus tard, la foule autour de la table avait considérablement augmenté. Il ne restait plus que les deux derniers joueurs. À la fin, il n'y aurait plus qu'un seul homme debout. À en juger par leurs mises, je pouvais deviner de qui il s'agissait. L'un des deux protagonistes était à fond et empilait tous ses jetons en trois piles bien ordonnées. Soit il avait vraiment un bon fond, soit c'était un connard de première. Les deux options pouvaient aussi facilement fonctionner toutes les deux, dans cette ville.

Les cartes de la communauté furent révélées l'une après l'autre, montrant un dix de pique et un valet de pique. Aucun des deux joueurs ne retira sa mise. La foule animée se tut et la tension dans la salle était palpable. Lorsque l'homme qui avait mis tous ses jetons retourna finalement sa main, il avait une dame, un roi et un as - et que du pique. Une quinte royale.

Putain d'chanceux.

Hormis quelques personnes qui poussèrent quelques petits cris dans la salle, tout le monde restait silencieux. Même si le premier homme ne pouvait pas être battu, toute célébration devait attendre que l'autre joueur dévoile ses cartes. Lorsqu'il balança ses trois as dans une colère noire, la partie fut terminée. La foule se mit à applaudir à tout rompre, beaucoup félicitant l'homme qui avait gagné la partie en lui donnant des tapes dans le dos.

Krystina se mit à rire d'une manière qui provoqua un son faisant penser à une réverbération aiguë et succincte. Je ne l'avais pas entendue rire de la sorte depuis bien trop longtemps. C'était de la musique à mes oreilles, et je ne pouvais empêcher les coins de ma bouche de se retrousser en un petit sourire. Son rire et son énergie étaient contagieux. Je suivais son regard pour voir ce qui l'amusait pour voir qu'une femme blonde s'était glissée sur les genoux du gagnant. Elle était en train de l'embrasser sur la bouche de manière très exagérée. Une fois qu'elle fut partie, le vainqueur lança un appel à tout le monde, ce qui ne manqua pas d'exciter la foule.

- C'est moi qui paie la tournée !

- Bon, allez ! On pourrait pas les acheter nous-même, nos boissons ! On pourrait même se les boire quand on sera en boîte, hein ? suggérai-je à mon groupe afin d'essayer de les persuader de se mettre en route.

- C'était amusant de les regarder, mais je suis d'accord, dit Krystina en hochant la tête.

Nous continuâmes jusqu'à ce que nous passions devant un panneau en forme de A avec une flèche qui nous dirigeait vers l'entrée du club. Je regardais devant moi et lus *La Porte Rouge* écrit avec des néons lumineux. Alors que nous nous approchions des doubles portes rouges, manifestement peintes de cette couleur pour le nom du club, le sentiment inquiétant qui m'avait envahi revint à nouveau. Je ne savais pas pourquoi, mais quelque chose me disait que nous ne devions pas entrer.

Avant que je puisse exprimer mes inquiétudes, Matteo poussait déjà l'une des portes pour la tenir ouverte afin de nous laisser le passage, à Allyson, Krystina et moi.

- Matt, je ne pense pas que... commençai-je en lui passant devant.

Je fus interrompu par un roulement de tambour violent. Presque instantanément, nous fûmes entourés de femmes vêtues de jupes hawaïennes et de soutiens-gorge en noix de coco. L'une d'entre elles s'approcha de moi et me mit un collier de pétales soyeux autour du cou.

- C'est quoi c'bordel ? Faut-il vraiment que tout soit autant exagéré dans cette ville ? m'exclamai-je.

Krystina, elle, poussa un cri de joie.

- C'est génial !

Je me tournais vers elle.

- Krystina ! ? Non mais c'est quoi tout ça ? Je croyais que tu avais dit que c'était une boîte de nuit.

- C'est le cas, monsieur, répondit une des femmes qui arborait une jupe hawaïenne et des noix de coco. Suivez-moi dans la salle où vous pourrez danser et vous mêler aux autres. Ce soir, c'est le thème d'Hawaï. Tout le monde a droit à un collier de fleurs.

Puis elle fit un clin d'œil et me jeta un regard complice. J'avais saisi son jeu de mots et j'étais presque certain qu'elle ne faisait pas du tout référence aux fleurs que j'avais autour du cou. Cependant, les autres ne semblaient pas s'en rendre compte. Allyson rit et Krystina passa son bras dans le mien.

- Arrête d'être aussi coincé, Alex ! J'ai attendu de pouvoir danser avec toi toute la journée.

Ma mâchoire se contracta, mais je ne dis rien, préférant rester silencieux tandis que notre groupe suivait cette femme pleine d'énergie jusqu'à l'espace VIP que Krystina avait réservé.

Une jolie blonde au teint d'olive vêtue d'une robe noire moulante nous passa devant. Elle regardait Matteo de haut en bas tout en se dirigeant vers le bar en secouant ses fesses rondes au passage. Je fronçais les sourcils, un peu gêné par ce comportement, et je lançais un regard à Matteo. Elle était exactement son type et je m'attendais à ce qu'il la remarque. Cependant, lorsque je regardais mon ami, il semblait absorbé par ce qu'Allyson disait et ne semblait pas avoir remarqué le regard en coin que la blonde lui avait lancé.

J'expirais lourdement en imaginant le malheur qui ne manquerait pas de s'abattre sur Allyson et Matteo. Ils étaient trop différents. Matteo était un éternel romantique. Il aimait les femmes - toutes les femmes - mais il avait insisté sur le fait que lorsqu'il trouverait l'élue, ce serait la bonne et qu'il la chérirait pour le reste de sa vie. Je m'inquiétais parce que je n'avais jamais vu Matteo regarder une autre femme comme il regardait Allyson. Le problème, c'était qu'elle était beaucoup trop volage. La coincer serait presque impossible. Ça ne marcherait jamais.

Une fois assis, mon sentiment d'inquiétude à propos de la boîte de nuit s'intensifia. Il y avait quelque chose dans l'air : une ambiance sexuelle sans équivoque qui m'était familière. C'était un sentiment que je ne ressentais que lorsque j'étais au Club O. Pendant que Matteo et Allyson discutaient du fait de commander des boissons au verre ou de profiter du service à la bouteille, je me préoccupais d'évaluer notre environnement.

L'endroit était circulaire, avec un haut plafond en acier et des murs incurvés entourant une grande piste de danse. Une bonne foule y était amassée, principalement composée de couples qui dansaient. Après les avoir observés pendant quelques instants, il me semblait que tout était normal. Pourtant, mon sentiment étrange du départ refusait de s'estomper. Mes yeux parcouraient le pourtour de la pièce, remarquant plusieurs portes rouges le long des murs. En les regardant de plus près, des sonnettes d'alarme se mirent à sonner dans ma tête.

C'est vraiment louche ici.

Je sortis rapidement mon téléphone de ma poche et consultais le site Internet de *La Porte Rouge*. Au premier coup d'œil, tout paraissait légitime, voire attrayant, et je comprenais pourquoi Krystina avait été séduite. Cependant, le site indiquait clairement qu'il s'agissait d'une boîte de nuit pour *adultes*. Ce mot conférait au club une toute nouvelle signification. Je cliquai sur le menu du site et vis qu'un lien était réservé aux membres. Je l'ouvris et découvris qu'il fallait payer cinq cents dollars pour accéder au contenu.

Et merde.

Je m'empressais de suivre les étapes pour payer, ayant besoin de confirmer mes soupçons avant de les exprimer à voix haute. Krystina, Allyson et Matteo penseraient que j'étais parano si je me trompais.

Dès que le paiement fut effectué, j'eus accès à la zone réservée du site. Il me fallut moins de trente secondes pour confirmer ce que je savais déjà. Je levais les yeux vers ma femme et nos deux amis. Allyson et Matteo discutaient encore des options possibles pour les boissons. Krystina tapait du pied en rythme avec la musique, regardant autour d'elle avec une excitation anxieuse. Tous trois n'avaient aucune idée de la situation précaire dans laquelle nous nous trouvions.

- Merde ! sifflai-je en secouant la tête.

- Qu'est-ce qui ne va pas ?

Krystina dut crier par-dessus la musique. Elle tira ses cheveux d'un côté pour les laisser tomber sur une épaule et révéler la courbe de son cou. Mon estomac se serra. Ma femme était un vrai canon, et elle représentait de la viande de premier choix dans un endroit comme celui-ci. Je devais la faire sortir d'ici.

- Il faut qu'on parte.

- Comment ça ? On vient d'arriver.

Montrant du doigt les portes situées le long des murs de la pièce circulaire, je me reprochais mentalement de ne pas avoir pris mes précautions habituelles. J'écoutais toujours mon instinct, et je savais que j'aurais dû demander à Hale de faire une vérification.

- Regardez les noms peints sur les murs au-dessus des cadres de porte ! Ce n'est pas une boîte de nuit normale, dis-je avec irritation.

Allyson et Matteo semblaient avoir pris note de mon ton et cessèrent de parlementer sur les boissons à commander en se retournant vers l'endroit que j'indiquais.

- « La Cave », « Le Levier, » « La Fontaine », « Le Voyeur » et « La salle Nue », lut Matteo à haute voix. Et alors ?

Je n'arrivais pas à croire qu'ils étaient aussi aveugles à quelque chose qui me paraissait pourtant évident.

En secouant la tête, je regardais chacun d'eux avec insistance et leur dit :

- On est actuellement des invités VIP dans le sex-club échangiste le plus chaud de Las Vegas.

10

Krystina

Je me mis à rire en haussant les sourcils.

- Alex, s'teu plaît ! ! Je pense que je le saurais si j'avais réservé une table VIP dans un sex-club, déclarai-je.

- Apparemment, non, parce que c'est exactement ce que tu as fait ! ironisa Alexander.

- Je ne suis pas si naïve. J'ai lu les critiques en ligne. Rien n'était explicite, mais... Je m'interrompis un instant en me remémorant les sous-entendus subtils que j'avais lus. Je suppose qu'une partie de moi savait qu'il y avait quelque chose d'un peu risqué dans cet endroit. Mais en même temps, j'ai pensé : Et alors ? On est dans la ville du péché, après tout ! Mais franchement, je n'aurais jamais pensé que cet endroit serait un club échangiste, si c'est bien ça pour de vrai. Parce que, pour l'instant, tout a l'air bien calme. Je pense quand même que tu réfléchis un peu trop.

- En fait... Regarde, dit Alexander en lançant son téléphone dans ma direction.

Je le pris et reconnus immédiatement le site web que j'avais visité en découvrant cette boîte de nuit pour la première fois.

Cependant, je me trouvais sur une page virtuelle que je n'avais pas vue lors de ma réservation.

Allyson s'approcha de moi pour regarder par-dessus mon épaule. Je croisai son regard le temps d'un instant en tournant la tête et en me mordant la lèvre, puis je parcourus rapidement le contenu de la page qui décrivait les salles dont Matteo venait de lire les noms.

Les photos de la pièce appelée La Cave me faisaient plutôt penser à un donjon médiéval avec des fouets et des chaînes suspendues aux murs en parpaings. J'avais vu des choses intéressantes au Club O, mais l'attirail qui se trouvait ici était plus extrême que tout ce que j'avais pu voir là-bas.

La Fontaine n'était rien d'autre qu'une sorte de pataugeoire peu profonde entourée de cascades assez bien construites. Elle rappelait les bains romains, et j'étais certaine qu'elle n'était pas aussi innocente qu'elle en avait l'air.

Les photos des trois autres pièces reflétaient l'image de salles qui ne semblaient pas aussi primitives, mais plus fantaisistes, avec une étrange allure sexuelle. En faisant défiler les descriptions des salles du Voyeur, de la Salle nue et du Levier, je constatais que ces noms correspondaient également à leur signification. Le Voyeur était destiné aux voyeurs, et aucun vêtement n'était autorisé dans la Salle nue. Le Levier était tout simplement une grande salle dédiée aux orgies, ce qui ne m'avait jamais intéressé et qui ne m'intéresserait jamais. L'idée de voir tant de corps nus et en sueur me donnait envie de m'enduire le corps de désinfectant pour les mains. Je fronçais le nez en réalisant à quel point j'étais devenue sensible aux germes après la pandémie vécue avec Alexander.

- Putain ! dit Allyson en émettant un petit sifflement.

Elle recula d'un pas, rejetant ses longs cheveux blonds derrière ses épaules d'un revers de main, et balaya la pièce du regard. Elle semblait tout voir d'un œil nouveau, tout comme moi.

Serrant mes lèvres l'une contre l'autre, j'essayais de décider comment faire face à la situation. Fronçant les sourcils, je relevais les yeux vers Alexander.

- Manifestement, cet endroit n'est pas tout à fait ce que je pensais, expliquai-je à nouveau avec un haussement d'épaules. J'ai fait une recherche sur les boîtes de nuit pour *adultes* à Las Vegas. Celle-ci avait l'air mieux que les autres. C'est pourquoi j'ai réservé ici.

- Ce sont les mots-clés que tu as utilisés dans ta recherche sur Internet qui t'ont orientée jusqu'ici, parce qu'il y a une différence entre une boîte de nuit à Las Vegas et une boîte de nuit pour *adultes*, fit remarquer Alexander d'un ton sardonique. Se penchant pour que je sois la seule à entendre, il dit doucement : Je serais hypocrite de condamner ce qui se passe ici, Krystina. Mon problème, c'est que tu es dans un sex-club, et que je n'ai rien contrôlé en amont. Ce n'est pas comme le Club O. Là-bas, ils ont instauré des règles, et je n'ai encore rien vu de tel ici. Pour moi, c'est juste une question de sécurité.

- Honnêtement, aussi dingue que ce site web puisse paraître, est-ce vraiment important que cet endroit soit une sorte de club pervers ? s'enquit une Allyson qui ignorait complètement les inquiétudes qu'Alexander venait de m'exprimer. Tout à l'air normal. Je veux dire, à part les salles annexes, cet endroit n'est en fait qu'une boîte de nuit, mais une boîte de nuit tueuse. C'est exactement ce que Krys avait prévu pour nous. En plus, il se fait tard. Est-ce qu'on veut vraiment perdre du temps à trouver un autre endroit ?

Mattéo, qui était resté silencieux et contemplatif jusqu'à présent, acquiesça.

- Je suis d'accord avec Ally sur ce point. Personne ne nous oblige à aller dans les autres pièces, et si quelqu'un s'approche de nous, on peut toujours lui faire savoir qu'on n'est pas intéressés. On est des adultes, après tout. On n'a qu'à rester ici !

La réserve était visible dans les yeux de mon mari, alors je lui posais une main rassurante sur le bras.

- Alex, tout va bien se passer. Tu vas voir.

- C'est pas comme si on était chez nous, insista Alexander. À

New York, je sais à quoi m'attendre. À Vegas, c'est différent. C'est plus dangereux.

Le ton inquiétant de sa voix me fit froid dans le dos, mais je l'ignorais. J'avais besoin de cette distraction ce soir. J'avais joué la comédie toute la journée en faisant semblant de m'amuser alors que tout ce que je voulais, c'était fondre en larmes chaque fois que Liliana me venait à l'esprit. Je ne pouvais pas laisser le besoin d'Alexander de tout contrôler gâcher la soirée. C'était exactement ce qu'Allyson et Matteo avaient dit. Le club ne devait être que ce que nous en faisions - et nous voulions danser. Rien de plus.

- Tu t'inquiètes trop, Alex, balayai-je d'un revers de main, bien décidée à tirer le meilleur parti de notre situation. Me tournant vers Allyson et Matteo, je demandais : Vous avez choisi les boissons ? Est-ce qu'on prend des bouteilles ou des boissons à la carte au bar ?

- À la carte. Ils ont pas mal de boissons sur le thème d'Hawaï que j'ai envie d'essayer, dit Allyson.

- Parfait. On va se prendre un verre ?

Passant mon bras dans le sien, Allyson et moi nous dirigeâmes vers le bar.

UNE DEMI-HEURE PLUS TARD, Alexander semblait être un peu détendu, mais je surprenais encore les regards furtifs qu'il jetait de temps à autre autour de lui. Il se méfiait, et à juste titre. Au fur et à mesure que le temps avançait, nous avions été témoins de comportements douteux. Heureusement, aucun d'entre eux n'était dirigé contre l'un d'entre nous. Malgré les nombreuses réserves d'Alexander, cet endroit était vraiment génial - la meilleure boîte de nuit dans laquelle j'avais jamais mis les pieds. Bien sûr, il y avait des endroits très branchés à New York, mais aucune des boîtes que j'avais visitées n'avait la même ambiance que celle-ci. La musique et l'atmosphère énergique étaient intenses dans tous les sens du terme.

- Je ne me soucie pas de ce que cet endroit est vraiment une fois que l'on tire les rideaux. La façon dont le DJ mélange l'ambiance des îles aux tambours d'acier avec la musique moderne est géniale ! Il déchire vraiment tout ! se félicita Allyson en faisant écho à mes pensées alors qu'elle passait devant moi. Matteo attrapa le collier qui était autour de son cou et la tira dans sa direction. Puis, à ma grande surprise, elle se glissa le long de son corps comme s'il s'agissait de sa propre barre de strip-tease.

J'arquais un sourcil tandis qu'Allyson remontait sur lui en agrippant ses hanches au fur et à mesure. Matteo passa un bras autour de sa taille fine et la rapprocha de lui. Il commença à faire bouger ses hanches contre les siennes, et elle lui rendit la pareille. La façon dont Matteo regardait mon amie était sûrement illégale dans certains pays. Je décidais à ce moment-là d'interroger Allyson au sujet de Matteo dès notre retour à New York. Je savais qu'il y avait quelque chose entre eux. J'en étais sûre. Leur alchimie était indéniable.

Au fur et à mesure que la nuit avançait, le DJ passait des mélodies hawaïennes à un mélange éclectique de rock alternatif en passant par de la house musique qui respirait le sexe. Alexander me serra contre lui et nous dansâmes ensemble. Je ne sais pas pourquoi nous ne sortions pas plus souvent pour aller danser. Mon mari était aussi doué sur la piste de danse que lorsque nous étions au lit, son côté affirmé n'étant pas différent de son côté dominant lorsque nous étions en pleine intimité. Il se déplaçait avec une force fluide, utilisant sa familiarité avec mon corps à son avantage.

Je me perdais dans le rythme, utilisant la sensation qu'il me procurait comme une échappatoire à tout et n'importe quoi. Je me sentais moi-même pour la première fois depuis longtemps. J'en avais besoin plus que je ne l'imaginais.

- Tu aimes cette musique ? demanda Alexander en se reculant d'un pas pour regarder mon corps de haut en bas.

Son regard était insatiable.

- Oui ça va. Pourquoi cette question ?

- Parce que j'ai besoin de savoir si je dois en trouver d'autres comme celle-ci pour les ajouter à la playlist. J'aime te voir bouger comme ça. Tu es ma déesse incandescente, ajouta-t-il avec un ton bourru et possessif dans la voix.

Mon cœur se resserra à ses mots. Me saisissant les hanches, il me rapprocha de lui une fois de plus. Je fixais ses yeux brûlants. Notre connexion passionnée était presque plus que ce que je pouvais supporter, et je me forçais à détourner les yeux de son regard brûlant avant de faire quelque chose de scandaleux.

- Je ne sais pas si je suis incandescente, mais j'ai vraiment soif, dis-je à bout de souffle. Puis, brandissant mon verre : Je me resservirais bien.

- Tu veux quoi ? me demanda-t-il.

Appuyant un doigt sur mes lèvres, je regardais ce qui restait de la concoction d'ananas et de vodka dans mon verre. Je buvais habituellement du vin et n'étais pas habituée à la teneur en alcool plus élevée d'un mitigeur. Néanmoins, je ne pouvais pas nier que la boisson fruitée qu'Allyson avait commandée pour moi était délicieuse.

- Ce Maui Island Breeze était délicieux. J'en prendrai bien un autre, s'il te plaît.

Alexander commençait à s'éloigner, mais quelque chose derrière moi attira son attention et il s'arrêta. En me retournant, j'aperçus un couple attractif en train de danser. L'homme avait des cheveux blancs et était habillé de façon décontractée mais élégante. Il me semblait familier, mais je n'arrivais pas à le replacer. La femme portait une robe qui laissait peu de place à l'imagination. L'étoffe argentée collait à son corps, se répandant sur elle comme un fluide. Ils se déplaçaient avec grâce, parfaitement synchronisés l'un avec l'autre. Repoussant la longue crinière rousse de la femme, l'homme se pencha pour lui dire quelque chose à l'oreille. Elle grimaça et rejeta la tête en arrière en riant. Mais une fraction de seconde plus tard, son visage devint sérieux lorsqu'il enroula ses doigts autour de son cou et le serra. Elle leva rapidement les bras et lui serra les avant-bras.

Je sursautai.

Il vient pas de l'étouffer, là ?

Je faillis hurler pour qu'il la lâche. Cependant, ma crainte s'évanouit lorsqu'il la laissa tomber de façon inattendue dans un plongeon. Le dos droit comme une planche, ses longs cheveux frôlèrent le sol avant qu'il ne la fasse basculer jusqu'à ce qu'ils soient nez à nez. Son intention était tout sauf vicieuse. La lueur sulfureuse de ses yeux me disait que ce geste n'avait rien d'infâme. Ils avaient parfaitement synchronisé la chute avec le crescendo de la chanson, et je me retrouvais bouche bée devant l'ambiance sexuelle pure et sans artifice qui émanait d'eux. Je sentais mon visage rougir tandis que de la chaleur se répandait en moi. Il y avait quelque chose de très primitif dans leurs actions, et il fallait vraiment être insensible à tout pour ne pas en être affecté.

- C'était quoi, ça ? demandai-je plus à moi-même qu'à quelqu'un d'autre.

- Le choke dip, répondit Allyson.

Je me retournais et constatais que Matteo et elle s'étaient arrêtés de danser pour regarder le couple. Matteo émit un sifflement lent et secoua la tête en signe d'étonnement.

- Jamais entendu parler de ça, dit Alexander en fronçant les sourcils.

- Non, je pense bien que vous n'en avez jamais entendu parler puisque vous n'êtes pas sur les réseaux sociaux, toi et Krys, expliqua Allyson. Un choke dip, c'est une danse que quelqu'un a mis sur TikTok il y a quelques mois. La vidéo est devenue virale, et à juste titre. Ce mouvement est sexy à souhait !

Je lançai un regard au couple avec un intérêt renouvelé. Le danseur croisa mon regard et me fit un clin d'œil aguicheur. Je rougis d'avoir été surprise en train de le regarder et détournai les yeux sur Alexander. Heureusement, il observait Allyson et ne semblait pas avoir remarqué que l'homme flirtait avec moi. La dernière chose dont je voulais m'occuper ce soir était de la jalousie de mon mari.

- Je vais chercher un autre verre pour Krystina au bar. Tu veux quelque chose ? demanda-t-il à Allyson.

- Oui, j'allais justement me resservir, lui répondit Allyson.

- Je viens avec toi, proposa Matteo.

Alexander regarda du côté du bar. Je suivis son regard et aperçus une longue file de gens qui attendaient. Il semblait l'avoir remarqué aussi, car il fronça les sourcils en secouant la tête.

- On a payé pour une table VIP, et pourtant on n'a pas vu un seul serveur ni une seule serveuse depuis qu'on est là, dit Alexander avec irritation. Matt, il y a trop de monde dans la queue. Je ne veux pas laisser les filles seules trop longtemps. Tu peux pas rester avec elles ?

- T'es pas sérieux ? le réprimanda Allyson en roulant des yeux. Puis elle fit un clin d'œil et ajouta avec un accent du sud exagéré : Bénis ton cœur, Alex, mais je pense qu'on fait très bien tapisserie et qu'on peut très bien se débrouiller toutes seules pendant un petit moment !

J'étouffais un rire, puis tendis une main rassurante sur l'avant-bras d'Alexander. Cependant, avant que je ne puisse le toucher, Allyson m'attrapa le poignet et me tira en direction de la piste de danse.

- Ally, attends. Je ... dis-je en hésitant et en lançant un regard vers un Alexander à l'air très ennuyé.

- Allez, viens ! insista Allyson. C'est la dernière chanson de Taylor Swift, et je l'adore !

Une fois que mon amie s'était mise en tête de faire quelque chose, rien ne pouvait l'arrêter, alors je la suivis et nous nous mîmes à danser sur la piste. Je n'étais pas particulièrement fan de Taylor Swift, mais l'ambiance sensuelle de la chanson était propice à la danse. Apparemment, beaucoup d'autres personnes aimaient aussi cette chanson, car la piste de danse sembla se remplir relativement vite. Je tentais de voir si je pouvais apercevoir Alexander de là où j'étais, mais il n'y avait aucun moyen de le voir à travers la foule. Pensant que Matteo et lui étaient partis au bar, je me remis à me balancer sur la musique.

Nous étions sur la piste de danse depuis moins de cinq minutes lorsque je sentis une main entourer mon bras droit. En me retournant, je me retrouvais nez à nez avec l'homme qui dansait le « choke dip » avec la femme rousse. Il était grand et musclé, et ses cheveux blonds ondulés étaient longs jusqu'au niveau du haut de ses épaules. Ses yeux étaient d'un bleu glacé, presque froids, et indéniablement calculateurs. Je ne l'avais pas trouvé intimidant auparavant, mais sans la protection d'Alexander à mes côtés, une vague d'anxiété m'envahit. C'était un club échangiste, après tout. Je devais faire attention à ne pas donner une mauvaise impression.

- On a vu que tu nous observais, tout à l'heure, dit-il, avant de lever le menton en direction de sa partenaire de danse. C'était au moment où on faisait le choke dip. On pourrait t'apprendre, si tu veux.

- Oh, mon Dieu, non ! dis-je en riant. Je sais très bien danser toute seule, mais des pas comme ceux-là montreraient à tout le monde que j'ai secrètement deux pieds gauches.

- Oh, je n'sais pas... tu te débrouilles très bien, sur la piste de danse, me dit-il avec un clin d'œil espiègle.

Je souris maladroitement, sentant déjà à quel point cette conversation pouvait tourner rapidement si je ne faisais pas attention.

- Hummm... merci, dis-je en jetant un coup d'œil à Allyson.

Elle me regardait avec curiosité et s'approchait de nous en dansant pour pouvoir entendre la conversation par-dessus la musique. La partenaire de danse de l'homme en fit de même, jusqu'à ce que nous nous retrouvions tous les quatre dans une sorte de cercle.

- Je suis Logan et voici ma femme Cerise, dit-il pour faire les présentations.

Ils nous tendirent tous deux la main à Allyson et à moi.

- Je m'appelle Ally et elle, c'est Krys, répondit Allyson.

- Vous êtes déjà venues ici ? demanda Cerise.

- Non, c'est notre première fois ici. On est de New York, expliqua Allyson.

J'eus envie de lui donner un bon coup de pied. La dernière chose que nous devions faire était de donner des détails personnels sur nous-mêmes dans un endroit comme celui-ci.

- Ah ! Des nouvelles ! dit Logan d'un air entendu. C'est ce que j'ai pensé quand je vous ai vues tout à l'heure près du bar.

Et c'est là que je réalisai d'où je l'avais reconnu. Il faisait la queue au bar quand on était arrivées.

- C'est pour ça que je me disais que je t'avais déjà vu quelque part, dis-je. Tu as suggéré le Maui Island Breeze à Allyson.

- Oui, c'est vrai. C'est la meilleure boisson de la carte ! confirma-t-il en me faisant un clin d'œil pour la troisième fois de la soirée.

Il le faisait si souvent que je me demandais si ce n'était pas un tic nerveux.

- Je ne suis pas fan de l'ananas, alors je l'ai commandé pour Krys, dit Allyson en continuant à se déhancher sur la musique. Je me suis pris un Mai Tai.

- Ah, oui ? remarqua Cerise.

Une expression de surprise apparut sur son visage, mais elle disparut tellement vite que je croyais l'avoir imaginée.

- Je suis sûr que ces deux boissons sont excellentes, ajouta rapidement Logan, avant de pointer du doigt en l'air. Changement de chanson. Celle-ci est parfaite pour danser en couple. Puisque vous êtes nouvelles ici, le meilleur conseil que je puisse vous donner est de vous détendre. Laissez les choses venir comme elles viennent.

- Oui tout à fait, souligna Cerise avec un sourire en coin, ce qui fit rire Allyson.

Logan sourit et je me contentais de sourire maladroitement, ne voulant pas encourager le couple. Il y avait quelque chose de troublant chez eux et nous avions déjà pas mal échangé avec eux. Allyson, même si elle pouvait être mondaine, montrait sa naïveté.

Depuis que j'étais avec Alexander et les quelques fois où j'étais allée au Club O, j'avais beaucoup appris sur ce qu'il fallait faire et ne pas faire dans ce genre d'endroit. Dès que Logan et Cerise avaient commencé à nous parler, j'avais remarqué qu'ils se tenaient un peu trop près de nous pour que je sois à l'aise. Je pensais vraiment qu'ils tâtaient le terrain pour voir si nous étions intéressées par plus qu'une simple conversation amicale.

Logan s'approcha de moi et posa sa main sur ma taille. Instinctivement, je reculai et le repoussai.

- Désolée, mais je suis ici avec quelqu'un. Mon mari, en fait. Il est au bar...

- Je sais. Je l'ai vu se tenir avec toi tout à l'heure. Quand il reviendra, il pourra se joindre à nous, dit Logan en laissant les coins de sa bouche se relever en un sourire suggestif. Plus on est de fous, plus on rit.

Il n'était pas difficile de déchiffrer le véritable sens de ses paroles. Il fallait que je mette un terme à tout ça, tout de suite.

- Oh, non. On n'est pas là pour ça. Vraiment, insistai-je.

- Comment ça ? La piste de danse est le meilleur endroit pour trouver d'autres partenaires de jeu.

Il me tendit la main une fois de plus et je reculai d'un pas.

- Je ne plaisante pas. On n'est pas là pour ça, répétai-je nerveusement en jetant un regard derrière moi pour voir si je ne voyais pas Alexander. Je voyais qu'Allyson était absorbée dans une conversation avec Cerise et qu'elle ne remarquait pas que quelque chose n'allait pas avec Logan. Écoute, mon mari va revenir d'une minute à l'autre et...

Je m'arrêtai net lorsqu'il s'approcha et passa ses bras autour de mes hanches pour prendre mes fesses à pleines mains et pour pouvoir me serrer contre lui.

- Qu'elles sont fermes, ces fesses ! Cerise va adorer ça, grogna-t-il.

- Hé, lâche-moi ! dis-je en repoussant son torse. Je t'ai déjà dit...

Mais je n'eus pas le temps de finir ma phrase qu'Alexander me tirait brutalement en arrière. Une fois que je fus sortie de l'emprise de Logan, mon mari vint se placer devant moi. Il tenait mon verre, et je m'attendais à moitié à ce qu'il le jette par terre, ou à ce qu'il le jette au visage de celui qui avait osé me toucher.

Alexander inclina son corps pour regarder de part et d'autre entre Logan et moi, la mâchoire serrée.

- Va te faire foutre ! grogna-t-il à l'adresse de Logan, ce qui poussa l'homme à lever les mains en signe de reddition et à reculer lentement.

Et merde.

Nous avions déjà vécu ce genre de moment et je n'avais pas l'intention de laisser les choses se reproduire. Je reconnaissais l'expression du visage d'Alexander, qui affichait un air meurtrier, et je n'avais pas l'intention de le sortir d'une cellule de prison de Las Vegas simplement parce qu'il n'avait pas confiance en moi. Alors que je m'apprêtais à faire un pas en avant pour l'empêcher de frapper Logan, il se retourna contre moi.

- C'est exactement la raison pour laquelle je ne voulais pas être ici. Tu es trop naïve, s'emporta Alexander. Je ne sais pas à quoi tu pensais en choisissant cet endroit. On dirait que c'est toi qui invites les gens à te tripoter. Ou peut-être que c'est ce que tu voulais.

Je clignais des yeux, choquée du fait que sa colère soit dirigée contre moi - comme si j'avais demandé à un inconnu de me toucher de façon inappropriée. Je lançais un regard accusateur à Logan, qui s'était discrètement fondu dans la foule.

Me retournant face à Alexander, je plissai les yeux.

- Parce que tu crois que j'ai fait exprès ?

Sa mâchoire se crispa et il me fixa d'un air confus. Puis, me prenant le bras et m'orientait vers notre table, il m'entraîna dans cette direction. Une fois arrivé, il posa son verre et se tourna vers moi.

- Honnêtement, je n'sais pas quoi penser, Krystina. Je t'ai vu les regarder danser tout à l'heure. On ne peut pas nier ta curiosité. C'était écrit sur ton visage. Puis, à la minute où je me suis éloigné, tu as commencé à danser et même à parler avec eux. Je ne te comprends pas. Ce chemin sombre sur lequel tu t'es engagée… Il marqua une pause et secoua la tête avec une apparente frustration. Tu sembles chercher quelque chose que je ne peux pas te donner.

- Qu'est-ce que tu racontes ? demandai-je dans la plus grande perplexité. Je suis venue ici pour danser. Rien de plus.

- Tu as été intriguée par tout l'équipement de la salle du sous-sol, Krystina ? Tu as pensé que ce type pourrait peut-être te dominer comme je ne le ferai pas ? Peut-être même te faire du mal ?

- Maintenant, tu te comportes comme un crétin égocentrique sans raison. Arrête tout de suite, Alex !

J'étais en train de craquer. Je ne savais pas ce que mon mari avait, mais j'étais consternée qu'il ait pu penser à une telle absurdité.

- Ah ! D'accord ! C'est moi l'abruti ? C'est pas moi qui ai laissé un inconnu me tripoter, me rétorqua-t-il. Mais je ne veux pas entrer dans une discussion à ce sujet ici. On s'en va.

Mon visage se décomposa et je lançai un regard là où j'avais laissé Allyson sur la piste de danse. Elle parlait à Matteo en souriant, un verre à la main. Cerise et Logan étaient introuvables, et mon amie ne semblait pas se rendre compte de ce qui venait de se passer entre Alexander, Logan et moi.

- On vient à peine d'arriver, Alex. Je ne veux pas gâcher la soirée d'Ally et de Matteo.

- Ils peuvent rester s'ils le souhaitent. Nous, on part !

Sans me laisser une seconde de plus pour protester, il me passa un bras autour de la taille et m'entraîna vers la sortie. Je commençais à me débattre, mais cela me fit tourner la tête, et je me demandais si je n'avais pas sous-estimé la force du premier verre. C'était l'une des raisons pour lesquelles je ne buvais que rarement des cocktails : on ne savait jamais quelle quantité d'alcool ils contenaient réellement.

- Alex, arrête…

- Ne fais plus ça ! aboya-t-il d'un ton bourru.

Une fois sorti du club, Alexander me tira au travers du petit casino situé vers l'entrée principale. Nous passâmes devant la table où nous avions regardé le tournoi de Let-It-Ride en arrivant. La table était vide à présent et toute l'excitation que j'avais ressentie en regardant la chance de quelqu'un s'épanouir me semblait remonter à une éternité. J'avais très envie d'arracher mon bras à l'emprise d'Alexander et de retourner sur la piste de danse, mais je savais que cela ne ferait que provoquer une scène indésirable.

Une fois dehors, je réussis enfin à me libérer, furieuse d'avoir été malmenée de la sorte. Alexander ne luttait plus pour s'accrocher à moi, mais il se dirigeait vers le voiturier. Je serrais les poings, sentant que j'étais sur le point de le frapper comme je ne l'avais jamais fait auparavant. Pourtant, je ne le fis pas parce qu'une vague soudaine de nausée était en train de m'envahir. J'avais l'impression d'être malade.

Mais putain !

Je savais que j'étais un poids plume, mais quand même. Je ne devrais pas être ivre après un seul verre, même s'il était fortement alcoolisé.

Je fis un pas sur le côté du bâtiment et commençais à me sentir étourdie. J'avais besoin de quelque chose pour supporter mon poids. En m'appuyant contre le mur de briques, je sentis mon téléphone portable vibrer dans mon sac à main. Pensant que c'était Allyson qui se demandait où nous étions, j'ouvris mon sac et en retirais mon téléphone. Pourtant, ce n'était pas elle, mais toujours ce même numéro bizarre qui m'avait appelée quand j'étais en route pour l'aéroport. L'indicatif régional était le 718, celui du Queens. J'en profitais pour regarder l'heure dans le coin supérieur gauche de l'écran et clignais des yeux à plusieurs reprises pour tenter de me concentrer sur les chiffres. Je réalisais qu'il était plus de vingt-deux heures, ce qui signifiait qu'il était plus d'une heure du matin à New York.

Il y a des gens qui appellent à des heures bizarres.

J'appuyais sur le bouton « ignorer » et tapais un message

rapide à l'attention d'Allyson pour lui faire savoir qu'on se retrouverait le lendemain matin et remis mon téléphone dans la petite pochette de mon sac à main. Alexander se tenait à une dizaine de mètres et parlait au chauffeur. Au bout de quelques minutes, il revint vers moi.

- J'ai demandé au voiturier de laisser Matteo prendre la voiture pour rentrer à l'hôtel, m'informa-t-il. J'ai commandé une course pour que quelqu'un nous ramène jusqu'à l'hôtel, le chauffeur arrive dans un quart d'heure à peu près.

Je réalisais que tout était déjà ficelé et je savais qu'il n'y avait pas de raison de parlementer autour de ça. Surtout pas en pleine rue. La dernière chose dont nous avions besoin était un désaccord en public qui, connaissant notre chance, trouverait son chemin dans la presse. Peu importait si nous n'étions pas reconnus à Las Vegas - il y aurait toujours quelqu'un prêt à dégainer son téléphone portable. Toute dispute que je voulais avoir avec Alexander aurait à attendre jusqu'à ce que nous soyons de retour à l'hôtel. Peut-être qu'à notre retour, je me sentirais un peu mieux aussi.

- D'accord, lâchai-je sans vouloir m'engager davantage. Je regardais ailleurs et vis le sol basculer. Je dus me retenir une fois de plus au mur.

- Krystina, ça va? Tes yeux sont vitreux. Combien de verres as-tu bus ?

- Apparemment pas assez, dis-je en espérant éviter les leçons de morale que seul Alexander pouvait donner, qui inclurait sans doute quelque chose au sujet de la responsabilité de ma sécurité.

Mon téléphone portable se remit à vibrer. Exaspérée, je le pris dans mon sac pour voir le même numéro de téléphone inconnu que tout à l'heure. Je n'avais aucun intérêt à parler à celui qui appelait, mais en même temps, c'était une excuse bienvenue pour éviter de me disputer avec Alexander. En glissant mon doigt sur l'écran, j'amenais le téléphone à mon oreille.

- Allô ?

- Salut. Hum, oui. Êtes-vous Krystina Stone ? dit une femme avec un fort accent new-yorkais.

- C'est moi. Qui êtes-vous ? voulus-je savoir.

- Je suis Madilyn Ramos. Je suis une amie d'Anna Wallace.

Je fronçais les sourcils.

Anna ?

Mon esprit brumeux pensait à la femme que j'avais rencontrée des années plus tôt au refuge pour femmes de Stone Hope. Elle avait été renversée par les adversités de la vie une fois de trop et, désespérée de survivre, elle avait volé de l'argent au refuge, ce qui avait donné lieu à une série d'événements malheureux, y compris ma prise en otage avec d'autres personnes. J'avais pu désamorcer la situation, et avais usé de mes relations pour l'aider à surmonter les problèmes juridiques qui avaient suivi à cause de son erreur impulsive.

Tout avait été réglé des mois auparavant, et je ne pouvais pas expliquer pourquoi l'amie d'Anna aurait besoin de m'appeler après tout ce temps. Dans tous les cas, cela devait être important compte tenu du nombre de fois où elle avait essayé de me contacter. Je tendais la main pour me frotter l'arrière du cou. J'essayais de relier les points, mais j'avais beaucoup de difficulté à me concentrer. Tout d'un coup, j'avais chaud. Super chaud. Il fallait qu'on parte. Et au plus vite. Si je restais plus longtemps dans la chaleur de Vegas, j'étais sûre de vomir sur le trottoir.

- De quelle manière je peux vous aider ? m'enquis-je, mes paroles sonnant lentement même à mes propres oreilles.

- Écoutez, je suis vraiment désolée pour cet appel tardif. Je travaille de nuit et je n'ai pas réussi à vous joindre pendant la journée, expliqua-t-elle. Quand j'ai vu dans le journal que vous étiez à Las Vegas, j'ai pensé que vous me répondrez malgré tout. Vous savez, avec le décalage horaire et tout le reste, je pensais que vous seriez encore éveillée.

Ça y est. Les paparazzis savent qu'on est là, maintenant.

Je soupirais et regardais dans la direction d'Alexander. Il regardait droit devant lui et il y avait ce truc révélateur au niveau de sa mâchoire, signalant qu'il était en colère. Je détournais mon regard de lui, partageant mon attention entre mon interlocutrice et mon estomac agité.

- Eh bien, vous m'avez au téléphone maintenant, Mademoiselle Ramos. Que puis-je faire pour vous ? demandai-je à nouveau un peu par hasard.

- Il s'agit de ce que vous pouvez faire pour Eva, la fille d'Anna. Anna vous faisait confiance, et je... Je suis hors de moi. Je ne sais pas quoi faire d'autre, s'étouffa-t-elle.

- Vous ne savez pas quoi faire à propos de quoi ? l'interrogeai-je en me sentant vraiment confuse par l'étrangeté de l'appel.

- Madame Stone, Anna est morte. Elle s'est suicidée.

- Quoi ? Elle est morte ? Je...

Tout en bafouillant sans trouver les bons mots, j'étais incapable de terminer ma phrase alors que la terre semblait basculer sur son axe. Madilyn Ramos continuait à parler, mais je l'entendais à peine. Elle parlait des services de protection de l'enfance et d'une promesse...

Ma bouche s'asséchait alors que mon estomac se retournait. J'agrippais encore le mur pour essayer de me stabiliser.

Quelle était la quantité d'alcool présente dans cette boisson ?

Je regardais autour de moi pour voir où était Alexander. J'avais besoin de son aide. Quelque chose ne tournait pas rond chez moi. Quand mes yeux le trouvèrent, je ne vis qu'une sorte de visage flou. Rien ne semblait réel et je me sentais détachée de mon être. La seule chose qui me coupait de la brume, c'étaient les phares clignotants des voitures garées le long du trottoir. Dans mon subconscient, je savais que ce sentiment n'était pas dû à l'alcool.

Je fis un pas, mais j'avais l'impression que mes chaussures étaient faites en plomb. En fait, je ne pouvais pas du tout bouger mes membres. Tout me semblait lourd. Trop lourd. Mon cœur s'enfonçait dans ma poitrine et les bords de ma vision commençaient à s'assombrir. J'entendis un bruit et réalisa que j'avais fait tomber mon téléphone. J'espérais que l'écran n'était pas fissuré. Et puis je souris en me souvenant de la dernière fois que j'avais fissuré l'écran de mon téléphone portable. C'était le jour de ma rencontre avec Alexander.

C'était ma dernière pensée lorsque le sol en béton vint à ma rencontre. Et puis, pour la première fois depuis longtemps, je ne ressentais plus rien du tout.

11

Alexander

Je regardais le parcours du traceur GPS de mon téléphone pour voir combien de temps il restait avant l'arrivée du service voiturier. La petite icône clignotante indiquait sept minutes.

Putain... c'est bien trop long....

Tout ce que je voulais, c'était partir d'ici, loin de cette boîte et loin de Vegas. Je détestais cette ville. Elle avait la capacité de transformer l'individu le plus prude en démon, et c'était exactement ce qui était arrivé à ma femme. Il n'y avait pas d'erreur sur son visage. Je l'avais à peine reconnue. Le couple de la piste de danse avait attisé sa curiosité. Et puis, l'adrénaline m'avait traversé et toute pensée rationnelle m'avait échappé alors que j'imaginais la façon dont j'avais vu ce connard se frotter contre Krystina. Je n'aurais jamais dû la quitter dans un endroit comme celui-ci. Même pas une seule seconde.

Je me retournais pour la regarder, avec l'intention de lui demander pourquoi elle avait permis que cela se produise, mais je m'arrêtai brusquement en me rendant compte qu'elle se balançait maladroitement. Krystina avait habituellement une grâce naturelle, et la voir s'agripper de façon maladroite au mur était alarmant. Ses mouvements étaient lents et non coordonnés alors qu'elle cherchait la stabilité.

Elle a tant bu que ça ?

Je ne le pensais pas. Elle n'était pas une grande buveuse d'alcool. Quelque chose clochait. Je faisais un pas vers elle et remarquais à quel point ses yeux étaient vitreux et flous. J'avais déjà vu Krystina ivre. Ce n'était pas ça. Dans tous les cas, je ne pensais pas que ça avait quelque chose à voir avec l'alcool. J'avais vu assez de drogués dans ma vie pour les reconnaître quand je les voyais, et si je ne me trompais pas, Krystina était sous l'emprise de quelque chose. Je ne savais pas si elle avait pris une drogue illicite elle-même ou si quelqu'un lui avait glissé quelque chose dans un verre. C'était troublant de réaliser que je remettais même cela en question.

Elle ne consommait pas de drogues récréatives, et elle n'avait pas consommé beaucoup de choses jusqu'à récemment. Tout ce que je savais, c'était qu'elle était concentrée sur l'agonie émotionnelle que seule une perte tragique pouvait apporter.

- Krystina, qu'est-ce qui ne va pas chez toi ? Tu regardes...

Avant que je puisse terminer la phrase, ses genoux se plièrent.

Instinctivement, je m'approchais d'elle, l'attrapant juste avant qu'elle ne touche le sol. Je la portais jusqu'à ce qu'elle parvienne à se tenir debout. Elle pouvait à peine se soutenir, alors j'enroulais mon bras autour de sa taille pour supporter son poids.

- Alex, dit-elle.

Elle finit par s'effondrer contre moi. La panique me consuma. Il n'y avait aucun doute dans mon esprit que Krystina subissait les effets de la drogue. Mais dans tous les cas, je devrais déterminer plus tard si sa consommation de drogue était un choix conscient ou non. Tout ce qui comptait pour l'instant, c'était de la sortir d'ici.

- Laissez-moi passer, crachai-je aux passants.

Je ne pouvais pas attendre que le service voiturier arrive. Il fallait que je rentre tout de suite à l'hôtel et que je donne de l'eau à Krystina.

Je hélais un taxi au bord du trottoir tout en continuant de soutenir Krystina. L'un d'entre eux arriva près de moi. En me déplaçant rapidement, j'ouvrais la porte arrière du passager et plaçait Krystina à l'intérieur du véhicule. En passant par-dessus son épaule, j'attachais sa ceinture de sécurité, puis je montais à mon tour de l'autre côté.

- Le Florentine Resort, aboyai-je au chauffeur.

- Et elle, est-elle d'accord, monsieur ? demanda-t-il avec hésitation en regardant entre Krystina et moi dans le rétroviseur.

Il semblait incertain de la situation. Je ne pouvais pas le blâmer. J'étais sûr qu'il en voyait beaucoup dans son travail, et je ne pouvais qu'imaginer à quoi cela pourrait ressembler pour lui.

- Non, mais elle le sera. Je suis son mari.

Son visage se détendit visiblement, puis il me fit un bref signe de tête avant de déplacer la voiture et de se diriger vers la route.

Une fois le taxi en route, je me callais dans la banquette en m'accrochant fermement à Krystina. Je ne pouvais m'empêcher de remarquer à quel point sa respiration était légère et envisageais même de l'emmener à l'hôpital. Cependant, je savais que tout ce qu'ils feraient serait de lui injecter des produits intraveineux. Pas besoin non plus de préciser que passer par les urgences attirerait de l'attention indésirable. Dans tous les cas, je ne pouvais pas risquer les médias. La dernière chose dont ma femme avait besoin était que les gens spéculent publiquement sur le fait qu'elle consommait de la drogue.

Je me sentais mal. Je n'aurais jamais dû la perdre de vue. Je savais que rester dans cette boîte était une erreur. J'aurais au moins dû laisser Matteo rester avec les filles pendant que j'allais chercher les boissons.

Et merde. Matteo et Allyson.

Mes yeux s'élargissaient. Avec tout ça, j'avais à peine eu le temps de penser à eux. Si quelqu'un avait glissé quelque chose dans la boisson de Krystina, il l'aurait peut-être aussi fait pour Allyson. En tendant la main dans la poche de mon pantalon, je sortais mon téléphone portable. Il y avait deux textos et un appel manqué de la part de Matteo.

Aujourd'hui
22:24, Matteo
Vous êtes où ?

22:31 PM, Matteo
Krystina a envoyé un texto à Ally, lui disant qu'on se retrouverait demain matin. Tout va bien ?

Je réfléchissais à ce que j'allais dire. Si Krystina se droguait, cela ne regardait personne. C'était quelque chose que nous règlerions en privé. Nous avions déjà assez de tensions émotionnelles et n'avions certainement pas besoin d'influences extérieures. Cependant, si une personne circulait dans le club en ajoutant du Rohypnol[1] dans les boissons, Matteo et Allyson devaient en être informés.

22:47, Moi
Tout va bien. J'ai donné au chauffeur l'instruction de vous ramener à l'hôtel. Comment se sent Allyson ?

Je patientais le regard rivé sur l'écran jusqu'à ce que je voie les trois petits points qui indiquaient que Matteo répondait.

22:48, Matteo
Elle va bien, pourquoi ?

22:50, Moi
Krystina ne se sent pas bien. Je ne sais pas si c'était la boisson ou autre chose : quelqu'un lui a peut-être glissé un truc chelou dans son verre.

22:51, Matteo Merde. T'es pas sérieux ?

22:52, Moi
Je suis très sérieux. Encore une fois, je suis sûr de rien. Je voulais simplement que vous le sachiez au cas où. Peut-être que vous allez aller ailleurs, du coup ?

22:53, Matteo
C'est noté. Krystina va bien ? Est-ce qu'il serait judicieux pour nous de rentrer à l'hôtel ?

Je scrutais le visage de ma femme, qui semblait dormir paisiblement. Je fermais les yeux et prenais une profonde inspiration. Jamais de ma vie je n'aurais pensé que je verrais ma femme souffrir des effets de la drogue. Jamais elle n'aurait pu se faire ça elle-même. Retournant à mon téléphone, je tapais une réponse rapide à Matteo.

22:55, Moi
Non, pas la peine. Tout va bien se passer pour nous. Passez une bonne soirée. Faites attention à tout.

22:57, Matteo
Ok. N'hésite pas, si tu as besoin de quoi que ce soit.

J'empochais mon téléphone une fois de plus et tirais Krystina un peu plus près de moi. Au moment où nous arrivâmes à l'hôtel, elle était à peine consciente. Plutôt que d'essayer de la faire marcher, je portais son corps inerte jusqu'à la suite. Autour de moi, les regards étaient curieux, mais je préférais ne pas leur accorder d'importance. Après tout, on était à Vegas. J'étais sûr que tous ces gens avaient vu des choses encore plus étranges.

Je tâtonnais la porte de la suite pendant un moment avant d'entrer. Allongeant Krystina sur le lit, je commençais à la déshabiller lentement. Après lui avoir enlevé sa culotte, je récupérais un de mes t-shirts de l'armoire et le lui glissais sur la tête. Puis je la positionnais doucement de manière à ce qu'elle soit calée à moitié assise contre les oreillers. La trouvant bien comme ça, je passais par la salle de bains pour lui remplir un verre d'eau.

Une fois de retour près du lit, je constatais que ses paupières tremblaient. Je ne pouvais pas dire si elle essayait de se réveiller ou si elle rêvait.

- Mon ange, j'aimerais que tu te réveilles et que tu boives ça, lui dis-je en secouant doucement son épaule pendant que j'apportais le verre d'eau à ses lèvres.

Il fallait qu'elle boive.

- Alex, murmura-t-elle. Et là, j'eus énormément de mal à reconnaître mon prénom. Pourquoi est-ce que je... Ne peux pas sentir...

Ses yeux roulèrent mais elle sépara suffisamment les lèvres pour que je puisse lui verser un peu d'eau dans la bouche. Comme je voyais qu'elle avait pu l'avaler facilement, j'inclinais le verre pour lui en donner plus.

- Krystina, est-ce que tu as pris de la drogue ? murmurai-je.

Elle secouait la tête si discrètement que je l'aurais même pas vu si je ne l'avais pas observée attentivement.

- Non. Je pense... Je pense que c'est possible...

Ses mots étaient mal prononcés, et je pouvais à peine les distinguer.

- Quoi, mon ange ? Tu penses que ça pourrait être quoi ?

- Celui... Dansait... Je pense qu'il...

Nos yeux se fixaient un instant avant que sa tête ne revienne en arrière. Elle avait froid, mais elle en avait dit assez pour que je commence à comprendre tout cela. Elle n'avait pas pris de drogues de son plein gré. C'était ce type-là, celui qui pensait pouvoir s'amuser avec ma femme.

J'étais un homme puissant. J'avais de l'argent, des relations et des moyens. Pourtant, il semblait que je ne pouvais toujours pas me détourner de ma femme pendant une minute sans qu'elle ne se retrouve dans une sorte de problème. Pourtant, ce n'était pas elle qui les cherchait. Elle était comme un aimant pour ce genre de choses, et cela m'empêchait de la protéger.

La pire chose qui pourrait m'arriver serait de la perdre, et rien que le fait d'y penser me terrifiait. J'étais à deux doigts de quitter l'hôtel pour retourner dans cette putain de boîte de nuit et tabasser ce connard. Sauf qu'il fallait que je reste pour Krystina et je refusais de la quitter jusqu'à ce que tout aille bien pour elle.

Alors que je la regardais dormir, la culpabilité m'envahissait et je me mettais à penser honteusement de l'avoir soupçonnée d'avoir pris de la drogue. Même si elle semblait sur la voie de l'autodestruction alors qu'elle essayait d'apprendre comment faire face à la perte de notre fille, je connaissais ma femme.

De retour près du lit, je m'agenouillais à côté d'elle. Son front était mouillé de sueur et sa respiration était encore trop légère à mon goût. Son teint reprenait une plus jolie couleur, mais je voyais bien que ce n'étais pas encore ça.

- Je suis tellement désolé, mon ange. Vraiment. Je n'aurais jamais dû douter de toi.

12

Krystina

Je souris en voyant un cardinal rouge se poser sur une branche juste en face de la fenêtre de l'espace familial. Ses pépiements mélodieux ajoutent un air de gaieté à cette belle journée de printemps. La maison sent le lilas frais : une surprise très agréable apportée par la mère d'Alexander et son infirmière après leur promenade matinale.

Il est presque dix-sept heures et Alexander sera bientôt de retour à la maison. Je souris de nouveau en pensant à ce qu'il fera lorsqu'il passera la porte. C'est la même chose tous les jours, donc ce n'est pas difficile à prévoir. Je l'imagine en train de retirer sa veste, de l'accrocher dans le placard du hall et de monter l'escalier imposant qui mène à la chambre de Liliana. Ensuite, comme il le fait tous les jours, il la réveille de sa sieste. Voir mon mari tisser des liens avec notre fille est toujours ma partie préférée de la journée.

Je fredonne en m'éloignant de la fenêtre pour aller à la cuisine et voir si Viviane a besoin d'aide pour préparer le dîner. Je m'arrête quand j'entends comme une petite toux. Mes yeux se tournent sur le baby-phone posé sur le bord de la table.

Liliana.

On dirait qu'elle tousse. Non - c'est pas ça. On dirait plutôt qu'elle s'étouffe.

Mon cœur s'effondre alors que je me dépêche de sortir du salon en montant les escaliers vers la chambre de mon bébé. Quand je regarde sa petite forme rose emmaillotée dans le couffin, j'observe avec horreur ce que je vois.

Un fil métallique dépasse de sa bouche. Ses petits poings s'agitent alors qu'elle s'étouffe et tousse. Je veux lui enlever le fil de sa gorge, mais mes bras sont collés le long de mon corps. Impossible de les soulever. Ils sont trop lourds. Comme s'ils étaient faits de plomb.

J'hurle.

"Liliana !"

Je suis impuissante en la regardant s'étouffer. Ses yeux s'élargissent et ses lèvres deviennent bleues.

Quelqu'un doit m'entendre. Mon bébé a besoin d'aide.

J'hurle tant que je peux, et ma gorge devient douloureuse dans cet effort.

Personne ne vient et je ne peux pas la sauver.

Mes yeux s'ouvrirent alors que mes jambes battaient frénétiquement sous les couvertures. Je tendais la main en me serrant la gorge en m'attendant à ce qu'elle explose alors que j'hurlais. Mon cœur battait à un rythme effréné et une sueur froide me couvrait la peau. Je me forçais à rester immobile, ma conscience rampant lentement dans le temps en me faisant réaliser que l'état dans lequel j'étais était le résultat d'un rêve terrible et horrible.

La pièce était presque complètement noire. Je me redressais en frissonnant, puis me mis à trembler de façon incontrôlable lorsque les images du cauchemar refirent surface. Je me frottais les yeux pour essayer de me réveiller complètement et d'échapper à cette horrible terreur nocturne pour découvrir que mes joues étaient mouillées de larmes. J'étouffai un sanglot tandis que mon cœur se comprimait avec un chagrin écrasant que je ne pouvais traduire sous forme de mots.

Je tâtais du côté droit du lit, celui d'Alexander, mais tout ce que je sentais étaient des draps froids. Changeant de côté, je parvins à sentir une lampe sur la table de nuit et j'allumais l'interrupteur. Je plissais les yeux dans l'inondation soudaine de lumière crue et laissais mes yeux s'habituer un moment pour ensuite voir un Alexander endormi sur une chaise dans le coin de la pièce.

Qu'est-ce qu'il fout là ?

Je m'appuyais sur mes deux coudes et regardais autour de moi. Mon cœur battait dans ma tête. Les vêtements que j'avais portés la veille au soir étaient jetés n'importe comment sur le canapé de l'autre côté de la pièce. Tout était brumeux dans mon esprit. Je me souvenais de ce qui s'était passé hier soir. Un peu comme si je regardais tout au travers d'un brouillard. Je me souvenais avoir dansé et...

Je serrais les yeux et tentais d'essayer de comprendre les flashs qui me revenaient à l'esprit. Je me souvenais avoir ressenti un sentiment d'euphorie en fréquentant une boîte de nuit fantastique - un club échangiste, si je me souvenais bien. Personne ne s'était vraiment soucié de l'aspect échangiste de cette dernière, parce que tout ce que nous voulions, après tout, c'était danser. Nous venions pratiquement d'arriver. J'avais le souvenir d'un homme qui était venu me parler. J'étais désorientée, mais je crois bien qu'Alexander était en colère contre cet homme.

Comment il s'appelait, d'ailleurs ?

Impossible de m'en rappeler. Quand Alexander et moi étions dehors, j'avais reçu un appel téléphonique et...

Le coup de fil. Anna.

Des détails confus de l'appel se glissaient lentement dans mon esprit. Une femme s'étant présentée comme étant Madilyn Ramos avait appelé pour m'informer qu'Anna Wallace était décédée. Les détails de l'appel étaient flous, mais je me souvenais de la ligne directrice du message de Madilyn : Anna s'était suicidée et Madilyn me contactait parce qu'elle voulait que je tienne une promesse que j'aurais soi-disant faite à Anna. Mon front se plissa. J'ignorais la douleur que cette petite action causait et me forçais à me rappeler la conversation que j'avais eue avec Anna le jour où elle nous avait tous pris en otage, moi et tant d'autres, à Stone's Hope.

- Je ne sais pas ce qui va se passer une fois que je serais sortie d'ici, dit-elle. Je sais que tu penses pouvoir utiliser tes relations pour m'aider, mais connaissant ma chance, je ferais quand même de la prison.

- Tu n'en sais rien. Je peux...

- Non, écoute. S'il te plaît, m'interrompit-elle. Je sais que j'ai merdé, et je ferai ce que j'ai à faire pour arranger ça. Si un juge veut que je fasse du bénévolat en dansant déguisée en poulet à Times Square, c'est ce que je ferais. Mais s'il me donne une peine de prison, je n'ai personne pour prendre soin de ma fille. J'ai grandi en famille d'accueil, et ça ne peut pas arriver à Eva. Elle est bien trop pure. Alors si je dois m'absenter un moment, je dois savoir qu'elle sera en sécurité. Peux-tu t'en assurer ?

- Je peux essayer, Anna. Je ne sais pas si j'aurai beaucoup d'influence auprès des services de protection de l'enfance.

- Je doute que les services de protection de l'enfance osent dire à quelqu'un comme toi de ne pas prendre Eva chez elle.

- Attends. Tu parlais de moi ?

- Seulement si je dois aller en prison. Je dois garder Eva loin de ce système. Tu peux comprendre ça, n'est-ce pas ?

- Je comprends ta préoccupation. Je ferai ce que je peux, mais espérons simplement qu'on n'en arrivera pas là.

Pour moi, ce n'était pas une vraie promesse. Je partais du principe que j'avais donné ma parole à Anna pour faire de mon mieux afin d'éviter qu'Eva ne se retrouve pas en famille d'accueil. Cependant, je parlais seulement de quelques jours. Madilyn Ramos avait donné l'impression que j'avais promis davantage. En fermant fort les yeux à nouveau, j'essayais de me rappeler la conversation que j'avais eue avec elle la veille. Le brouillard omniprésent dans mon esprit semblait enfin se dissiper, jusqu'à ce que je puisse entendre les paroles de Madilyn se rejouer dans ma tête.

"Anna disait souvent qu'Eva serait bien mieux si vous étiez sa mère, mais je ne l'ai jamais prise au sérieux. Pourtant, j'aurais dû. L'un de ses derniers actes a été d'écrire une note détaillant ses souhaits pour Eva.

Madame Stone, vous avez fait une promesse, et Anna veut que vous la teniez."

Je ne me rappelais pas quelle avait été ma réponse à Madilyn. Peu de temps après le début de l'appel, tout était devenu sombre. En y repensant, toute la journée d'hier semblait surréaliste. Avec un début difficile le matin jusqu'à la visite involontaire d'une boîte échangiste, essayer de récapituler tout ce qui s'était passé me donnait le vertige.

Mais pourquoi j'ai perdu connaissance ?

Je ne me souvenais pas avoir bu énormément, et c'était exaspérant de réaliser que je ne pouvais pas me rappeler davantage de ce qui aurait pu être l'appel téléphonique le plus important de ma vie.

- Alex, murmurai-je d'une voix endormie en portant mes mains à mes tempes.

Ma tête me tambourinait tant qu'elle pouvait.

- Mon ange, tu es réveillée. Sa voix semblait enrouée par le sommeil, et je pensais y percevoir un soupçon de soulagement. Comment tu te sens ?

- J'ai mal à la tête. Quelle heure est-il ? demandai-je en luttant pour retrouver mes repères.

Alexander regarda sa montre.

- Il est presque huit heures.

Huit heures ?

Je baissais les yeux et remarquais que je portais l'un des t-shirts d'Alexander - c'étaient mes préférés pour dormir. Si j'en portais un, cela signifiait probablement que nous n'avions pas fait l'amour. Mais tant pis. Ce qui m'alarmait davantage, c'était que je ne me souvenais même pas l'avoir mis.

- Alex, qu'est-ce qui s'est passé la nuit dernière ?

Il se passait une main sur le visage, puis se penchait en avant pour poser ses coudes sur ses genoux. Il semblait épuisé, comme s'il n'avait presque pas dormi. Je remarquais alors qu'il portait les mêmes vêtements que la veille au soir. Quand il me regarda à nouveau, son expression était méfiante.

- Je pense que tu as été droguée.

Je me redressais, mais regrettais presque immédiatement ce geste soudain. Mon crâne semblait sur le point d'exploser alors que je regardais fixement Alexander.

- Droguée ? demandai-je, même si une partie de mon subconscient se souvenait d'avoir pensé exactement la même chose à un moment donné lors de la soirée.

- À mon avis, c'était du Rohypnol. Celui qui essayait de danser avec toi pendant que j'étais au bar en train de prendre des boissons l'a peut-être glissé dans ton verre.

Je fermais les yeux et tentais de me remémorer le visage de l'homme en question. Je me disais que je ne savais pas s'il aurait pu ou non faire ce qu'Alexander prétendait. Je ne le saurais certainement jamais. En même temps, tout cela m'importait peu. Tout ce qui comptait pour moi, c'était l'appel de Madilyn Ramos.

- Alex, à propos d'hier soir, commençai-je.

- Ça aurait aussi pu être le barman, m'interrompit-il brusquement en se levant de sa chaise. Il se mit à faire les cent pas et sembla soudainement très éveillé. Quand je repense à l'historique de la soirée, je ne me rappelle pas t'avoir vu poser ton verre. Tu l'avais toujours en main, ce qui signifie que le barman était la seule autre personne à l'avoir manipulé. Pendant que tu dormais la nuit dernière, j'ai appelé la boîte et ai demandé à voir les images de leur caméra de surveillance. J'ai eu le propriétaire au téléphone, mais il a insisté sur le fait qu'ils n'avaient pas de caméras de sécurité. Il m'a parlé d'un truc concernant le fait qu'il avait l'obligation de protéger la vie privée de ses clients. Je lui ai dit que c'était des conneries et...

- Alex, attends, l'interrompis-je à mon tour, à peine capable de suivre. Je devais lui parler de l'appel que j'avais reçu. Il s'est passé quelque chose et...

- T'as bien raison, il s'est passé quelque chose. Et d'ailleurs, je vais poursuivre ces salauds !

- Tu n'vas poursuivre personne ! criai-je, beaucoup trop fort pour que ma tête puisse le supporter. Elle faillit même exploser.

Tu dois m'écouter. J'ai quelque chose à te dire, quelque chose de plus important que n'importe quelle poursuite qui n'aboutirait probablement à rien sans aucune preuve de malveillance, de toute façon.

- Putain d'Vegas ! jura-t-il en agissant comme si je n'avais pas parlé et en continuant à faire les cent pas. Quand je pense à ce qui aurait pu se passer...

Il n'avait pas besoin de finir sa phrase. Je pouvais entendre sa colère dans le ton de sa voix. Ses paroles étaient empreintes d'un venin que j'entendais rarement mais qui était presque toujours réservé aux occasions où ma sécurité était menacée.

J'avais grandi en entendant les mises en garde sur la drogue du viol et connaissais la gravité de la situation. Mais honnêtement, en supposant que c'était ce qui m'avait été donné, je ne m'inquiétais pas tant que ça. J'étais avec Alexander toute la soirée, hier, et je savais qu'avec lui, je ne craignais rien.

- Alex, calme-toi. J'ai juste mal à la tête. C'est tout, le rassurai-je en commençant à me sentir impatiente en balançant mes jambes par-dessus le bord du lit.

- Tu ne devrais pas avoir du tout mal à la tête.

- Ça va. Rien de vraiment grave ne m'est arrivé la nuit dernière parce que tu étais avec moi.

- Et si je n'avais pas été là ? insista-t-il obstinément.

Je me pinçais le bout du nez et comptais mentalement jusqu'à dix. Alexander me regardait en attendant que je parle. Je l'observais. Il semblait fatigué et en colère, et je savais que je devrais choisir mes mots avec soin si je voulais le convaincre.

Secouant la tête, je me levais du lit et me dirigeais vers le placard. J'ignorais la manière dont mon cœur palpitait étrangement dans ma poitrine en attrapant sur un cintre la tenue que je m'apprêtais à porter.

- Alex, maint'nant, écoute-moi, répétai-je en lançant les habits sur le lit. Puis, sans perdre de temps, je sortis ma valise et commençai à y mettre tous mes autres vêtements. Il faut que tu nous réserves un vol pour rentrer chez nous.

- Très bonne idée, surtout après ce qui s'est passé hier soir. Je déteste cette maudite ville de toute façon. Je vais voir pour avancer le vol de mardi à lundi et...

- Non. Pas lundi. C'est urgent. Il faut que je rentre aujourd'hui, expliquai-je de manière plus catégorique.

Alexander pencha la tête avec curiosité, semblant enfin percevoir l'urgence dans ma voix.

- Une urgence ? Tu as dit qu'il s'était passé quelque chose. C'est ta mère ? Ou bien Frank ?

- Ni l'une, ni l'autre. Je suis sûre que là où ils sont, tout va bien pour eux. C'est à propos d'Eva.

- Eva ? Qui c'est ? demanda-t-il en semblant vraiment perplexe.

J'arrêtais de faire ma valise et le regardais. Son expression correspondait à son ton.

Et merde.

Nous n'avions pas le temps pour de longues explications, mais je savais que je devais lui en dire plus.

- Tu te souviens d'Anna Wallace ? De Stone's Hope ?

Je captai dans son regard le moment où il reconnut ce nom. Ses yeux d'un bleu saphir magnifique flashèrent de colère, puis il pressa fermement les lèvres. Je savais que la simple mention de cette femme déclencherait sa fureur. Après tout, c'était elle qui m'avait tenue en otage avec un pistolet braqué sur moi. Alexander n'avait jamais compris pourquoi je lui avais pardonné si facilement, ni pourquoi je l'avais aidée à s'en sortir pour qu'elle écope le moins possible après tout ce qui s'était passé.

Mais mon mari n'était pas là pour voir le désespoir sur son visage. Anna était une mère célibataire, à peine accrochée à un fil, et son expression reflétait quelque chose de mon passé. C'était semblable à un regard que ma mère avait eu autrefois, à l'époque où l'électricité avait été coupée parce qu'elle devait choisir entre payer la facture d'électricité ou payer sa participation aux frais médicaux quand j'étais tombée et avais eu besoin de points de suture. J'étais jeune à l'époque, mais je me souvenais clairement des piles de factures : à ce moment-là, ma mère était désespérée, tout comme Anna l'avait été.

Je regardais un moment mon mari, remarquant comment ses sourcils se fronçaient d'une irritation évidente avant qu'une soudaine réalisation se manifeste sur son visage.

- Krystina, est-ce qu'Anna est la personne avec qui tu étais au téléphone hier soir ?

- Non, ce n'était pas Anna, mais j'aurais beaucoup aimé que ce soit elle.

Je soupirais et secouais la tête. La tristesse m'envahissait, et je ne pouvais empêcher les larmes de monter à mes yeux. Je détournais le regard avant qu'Alexander ne puisse les voir et entreprenais à nouveau de faire mes bagages. Pourtant, il n'en avait pas fini avec ça. Un moment plus tard, je sentais ses mains sur mes épaules. Il se positionnait face à moi, et je levais les yeux pour rencontrer les siens. L'irritation de notre soirée d'hier et la mention d'Anna avaient disparu. Tout ce que je voyais maintenant, c'était une véritable inquiétude.

- Mon ange, c'était qui, au téléphone ?

- C'était son amie, Madilyn Ramos. Anna est morte, Alex. Elle s'est suicidée.

Les yeux de mon mari s'écarquillaient alors qu'il expirait lentement.

- Mon Dieu. Elle avait pas un enfant ?

- Si, Eva, déclarai-je.

- Mais pourquoi ? Tu as pratiquement déplacé des montagnes pour la sortir de l'embarras légal après sa prise d'otage. Je pensais que tout allait bien pour elle.

- Moi aussi.

- Souffrait-elle d'anxiété ou de dépression ?

- Je n'sais pas, avouai-je, agacée de ne pas avoir eu la présence d'esprit de poser les bonnes questions à Madylin lorsque j'étais au téléphone avec elle.

Je me mordais la lèvre inférieure, soudain nerveuse à l'idée de savoir comment mon mari allait réagir au reste de cette histoire, du moins de ce dont mon esprit embrouillé pouvait se rappeler. Tout ce que je savais, c'était que les pulsations dans mon crâne me tuaient, et je voulais avoir les idées claires pour expliquer ce que je savais de cette situation. De l'aspirine et une bonne douche m'étaient nécessaires avant de dire ou de faire quoi que ce soit d'autre.

- J'ai encore beaucoup de choses à te dire par rapport à ça. J'aimerais d'abord me doucher et essayer de me débarrasser de ce mal de tête, puis je te dirais tout ce dont je me souviens. En attendant, est-ce que tu peux t'occuper de nous trouver un vol pour rentrer aujourd'hui ? S'il te plaît ?

- Krystina, je ne réserverai pas un vol à la dernière minute tant que tu n'auras pas expliqué pourquoi toute cette précipitation, déclara-t-il obstinément.

- Alex, s'teu plaît, plaidai-je une fois de plus en espérant transmettre par mon ton à quel point j'avais besoin qu'il fasse ce que je lui avais demandé.

Au bout d'un moment, quelque chose dans ses yeux semblait me dire que j'avais gagné, et il secouait la tête avec résignation.

- D'accord, marmonna-t-il.

Il avait vraiment l'air agacé de ne pas avoir d'explication, mais j'étais contente d'avoir un peu de répit - du moins pour le moment.

13

Krystina

J'attrapais les vêtements que j'avais étendus et m'installais dans la salle de bains. Faisant face au miroir, je sursautais presque en voyant mon reflet. Vêtue uniquement d'un string en dentelle et d'un tee-shirt d'Alexander, j'étais tout sauf sexy. Non seulement j'avais l'impression d'avoir été renversée par un semi-remorque, mais j'en avais aussi l'air. Le tee-shirt tombait mollement sur mes épaules et mon visage était pâle comme un linge, faisant ressortir les cernes sous mes yeux. Mes cheveux étaient un véritable désastre - ce qui n'était finalement pas si inhabituel que ça pour moi le matin - sauf que là, les pointes semblaient plus en désordre qu'habituellement.

Je me déshabillais en soupirant, m'arrêtant pour respirer l'odeur du t-shirt d'Alexander. C'était son odeur à lui - une odeur d'eau de Cologne familière au bois de santal qui ne manquait jamais de me retourner les sens.

Après avoir ouvert le robinet, je réglais la température de l'eau et me glissais sous la douche. Appuyant ma tête contre le mur de marbre, je restais là un long moment à réfléchir à ce que je me souvenais que Madilyn m'avait dit au téléphone. J'avais donné ma parole à Anna, même si c'était dans un moment de désespoir. J'avais dit que je prendrais soin d'Eva s'il lui arrivait quelque chose. Maintenant que quelque chose lui était arrivé, je devais réfléchir à la manière de l'expliquer à Alexander. Rien que le fait de penser à la décision monumentale que je pourrais avoir à prendre m'ébranlait jusqu'au plus profond de moi-même.

Oui, mais, en vrai, est-ce que j'ai vraiment envie de m'occuper de cette petite fille qui n'a rien demandé ?

Je n'avais rencontré Eva que deux fois, lorsqu'Anna l'avait amenée à Stone's Hope. Je la connaissais à peine, mais je connaissais la réponse à ma propre question avant même de me l'être posée. C'était sans aucun doute oui. Je prendrais soin d'Eva si c'était nécessaire.

Madilyn n'avait pas expliqué grand-chose de la situation au téléphone, d'après mes souvenirs. Le fait qu'elle ait évoqué son suicide était la seule chose qui me venait à l'esprit. Une fois qu'il serait une heure raisonnable sur la côte est, je devrais la rappeler pour m'excuser pour la nuit dernière et avoir une conversation plus cohérente avec elle.

Pourtant, les excuses et les détails ne semblaient pas avoir d'importance. Je me concentrais sur une seule personne : Eva. Je ne pouvais m'empêcher de penser que c'était la façon dont le destin m'éclairait *enfin*. Après tant de douleur, de souffrance et de cauchemars sans fin comme celui que j'avais vécu la nuit dernière, c'était peut-être la fin. C'était peut-être ainsi que j'allais devenir une mère.

Cache ta joie, Krystina.

Je repoussais cette petite voix. Je désirais déjà Eva plus que tout, mais je savais que je devais ne pas m'emballer. Je ne connaissais pratiquement rien de la situation. L'accueillir n'était peut-être même pas une option, et ce pour plusieurs raisons. Après tout, il s'agissait d'un être humain. Un enfant était un engagement d'envergure, et je n'avais aucune idée de ce qu'Alexander en penserait.

Tandis que l'eau ruisselait sur mon corps, je repensais à tout ce qu'Alexander m'avait raconté sur son enfance. Il avait passé la majeure partie de sa jeunesse dans la pauvreté. Si ses grands-parents ne l'avaient pas recueilli, lui et Justine, après ce qui était arrivé à leurs parents, il aurait pu se retrouver perdu dans les méandres chaotiques des familles d'accueil. Compte tenu du fardeau qu'Alexander portait à un si jeune âge, qui sait comment il aurait pu s'en sortir ? En fin de compte, je savais qu'Alexander voudrait que je fasse ce qu'il fallait. Mais je n'étais pas sûre que lui et moi soyons d'accord sur ce que devait être la bonne chose à faire.

En sortant de la douche, je m'enroulais dans une serviette et fis face au miroir une fois de plus. En me séchant les cheveux avec la serviette, je me sentais enfin redevenir humaine. Certes, je n'étais pas au top de ma forme, mais je me sentais au moins déjà un peu mieux qu'avant. Des cercles sombres se dessinaient encore sous mes yeux. Je n'avais plus l'impression que ma tête était sur le point de s'ouvrir, mais je ressentais une douleur lancinante derrière les yeux. En fouillant dans ma trousse de maquillage, je sortais de l'aspirine et en avalais deux cachets en espérant soulager mon mal de tête. Un café s'imposait, mais je voulais au moins avoir l'air présentable avant de sortir de la salle de bains.

Alexander y entra alors que je procédais à la touche finale de mon maquillage. Il restait là à me regarder dans le miroir avec une expression curieuse.

- Qu'est-ce qu'il y a ? demandai-je.

- Rien. Je crois que je ne me lasserai jamais de te regarder. Tu es magnifique.

Je lançais un regard à mon reflet et faillis rire. Même si le maquillage avait aidé à dissimuler ma fatigue, il n'avait pourtant pas fait de miracles.

- J'ai connu des jours meilleurs, plaisantai-je en essayant de garder un ton léger malgré le sérieux de sa mâchoire carrée.

S'il venait de me faire un compliment, son ton était presque tendu. Et si je ne me trompais pas, je crus aussi entendre un soupçon de regret. L'atmosphère commençait à être tendue.

Cherchant une distraction, j'attrapais la brosse pour me coiffer, mais Alexander la saisit avant que je ne puisse le faire.

- Laisse-moi faire, dit-il.

Il plaça la brosse au sommet de ma tête en appuyant légèrement sur les racines avant de la faire glisser lentement sur mon cuir chevelu et de descendre le long de mes cheveux jusqu'aux pointes. Puis il recommençait, le mouvement délibéré étant presque hypnotique tandis que nous nous regardions dans le miroir. Ce toucher non sexuel était relaxant, mais incroyablement érotique, et la tension qui était présente quelques instants auparavant semblait se dissiper. Je me demandais à moitié si ce n'était pas le fruit de mon imagination.

- Alex, l'appel téléphonique que j'ai reçu hier soir, commençai-je. Je ne me souviens pas de tous les détails. Ou peut-être que Madilyn ne les a pas donnés. Je n'en suis pas sûre. Te souviens-tu du jour de la prise d'otage d'Anna au refuge ?

Alexander se pinça les lèvres.

- Ce n'est pas un jour que j'oublierai de sitôt, mon ange, me dit-il sèchement.

- Évidemment... J'aurais dû être plus précise. Tu te souviens que je lui ai parlé quand elle était à l'arrière de la voiture de police ?

- Oui, dit-il, bien qu'hésitant.

- Elle était terrifiée à l'idée que sa fille finisse dans une famille d'accueil, et j'avais promis de m'assurer que cela n'arriverait pas. Son amie, Madilyn, m'a appelée hier soir pour me rappeler cette promesse.

- Laisse-moi deviner la suite. Elle veut que tu trouves un foyer à cette orpheline, maintenant qu'Anna est morte, répondit-il froidement.

Je clignais des yeux, surprise par l'insensibilité de sa voix.

- En quelque sorte... Je m'interrompis, soudain incertaine de comment je devais poursuivre. Anna n'était manifestement pas dans son état normal. Si c'était une dépression, elle le cachait bien, et je ne peux m'empêcher de penser que c'est en fait le désespoir -

et non la dépression - qui l'a poussée à mettre fin à ses jours. Alex, tu n'as pas vu l'expression de son visage lorsqu'elle tenait en joue la salle entière. Ce regard n'a jamais disparu, même des semaines plus tard, après que je l'ai libérée de tous ses ennuis judiciaires. Madilyn a dit qu'Anna pensait que je serais une meilleure mère pour Eva. Je ne sais pas exactement ce qu'elle voulait dire, mais tout ce que je sais, c'est que je ne peux pas régler ça à Vegas. Je dois rentrer. De plus, je dois des excuses à Madilyn pour ma réponse d'hier soir - ou mon absence de réponse. Je n'ai aucun souvenir de lui avoir dit quoi que ce soit après qu'elle m'ait parlé d'Anna.

Alexander fronça les sourcils.

- Justement, en parlant d'hier soir. Je t'ai posé la question avant que tu ne t'endormes, mais je ne sais pas si tu t'en souviens. Je dois te le redemander parce que j'ai besoin d'être sûr. Tu n'as rien pris, n'est-ce pas ?

Je penchais la tête sur le côté, confuse.

- De quoi tu parles ?

- Je parle de drogue. Tu n'as rien pris de tel de manière volontaire ? Hein ? Comme de l'ecstasy, par exemple ?

Je l'observais avec incrédulité à travers le miroir, ne sachant pas trop ce qui avait provoqué ce brusque changement de conversation.

- Bah non ! J'ai rien pris ! Pourquoi tu penses ça ?

- Aucune raison. Je voulais juste en être sûr. C'est tout, répondit-il calmement.

Je me retournais pour lui faire face. Mon expérience de la drogue se limitait à en respirer l'odeur nauséabonde lorsque quelqu'un fumait de la marijuana. Je n'avais jamais tenu un joint dans ma main, et je n'avais certainement jamais eu l'occasion de m'amuser avec des drogues dures. Alexander le savait. Il devait y avoir autre chose. Il ne m'aurait jamais posé cette question *juste comme ça*. Mais maintenant, le mal était fait. Je l'avais entendu haut et fort et il n'y avait aucun moyen de se méprendre sur l'accusation dans son ton.

- Non, Alex. Ce n'est pas tout. Pourquoi penses-tu que j'ai pris de la drogue - et surtout de l'ecstasy ?

Il soupira et posa la brosse sur le bord de l'évier.

- Écoute, tu as tout essayé pour échapper à la douleur de la perte de Liliana. Je ne pensais pas que tu aurais pu avoir recours à la drogue, mais je devais m'en assurer pour savoir à quoi j'avais affaire.

- Tu plaisantes, j'espère ?

Ma question était oppressante. Ce n'était pas une simple insulte. Elle ressemblait à une trahison, comme s'il ne pensait pas pouvoir me faire confiance.

- C'est pas une blague, Krystina. Je ne trouve rien de tout cela drôle. Mets-toi à ma place. Il y a une semaine, au Club O, tu m'as pratiquement supplié de franchir une ligne que je ne voulais pas franchir. Hier matin, tu as eu une véritable crise de panique, et l'instant d'après, nous sommes dans un club échangiste douteux de Las Vegas - que tu as réservé - pour être mystérieusement droguée. Je pense qu'il est normal que je te pose des questions. Mais comme je l'ai dit, je ne pensais pas que tu le ferais. Je voulais juste m'en assurer.

Il parlait si calmement, ne semblant pas comprendre à quel point sa méfiance était blessante. Je me détournais de lui et sortais de la salle de bains. Je ne savais pas comment répondre ou comment réagir à ce qu'il venait de me dire. En tous cas, ses mots me faisaient mal. Très mal.

Alexander me suivait dans la chambre, mais je ne parlai pas. Je m'approchais de la table de nuit et vis que j'avais reçu un message d'Allyson.

- As-tu pu trouver un vol pour aujourd'hui ? lui demandai-je tout en déverrouillant le téléphone pour lire le message de mon amie.

- Pas encore. J'attendais d'abord de savoir pourquoi tu voulais rentrer plus tôt.

- Tu ne me fais pas confiance ? demandai-je amèrement en prenant compte du texto d'Allyson.

Je le lus rapidement, troublée par la série d'émojis en forme de cœur qui l'accompagnait, puis je levais les yeux vers Alexander.

- Ally et Matteo sont déjà en train de prendre leur petit-déjeuner. Apparemment, ils ont quelque chose à nous dire, et ils veulent qu'on les rejoigne au restaurant de l'hôtel au plus vite.

Mon ton était froid et détaché. Alexander me dévisageait avec une expression des plus étranges. Mon estomac se tordait d'angoisse. Je détestais me disputer avec lui, et je savais que si nous restions dans cette pièce ensemble plus longtemps, c'était exactement ce qui se passerait. J'étais blessée, et quand j'étais blessée, je m'emportais. Alexander était méfiant et en colère à cause de la nuit dernière - une mauvaise combinaison qui le conduirait sans aucun doute à dire des choses irrationnelles.

J'étais sûre qu'il avait les mêmes pensées, car il hocha simplement la tête en disant :

- Laisse-moi dix minutes pour prendre une douche. Ensuite, j'appellerai pour changer notre vol, puis nous pourrons aller les voir.

Lorsque nous arrivâmes dans La Cena, l'un des restaurants du complexe hôtelier, j'aperçus Allyson et Matteo assis à l'autre bout de la salle, à une table recouverte de linge blanc.

Ils ne semblaient pas avoir encore commandé de petit-déjeuner, mais ils avaient tous deux une tasse de café devant eux. Allyson remuait distraitement la sienne tout en balayant la pièce du regard. Elle se mordait la lèvre inférieure et, lorsque ses yeux se posèrent sur moi, un sourire nerveux s'afficha sur son visage. Je reportais mon regard sur Matteo et voyais qu'il tapotait anxieusement son pouce sur le bord de sa tasse de café. Il arborait la même expression d'appréhension qu'Allyson, mais il y avait aussi quelque chose d'autre. De l'excitation peut-être ? Je n'en étais pas sûre.

Je levais les yeux vers Alexander et chuchotais :

- Pourquoi ils ont l'air d'avoir commandé une tasse de thé chaud qu'ils ont hâte de renverser ?

- Je pensais exactement la même chose que toi, murmura-t-il. Quoi qu'il en soit, je suis sûr qu'on va très vite le savoir.

Lorsque nous atteignîmes la table, Matteo se leva.

- *Buongiorno !* Vous avez bien dormi ?

- Pas vraiment, répondit sèchement Alexander en me tendant une chaise pour que je m'assoie. Tu te souviens du message que je t'ai envoyé hier soir ?

Matteo grimaça de culpabilité.

- Oui, désolé. Comment te sens-tu, Krystina ? me demanda-t-il.

Avant que je puisse répondre, Allyson prit la parole.

- Pourquoi elle ne se sentirait pas bien ?

- Krystina a été droguée hier soir, dit Alexander sans détour.

- Quoi ? Droguée ! s'exclama une Allyson incrédule. Puis, se tournant vers Matteo : Et tu le savais ? Pourquoi tu ne me l'as pas dit ?

Matteo haussa les épaules.

- Alex m'a fait comprendre qu'il n'en n'était pas sûr. Quand il me l'a dit, on avait déjà pris la décision de quitter le club et je savais que pour toi, tout allait bien. On passait un bon moment et je ne voulais pas que tu t'inquiètes.

- Tu aurais dû me le dire, le réprimanda Allyson.

- Désolé. Avec le recul, il est vrai que j'aurais dû t'en parler. Je n'étais pas inquiet parce qu'elle était avec Alex. Si je te l'avais dit, alors peut-être...

Il s'interrompit et jeta rapidement un regard dans ma direction, puis dans celle d'Allyson. L'air irrité qu'elle arborait se dissipa instantanément, remplacé par l'expression anxieuse qu'elle et Matteo avaient lorsque Alex et moi nous sommes approchés de la table en arrivant. Je plissais les yeux.

- Peut-être quoi ? Pourquoi vous ressemblez tous les deux à un chat qui aurait avalé un canari ?

Allyson jeta un regard craintif entre Alexander et Matteo avant de poser ses yeux sur moi.

- Ne t'énerve pas, me dit-elle.

- Je ne peux pas dire que je ne serai pas en colère tant que je ne saurais pas de quoi il s'agit, Ally. Qu'est-ce qui se passe ?

- Eh bien, commença-t-elle en attrapant un paquet de sucre. Après l'avoir déchiré, elle en versa le contenu dans son café. Tu te souviens de l'épisode de *Friends* où ils vont tous à Las Vegas ?

- Vaguement. Ce n'est pas celui où Monica et Chandler ont failli se marier ?

- Ah, bien. Tu t'en souviens. Tu vois, *failli* est le mot clé. Ils ne sont pas allés jusqu'au bout, mais d'autres personnes l'ont fait.

Je fronçais les sourcils, ne sachant pas où elle voulait en venir alors que je la regardais déchirer le sachet de sucre vide.

- Crache le morceau, Allyson, insistai-je.

Elle déchira encore le papier et ne répondit pas tout de suite.

- Bon, vas-y ! Accouche ! La voix d'Alexander était chargée d'irritation et il s'adossa au dossier de sa chaise. J'ai eu une longue nuit et je n'ai pas beaucoup de patience en ce moment. Matt, qu'est-ce qui se passe ?

- Ally, tu as dit que tu voulais être celle qui leur dirait. Fais-le maintenant, sinon, c'est moi qui leur dis, la prévint Matteo.

Je les regardais sans savoir quoi penser. Tout ce que je savais, c'est que je commençais à être nerveuse.

- Qu'est-ce qui s'passe ? demandai-je.

- Matteo et moi, on a fait comme Ross et Rachel, dit-elle.

- Ross et... Mes yeux s'écarquillèrent et je sursautai en comprenant ce qu'elle venait de me dire. Presque involontairement, je commençai à secouer la tête en signe d'incrédulité. Non. Vous n'avez pas fait ça. Dans cet épisode, ils... Vous n'avez pas...

- Et si. On l'a fait, me confirma-t-elle.

Elle adressa un regard à Matteo et sourit. Il se leva, enleva ce qui restait du paquet de sucre de sa main et entrelaça ses doigts dans les siens.

- Oh, merde, soufflai-je.

- Je n'ai jamais vu un seul épisode de *Friends*, dit Alexander en serrant ses lèvres l'une contre l'autre pour former une fine ligne. Il est clair que j'ai raté quelque chose.

Je me retournai pour le regarder.

- Alex, dis-je lentement. Apparemment, Ally et Matteo se sont mariés hier soir.

Alexander passa de l'irritation à la stupéfaction en un instant. Ses yeux se portèrent sur leurs mains, puis il tourna la tête pour me regarder.

- Et merde, dit-il.

Parce qu'il n'y avait vraiment pas d'autres mots pour décrire la situation. Même si nous nous doutions tous les deux qu'il y avait quelque chose entre Allyson et Matteo, aucun de nous n'aurait pu s'attendre à ça. Se retournant vers Matteo, Alexander secoua la tête.

- Quand je t'ai demandé s'il se passait quelque chose, je n'ai pas pensé que c'était aussi sérieux.

- Tu savais qu'il se passait quelque chose entre eux ? demandai-je avec incrédulité.

Alexander pencha la tête pour me regarder, et j'eus du mal à lire son expression. Je ne savais pas s'il était agacé par mon ton incrédule ou s'il se sentait aussi confus que moi. Ses lèvres se pincèrent tandis qu'il m'étudiait.

- Non, je ne le savais pas. Pas vraiment, en tout cas. Comme toi, je ne faisais que soupçonner les choses, et j'avais posé la question à Matt dès notre premier jour ici. Il n'a ni confirmé ni infirmé quoi que ce soit parce que tu es venue interrompre la conversation, expliqua Alex. Puis, se retournant vers Mateo et Allyson, il ajouta : Je suppose que les félicitations sont de rigueur.

- Les félicitations ? demandai-je avec confusion. Puis je me mis à rire. Ils ne vont pas vraiment *rester* mariés. Je veux dire, personne ne se marie vraiment à Vegas. Même Ross et Rachel avaient prévu d'annuler leur mariage. Enfin, Rachel l'a fait, mais ça n'a rien à voir. Je suis sûre qu'Ally et Matteo...

Je stoppai en voyant Allyson secouer la tête.

- Pas d'annulation, Krys, dit-elle.

- On aimerait faire une vraie tentative, ajouta Matteo.

Je clignai des yeux.

- Sérieusement ? demandai-je sans pouvoir m'en empêcher, même si au fond de moi je savais que c'était pour de vrai.

Je le lisais sur son visage. Ma meilleure amie s'était mariée et je l'étais pas là à ce moment-là. Allyson avait toujours été volage et impulsive, mais je n'aurais jamais prédit ça. C'était elle, ma demoiselle d'honneur, mais je n'aurai jamais la chance d'être la sienne. Il n'y aura ni enterrement de vie de jeune fille, ni enterrement de vie de jeune homme, ni aucune des traditions de mariage que les meilleures amies partagent généralement ensemble. Elle ne m'avait même pas dit qu'il y avait quelque chose entre elle et Matteo. Maintenant, c'était chose faite. Mariés. Pour le meilleur et pour le pire.

Et pour la deuxième fois de la journée, je me sentais incroyablement trahie.

- Krys, as-tu déjà été physiquement attirée par quelqu'un au point de ne plus pouvoir penser correctement ? demanda Allyson, semblant remarquer mon choc silencieux. Je sais que c'est le cas parce que j'ai vu la façon dont Alex et toi vous vous regardez. C'est la même chose pour Matteo et moi.

- *Destino*, murmura Matteo.

Je les regardais tous les deux avec insistance.

- Le mariage, c'est bien plus que de l'attirance physique, dis-je sèchement, en pensant aux nombreux défis qu'Alexander et moi avions relevés au fil des ans.

Même maintenant, la tension entre mon mari et moi était palpable, et je pouvais sentir la dispute qui couvait juste sous la surface - et tout cela parce qu'il ne me faisait pas confiance. Apparemment, c'était le thème de ces derniers temps, car Allyson ne m'avait pas fait confiance non plus.

C'est moi, le problème, dans tout ça ?

Je ne connaissais pas la réponse à cette question. En fait, j'avais du mal à comprendre ce qui s'était passé ces derniers temps. Jamais de ma vie je ne m'étais sentie aussi isolée et séparée de tous ceux qui comptaient pour moi qu'à ce moment-là. Je me sentais incroyablement seule.

- Je sais que le mariage n'est pas toujours facile, dit Allyson, puis elle fit une pause. Elle sembla me considérer un instant avant de pencher la tête d'un côté. Tu as l'air contrariée, Krys, et j'en suis désolée. C'était juste un coup de tête et je...

- C'est bon, interrompis-je en remarquant à quel point mon ton était aigu. Quand je repris la parole, je plaquai un sourire forcé sur mon visage et fis un effort conscient pour empêcher ma voix de vaciller. Je suis heureuse pour toi. Vraiment, crois-moi.

14

Alexander

Le vol du retour fut relativement calme. J'étais épuisé d'avoir passé la nuit à m'inquiéter pour Krystina, et avais dormi pendant une bonne partie du trajet. Lorsque je m'étais réveillé, Krystina n'avait pas dit grand-chose - ni au sujet des noces inattendues d'Allyson et de Matteo, ni au sujet de la fille d'Anna. Je ne savais pas ce qu'elle pensait, mais le désarroi se lisait sur son visage.

Nous avions préféré laisser nos amis derrière nous pour leur « lune de miel », mais je connaissais ma femme et je savais que ce mariage l'avait blessée. Allyson et elle se confiaient beaucoup l'une à l'autre, et j'étais sûr que Krystina éprouvait un sentiment de trahison. Cependant, je pensais que ce n'était pas seulement Allyson qui la dérangeait. Je semblais également l'avoir contrariée, mais je ne savais pas pourquoi. Plutôt que de le lui demander, j'essayais d'évaluer son comportement inhabituellement calme.

Son silence en disait long et au bout d'un moment, je n'étais plus convaincu que l'ouragan qui se déchaînait dans ses yeux était dû à Allyson ou à une éventuelle colère contre moi. Pendant que nous marchions dans le terminal de l'aéroport, Krystina était absorbée par son téléphone. Elle s'était éloignée de moi et parlait à quelqu'un de façon animée. Je ne savais pas qui c'était, mais je soupçonnais qu'il s'agissait de Madilyn Ramos. Ce soupçon fut confirmé après l'embarquement dans l'avion. J'aperçus l'écran de son téléphone portable juste avant qu'elle ne l'éteigne, et j'ai vu qu'elle cherchait des écoles primaires privées à New York.

Mon instinct me disait que l'histoire de cette petite fille était bien plus complexe que ce que ma femme laissait entendre, et c'était extrêmement troublant. Cela allait bien au-delà d'un appel aléatoire d'une amie désemparée d'Anna, ou d'une promesse faite par ma femme dans un moment de désespoir. J'avais voulu exiger de Krystina qu'elle me donne tout de suite des explications, mais j'avais hésité. Une partie de moi savait ce qu'elle dirait, et je n'étais pas prêt à avoir cette conversation.

Au moment où nous franchissâmes les portes de notre maison, je décidais qu'elle avait eu amplement le temps de réfléchir. Maintenant, je voulais des réponses.

— Viens avec moi, lui ordonnai-je alors qu'elle accrochait son manteau dans l'armoire de l'entrée.

— Alex, je dois m'occuper de...

— Non. Je t'ai donné du temps pour travailler sur ce qui se passe dans ta tête, mais maintenant je mérite des explications. Tu me dois bien ça, il me semble. Tu feras ce que je te dirai de faire. Maintenant, suis-moi.

Sans lui donner l'occasion d'argumenter davantage, je lui pris le coude et l'entraînais dans le salon. Ma prise n'était pas brutale, mais suffisamment ferme pour qu'elle sache que je ne plaisantais pas. Je détestais jouer à ça et ça commençait à bien faire.

Une fois Krystina assise sur le canapé, je me dirigeais vers l'armoire où nous rangions nos bouteilles d'alcool et me servis deux doigts de Johnnie Walker Blue Label, puis je me tournais vers la fenêtre pour regarder le paysage. Je remarquais à peine les pins qui le parsemaient.

— Krystina, je sais que tu as fait une promesse, mais jusqu'où va-t-elle exactement ?

- Je ne comprends pas.

- Jusqu'où veux-tu aller ?

Mes tripes se retournaient et mon instinct se mettait en marche. Une partie de moi savait ce qu'elle allait dire avant même que je ne pose la question. Comme elle ne répondait pas tout de suite, je la poussais dans ses retranchements.

- J'espère que tu n'as pas l'intention d'amener l'enfant ici.

- Et pourquoi pas ? rétorqua-t-elle un peu indignée.

Je me tournais vers elle. Elle était debout une main sur la hanche, semblant prête à se battre. Cependant, les rides d'inquiétude sur son visage me faisaient comprendre qu'elle était aussi sincèrement préoccupée par ma réponse - comme si elle avait désespérément besoin de mon approbation. Il fallait que je mette un terme à tout ça.

- Il n'en est pas question, répondis-je.

Mon ton était franc, ne laissant aucune place à la dérobade.

- Je dois faire quelque chose, Alex. J'ai promis de m'assurer qu'Eva serait prise en charge. Elle vit actuellement à Brownsville avec Madilyn, une mère célibataire de deux enfants qui travaille au troisième service d'une équipe. Elle a déjà du mal à trouver une garderie pour ses propres enfants sans ajouter Eva à la liste, et elle ne peut pas se permettre d'avoir un autre enfant pour plusieurs raisons. Elle m'a carrément dit au téléphone qu'elle allait devoir confier Eva à l'État si personne ne se présentait. Anna n'a pas d'autre famille que celle que je connais, alors où peut-elle aller sinon ici ?

- Aucun enfant de Brownsville ne viendra dans cette maison, Krystina. Y es-tu déjà allée ? Le taux de criminalité est très élevé. Cette fille portera beaucoup de bagages.

- J'ai dit que Brownsville était l'endroit où elle vivait actuellement. Mais elle ne vient pas vraiment de là.

- Alors d'où vient-elle ? demandai-je.

Krystina hésitait et je sus que je n'aimerais pas la réponse. En fronçant les sourcils, je reposais la question.

- Krystina, où vivait cet enfant avant Brownsville ?

- Hunts Point[1]. Mais...

- Hunts Point ! Putain, Krystina. C'est encore pire. Elle a probablement vu plus de prostituées et de drogués en une semaine que tu n'as pu l'imaginer durant toute ta vie. J'ai grandi là-dedans, tu te souviens ? Pas toi. Ma réponse est toujours non. Cette fille ne peut pas venir ici.

- Alex, arrête d'être aussi prétentieux. L'endroit où elle vit ne devrait avoir aucune incidence sur quoi que ce soit. Si tu veux bien m'écouter, dit-elle d'un ton suppliant. J'ai pensé que peut-être... Eh bien, puisque nous ne pouvons pas avoir d'enfant...

Elle s'interrompait et mes yeux s'écarquillaient. Son expression pleine d'espoir ne trompait pas. Mes pires craintes se réalisaient. Elle voulait adopter l'enfant - celui d'une étrangère.

- Non, je ne veux pas accueillir l'enfant de quelqu'un d'autre, Krystina.

- Ce ne serait pas de l'accueil. Nous serions ses tuteurs légaux permanents, dit-elle tranquillement en retournant s'asseoir sur le canapé.

- C'est une idée ridicule, me moquai-je en secouant la tête. Elle n'a pas de père ?

- Anna m'a dit l'année dernière qu'il était en prison. Madilyn ne l'avait pas dit, mais je suppose qu'il y est toujours. Il n'a jamais rien eu à voir avec Eva, alors qu'il soit en prison ou non, je ne crains pas qu'il nous cause un problème.

Pour nous ?

Je la regardais avec incrédulité, quelque peu choqué qu'elle ait littéralement pensé à tout sans me consulter une seule fois. Je me demandais de quoi d'autre elle avait discuté au téléphone avec Madilyn pendant que je n'écoutais pas.

- Tu as déjà tout prévu, c'est ça ? Et sans m'en parler. Krystina, nous n'avons aucune idée de ce que cette petite fille a vécu, et je refuse d'hériter des problèmes de quelqu'un d'autre. Qui sait à quoi elle a été exposée et quel genre de traumatisme émotionnel elle pourrait apporter. Je veux dire, sa mère s'est suicidée. Son père est en prison. Toute sa courte vie s'est déroulée dans l'enfer sur terre. Je suis allé trop loin pour être associé à cette vie. Maintenant que je m'en suis éloigné, je ne veux plus y retourner.

- Il ne s'agit pas de toi, Alex.

- Tu te trompes. Il s'agit de moi et de toi. Il s'agit de nous, et je ne suis pas prêt à risquer tout ce que nous avons en amenant toutes ces choses dans notre maison, Krystina. Nous valons mieux que ces ordures.

Ma femme sursauta, le choc se lisant sur son visage.

- Des ordures ? Eva est pratiquement un bébé - elle n'a que cinq ans. Comment peux-tu être aussi froid ? murmura-t-elle. Tu l'as dit toi-même. Tu sais ce que c'est que de grandir dans la pauvreté - et ce n'est pas une vie que tu as choisie. Tu n'avais pas le choix à l'époque, tout comme Eva d'ailleurs. Ce n'est qu'une enfant, et ton jugement est injustifié.

Je fermais les yeux, la douleur dans sa voix me coupant au plus profond de moi-même. Elle avait raison en ce qui concerne le manque de choix, mais elle ne comprenait pas. J'imaginais l'immeuble délabré en parpaings dans lequel j'avais passé mon enfance - les HLM du Bronx - avec des barreaux aux fenêtres et les murs écaillés des cages d'escalier où les odeurs nauséabondes ne semblaient jamais se dissiper. Les gens qui y vivaient étaient des moins que rien. J'avais vu le crime et la drogue, et j'avais été témoin de morts par balles et d'overdoses avant l'âge de six ans. Toutes ces choses avaient volé mon innocence et m'avaient endurci face au monde. Je me méfiais de tout et de tous. Cette petite fille viendrait à nous de la même manière et ce n'était pas quelque chose que je voulais prendre en charge. Me retournant pour regarder par la fenêtre, je bus une petite gorgée de whisky. Ma mâchoire se serra avec détermination.

- Non, ce n'est pas injustifié, répondis-je. Tu n'as pas vécu ce que j'ai vécu. C'est pourquoi tu ne comprends pas. Ce n'est pas à débattre, Krystina. Cet enfant ne sera jamais sous notre responsabilité.

- Mais je l'ai promis, Alex.

- Et la femme à qui tu as fait cette promesse est morte. Elle ne verra pas la différence si tu ne la tiens pas.

- Mais je le ferai. Je t'ai dit qu'Eva ne pouvait pas rester avec Madilyn. Je ne peux pas la laisser aller dans une famille d'accueil. Elle sera perdue dans ce système d'ici un an. Tu le sais très bien.

- Je le répète. Ce n'est pas notre responsabilité. Cet enfant...

- Eva. Elle s'appelle Eva. Dis-le, demanda Krystina en serrant les dents.

- Ce n'est pas en disant son prénom que je vais changer de position. Je n'en démordrai pas.

- Tu ne me connais pas du tout, n'est-ce pas ? murmura-t-elle. Si tu avais été attentif ces derniers mois, tu saurais pourquoi c'est important pour moi.

Je grimaçais. Je savais exactement pourquoi elle se sentait obligée de tenir sa promesse. Mais je n'étais pas d'accord. Ma femme faisait cela pour de mauvaises raisons. Cette petite fille ne remplacera jamais Liliana, et dès que Krystina s'en rendra compte, nous pourrons tourner la page sur cette idée saugrenue.

- Ce n'est pas en accueillant l'enfant de quelqu'un d'autre que nous retrouverons ce que nous avons perdu, dis-je à voix basse.

- Je sais, Alex, fais-moi confiance. Mais tout arrive pour une raison.

- Tu as dit que tu détestais cette expression, que tu n'y croyais plus.

- Je pensais que non. Mais maintenant, rien d'autre n'a de sens. C'est comme si ma rencontre avec Anna était destinée, et je me suis rendu compte que si nous ne pouvons pas avoir un enfant, je suis d'accord pour accepter ce qui était clairement censé être à la place.

Je fermais les yeux et secouais la tête, repoussant la tristesse qui me submergeait.

- Ce n'était pas censé être le cas, Krystina. Ce n'est rien de plus qu'une terrible tragédie, qui n'est pas notre responsabilité de réparer.

- Peut-être que tu as raison, mais je dois suivre cette idée et voir où elle me mènera. L'instinct me dit que prendre Eva est la bonne chose à faire. Ce sera peut-être une erreur, mais je dois essayer. J'irai la chercher demain matin chez Madilyn.

- Pour faire quoi, une fois que tu seras avec elle ?

- Je n'ai pas encore décidé. Mais Alex, saches que je le ferais avec ou sans ton soutien.

Je me retournais pour lui faire face à nouveau.

- Tu n'oseras pas.

Elle inclina le menton en l'air.

- Regarde-moi bien.

- Krystina, dis-je sur un ton d'avertissement.

- Non, Alex. S'il te plaît. J'aimerais beaucoup qu'on ait cette démarche tous les deux, mais si tu ne peux pas avancer avec moi... Elle hésita en semblant peser ses mots soigneusement avant de parler. Il serait peut-être préférable que tu restes un peu au loft.

J'étais ahuri.

- Est-ce que tu me vires vraiment de chez moi simplement parce que je ne veux pas accueillir l'enfant d'une étrangère ? C'est un peu irrationnel, tu ne trouves pas?

- Non. En fait, je ne pense pas m'être jamais sentie plus rationnelle de toute ma vie. Parce que c'est ce que je veux, Alex, mais je ne me battrai pas avec toi pour ça et je n'exposerai pas Eva au conflit. C'est pourquoi je pense qu'il vaut mieux que tu restes là-bas, du moins jusqu'à ce que nous ayons réglé ce problème. Ou bien alors, tu peux choisir de rester ici. Et dans ce cas, on peut avancer ensemble. Le choix t'appartient.

- Non, tu as déjà décidé.

Elle haussa les épaules.

- Si c'est ainsi que tu veux voir les choses... Tu sais exactement le fond de ma pensée. Maintenant, je suis fatiguée et je me lève tôt demain matin. Je vais me coucher. Bonne nuit, Alex.

S'approchant de moi, elle s'étendit sur la pointe des pieds et embrassa ma joue. Un sourire de regret vacilla comme un hologramme, et je ne savais pas si c'était seulement mon imagination. Puis, elle se retourna et sortit de la pièce.

- Krystina, attends ! l'appelai-je alors qu'elle atteignait la porte.

Elle ne s'arrêta pas. Á la place, elle me laissait la regarder jusqu'à ce qu'elle disparaisse de mon champ de vision. Je maudissais à haute voix la pièce vide.

- Putain !

Je rejetais le reste de mon verre et réfléchissais à ce que j'allais faire. J'eus subitement l'impression d'être malade. C'était comme si une énorme fosse s'était ouverte entre nous, et que tout ce que nous avions construit tombait à l'intérieur. L'idée que Krystina ait pensé qu'elle pouvait me faire partir me semblait ridicule. Ce dont elle avait besoin, c'était d'une bonne baise.

Je quittais la pièce, traversais le hall d'entrée immense et commençais à monter l'imposant escalier vers la suite parentale. Cependant, je fis une pause à mi-chemin en repensant à ma prochaine ligne de conduite. Plus j'y pensais, plus je commençais à penser qu'aller au loft n'était pas une si mauvaise idée. Ma femme était obstinée. Elle devait trouver une solution par elle-même, et j'étais sûr qu'elle finirait par voir que j'avais raison. Que ce soit une leçon pour elle. Peut-être que passer une semaine seule avec un enfant - un enfant qui était certainement endommagé psychologiquement - donnerait du sens à Krystina.

Je sortais mon portable et appelais Hale.

- Chef, dit-il après la première sonnerie.

- Demandez à Samuel d'aller faire son sac. Lui et moi, on va s'installer quelques jours au loft.

15

Alexander

Ça faisait des mois que je n'étais pas allé au loft. La dernière fois, c'était quand Krystina et moi avions séjourné ici après le gala du Met en mai dernier. C'était un séjour planifié car nous savions que nous resterions tard en ville le soir et que nous voulions éviter de rentrer de nuit à Westchester. Nous avions demandé à Viviane de stocker un peu de nourriture dans le réfrigérateur - elle était allée au-delà de ce que nous lui avions demandé, car elle savait très bien que l'appartement vide pendant longtemps serait froid, elle avait donc cherché à ajouter d'autres petites choses pour nous donner l'impression de nous sentir vraiment comme chez nous, comme par exemple un bouquet de lys pour Krystina et une édition du *Times* pour moi.

Mais en y entrant tout à l'heure une odeur de produit citronné m'avait attaqué les narines, signe que l'entreprise qui passait nettoyer l'appartement une fois par mois avait fait son travail. Et là, pas de nourriture dans le frigo, ni de fleurs dans un vase. Les lieux étaient vraiment vides.

Je regardais autour de moi, choqué par ce côté impersonnel. Je ne savais pas comment je ne l'avais pas remarqué auparavant. Je repensais à l'époque où j'avais acheté cet appartement. C'était une toile vierge pour ma décoratrice d'intérieur, Kimberly Melbourne. Même si son travail avait été supérieur à mes attentes, il y manquait néanmoins la touche féminine que Krystina avait finalement apporté à cet espace inexpressif.

Krystina et moi n'avions vécu ici que peu de temps ensemble. La maison de Westchester avait été construite et prête à emménager peu après notre mariage. Toutes les touches personnelles qu'elle avait ajoutées au loft avaient déménagé avec nous à Westchester. Fini les photos de nous ensemble ! Ma photo préférée de Krystina les cheveux au vent sur le *Lucy* n'était plus là non plus. Le loft était à nouveau comme un musée stérile et son absence de vie était étouffante.

En traversant le hall et en entrant dans le salon, je ne pris pas la peine d'allumer la lumière. Je me servais de la lumière lunaire venant de l'extérieur pour me guider. Je balançais mon petit sac de voyage sur le canapé et me retournais pour m'adresser à Samuel. Le jeune homme se tenait dans l'entrée de l'appartement en attendant mes instructions.

- Je n'ai pas besoin de vous, lui dis-je. Il est tard et je n'ai pas l'intention d'aller où que ce soit. Vous êtes libre de dormir dans la chambre d'amis ou dans l'ancien appartement de Hale.

- Je vais descendre et vous laisser tranquille si cela vous convient, monsieur.

- Parfait. À demain matin.

Samuel se retourna et fit claquer la porte en sortant. Le silence qui s'installa n'était pas vraiment le bienvenu, mais plutôt quelque chose de fort et d'intrusif. Pourtant, je devrais être habitué à être seul. Enfin, j'étais seul depuis des années avant de rencontrer Krystina et à l'époque, je m'en sortais très bien. Il y avait eu des femmes, mais personne de sérieux. Je n'en voyais pas l'intérêt. Mon travail excluait beaucoup de choses, y compris des relations sans lendemain. De plus, mes préférences peu conventionnelles faisaient que garder une femme pendant longtemps représentait un risque sérieux pour moi et ma notoriété. Alors, je m'étais assuré de trouver des moyens de satisfaire discrètement mes désirs tout en m'assurant de garder les yeux sur le prix : bâtir mon empire. Je n'avais jamais souhaité plus.

Ma vie avait été parfaite par rapport à tout ça. Ce fut ma rencontre avec Krystina qui avait tout fait basculer. Maintenant, elle était mon monde, mon obsession et toute ma raison de vivre. Je ne savais plus comment vivre seul. Je ne voulais qu'elle - et seulement elle - et qu'elle m'accompagne en permanence. Ce fossé qui s'était lentement creusé entre nous était devenu un canyon béant qui m'avait causé une douleur dans la poitrine qui m'était complètement étrangère. Je ne savais pas quoi en faire. Je ne savais même pas qui était responsable - elle ou moi. Nous deux, peut-être.

Je m'approchais de la baie vitrée et observais les millions de lumières qui parsemaient l'horizon. La vue était à couper le souffle, mais c'était comme une indulgence que je ne méritais pas. Je ne pouvais pas croire que j'étais parti.

Ça fait de moi un connard pour autant ?

Oui, c'était sa suggestion, mais je n'aurais pas dû la prendre au mot.

- Je devrais revenir en arrière et arranger les choses, dis-je à voix haute dans la pièce vide.

Une partie de moi aurait souhaité que Hale m'accompagne ce soir et non Samuel. Je ne l'aurais pas congédié aussi rapidement que je l'avais fait avec Samuel, mais je lui aurais fait part de mes idées et demandé conseil. Sans aucun doute, Hale aurait eu des mots de sagesse qui auraient pu m'aider. Il connaissait ma femme presque aussi bien que moi.

Cependant, il valait mieux que Hale soit à Westchester. Il n'y avait personne en qui j'avais plus confiance que lui par rapport au fait que je sentais Krystina en sécurité avec lui, et si elle était déterminée à se rendre à Brownsville demain matin, j'avais besoin de son regard aiguisé sur elle.

Me détournant de la vue, je me dirigeais vers le bar en acajou et me versais un peu de Jamison. Je le bus d'une traite puis posais le verre d'un coup sec sur la surface du meuble. Le bruit du choc du verre sur le marbre résonna dans le silence. Il me fallait du bruit, n'importe lequel, pour m'aider à surmonter ma solitude.

Je pensais à activer le système audio à activation vocale pour mettre de la musique, mais je me ravisais immédiatement. Ça n'avait pas d'importance si j'avais dépensé une fortune pour ça. N'importe quelle musique me rappellerait Krystina. Je m'assis finalement dans un fauteuil placé devant les baies vitrées et regardais à nouveau l'activité nocturne de la ville. J'étais enveloppé dans l'obscurité, mais je n'allumais aucune lumière. Je voulais que l'obscurité de la nuit atténue toutes mes distractions alors que je considérais tout ce qui s'était passé.

Je savais ce que Krystina projetait même si elle ne l'avait pas dit : adopter la fille d'Anna Wallace. Même si l'adoption fonctionnait très bien pour certaines personnes, ce n'était pas pour moi, et ce, pour plusieurs raisons. J'avais dit à Krystina que c'était à cause du bagage émotionnel avec lequel l'enfant devait venir, mais cela allait au-delà de tout ça. Je croyais vraiment que ma femme était mal avisée. Cet enfant ne pourra jamais remplacer tout ce que nous avions perdu.

Mais la principale raison, celle que je n'avais pas pu exprimer à haute voix, c'était que je n'avais pas envie de partager Krystina avec quelqu'un d'autre - quelqu'un qui n'avait pas été issu de notre union, du moins. Je savais que je ne pourrais jamais regarder cet enfant comme le mien.

Vérifiant l'heure sur ma montre, je voyais qu'il était une heure du matin. J'avais besoin de dormir. Peut-être qu'après une bonne nuit de repos, je pourrais penser à tout ça plus clairement.

M'extirpant de mon fauteuil, je me dirigeais vers la chambre. Puis, une fois en caleçon, je m'installais dans le lit et fixais le plafond. Jamais de ma vie je ne m'étais senti aussi seul. Malgré mon engagement à rester à l'écart pendant une semaine ou deux, je ne pouvais pas continuer ainsi. J'avais besoin de Krystina comme l'air que je respirais. Nous nous disputions rarement, et quand nous le faisions, cela ne durait jamais longtemps. Nous trouvions toujours un compromis. Mais pour être honnête avec moi-même, je ne laisserai pas de place au compromis cette fois-ci. Le fait que Krystina souhaitait accueillir l'enfant d'une étrangère avait stoppé toute volonté de ma part.

Me positionnant d'un côté, je regardais l'espace libre où ma femme aurait dû être. Je tendais la main et touchais l'oreiller en imaginant les lignes de son corps nu disparaître sous les draps. Je n'étais parti que quelques heures et elle me manquait déjà. J'avais peut-être été trop rapide pour réagir.

Tout en fermant les yeux, je jurais de rentrer à Westchester et de parler à Krystina dès le matin. Peut-être que je n'étais pas d'accord avec elle, mais au moins, je ferais l'effort de l'écouter. Il devait y avoir un juste milieu, mais nous ne le trouverions jamais tant que nous resterions séparés. Elle était à moi - la meilleure moitié de mon âme - et elle resterait à mes côtés.

Pour toujours.

Qu'est-ce qu'il fait chaud, sous ce soleil. Il fera encore bien plus chaud, à l'intérieur de ma maison. Je n'veux pas entrer. Il se met en colère quand il a trop chaud.

Je regarde mon vélo couché dans l'herbe cramée par le soleil. Je devrais le ramasser, pour ne pas me faire crier dessus. Maman dit que c'est grand-mère qui m'avait acheté ce vélo et que je devrais mieux en prendre soin.

Mais là, je transpire bien trop. Je l'rangerai plus tard. Je rentre dans l'immeuble et me pince le nez. Ça sent toujours l'odeur des toilettes, dans ce couloir. Je dois retrouver ma porte, parce que je sais que ça ne sent pas trop une fois qu'on est à l'intérieur.

J'entends crier. C'est lui ?

Non. C'est la folle au bout du couloir.

Mon sac à dos est si lourd. J'ai hâte de le poser.

Mais pas sur le sol. Il va se fâcher s'il trébuche dessus.

Je regarde les numéros des portes que je passe. Dix. Onze. Douze. Trois. Il lui manque le « un ». Je pense qu'il est censé indiquer le chiffre treize.

J'y suis presque.

Je parviens à la porte qui a le numéro quinze et pose ma main sur le bouton.

MES JAMBES BOUGEAIENT toutes seules et je me redressais. Secouant la tête comme pour la dégager, je clignais des yeux rapidement jusqu'à ce que ma vue devienne nette. Je me retournais en cherchant Krystina, mais tout ce que je trouvais étaient des draps froids. Et là, je me rappelais où j'étais.

Le loft. Seul.

Je prenais une profonde inspiration et soupirais, attendant un battement pour que mon rythme cardiaque revienne à un rythme normal.

Putain. C'était quoi, ça ?

J'essayais d'éloigner les images de la nuit. Les odeurs putrides de mon rêve semblaient persister dans mes narines. Je n'avais pas fait ce cauchemar depuis des années - pas depuis que nous avions retrouvé ma mère. Après cette période, les visions terribles qui m'avaient hantées pendant que je dormais s'étaient soudainement arrêtées. Je ne savais pas pourquoi elles refaisaient surface maintenant.

Mais une partie de moi savait exactement pourquoi ce rêve était revenu. On avait beaucoup parlé de la fille d'Anna Wallace, la petite fille qui a passé les cinq premières années de sa vie dans le même trou infernal que moi.

Hunts Point.

J'avais vécu dans cette partie du Bronx où la prostitution, la drogue et les crimes violents étaient monnaie courante. Elle était considérée comme l'un des pires endroits pour élever un enfant à New York. Les familles qui y vivaient n'avaient pas d'avenir, beaucoup d'entre elles essayant de survivre avec moins de quinze mille dollars par an. Je gagnais plus que ça en une seule journée. En tant qu'adulte, j'avais rapidement appris l'impact de grandir dans une communauté pauvre. Les effets étaient considérables et je savais que j'étais l'un des chanceux qui avait pu se libérer de tout ça.

Grâce aux efforts de collecte de fonds de la Fondation Stoneworks, j'avais fait démolir le projet de logement dans lequel je vivais, en remplaçant le bâtiment décrépi par de nouveaux logements à faible revenu. Nous avions également construit un petit centre communautaire multigénérationnel au milieu du complexe résidentiel et l'avons appelé Hunts Point Garden. Il a donné aux résidents un répit des rues, conçu pour inspirer l'espoir là où il n'y en avait aucun pour les habitants de ce même quartier. C'était aussi un centre d'apprentissage où les adultes étaient habilités à devenir des défenseurs de leurs familles. Grâce à des activités éducatives, le refuge pour femmes en difficulté était activement impliqué dans le centre, et ils se coordonnaient régulièrement pour aider les femmes de Hunts Point à échapper à la violence domestique. Je fronçais les sourcils en me souvenant soudainement de quelque chose que Krystina m'avait dit à propos d'Anna.

« Il y a un peu plus d'un an, je l'ai convaincue de laisser une chance à Anna, une des jeunes mères qui venait souvent au refuge. Elle quittait constamment son petit ami abusif, puis elle se remettait avec lui parce qu'elle ne pouvait pas subvenir seule aux besoins de sa fille ».

Si Anna s'était rendue au refuge, il y avait une forte possibilité qu'elle ait appris son existence par le centre communautaire de Hunts Point Garden.

Atteignant la table de nuit, j'attrapai mon téléphone portable pour faire une recherche sur Internet. Puis je tapais « Anna Wallace Hunts Point NYC » dans la barre de recherche. Les premiers résultats qui surgirent étaient des profils de media sociaux, mais je les ignorais jusqu'à ce que j'arrive à un lien des Pages Blanches. En cliquant dessus, je fis apparaître des informations au sujet d'Anna, y compris sa dernière adresse connue.

- Y'a pas moyen, me murmurai-je après l'avoir lu.

Je m'asseyais rapidement et me frottais les tempes. Anna Wallace avait vécu dans la même rue que moi, plus précisément dans le bâtiment qui avait été construit récemment pour remplacer celui dans lequel j'avais habité.

Ça devait être une coïncidence.

Dans tous les cas, une chose était claire. Toutes les idées que j'avais eues au sujet de la collaboration avec Krystina avaient disparu. Je ne pouvais pas vivre avec un enfant qui me rappelait l'endroit où j'avais grandi. J'avais travaillé toute ma vie pour oublier ces temps-là. J'avais enterré cette période de ma vie, et je ne la déterrerais pas. Le cauchemar que j'avais eu était un signe d'avertissement - un signe d'avertissement instinctif.

Et mon instinct me trompait rarement.

16

Incapable de dormir, j'étais presque restée éveillée toute la nuit, luttant pour ne pas me mettre à pleurer. Je n'en n'avais ni le temps ni l'énergie. Alexander reviendrait. Il devait le faire. J'en avais besoin - non, nous avions besoin de cela. Je savais au fond de moi-même que faire venir Eva chez nous était la bonne chose à faire. J'imaginais son petit visage avec ses grands yeux expressifs. Je ne l'avais vue qu'une seule fois, le jour où Anna était venue à Stone's Hope, mais je ne l'avais pas oubliée. Je savais que je devais le faire, avec ou sans Alexander.

Comme cela faisait partie de ma routine, je m'étais arrêtée à la tombe de Liliana. Hale m'y avait conduite, mais il ne savait pas qu'il aurait dû apporter du lys comme Samuel le faisait habituellement. Attristée par ce détail, j'essayais de ne pas fixer le lys fané sur la base de la pierre tombale. La dernière fois qu'on en avait placé un frais, c'était vendredi. J'avais le sentiment d'avoir laissé tomber Liliana - comme si le fait qu'elle n'ait pas de fleur fraîche une fois par jour lui laissait l'impression que je me fichais d'elle.

Pendant le trajet jusqu'au cimetière, je n'avais pu m'empêcher de déplorer le fait qu'il n'y ait personne à qui parler. Je me sentais si seule et isolée de tous ceux qui m'étaient chers. Je ne m'étais pas attendue à ce qu'Alexander parte hier soir. J'avais pensé à appeler ma mère, mais nous n'étions pas du genre à avoir des conversations à cœur ouvert, et la dernière chose dont j'avais besoin était que ses opinions aggravaient toujours une situation déjà compliquée.

Sinon, il y avait Allyson. J'aurais pu lui en parler. Je lui aurais tout dit, mais je ne pouvais pas l'appeler, et ce n'était pas seulement parce qu'elle était en pleine lune de miel. C'était parce que j'avais l'impression de ne plus la connaître. Je me demandais même si c'était le résultat de la pandémie. Nous ne nous étions pas du tout vues pendant cette période. Peut-être que notre amitié n'était pas conçue pour les appels en visio. Et puis, comme elle avait gardé sa relation avec Matteo secrète, je me sentais incroyablement trahie. Je ne pensais pas qu'elle me tiendrait dans l'ignorance à propos de quelque chose de cette envergure. C'était peut-être mieux si je me contentais de garder mes distances.

Alors que nous roulions dans le Queens en direction de Brownsville, les gens me regardaient au travers des vitres teintées. Les personnes que nous croisions semblaient marcher avec détermination, beaucoup regardant leur smartphone avec un café en main. Vu que c'était le matin, je ne pouvais qu'imaginer qu'ils étaient sur le trajet du travail.

Cependant, les gens qui me regardaient n'occupaient pas beaucoup mon esprit. Mes nerfs étaient à vif durant le temps du trajet jusqu'à Brownsville, là où vivait Madilyn. Puis, une fois sur le trottoir, je pris le temps d'observer la rue. Tout était calme, et peu de voitures circulaient. Pas une âme en vue.

En retournant vers l'immeuble dans lequel Madilyn logeait, je levais les yeux sur le bâtiment de cinq étages. Contrairement à ce qu'Alexander prétendait au sujet de ce quartier, les lieux n'avaient pas l'air si dangereux que ça. En fait, tout semblait même assez récent. Le gazon du parc était bien entretenu, conférant à l'ensemble de la zone une atmosphère accueillante malgré la stérilité du bâtiment en briques rouges. Des porte-vélos en bordaient le devant, et même si les vélos qui y étaient attachés semblaient un peu usés, ils avaient l'air de fonctionner.

Pourtant, je remarquais que rien qu'en traversant la rue, on changeait tout de suite d'univers. Les rangées de grands immeubles bruns ressemblaient davantage à des prisons qu'à des logements. Même si la plupart des environs étaient calmes, je n'oubliais pas qu'il était neuf heures du matin. J'étais certaine que des heures plus tardives racontaient une tout autre histoire.

J'entendais les pas de Hale qui me suivait et fis une pause. En me tournant vers lui, je me demandais en quoi sa présence allait m'aider lorsque j'irais chercher Eva.

- Hale, pouvez-vous attendre dans la voiture ? C'est très bien que vous soyez ici et je vous en remercie, mais j'ai peur que vous soyez intimidant. Je ne veux pas effrayer Eva.

- Avec tout le respect que je vous dois, madame, je vais refuser cette demande. Vous ne savez pas à quoi vous allez vous présenter. Il vaut mieux que je reste près de vous. Je n'interviendrai pas. Je le promets. Vous ne saurez même pas que je suis là.

Têtu comme une mule.

L'insistance de Hale n'était pas surprenante. Pourtant, je me contentais de lever les sourcils avec scepticisme.

- D'accord. Vous allez vous fondre dans le décor, dis-je avec un rire nerveux sans argumenter davantage.

Je n'en n'avais pas l'énergie. Toute mon attention se concentrait sur le maintien de mon calme pour ce qui pourrait être le plus grand moment de ma vie. J'aurais seulement aimé qu'Alexander soit ici avec moi. Pourtant, j'en étais venue à accepter ce que je ne pouvais pas changer, et Alexander en faisait partie. Il reviendra quand il sera prêt.

Et s'il ne le revenait jamais ?

Je mettais de côté cette pensée gênante, préférant penser au moment présent sans m'attarder sur les hypothèses.

En montant jusqu'à la porte, j'appuyais sur le bouton de l'interphone portant le numéro de l'appartement que Madilyn m'avait donné. Nous avions une vingtaine de minutes d'avance. Madilyn m'avait dit qu'elle travaillait de nuit et j'avais peur qu'elle ne soit pas encore rentrée. J'attendais ce qui me sembla être une éternité, puis une voix me répondit enfin.

- Oui ?

- Bonjour. Êtes-vous Madilyn Ramos ?

- C'est bien moi.

- C'est Krystina Stone. Puis-je entrer ?

- Bien sûr. Vous pouvez monter. Deuxième étage. Première porte à droite, dit-elle avec un fort accent beaucoup plus prononcé que je m'en souvenais dans nos conversations téléphoniques.

Elle semblait avoir oublié les *r* mais en contrepartie, c'est comme si elle avait rajouté des voyelles dans un mot sur deux pratiquement. Je ne pouvais m'empêcher de sourire. Ce fort accent new-yorkais n'était pas aussi omniprésent à Manhattan ou à Westchester. Il fallait s'aventurer profondément dans d'autres quartiers pour en trouver une bonne dose, et c'était l'une des choses que j'aimais le plus dans cette ville.

Un instant plus tard, l'interphone émit un bruit vibrant qui nous indiquait que la porte n'était plus verrouillée et que l'on pouvait entrer. Hale tira sur la poignée et entra en premier. Il me fit signe d'entrer une fois qu'il eut vérifié les lieux. Parfois, je jurerais qu'il voyait des loups dans chaque ombre.

En montant les escaliers jusqu'au deuxième étage, nos pas étaient silencieux contre les marches. L'air était épais à cause du manque d'air dans les parties communes de l'immeuble, et je ne pouvais m'empêcher de penser à quel point il serait étouffant d'être ici par temps chaud et humide. Il y avait aussi une odeur bizarre dans l'air. Une odeur faible mais désagréable d'urine que quelqu'un aurait essayé de masquer avec un désodorisant à note fleurie.

Quand nous atteignîmes la porte de l'appartement de Madilyn, je levais le poing pour frapper, mais celle-ci s'ouvrit juste à ce moment-là.

- Oh ! m'écriai-je dans ma surprise. Bonjour.

De l'autre côté du seuil se tenait une femme mince aux cheveux bruns bouclés et épais. Des cernes projetaient des ombres sous ses yeux rouges. Elle portait des vêtements amples, et je ne pouvais pas dire si c'était juste un style ou bien si c'était pour paraître plus mince. Des lignes de fatigue affaissaient ses traits même si elle ne pouvait pas avoir plus de vingt-cinq ans. Elle me laissa le temps de la regarder un peu, puis son regard rencontra le mien.

- Vous êtes donc Krystina, la fille riche dont Anna parlait souvent. Vous êtes en avance, dit-elle catégoriquement.

Ne sachant comment réagir, je clignais des yeux. Ma réaction fut d'étudier ma tenue. Je portais des sandales plates, un pantacourt en jean et un haut mauve. Rien ne criait la richesse dans mon apparence. Je m'en étais assurée quand je m'étais habillée ce matin-là parce que je ne savais pas du tout dans quoi j'allais me lancer en allant chercher Eva. Je ne voulais pas être intimidante dès notre rencontre.

- Hum, oui. Je m'appelle Krystina Stone. Et c'est... Je m'éloignais et lançais un regard hésitant derrière moi en direction de Hale. Si mon apparence n'était pas intimidante, lui en revanche, se rattrapait. Je gémissais silencieusement en me rappelant bien que j'aurais nettement préféré qu'il reste dans la voiture. C'est Hale, un de mes amis. Vous devez être Madilyn.

- En chair et en os. Allez, entrez, qu'on en finisse avec tout ça !

Elle se retourna et nous fit signe de la suivre, mais j'hésitais un instant en me disant qu'Eva était à l'intérieur.

Suis-je vraiment prête ?

Mon cœur se mit à battre, me trouvant soudain comme une épave nerveuse. Je combattais l'envie de bouger et pressais mes paumes moites l'une contre l'autre. Faisant un pas en avant, je suivis Madilyn à travers la porte avec Hale à mes talons.

Madilyn s'installa face à une petite table de cuisine. Suivant son exemple, je m'asseyais en face d'elle tandis que Hale se tenait bien en vue à quelques pas derrière moi. Je prenais un moment pour évaluer mon environnement. L'appartement était minuscule, probablement pas plus de quatre-vingts dix mètres carrés, et depuis mon emplacement, je pouvais le voir en totalité. Tout semblait propre, mais rien n'était rangé. C'était comme si Madilyn avait le temps de dépoussiérer et d'aspirer, mais qu'elle ne pouvait pas suivre le fouillis quotidien. Les jouets étaient éparpillés sur le sol dans l'espace familial et une pile conséquente de plats se trouvait dans l'évier. Je prenais note des jouets - des figurines Marvel, une voiture de course Sonic télécommandée et de minuscules bâtonnets laissés au hasard sur le sol d'un jeu de société dont la partie était inachevée.

Des jouets pour garçons.

Je ne voyais rien qui pourrait être pour une petite fille.

Je regardais par les fenêtres et notais une sorte de cour faisant penser à des parties communes. Comme à l'avant du bâtiment, tout, de l'aire de jeux pour enfants aux parcelles de jardinage, semblait bien entretenu.

- Cet endroit a l'air bien agréable, remarquai-je en essayant de couper le silence gênant qui était tombé.

Madilyn se moqua de moi.

- Je suis ici seulement parce que mon nom a été choisi dans une sorte de tirage au sort. Sans ça, je vivrais encore à Brownsville Projects. Mais détrompez-vous. C'est aussi un logement pour les personnes à faible revenu. Vous pouvez mettre du rouge à lèvres sur un cochon, mais ça restera toujours un cochon. Les personnes qui vivent ici ne sont pas différentes des personnes qui participent aux projets. Les murs sont plus chics ici. Mais donnez-leur du temps. Il ne faudra pas longtemps avant que cet endroit ressemble à l'édifice de la rue Osborn. J'espère seulement que je pourrais en faire sortir mes garçons d'ici là.

- Quel âge ont-ils ? demandai-je.

- Alejandro a sept ans et Enzo en a neuf. Ils s'entendent bien avec Eva, mais ils sont du genre dur à cuire. Eva est si gentille qu'ils ont tendance à la malmener. Je pense qu'elle ressemble beaucoup à sa mère.

- Ah oui ? demandai-je, piquée par ma curiosité.

Je ne connaissais pas bien Anna, donc tout ce que je pourrais obtenir de Madilyn pourrait m'être utile.

- Anna était toujours si passive, du moins d'après ce que je pouvais voir. Je n'étais pas très proche d'elle, mais il y avait des choses évidentes. Nous travaillions ensemble à la pizzeria Jacobi.

Pas loin ?

Cela me semblait étrange. Anna m'avait laissé entendre qu'elles étaient de bonnes amies. Peut-être que c'était juste moi qui l'avais supposé puisqu'Anna avait laissé sa fille aux soins de Madilyn.

- Je pensais qu'Anna et vous étiez de bonnes amies, jugeai-je utile de mentionner à Madilyn.

- Pas vraiment. On est restées en contact après qu'Anna ait arrêté de travailler chez Jacobi, mais c'était surtout pour s'entraider avec le babysitting ou des trucs comme ça. Aucune de nous n'a de famille proche sur qui compter. Elle s'arrêta pour bâiller, puis haussa les épaules. J'aimais bien Anna. Elle était douce. Je ne traînais pas beaucoup avec elle à cause de Mark. Je n'ai jamais aimé ce type.

- Mark ?

Je levais un sourcil en tentant de suivre ce récit inattendu. Il fallait que je sois comme une éponge qui absorberait la moindre information que je pourrais obtenir.

- Mark est le père d'Eva. Il a mérité ce qui lui est arrivé.

- C'est-à-dire ?

- Il a été tué en prison il y a un mois. Vous ne le saviez pas ? Une bagarre de gangs.

- Non, je n'étais pas au courant, lui dis-je en essayant de traiter l'information.

Si Alexander et moi décidions d'aller jusqu'à adopter Eva, il semblait qu'il n'y aurait littéralement personne sur notre chemin.

- Anna a été alertée par téléphone parce qu'elle était toujours inscrite sur la liste de ses plus proches parents. Après cela, elle semblait... Je ne sais pas. Elle semblait distraite tout le temps. Elle parlait beaucoup de vous. Je ne comprenais pas pourquoi elle était autant obsédée par vous. Cette lettre m'en a dit un peu plus.

Elle se tut et se leva, puis fit quelques pas pour aller récupérer un morceau de papier plié dont les bords étaient très abîmés, comme s'il avait été lu et relu. Quand elle me le remit, son expression était froide et dure. Je le pris de sa main tendue et le dépliai. C'était une lettre et je ne pus m'empêcher de commencer à la lire.

Merci à la personne qui trouvera cette lettre de la transmettre à Madame Krystina Stone.

Au début, il y avait un listing de tout un tas d'informations-contacts sur moi, mais je stoppais ma lecture pour regarder Madilyn.

- Qui l'a trouvée ? m'enquis-je.

- Sa voisine.

Je hochais la tête, mais avant que je puisse poursuivre ma lecture, Madilyn sortit une clé en argent de sa poche, la plaça sur la table et ajouta : Il ne faut pas que j'oublie de vous la donner. C'est la clé de l'appartement d'Anna. Le propriétaire prévoit de le vider à la fin du mois, alors si vous voulez aller farfouiller et voir s'il y a quelque chose que vous puissiez garder pour Eva, ne tardez surtout pas !

Je regardais la clé pendant un moment. Je ne connaissais pas très bien Anna, et l'idée d'aller fouiller dans ses affaires me dérangeait. Ça me semblait intrusif. Pourtant, tout semblait passer si vite. Jusqu'à ce que je décide quelle serait la prochaine étape, il était probablement préférable que j'ai cette clé. Au cas où. Je la pris et la déposai dans mon sac.

- Merci, Madilyn.

Puis, concentrant mon attention sur la lettre, je recommençais à lire.

Madame Stone,

J'aimerais beaucoup vous dire que je suis désolée de vous faire ça, mais en vrai, je ne le suis pas. Je dois faire ce qui est juste pour Eva, et je sais que je ne suis pas la bonne personne pour elle. J'espère juste que cette lettre vous aidera à comprendre et, peut-être qu'un jour, vous pourrez lui dire combien je l'aime.

Eva n'aura jamais de bonnes choses avec une mère comme moi. Je ne peux même pas me permettre de lui mettre des chaussures aux pieds. J'ai dû les voler au Payless du coin et j'espérais juste ne pas me faire attraper. Si je ne me suis pas fait prendre, juste arracher une paire de chaussures sans la payer n'a pas fait une grande différence. Parce que nous devions encore manger - elle devait encore manger. Alors, j'ai profité de la faiblesse de quelqu'un et j'ai encore volé.

Il n'y a rien de pire qu'un enfant qui pleure parce qu'il a faim. Ce n'est pas la même chose que quand il pleurniche parce qu'il se perd ou bien parce qu'il tombe et s'écorche un genou. Ses pleurent-là m'ont traversé l'âme, et j'étais impuissante pour qu'elle cesse de pleurer. Quelques jours après, ses larmes ont cessé. Eva a commencé à beaucoup dormir et des ombres sombres sont apparues sous ses yeux. Je savais que j'étais en train d'échouer en tant que mère. Mon incapacité à la nourrir la tuait lentement. Je devais faire quelque chose. Je n'avais pas de bons alimentaires parce que je les avais vendus pour avoir du liquide afin de pouvoir payer le loyer avec. Il m'aurait fallu deux semaines de plus pour pouvoir avoir plus d'argent. Alors, j'ai pris Eva avec moi et nous sommes allées voir si je pouvais trouver de quoi manger.

Nous nous sommes cachées sous les portes du métro et avons pris un train pour Midtown. Une fois arrivées, nous sommes allées dans la rue et avons vu un épicier qui fermait son stand pour la journée. Un sans-abri passait au même moment. Il était âgé et frêle. Je me demandais comment quelqu'un comme lui réussissait à survivre sans rien, dans la rue. Le vendeur a eu pitié de lui et lui a donné quelques restes - un hot-dog et une poignée de frites qui s'étaient égarées de la friteuse. Je voyais ça comme une opportunité et j'ai demandé à Eva de retourner dans l'escalier de la station de métro d'où nous venions et d'y rester jusqu'à mon retour. Une fois le vendeur hors de vue, j'en ai profité. Sans la moindre culpabilité, je me suis approchée du sans-abri et lui ai volé la nourriture qu'on venait de lui donner. Il n'a même pas protesté.

Puis je suis retournée vers Eva pour la lui donner et l'ai regardée manger. À chaque bouchée qu'elle prenait, je me sentais de plus en plus mal et je savais qu'elle méritait plus que ce que je pouvais lui donner. Je lui disais toujours qu'elle peut être tout ce qu'elle veut, mais c'est un mensonge. Les gens qui vivent cette vie ne s'en sortent jamais. Elle deviendra pauvre, prise dans cette spirale sans fin à laquelle les gens comme moi n'échappent jamais.

Une fois qu'elle eut fini de manger, nous nous sommes attardées dans les tunnels du métro en attendant un train pour rentrer à la maison. Eva ne pleurait plus, mais je savais qu'il ne faudrait pas longtemps avant qu'elle ne recommence. Rien que d'y penser, j'ai pensé à la pousser sur les rails. Oui, j'ai vraiment pensé à tuer ma propre fille. Mais à ce moment-là, tout ce à quoi je pouvais penser était que la mort serait certainement meilleure que la vie que je lui forçais à vivre. J'ai pensé à nous jeter toutes les deux sur les rails - comme ça, ça aurait mis fin à notre misère en même temps. Puis je me suis mise à pleurer. Nous avons fini par prendre le métro et on est restées dedans presque toute la nuit. Je ne voulais pas rentrer chez moi dans les graffitis et les rues jonchées d'aiguilles de seringues et de mégots de cigarettes. Eva dormait dans mes bras pendant que nous voyagions, et je savais que la seule façon de lui donner une vie meilleure était de m'en éloigner.

J'aime tellement ma fille. Eva est un cadeau pour moi, un cadeau que je ne mérite pas. Mais vous, vous le méritez. C'est peut-être une porte de sortie lâche. Je ne sais pas. Je sais au fond de moi que mon bébé ira bien mieux sans moi. Prenez soin d'elle, Madame Stone. Aimez-la autant que je le fais et donnez-lui tout ce que je ne peux pas lui donner.

Anna

Mes yeux brillaient de larmes tandis que je reposais la lettre sur la table. Je regardais Madilyn, attendant que son expression corresponde à la mienne. Cependant, mes yeux ne rencontraient qu'un regard glacé.

- Je sais, c'est égoïste de ma part, déclara Madilyn.

Je secouais tristement la tête.

Elle poursuivit.

- Vous pouvez dire comme vous voulez, mais vous n'étiez pas là pour recevoir l'appel de la voisine d'Anna. Elle a vu Eva qui était dehors après la tombée de la nuit et s'est inquiétée. Hunts Point n'est pas mieux que Brownsville, et ce n'est certainement pas un endroit pour un enfant la nuit. La voisine a frappé à la porte d'Anna, et comme personne ne répondait, elle est entrée. Elle a trouvé Anna pendue dans un des placards. Imaginez si la petite Eva l'avait trouvée ? Alors je vous le répète : Anna était égoïste. Aujourd'hui, cette pauvre enfant est sans abri et n'a que quelques affaires à elle. Madilyn s'arrêta et pointa du doigt un sac de sport en lambeaux sur le sol en poursuivant : Pas de mère. Pas de père. Personne pour s'occuper d'elle comme elle le mérite.

Le ton de Madilyn était impitoyable, parlant comme quelqu'un qui comprenait vraiment les dures réalités du monde. Je voulais crier que je prendrais soin d'Eva, mais je savais que cela devait arriver tout doucement. Chaque chose en son temps. Et de plus, j'étais certaine qu'Eva ne voudrait pas vivre avec Alexander et moi. Nous étions des étrangers pour elle. Il y avait aussi l'État à considérer. Je devais présenter une requête au tribunal des familles, mais cela ne voulait pas dire que j'aurais le statut de tutrice. Il y avait peut-être des grands-parents sur la photo. Je ne savais littéralement rien de cet enfant à part ce que j'avais pu apprendre lors de notre courte rencontre d'il y avait plus de deux ans et de ce qu'Anna m'avait dit.

- Madilyn, quand puis-je rencontrer Eva ? Elle est là ?

- Elle est là. Elle dort probablement dans la chambre, avec les garçons. Ou peut-être qu'elle a repris mon lit. Je n'ai pas vérifié lorsque je suis rentrée. Qui sait à quelle heure ils se sont couchés hier soir après que je sois partie travailler. Je vous le dis : j'ai hâte que l'école reprenne pour que les enfants reprennent leur routine. Au moins, je n'aurai pas à m'inquiéter pour eux pendant la journée s'ils sont à l'école.

- Je suis désolée, dis-je, ne sachant pas si je l'avais bien entendue. Ne vont-ils pas à la garderie ou dans un endroit de ce genre pendant que vous travaillez ?

- Vous êtes marrante. J'ai la chance d'avoir une banque et une épicerie proche de chez moi. Certaines personnes qui vivent en ville n'ont même pas ça. Les garderies sont encore plus rares, surtout pour les gens qui travaillent dans l'équipe du deuxième ou du troisième quart comme moi, rétorqua-t-elle durement.

- Je ne voulais pas insinuer... Je voulais simplement dire... Je bafouillais en essayant de trouver les bons mots. Ils sont si jeunes pour être seuls comme ça.

Soupirant, elle secoua la tête.

- Écoutez, ça fait trente-six heures que j'ai pas dormi. Quand je suis rentrée de mon deuxième emploi, ça faisait depuis dix minutes que j'étais là et vous avez sonné chez moi. Je n'ai même pas fait de sieste. Je ne m'excuserai pas d'avoir été un peu sarcastique avec vous. Toute cette histoire avec Anna et sa fille était inattendue, mais la vie continue. Je sais ce que vous pensez, mais je n'avais pas d'autre choix que de la laisser ici avec mes deux fils pendant que je travaillais. Je n'ai pas besoin de votre jugement.

- Je ne vous juge pas.

Elle souriait avec ironie.

- Mais si. Vous êtes en train de le faire. Je peux le voir dans vos yeux. Je sais que les choses sont différentes pour vous, mais le monde ne s'arrête jamais pour nous, les pauvres. Les gens de Brownsville disent que si vous atteignez les vingt-cinq ans, soit vous êtes morte, soit en prison, soit vous finissez votre vive enrôlée dans un gang. Les ados qui deviennent filles-mères et qui sont ici parviennent à mettre la main sur une arme plus facilement que sur un paquet de couches. On a des bébés qui élèvent des bébés. Je ne veux pas cela pour mes fils. Ils n'ont pas de père pour nous aider, et donc, si je veux sortir de ce système, je dois travailler. Eva est juste une autre bouche à nourrir pour moi alors que je peux à peine nourrir ma chair et mon sang. Elle doit partir.

Pile à ce moment-là, une petite fille sortit d'une des chambres en se frottant les yeux. Elle portait une chemise de nuit qui semblait un peu trop courte pour elle. Elle lui arrivait au milieu des cuisses, et quand elle leva les bras pour s'étirer, on pouvait voir sa culotte à pois roses. Ses joues pâles étaient légèrement courbées et rosies parce qu'elle venait de se réveiller. Elle était minuscule avec des épaules maigres et semblait être beaucoup plus jeune que cinq ans. Si je n'avais pas connu son âge, je n'aurais jamais deviné qu'elle avait plus de trois ans.

Un chaos indéfinissable régnait dans ses cheveux bouclés bruns clair. Je me souriais à moi-même, trop familière avec ce genre de tête dès le réveil. Son apparence générale était brouillée, mais c'était aussi la plus belle chose que j'avais jamais vue.

- Eva, lui dit Madilyn. Je veux que tu rencontres Madame Stone. C'est chez elle que tu vas aller vivre. Et tu pars aujourd'hui.

17

Krystina

Madilyn dit au revoir à Eva de manière très discrète à mes yeux. Elle ne prit même pas plus le temps de discuter avec elle pour lui dire qui j'étais en dehors cette présentation initiale. Madilyn ne semblait pas s'en soucier. Elle ordonna simplement à Eva d'aller s'habiller, puis elle me remit le sac de sport contenant les effets personnels limités d'Eva.

- Bonne chance au tribunal des familles, Madame Stone, dit-elle tout en nous poussant vers la porte. Et Eva, maintenant que tu es là, je veux que tu saches que je ne veux plus jamais te voir dans cette partie de la ville, tu m'entends ?

Eva hocha la tête, même si elle ne savait probablement pas pourquoi Madilyn lui disait ça. Ensuite, cette dernière nous montra la porte en marmonnant quelque chose sur le fait d'essayer de pouvoir dormir un peu avant que ses garçons ne se réveillent. Et à ce moment-là, je savais sans l'ombre d'un doute que je faisais ce qu'il fallait faire. Cet enfant méritait tellement plus que ce que Madilyn pourrait lui donner. Ça allait au-delà des choses matérielles, comme la nourriture et les vêtements, pour inclure également les besoins émotionnels. Il n'y avait aucuns liens entre elles. Elle venait de me passer Eva - moi, presqu'une inconnue - sans aucune question. Madilyn n'aurait jamais été une mère pour Eva.

Mais je pourrais l'être.

L'ange notoire de mon épaule hochait la tête de façon encourageante, mais j'étais toujours inquiète. Je regardais Eva, dont les yeux étaient grandement écarquillés, ne sachant pas ce qu'on lui avait dit sur sa vraie mère. C'était un sujet délicat, et je ne savais pas comment lui en parler. Alors que nous marchions main dans la main jusqu'à la voiture, je décidais de laisser Eva mener les choses. Elle n'avait pas dit un mot depuis qu'elle était sortie de la chambre, et je ne voulais pas trop la pousser. Tout était nouveau pour elle, et rien qu'à voir son expression curieuse, je pouvais dire qu'elle semblait essayer de tout assimiler dans son esprit jeune.

Hale ouvrit la porte arrière de la voiture et attendait que nous entrions.

- Monte, Eva. Il y a un siège enfant pour toi. Je l'ai acheté ce matin. Elle me regarda en fronçant les sourcils et je lui souris. Tout ira bien, ma puce. Je le promets.

Son doute se transforma en un regard de surprise.

- Ma maman aussi, elle me traitait de puce, dit-elle tranquillement. Elle disait que c'est parce que je suis toute petite.

C'était exactement la raison pour laquelle je l'avais appelée ainsi. Je ne savais pas trop quoi penser de cette coïncidence. Je jetais un regard bref et inquiet sur Hale avant de me dépêcher de répondre à Eva.

- Oh, je ne le savais pas. Je ne te traiterais plus de puce si ça te dérange. On n'a pas besoin d'utiliser des surnoms.

- Non, j'aime bien qu'on me traite de puce. Madilyn a dit que tu allais être ma nouvelle mère, alors ce n'est pas grave si tu m'appelles comme ma maman d'avant le faisait.

Maintenant, c'était à mon tour d'avoir un regard surpris.

- Madame, si vous pouviez monter dans la voiture, ça serait bien. Je n'aime pas la tournure que prennent les choses, dit Hale sur un ton d'avertissement.

Je levais les yeux et suivais son regard. Les environs qui étaient calmes et vides lorsque nous étions arrivés commençaient à s'animer, et les passants nous observaient de manière plus que curieuse. Remarquant un groupe d'adolescents qui se dirigeaient vers nous lentement, je compris ce qui inquiétait Hale. Même si ces jeunes étaient pour l'instant à une distance assez éloignée, je crus capter la lueur de quelque chose de brillant dans la main de l'un d'entre eux. Je louchais et mon rythme cardiaque s'accéléra.

Un couteau peut-être ?

Peut-être que j'imaginais des choses et que c'était juste la lueur du soleil. Dans tous les cas, je n'avais pas l'intention d'attendre plus longtemps pour le savoir. Jamais de ma vie je n'aurais pensé que je serais reconnaissante de l'insistance d'Alexander à utiliser une voiture pare-balles pour mon transport - du moins, jusqu'à maintenant.

Note à moi-même : arrêter de regarder Esprits Criminels.

Je poussais Eva dans le véhicule, fermais la porte et glissais rapidement sur le siège passager de la voiture climatisée. Hale, qui n'était pas loin derrière moi, prit place pour démarrer le moteur. En quelques secondes, la voiture partait déjà, laissant un monde désolé derrière nous. Je partageais le sentiment de Madilyn : Eva ne reviendrait plus jamais ici, et je ferais tout ce qui est en mon pouvoir pour m'en assurer.

Je me retournais sur mon siège pour regarder Eva, qui ne semblait pas réaliser que quelque chose n'allait pas, les yeux perdus dans le paysage qui défilait. Elle inclinait la tête pour regarder dans ma direction, et des yeux bleu pâle rencontrèrent mon regard. Ses yeux étaient d'une couleur plus légère que le bleu saphir d'Alexander, mais tout autant éblouissants. Ses iris hivernaux étaient bordés d'une légère teinte de violet, ce qui me rappelait les yeux d'un Husky - beaux, captivants et extrêmement observateurs.

- Alors, Eva. Où aimerais-tu aller aujourd'hui ?

Elle haussa les épaules.

- Je ne sais pas. Où pouvons-nous aller ?

- On ira chez moi plus tard, et j'ai pensé qu'on pourrait passer l'après-midi à nous amuser. Dis-moi ce que tu aimes et on pourra décider où aller.

Elle appuyait son doigt sur ses lèvres roses adorables et fronçait le front comme si elle était perdue dans mille pensées.

- J'aime bien les animaux. Les éléphants sont mes préférés.

- Hummm, les éléphants, murmurai-je en essayant de penser à une activité qui me donnerait l'occasion d'en apprendre davantage sur Eva. On peut aller au zoo de Central Park. Il n'y a pas d'éléphants, mais beaucoup d'autres animaux, par contre.

- D'accord. Il y a peut-être des singes. C'est mon deuxième animal préféré.

Je souriais.

- Je suis certaine qu'il y a des singes. En regardant Hale, je lui fis un signe de tête rapide. Vous connaissez le chemin, Hale. C'est le zoo de Central Park.

La lumière du soleil passait au travers des arbres lorsque nous passâmes devant l'horloge Delacorte[1]. Nous nous arrêtâmes et Eva cria de joie en la voyant s'activer. J'avais oublié que cette horloge s'animait toutes les quinze minutes, et en voyant le sourire éclatant d'Eva, je me sentais chanceuse d'être passée à côté au bon moment.

Alors que nous nous promenions dans le zoo de Central Park, Eva regardait autour d'elle avec de grands yeux. Je n'étais venue ici qu'une seule fois, après mon premier déménagement à New York. D'après ce que je pouvais voir, rien n'avait changé.

Lors de notre progression, j'expliquais à Eva quel animal nous rencontrions, et elle m'écoutait avec beaucoup d'attention en semblant s'imprégner de chaque mot que je disais. Et au moment de passer devant les macaques japonais, son rire joyeux sonna comme de la musique à mes oreilles alors qu'elle les regardait faire des idioties.

Je lançais un regard sur Hale, qui nous suivait en gardant ses distances mais sans jamais nous laisser hors de sa ligne de mire. De temps en temps, un sourire discret détendait ses lèvres, et je savais qu'Eva en était la raison. Même si nous la connaissions à peine, il était difficile de ne pas sourire devant son excitation innocente. C'était comme si elle voyait tout ce qui se passait autour d'elle pour la première fois. Peut-être que c'était vraiment le cas. À mon avis, Anna ne l'avait probablement jamais emmenée au zoo.

- Sais-tu que certains singes stockent de la nourriture dans leurs joues ? demanda Eva.

- Non, je ne le savais pas.

- Et ben si. Ils l'entreposent et la mangent plus tard lorsqu'ils ont un endroit où ils peuvent se reposer tranquillement.

- C'est un fait amusant à savoir, dis-je en souriant tout en observant un des singes contorsionner son visage de manière étrange, semblant presque essayer de communiquer avec le singe qui lui faisait face.

- Est-ce qu'il y a des singes hurleurs ?

- Je ne sais pas.

- Les singes hurleurs sont les plus bruyants, me dit Eva.

Je rigolais.

- Tu sais beaucoup de choses sur les singes.

- Pas autant que ce que je sais des éléphants, se vanta-t-elle. C'est le plus grand animal de toute la terre. Ils prennent des bains de boue pour ne pas avoir de coup de soleil. Et tu sais qu'ils peuvent utiliser leur trompe comme un tuba ?

- Je ne le savais pas. Comment tu connais toutes ces choses sur les animaux, Eva ?

- Avec les livres que maman me lisait à la bibliothèque. Les livres sur les éléphants étaient mes préférés parce que je voulais être comme eux.

- Tu voulais être comme les éléphants ? Pourquoi ? demandai-je sur un ton léger.

- Parce que les éléphants ont vraiment, vraiment de gros

cerveaux, dit-elle en levant les mains et en les étalant largement autour de sa tête. Ils n'oublient jamais rien, et je veux me souvenir de tout. Comme eux !

Je souriais à nouveau, amusée par sa passion animée pour les éléphants. J'étais heureuse de la rapidité avec laquelle elle était sortie de la coquille tranquille dans laquelle elle était ce matin. Elle était un vrai moulin à paroles depuis qu'elle avait vu le premier animal. L'emmener au zoo était la chose parfaite pour briser la glace entre nous.

- J'aime bien ta chemise violette, Madame Stone, dit-elle.

- Merci beaucoup, mais tu n'es pas obligée de m'appeler comme ça. C'est trop formel. Pourquoi ne pas simplement m'appeler Mademoiselle Krys ?

- Mademoiselle Krys ?

- Oui. Ou tout simplement Krys. C'est le raccourci de Krystina. C'est comme ça que mes amis m'appellent.

- On est amies ? me demanda-t-elle curieusement.

- J'aimerais bien qu'on le soit.

Elle semblait réfléchir pendant un moment avant de dire : Mademoiselle Madilyn a dit que si j'avais de la chance, tu serais ma nouvelle maman.

- Oh, elle a dit ça ?

Je réfléchissais en ne sachant que penser de cette révélation. C'était la deuxième fois qu'elle parlait de Madilyn en disant que je remplacerais la mère d'Eva. Je me demandais ce que Madilyn avait dit d'autre.

- Eh bien, je pense qu'on devrait d'abord essayer d'être amies. Toutes les bonnes choses viennent avec le temps, d'accord ? Essayons d'abord d'être amies et voyons où cela nous mène. T'en penses quoi ?

Je n'ajoutais pas qu'il y avait le tribunal des familles. Je ne savais même pas si j'aurais le droit d'être la nouvelle mère d'Eva. Mais c'était un problème d'adulte, et un enfant de cinq ans n'avait pas besoin de s'inquiéter pour ça.

- C'est pas mal, comme idée, acquiesça-t-elle. J'ai toujours voulu une amie. J'en n'avais pas parce que maman n'aimait pas que je joue avec les enfants dans la rue. Elle disait qu'ils n'étaient pas gentils. Et Alejandro et Enzo ont toujours été méchants avec moi, alors ils ne pouvaient pas être mes amis.

Je tenais compte de ses paroles pendant que nous marchions. Je n'aimais pas entendre que les garçons de Madilyn maltraitaient Eva. S'ils avaient été méchants envers elle, j'étais encore plus heureuse de l'avoir sortie de cette situation. Je repensais à quelque chose qu'Anna m'avait dit un jour. Elle avait dit qu'elle avait réussi à garder Eva à l'abri et à l'écart de tout ce qui pouvait la ternir. Même si j'étais parvenue à comprendre son raisonnement, cela m'avait attristée de savoir que cette pauvre petite fille n'avait jamais connu d'amis à cause de ça.

- J'espère que ça changera vite pour toi, Eva. Tu commenceras bientôt la maternelle. Je pense que tu aimeras l'école que je t'ai choisie. Je dois l'appeler demain pour t'y inscrire, et j'espère que tu pourras commencer dans quelques jours. Tu t'y feras des amis.

- Peut-être, dit-elle en regardant autour d'elle comme si la conversation l'ennuyait.

Même si je voulais la garder concentrée sur les détails qui la concernaient, je ne devais pas oublier qu'elle était encore très petite. Son attention pour les discussions sérieuses n'était probablement pas très importante. Tout devait se faire petit à petit. Pourtant, elle m'avait donné plus qu'assez à contempler. Cet enfant était un mystère pour moi, et je ne voulais pas attendre pour résoudre toutes ses énigmes.

L'après-midi passait vite, et quand Eva me demanda si elle pouvait avoir une glace, je lui ai évidemment dit oui. Après avoir pris des cônes, un twist chocolat vanille pour moi et une vanille avec des vermicelles sucrées pour Eva, nous nous installâmes sur un banc à l'ombre pour pouvoir les manger en toute tranquillité.

Hale s'assit sur le banc d'à côté en mangeant à contrecœur un cône au chocolat que j'avais commandé en insistant. Après tout, il n'avait aucun intérêt à nous suivre toute la journée sans pouvoir profiter du plus simple des plaisirs !

J'essayais de ne pas penser à Alexander, qui marinait probablement avec un ressentiment plus tranquille après notre dispute de la veille. Je n'avais aucun intérêt à m'attarder là-dessus. Il finira par revenir - du moins, c'était ce que j'espérais. Laissant de côté mes inquiétudes par rapport à lui, je terminais la dernière partie de mon cône et observais les gens qui passaient. Au bout d'un moment, il me semblait que tout ce que je voyais était une compilation d'instants partagés entre une mère et sa fille.

Une mère poussant une poussette regarda Eva, puis moi. Je détournais rapidement les yeux, incapable de rencontrer les siens alors qu'un sentiment étrange me submergeait. C'était comme si elle savait qu'Eva n'était pas vraiment à moi, mais pire, j'avais l'impression qu'elle savait pourquoi je n'avais pas ma propre poussette à pousser. C'était ridicule de penser ainsi, parce que cette femme étrange n'avait aucune idée de qui Eva était pour moi, ni de pourquoi je ne pouvais pas avoir d'enfants. Pourtant, mon incapacité à avoir des enfants était comme une étiquette écarlate diffusant l'échec et la honte qui me rendaient moins femme.

Pourtant, alors que la poussette croisait mon chemin, je ne pouvais m'empêcher de jeter un coup d'œil à l'intérieur. Des petits doigts délicats fléchissaient autour du bord d'une couverture rose, tandis que de grands yeux regardaient le ciel avec émerveillement. Mon cœur se resserra, comme toujours quand je voyais un bébé. Ce tout petit enfant me rappelait ce que je ne ferai jamais - et cela me rappelait aussi toutes les étapes que j'allais manquer avec Eva.

Les tétées nocturnes.

Ses premiers pas et ses premiers mots.

Sa première fièvre.

Je me demandais si elle était sujette à la maladie.

J'espérais que non.

Je ne connaissais ni ses aliments préférés ni ses personnages de dessins animés favoris. J'avais raté des années à regarder *Blue et ses amis*[2] - ou peu importe ce qu'un enfant de cinq ans regardait de nos jours. Jusqu'à maintenant, je ne savais pas ce que je ressentirais à l'idée de manquer autant de premières. Je n'y avais même pas pensé auparavant. Tout cela me semblait encore pire parce que je n'avais rien de prêt pour Eva. Tout s'était passé tellement vite. Il n'y avait pas de chambre et je n'avais pas de jouets non plus. En fait, je ne savais même pas avec quel genre de choses elle jouait d'habitude.

Je voulais me sentir excitée à l'idée de la ramener à la maison - et je l'étais - mais je réalisais que j'avais aussi peur de beaucoup de choses - comme des imprévus et de nouveaux soucis en perspective. Puis il fallait aussi que je parle d'Eva à ma mère.

Que penserait-elle de tout ça ?

Je voulais croire qu'elle accepterait, mais ma mère était difficile à cerner. Je commençais soudain à me préoccuper du travail et à d'autres responsabilités de la vie.

Je dois informer les employés de Turning Stone Advertising qu'il se peut que mes horaires changent. Les enfants demandent du temps et de l'énergie à ceux qui s'occupent d'eux. Il faudra que je me coordonne avec Regina au sujet de mes horaires et que je me réserve du temps...

Je secouais la tête. J'abordais tout ça comme si ce n'était qu'une question d'organisation - comme si le fait de prendre du temps pour Eva était une situation qui nécessitait un horaire précis.

Alexander avait peut-être raison. C'est peut-être une énorme erreur.

J'avalais ma salive et me forçais à calmer la panique qui commençait à s'installer en moi. J'étais certaine de pouvoir me déplacer sans l'aide d'Alexander, mais je me sentais perdue.

Mais c'est ce que je veux, non ?

Bien sûr, ce n'était pas un bébé, mais c'était ma chance d'avoir une famille.

Une famille.

Je compris alors pourquoi j'avais soudainement si peur. Je voulais vivre toutes ces joies et ces inquiétudes avec Alexander. Eva et moi ne pouvions pas être une famille tant qu'il était une pièce manquante de notre puzzle.

Soupirant, je fermais les yeux et comptais jusqu'à dix. Quand je les rouvris, je regardais du côté où Eva était assise. Elle en avait presque fini avec sa glace. Quelques paillettes sucrées étaient collées à sa lèvre supérieure et ses joues. Elle regardait autour d'elle, semblant heureuse et satisfaite.

Je souriais doucement, son innocence et son insouciance me rappelant que les choses ne seraient compliquées que si je leur permettais de l'être. Je devais m'en tenir à l'essentiel et me concentrer sur mon plan initial. Tout ce qui entourait Eva devait être pris pas à pas.

Des petits pas de bébés.

Avant toute chose, je devais installer Eva dans une nouvelle maison, puis dans une école. Beaucoup de changements allaient lui être soumis et je voulais m'assurer que chaque transition se fasse de la manière la plus fluide possible.

- Eva, commençais-je. Mes lèvres s'incurvaient en un sourire lorsque son regard expressif rencontra le mien. Quand j'étais petite, j'adorais ma chambre parce que c'était un endroit que je pouvais appeler le mien. J'ai choisi une chambre pour toi chez moi - qui sera ta nouvelle maison, mais je veux m'assurer que tu y sois à l'aise, entouré de toutes les choses que tu aimes. Donc, pour t'aider, on va aller faire un petit tour dans les magasins.

18

Alexander

J'attendais patiemment dans l'un des ascenseurs de la Cornerstone Tower pendant qu'il montait jusqu'au cinquantième étage. Lorsque les portes s'ouvrirent, je fus accueilli par l'espace d'attente extravagant dépourvu du bourdonnement habituel du personnel allant et venant dans les différents bureaux de l'étage. Je n'étais pas surpris de trouver les lieux complètement vides, car j'étais presque toujours le premier à arriver. Je jetais un œil sur ma Rolex en passant devant les canapés en cuir gris ardoise et dans le couloir menant à mon bureau. Il était six heures trente. Laura sera là dans une demi-heure.

Je poussais la porte en verre dépoli et me dirigeais directement vers mon bureau. Je remarquais à peine la vue sur la skyline de Manhattan à travers les baies vitrées alors que j'enlevais ma veste. Je la balançais sur le dossier du fauteuil de mon bureau et m'asseyais.

Comme d'habitude, Laura avait imprimé l'agenda de la journée hier avant de rentrer chez elle et l'avait posé sur mon bureau. Je n'y prêtais pas attention car je savais qu'il changerait probablement. De toute manière, je n'avais pas envie de m'intéresser à ce qui allait se passer aujourd'hui. Tout ce qui m'importait, c'était cette rupture entre Krystina et moi.

Trop de jours s'étaient écoulés sans que je lui parle. Je n'étais jamais resté aussi longtemps dans cette situation. Elle n'était pas venue travailler hier, je n'avais donc eu aucune chance de la croiser dans l'ascenseur. Je n'avais pas non plus reçu un seul texto de sa part. Je m'attendais à ce qu'elle appelle après mon départ de la maison dimanche soir, mais maintenant, on était mercredi matin et toujours aucune nouvelle de sa part.

J'aurais pu l'appeler, mais j'avais finalement décidé de m'abstenir. Hale m'avait informé du fait qu'elle avait ramené l'enfant chez nous. Ça ne me plaisait pas, mais alors pas du tout, mais je savais que ça ne prendrait pas longtemps avant qu'elle se rende compte que j'avais raison. Tout gamin venant de cette partie de la ville ne lui apporterait que des ennuis. Il fallait juste que j'attende un peu plus longtemps que cette situation se résolve.

Je déplaçais la souris pour que l'ordinateur s'allume, puis cliquais sur la boîte de réception. Je secouais la tête en voyant que de nouveaux e-mails étaient arrivés entre le moment où j'avais quitté le loft et mon arrivée dans les locaux de Stone Enterprise. Peu importait si je les avais triés plus tôt ce matin. Il y en avait encore quarante-huit qui demandaient mon attention.

Putain. Personne ne dort jamais ?

Et ici, je pensais être le seul à commencer ma journée à une heure aussi indue.

Je parcourais la liste qui ne cessait de s'allonger, mais je m'arrêtais en voyant un e-mail qu'Hale avait envoyé cinq minutes plus tôt. Le nom du père de Krystina était tapé dans l'objet de son message. Sans hésiter, je cliquais dessus.

À : Alexander Stone
De : Hale Fulton
Objet : Portrait de Michael Ketry

Monsieur Stone,

Vous trouverez ci-joint le fichier PDF rassemblant les éléments que j'ai collectés sur Michael Ketry. J'attends un lien de la part de la société Alliance pour les séquences de vidéosurveillance proches du loft. Ils ont une vidéo de Ketry errant à proximité de l'entrée principale de l'immeuble. Dès que je l'ai, je vous la fais parvenir.
Par contre, nous l'avons perdu. Le détective privé que j'avais chargé de le suivre l'a vu entrer dans une pharmacie il y a deux jours, mais il n'en est jamais sorti. Depuis, plus aucun contact visuel avec lui.
Merci de me faire savoir comment vous souhaitez procéder.
Hale

Je n'étais pas très content d'apprendre que le détective privé que Hale avait engagé s'était débrouillé pour perdre Ketry. Ça n'allait pas du tout. Fronçant les sourcils, je cliquais sur le fichier PDF. Comme je connaissais déjà le style de mise en forme de Hale grâce à d'autres vérifications similaires, je pus parcourir rapidement le document.

<u>NOM ET PRÉNOM</u> : Michael Francis Ketry
<u>ÂGE</u> : 59 ans
<u>DATE DE NAISSANCE</u> : 28 août 1963
<u>LIEU DE NAISSANCE</u> : Albany, NY (Hôpital des Sœurs)

<u>DESCRIPTION PHYSIQUE</u> :
Taille : 1m90
Poids : 91 kilos
Cheveux : bruns légèrement argentés
Yeux : marrons

<u>ADRESSE ET COORDONNÉES</u> :
Adresse actuelle : 237 East 3rd Street, Appartement 18, New York, NY (août 2021 - maintenant)

Adresse précédente : Fishkill Correctional Facility, 18 Strack Dr,
Beacon, NY (mai 2014 - juillet 2021)
Téléphone : Inconnu
Adresse e-mail : Inconnue

Je marquais une pause, ramenant mes yeux sur son adresse
précédente. J'avais lu tellement vite que je pensais avoir mal lu,
mais ce n'était pas le cas. Ketry avait passé du temps en prison. Je
ne m'étais pas attendu à ça. Je continuais ma lecture, pensant que
Hale aurait découvert pourquoi.

PARENTS :
Père : Francis John Ketry (né le 21 novembre 1940, décédé le 5
janvier 2006)
Mère : Évelyne Rose (née le 2 avril 1942, décédée le 12 mai 2017)

FRÈRES ET SŒURS :
Aucun

PROFESSION :
Employeur actuel : sans emploi
Employeur précédent : Département des services sociaux d'Albany
Revenu annuel brut : inconnu, la dernière déclaration fiscale date
de 2008

FORMATION :
École élémentaire Pace (du CP au CM2)
Collège Pace
Lycée Eastwood
Université : Aucune

PLATES-FORMES DE RÉSEAUX SOCIAUX :
Facebook, compte inactif depuis 2014
Twitter, aucune activité

<u>INFORMATIONS BANCAIRES :</u>
Banque actuelle : Aucune
Banque précédente : City Trust, solde débiteur (436,42 $), solde moyen quotidien (7,24 $)

<u>ANTÉCÉDENTS CRIMINELS :</u>
Grande escroquerie, contrefaçon, parjure et usurpation d'identité
Condamné à 10 ans, libéré conditionnellement après avoir purgé 7 ans et 6 mois

C'était donc pour cela qu'il a été incarcéré. Ketry avait un casier judiciaire assez chargé.

Intéressant.

Au bas du fichier PDF, un lien menait à un article de presse. Lorsque je cliquai dessus, un gros titre en gras suivi d'un article détaillé datant de 2014 s'afficha sur l'écran.

Albany : un homme inculpé d'une série de crimes liés à des escroqueries qui ont perduré pendant dix ans.

Michael Ketry, 51 ans, a été inculpé de plusieurs chefs d'accusation pour avoir orchestré de nombreuses escroqueries tout au long d'une période de plus de dix ans. Les chefs d'accusation portés contre lui couvrent divers actes frauduleux incluant le vol, la contrefaçon, le faux témoignage et l'usurpation d'identité. Le bureau du procureur du comté d'Albany a publié une déclaration alléguant des crimes remontant au moins à 2004. Dans sa déclaration, le procureur d'Albany, Terence Straus, a déclaré : " Selon les allégations, Ketry aurait utilisé toutes les astuces possibles pour mener à bien des escroqueries illégales sur une période de plus d'une décennie. Il a profité des clients qu'il était censé aider alors qu'il était employé par le Département des services sociaux. Il a usé de son accès aux dossiers du comté d'Albany pour voler les identités d'une dizaine d'enfants, utilisant leurs informations pour déposer de fausses déclarations fiscales, fraudant ainsi l'État de New York de dizaines de milliers de dollars en remboursements d'impôts. Mon bureau s'engage à collaborer avec nos partenaires des forces de l'ordre pour le tenir responsable."

J'avais eu raison de ne pas partager avec Krystina mes connaissances limitées à son sujet. Elle n'avait pas besoin de savoir tout ça. Apprendre que son père biologique n'était rien d'autre qu'un criminel sans scrupules qui s'en prenait aux plus vulnérables ne ferait que lui causer du mal. Je m'étais promis de ne lui parler de lui que si c'était absolument nécessaire.

L'article continuait en énumérant les détails de chaque infraction, mais avant que je puisse envisager ce que tout cela pourrait signifier, Laura fit irruption dans mon bureau.

- Bonjour Monsieur Stone, dit-elle.

- Bonjour Laura, répondis-je en inclinant la tête, puis je regardais rapidement l'heure.

Sept heures pile. Elle était à l'heure, comme d'habitude.

- J'ai mis à jour votre agenda. La réunion avec les membres du conseil de la Stone Arena a été reprogrammée à trois heures cet après-midi. Bryan me garantit que cela devrait être rapide, car les membres sont tous très satisfaits du nouveau contrat avec l'État.

- Bien, bien. Moins de temps je passerais à les rassurer sur l'avenir de la Stone Arena, mieux ça sera, réfléchis-je en parcourant le planning qu'elle m'avait remis.

Ma journée s'annonçait plus légère que d'habitude et j'en étais reconnaissant. Je ne pouvais m'empêcher de penser que Laura avait peut-être remarqué à quel point j'avais été distrait la veille et avait réorganisé le programme d'aujourd'hui en conséquence. Cela ne me surprendrait pas si c'était le cas. Ma secrétaire ne passait jamais à côté de rien.

- J'ai une heure de libre entre onze heures et midi. Bloquez ce créneau pour la Fondation Stoneworks et programmez un appel avec Justine. J'ai besoin de discuter avec elle de certaines choses, mais je ne suis pas sûr de la durée de l'appel. Une heure devrait amplement suffire.

- Bien, monsieur. Autre chose ?

- Non. C'est tout, Laura. Merci.

Elle quitta le bureau, et je me tournais vers l'ordinateur pour envoyer rapidement une réponse à Hale.

À : Hale Fulton

De : Alexander Stone

Objet : RE : Portrait de Michael Ketry

Hale,

Vous pouvez libérer le détective privé que vous avez engagé pour Ketry et mettre Greyson Hughes de l'équipe de sécurité de Stone Enterprise sur le coup. Je n'aime pas l'idée de commencer avec quelqu'un de nouveau, mais Greyson est loyal et je peux lui faire confiance. En fin de compte, je veux juste que l'on retrouve Ketry. C'est la priorité. Après avoir lu l'enquête de fond, j'ai l'impression que ça sent mauvais. Il prépare quelque chose. Je veux être informé dès qu'il est localisé.

Alexander Stone
Directeur Général,
Stone Enterprise

Trois heures et demie plus tard, j'étais absorbé par un contrat d'acquisition immobilière quand quelqu'un frappa à la porte de mon bureau. La porte s'ouvrit presqu'instantanément et ma sœur entra d'un pas léger. Je fronçais les sourcils, me demandant comment elle avait pu arriver là sans être annoncée.

- Justine, dis-je avec surprise. J'attends un appel dans environ trente minutes. J'ai demandé à Laura de ne pas me dér...

- Elle m'a appelée, mais je voulais te parler en face à face. Justine marqua une pause et regarda vers le bas de mon bureau. Je sais que je suis en avance. J'espère ne pas interrompre quelque chose d'important. Comme Laura était au téléphone quand je suis arrivée, je suis simplement entrée.

Je souriais en imaginant l'irritation de Laura à ce sujet. Justine avait l'habitude de se présenter de manière opportune à mon bureau précisément au moment où Laura était occupée. Elle s'était imposée ici à plusieurs reprises. Cela m'agaçait, mais je n'en tenais jamais rigueur à Laura. Ma sœur, en tout cas, était persévérante, et elle détestait passer par d'autres personnes pour me parler. Le fait qu'elle avait réussi à le faire aujourd'hui me contrariait. J'étais distrait et malheureux à cause de ce qui se passait avec Krystina, et je n'avais aucune envie d'être entouré de gens. Et si Justine était venue jusqu'ici depuis son nouveau condo à Westchester, c'était pour une bonne raison.

- Je viens de passer en revue un contrat, lui dis-je. Fronçant les sourcils, je poussais la pile de papiers dans le tiroir de mon bureau et m'adossais en arrière sur mon fauteuil. Je le parcourrai plus tard avec Stephen. De toute façon, je ne signe jamais quoi que ce soit sans son avis légal. Maintenant, je sais que nous devons discuter des affaires de la Fondation, mais ce n'est rien d'urgent. Qu'est-ce qui t'a poussée à venir ici ?

Tirant une chaise, elle rejeta ses longs cheveux noirs par-dessus son épaule et s'assit en face de mon bureau. Elle croisa les jambes, sa pédicure parfaite dépassant de ses escarpins rouges à talons hauts. Les chaussures étaient assorties à son tailleur, et je me demandais si elle était passée par Westchester ce matin. Elle avait l'air d'être directement sortie du bâtiment des bureaux de la Fondation Stoneworks.

- Oui, tu as raison, Alex. Nous avons effectivement des affaires de la Fondation à discuter, mais cela va devoir attendre. J'aimerais te parler d'autre chose en premier.

Je levais un sourcil curieux.

- Comme quoi ?

- J'ai parlé à Joanna Cleary hier après-midi, commença-t-elle, et je grimaçais à la mention de l'infirmière vivant chez ma mère.

Je savais ce qui allait suivre.

- Et ?

- Elle m'a dit que tu n'étais pas venu voir maman depuis plus d'une semaine et qu'elle commençait à s'inquiéter. Elle a dit que ce n'était pas ton style. J'étais d'accord avec elle. Après tout, c'est toi qui as insisté pour que notre mère vive avec toi, et je sais que tu as l'habitude d'aller lui rendre visite une fois par jour.

- J'étais à Las Vegas pendant une partie de ce temps et...

- Oui, je sais. Vegas pendant trois jours, puis porté disparu pendant trois autres, m'interrompit-elle. Lorsqu'elle reprit la parole, son ton était celui d'un sermon, et je compris alors qu'elle venait tout juste de le commencer. Tu as droit à des vacances, Alex - même si j'aurais préféré que tu m'en parles car je lui aurais rendu visite en ton absence. Mais bon là, je m'égare. Après avoir parlé avec Joanna, j'ai décidé de passer voir maman hier soir. Je me disais que j'aurais pu en profiter pour passer chez toi, histoire de vous faire un petit coucou, à toi et à Krystina. Quand je suis arrivée chez toi, Viviane a ouvert la porte. Imagine ma surprise lorsqu'elle a dit qu'elle ne t'avait pas vu depuis dimanche soir et que Krystina n'était pas à la maison parce qu'elle était sortie avec une petite fille nommée Eva - une enfant qui a récemment emménagé chez toi !

Ma mâchoire se contracta, n'aimant pas le ton accusateur que Justine adoptait envers moi. Mon dos se raidissait, prêt à contre-attaquer. Finalement, je préférais me concentrer sur le fait de rester calme. Je ne devais aucune explication à Justine. Ce qui se passait par rapport à ça ne la regardait pas.

- Est-ce que Viviane t'a dit où Krystina était partie ? demandai-je sèchement, refusant de mordre à son hameçon, mais quand même curieux de savoir où ma femme était allée.

Hale ne m'en avait pas parlé.

- Elle a dit quelque chose à propos de Krystina emmenant la fille au cinéma - qu'elle n'y était jamais allée avant ou quelque chose comme ça. Je ne sais pas, mais est-ce que c'est vraiment important ? Est-ce que tu as écouté ce que je viens de te dire ? Qu'est-ce qui se passe, Alex ?

- Ça ne te regarde pas. Et rappelle-moi de discuter avec Viviane et Joanna à propos de leurs commérages.

- Oh, allez, Alex ! Ne sois pas ridicule ! C'est juste moi ! Elles ne discutaient pas avec une étrangère. Arrête de chercher à dévier la conversation. Elle s'arrêta et attendit un moment que je dise quelque chose. Comme je restais silencieux, elle me fixait encore un instant. Je pense que je pourrais simplement appeler Krystina. Je suis sûre qu'elle me dira ce qui se passe.

Me levant brusquement, je frappai mes paumes sur le bureau.

- Putain, Justine ! Pourquoi dois-tu toujours insister autant ? m'écriai-je, puis je me tournais loin d'elle pour regarder à travers la paroi vitrée de mon bureau.

Il y avait des moments où je jurerais que ma sœur était aussi fragile qu'une rose. Compte tenu de notre passé, je pouvais le comprendre. Mais il y avait d'autres moments où elle se dressait sur un cheval de haute moralité avec des nerfs d'acier, prête à défier le monde pour une injustice. Apparemment, elle avait décidé de choisir ce moment pour agir ainsi.

Soupirant, je me passais une main dans les cheveux. Je ne devrais pas être contrarié contre ma sœur. Si je pouvais me confier à quelqu'un à propos de ce que je pensais, ce serait bien à elle. J'étais sûr qu'elle se souvenait de l'endroit sordide où nous avions vécu autrefois. Elle comprendrait. Et peut-être même qu'elle m'aiderait à raisonner Krystina.

Lorsque je me concentrais sur Justine, ses yeux croisèrent mon regard. Elle était patiemment assise, comme si elle savait que j'avais besoin d'un moment pour organiser mes pensées. Je réfléchissais à ce qu'elle savait et réalisais que je devrais remonter jusqu'au début.

- Tu te souviens d'Anna Wallace, la femme qui a retenu Krystina en otage avec une vingtaine d'autres personnes à Stone's Hope l'année dernière, juste avant Noël ? demandai-je en retournant à mon siège qui était derrière le bureau.

- Bien sûr que je m'en souviens.

Je lui exposais la promesse de Krystina, l'appel qu'elle avait reçu à Las Vegas, et concluais avec notre dispute de dimanche soir.

- Krystina ne comprend tout simplement pas. Elle est têtue. Nous ne savons pas quel genre de traumatisme émotionnel cette enfant a vécu. Comprends-moi : son père est en prison et sa mère s'est suicidée. Elle n'a vraiment pas eu un bon départ dans la vie. Je ne veux pas assumer la responsabilité de réparer un enfant brisé, terminai-je.

Justine était restée silencieuse tout au long de mon explication, arborant une expression impassible jusqu'à ma dernière phrase. Elle tentait de le dissimuler, mais je la vis sursauter discrètement. J'essayais de deviner ce à quoi elle pensait, mais son expression redevint vide une fois de plus.

- On dirait que tu en as beaucoup à gérer, me fit-elle remarquer.

- On pourrait dire ça.

Elle restait pensive un moment avant de sembler prendre une décision.

- Écoute, j'ai pensé à emmener maman pour un long week-end aux chutes du Niagara. Elle semble toujours être la plus heureuse en pleine nature, et la météo du week-end s'annonce parfaite. J'emmènerai Joanna avec nous, bien sûr. Peut-être qu'avec elle hors de la maison, tu pourrais accorder un week-end de repos à Viviane. Ça te donnera l'occasion de régler les choses avec Krystina sans trop de regards curieux.

- Tu es la bienvenue pour emmener maman pour le week-end. Je pense qu'elle appréciera. Mais je ne rentrerai pas à la maison. Pas tant que l'enfant sera là.

Justine fronça les sourcils.

- Je suis curieuse de savoir ce qu'Ally pense de tout ça, demanda-t-elle doucement. Krystina lui raconte à peu près tout. Ally est-elle d'accord avec elle ou avec toi ?

- Allyson ? Je n'en ai aucune idée. Je ne sais même pas si elle est au courant. Quand nous avons quitté Vegas, les choses étaient tendues entre elles.

- Ces deux-là sont comme cul et chemise. Que s'est-il passé ?

Je me pinçais l'arête du nez, toujours incertain de ce que je pensais du mariage impromptu d'Allyson avec mon meilleur ami.

- Allyson et Matteo se sont mariés pendant qu'on était à Vegas.

Les yeux de Justine s'écarquillèrent.

- Whoaou ! Sérieusement ? !

- Tout à fait. Krystina ne savait même pas qu'il se passait quelque chose entre eux. Moi non plus. Ils nous ont annoncé la nouvelle de leur mariage le lendemain de leur union. Ils avaient toujours semblé proches l'un de l'autre, mais je n'aurais jamais prédit ce qui s'est passé. Et même si j'en n'ai pas parlé avec Krystina, je suis sûr qu'elle se sent incroyablement trahie. Je ne la connais que trop bien.

- Et à juste titre. Mon Dieu, elle doit se sentir tellement seule en ce moment, dit Justine en secouant la tête d'incrédulité. Alex, tu dois rentrer chez toi. Tout bien considéré, cette affaire de prendre en charge l'enfant d'un étranger est beaucoup pour une seule personne. Parle simplement avec elle.

- Non, je ne cèderai pas, Justine. Ma position est ferme. Cet enfant vient de la rue. J'ai parcouru trop de chemin pour être associé à cette vie.

Je vis Justine frémir.

- Depuis quand es-tu devenu un prétentieux d'imbécile ? me lança-t-elle d'un ton accusateur.

- Excuse-moi ?

- Tu m'as bien entendue. Tout ne tourne pas autour de toi, Alex. Si tu regardais au-delà de ton ego pendant deux minutes, tu pourrais peut-être voir les choses différemment. Quand tu as dit que cette petite fille était brisée, je n'ai rien dit même si la même chose pourrait être dite à mon sujet. Oui, nous savons ce que c'est que de vivre dans la pauvreté. Nous n'avions pas le choix jusqu'à ce que nos grands-parents interviennent. Ils nous ont offert une vie différente et une seconde chance. Tu ne crois pas que cette enfant mérite elle aussi cette chance ?

Ce tournant de la conversation me fit serrer les lèvres. Rien ne se passait comme prévu. Justine était censée être de mon côté là-dessus.

- Ce n'est pas que je ne pense pas qu'elle le mérite. Je ne peux simplement pas être celui qui le lui donne. Elle n'est pas de mon sang, Justine. Je ne lui dois rien.

- C'est encore ton ego qui parle. Elle n'est pas de ton sang, murmura-t-elle avec dédain. Maintenant, je sais vraiment de quoi il s'agit. Krystina ne peut pas avoir d'enfants, alors tu vas laisser ton arrogance gâcher la chance d'avoir une famille par tous les moyens simplement parce que tu n'as pas planté la graine. Incroyable. Je m'attendais à mieux de ta part, Alex. Vraiment.

Je fermais les yeux. Son ton indigné m'atteignait en plein cœur, mais je refusais de le lui montrer.

- Tu dépasses les limites, Justine. Comme je l'ai dit, ça ne te regarde pas.

- J'en fais mon affaire parce que j'aime Krystina comme je l'aimerais si elle était ma vraie sœur et non juste une belle-sœur. Le sang n'est pas toujours plus épais que l'eau, Alex. Je peux aimer Krystina aussi facilement qu'elle peut aimer la petite fille d'Anna Wallace. Et est-ce que tu as pensé à Frank ? Il a élevé Krystina comme si c'était sa fille même si aucune goutte de son sang ne coule dans ses veines. Il ne s'agit pas de l'entêtement de Krystina, mais bel et bien de ta propre stupidité. Ta femme agit comme si tu étais le centre de son univers, et c'est ainsi que tu la traites quand elle est au plus vulnérable. La laisser seule en ce moment est égoïste. Après Liliana, ne penses-tu pas que vous en avez assez enduré ? Il est temps que tu ravales ta fierté et que tu rentres chez toi.

Là-dessus, elle se leva et balança son sac blanc Louis Vuitton sur son épaule. Quand elle se tourna pour partir, je ne pus que rester assis là, choqué, n'ayant jamais été réprimandé de ma vie par ma sœur. Mais ce qui était pire, c'est que je l'avais laissée faire.

Qu'est-ce qui ne va pas chez moi ?

Secouant la tête, je fixais Justine se dirigeant vers la porte et me concentrais sur la seule chose qui avait du sens à ce moment-là. Mes dossiers en cours.

- Justine, attends ! lui ordonnai-je. J'admire beaucoup ta façon de voir les choses, mais tu n'peux pas simplement t'en aller comme ça. On doit encore discuter de la Fondation. Il y a des événements à venir, et j'ai besoin que tu te coordonnes avec Harper pour organiser une collecte de fonds pour la division *Women Rise*.

Faisant une pause, elle inclina la tête pour me regarder à travers des yeux glaciaux.

- Considère que c'est fait. Pas besoin d'en parler. Autre chose, chef ? ajouta-t-elle d'une voix dégoulinant de sarcasme.

Je remarquais que ses yeux étaient emplis de dégoût et de déception. Je relevais le menton avec défiance, comme si je la mettais au défi de pousser encore un de mes boutons.

- C'est tout, Justine.

- D'accord. Je vais organiser un service de van pour maman et son fauteuil roulant. Pas besoin que tu te préoccupes de quoi que ce soit. Je vais voir avec Joanna pour les détails.

Puis elle s'en alla. Et pour la deuxième fois ce jour-là, je frappais mes mains sur le bureau, faisant osciller l'écran de l'ordinateur sur son support.

Putain ! Justine !

J'avais envie de lui tordre le cou et d'ignorer la petite voix qui me disait que tout ce qu'elle avait dit était vrai. J'étais sur le point de me lever et de marcher dans la pièce, ayant besoin de faire quelque chose, n'importe quoi, pour libérer ma frustration, mais je m'arrêtais en entendant le son d'une notification m'indiquant que je venais de recevoir un e-mail. Jetant un coup d'œil à l'écran de l'ordinateur, je vis qu'il s'agissait d'une réponse de Hale. En cliquant dessus, je me mis à le lire.

À : Alexander Stone
De : Hale Fulton
Objet : RE : Portrait de Michael Ketry

Chef,

Je vous laisse consulter le lien ci-dessous, qui provient de la société Alliance afin que vous puissiez visionner les images de la caméra

de surveillance du hall du loft. J'ai été un peu surpris par ce que j'ai vu, et je m'attends à ce que vous le soyez également.
Par ailleurs, le détective privé a été licencié. Greyson Hughes occupe maintenant son poste. Je vous tiendrai informé de la suite des événements par rapport à tout ça.
Hale

Je cliquais sur le lien qui devait me conduire aux images de vidéosurveillance. M'adossant dans mon fauteuil, j'attendais que le fichier se charge. Ensuite, j'ajustais ma vision et me concentrait sur la vidéo : c'était la première fois que je voyais Ketry et je voulais mémoriser chaque ligne de son visage pour pouvoir le repérer si jamais il était à proximité. Heureusement, nous avions amélioré notre système de sécurité il y avait quelques temps. Les images granuleuses en noir et blanc que nous avions l'habitude de voir auparavant avaient disparu, remplacées par une vidéo claire en haute définition.

Ketry était grand, avec des cheveux bruns striés de gris sur les côtés. Il était légèrement en surpoids, avec un ventre proéminent qui faisait pression sur les boutons de sa chemise. Il semblait qu'il ne s'était pas rasé depuis quelques jours, et le sombre duvet laissait des ombres menaçantes sur son visage.

Environ dix minutes après le début de la diffusion, une femme entra dans le champ de la caméra. Son dos était tourné vers moi et je ne pouvais pas voir son visage. Pourtant, il y avait quelque chose dans sa posture qui me semblait familier. Lorsqu'elle se tourna finalement de manière à ce que son visage soit perçu clairement par la caméra, j'inspirais brusquement, choqué de voir celui d'Elizabeth Long.

- Eh bien, cette journée devient de plus en plus merdique à chaque minute qui passe, murmurai-je à voix haute dans mon bureau vide. Qu'est-ce qu'elle fout là ?

D'après ce que je savais, Elizabeth ne parlait pas au père biologique de Krystina. Je ne savais même pas si elle avait été mariée à cet homme. Si c'était le cas, cela n'apparaissait pas dans l'enquête de fond menée par Hale. Je me demandais si Frank Long savait que sa femme était toujours en contact avec Ketry.

Rien de tout ça n'avait de sens, mais il était évident que si je voulais des réponses, je devrais parler à la mère de Krystina. Saisissant mon téléphone sur le bureau, je composais son numéro et attendais qu'elle réponde. Sa voix se fit entendre après la troisième sonnerie.

- Allô ?

- Elizabeth, c'est Alex.

- Oh ! J'allais partir ! Frank veut que je sois là parce que la chaîne *Channel Four* vient l'interviewer sur l'envolée des prix des voitures d'occasion. Frank dit que ça devient incontrôlable, ajouta-t-elle.

J'étais content d'apprendre que son temps était limité : ainsi, je n'aurai pas à m'attarder avec elle par rapport à ça.

- Oui, je suis au courant. Puisque vous devez partir, je ne vous retiendrai pas longtemps en allant droit au but. J'aimerais que vous me disiez tout ce que vous savez sur Michael Ketry. Silence à l'autre bout de la ligne. Je me demandais presque si elle avait raccroché. Elizabeth, êtes-vous là ?

- Je suis là, dit-elle enfin. Alex, pourquoi me demandez-vous des nouvelles de Michael Ketry ?

- En fait, je pense que la vraie question est plutôt la suivante : pourquoi vous êtes-vous retrouvée avec lui dans le hall de mon loft la semaine dernière ?

19

Krystina

Ce jeudi matin, Eva et moi étions devant l'école Dalton-Hewitt. Hale venait de nous déposer et m'attendait au bord du trottoir. C'était son deuxième jour dans cette nouvelle école primaire privée que j'avais choisie pour elle, et jusqu'à présent, tout se passait bien. Le seul bémol était que l'établissement se trouvait à une heure de route de mon bureau, ce qui signifiait qu'en cas de problème, le trajet serait long pour moi. Si le tribunal m'accordait la tutelle, je pourrais envisager de déplacer Turning Stone Advertising vers un établissement plus proche de la maison. J'avais pensé en discuter avec Alexander, mais la boule d'anxiété constante dans mon ventre m'avait rapidement rappelé que je ne lui avais pas parlé depuis des jours. Nous n'étions jamais restés aussi longtemps sans nous parler, et je me sentais misérable sans lui. Pourtant, malgré mes craintes par rapport à mon mariage, je me sentais relativement bien quant à l'évolution des choses avec Eva. Nous avions encore un long chemin à parcourir, et les préoccupations d'Alexander concernant l'état psychologique d'Eva n'étaient jamais loin de mes pensées. Si elle avait des problèmes sous-jacents, rien ne s'était révélé jusqu'à présent : Eva était une source de douceur et de joie. Bien élevée, elle posait tout le temps des questions curieuses auxquelles j'avais du mal à répondre. J'espérais juste qu'aucun traumatisme ne surviendrait et que tout se passerait bien.

J'avais contacté les services de l'enfance et de la famille et avais déjà fait une requête auprès du tribunal pour obtenir la tutelle d'Eva. Heureusement, ma connexion avec Thomas Green au bureau du procureur m'avait été bien utile. Il avait réussi à tirer quelques ficelles et à faire en sorte que ma cause soit examinée immédiatement par un juge, qui m'avait accordé la garde temporaire d'Eva le même jour. Je devrais revenir devant le tribunal en octobre pour espérer la rendre permanente. Une fois que j'eus les documents prouvant que j'avais la garde temporaire d'Eva, cela avait facilité le processus de son inscription à l'école Dalton-Hewitt. Tout s'était passé de manière fluide et rapide.

Et à ce moment même, Eva avait rejoint un groupe de petits élèves qui étaient rassemblés près de la balançoire dans la cour de récréation.

- Passe une bonne journée ! lui criai-je.

J'aimais ce moment du matin, pendant lequel les enfants prenaient le temps de profiter d'un moment ensemble avant que leur enseignante ne les appelle pour entrer en classe.

- Merci ! Au revoir ! répondit la petite voix d'Eva alors qu'elle me faisait signe par-dessus son épaule.

Elle s'en alla avec sa boîte à lunch licorne violette qui se balançait dans sa main et son sac à dos assorti qui rebondissait sur son dos. Même si elle adorait son nouveau sac d'école, il semblait bien trop grand pour son petit corps.

Je secouais la tête en souriant.

Ça y est, elle m'a déjà oubliée.

J'étais heureuse de voir qu'elle s'était adaptée si rapidement, mais je ne pouvais m'empêcher de ressentir un peu d'envie envers son enseignante par rapport à la quantité de temps qu'elle passait avec Eva. Je n'avais pu passer que quelques jours avec elle avant la rentrée. Une partie de moi aurait préféré qu'elle commence l'école un peu plus tard, mais je savais aussi à quel point le premier jour était important pour s'intégrer dans une classe. Ce détail était prioritaire.

Ressentant déjà son absence, je décidais d'aller faire un tour à l'arrière de l'établissement, afin de pouvoir observer comment elle cohabitait avec ses camarades pendant quelques minutes, juste avant qu'elle rentre en salle de classe. Arrivant à mon point de chute, je compris rapidement que je n'étais pas la seule à avoir eu cette idée : une bonne douzaine d'adultes se tenait le long de la clôture et regardaient leurs petits jouer. Si je me joignais à eux, je ne pouvais m'empêcher de penser que ma place n'était pas là, un peu comme si je ne pouvais me défaire du syndrome de l'imposteur. J'espérais que cette impression s'estomperait avec le temps.

- Alors, c'est lequel, votre rejeton ? me demanda une voix masculine.

Regardant à ma gauche, je vis qu'un homme plus âgé s'était approché de moi. Les cheveux bruns grisonnants, il semblait avoir autour de la soixantaine.

- Celle avec les couettes brunes bouclées, lui dis-je. Et le vôtre ?

- Le garçon aux cheveux foncés portant le tee-shirt rouge. C'est mon petit-fils. Ça grandit trop vite, à c't'âge-là !

- Oui, c'est bien vrai, répondis-je en laissant le syndrome de l'imposteur revenir en force. Je me maudissais silencieusement, puis décidais tout simplement de parler franchement. Après tout, je n'avais rien à cacher. Eva est récemment passée sous ma garde. Sa mère est décédée de manière inattendue et j'espère que je pourrais bientôt pouvoir la garder de manière permanente.

- C'est vrai ? Donc, ce n'est pas votre fille. Je vois, répondit l'homme, qui semblait excessivement curieux.

Il m'avait semblé percevoir un soupçon de jugement dans sa voix.

Mince.

- Non, pas encore, dis-je précipitamment en regrettant d'en avoir révélé autant.

L'homme inclinait la tête comme s'il voulait mieux observer les enfants jouer. Je remarquais alors une odeur étrange qui émanait de lui. Un peu comme un mélange d'ail et de transpiration. Je fis un petit pas en arrière, espérant que ma tentative de m'éloigner de l'odeur n'était pas trop évidente.

- Elle s'appelle Eva, c'est bien ça ? demanda-t-il.

- Oui, c'est ça, confirmai-je. Je fis un autre pas en arrière, mais c'était comme si cette puanteur me suivait. Aussi nonchalamment que possible, je levais la main pour lui dire au revoir. Eh bien, je déteste mettre fin à cette discussion si rapidement, mais je dois y aller. Ma voiture m'attend. J'étais contente d'avoir pu parler avec vous !

Je me précipitais vers l'endroit où Hale m'attendait avec la voiture. Le fait d'avoir ressenti le besoin d'échapper à cet homme malodorant ou non était sans importance. Je n'avais vraiment aucune raison de traîner près de l'école. Je n'étais pratiquement pas allée au travail du tout la semaine dernière, et j'avais beaucoup de choses à rattraper. Même mon trajet était devenu un temps précieux pour moi. Depuis que j'avais pris Eva en charge, je n'avais pas pu aller au cimetière pour rendre visite à Liliana ; ma nouvelle routine était de regarder chaque matin la vidéo qu'Alexander avait faite pour moi.

Bien sûr, ce n'était pas la même chose que d'y être physiquement, mais je ne pensais pas que c'était approprié d'y amener Eva, du moins pas maintenant, alors que tout était nouveau pour elle. Elle était petite et faisait face à beaucoup de changements. J'espérais cependant pouvoir l'y emmener un jour. Après avoir regardé la vidéo et envoyé un baiser dans l'air à l'écran, j'utilisais le reste du temps dans la voiture pour trier mes e-mails. À mon arrivée chez Turning Stone Advertising, près d'une heure plus tard, j'avais élaboré un plan pour gérer au mieux mon temps efficacement. Avec un peu de chance, j'aurais tout rattrapé d'ici la journée de demain. Je poussais la porte de mon bureau pour pouvoir y accéder. Mon regard balaya la longueur de la pièce, une surprise qu'Alexander m'avait faite peu de temps après le début de notre relation. Conçue par Kimberly Melbourne, une décoratrice d'intérieur renommée à New York, la pièce était large et parcourait toute la longueur du bâtiment. De larges baies vitrées agrémentaient les murs nord et sud, et un bureau en bois ancien trônait au centre du mur ouest. Un coin salon meublé de fauteuils rembourrés et d'une table en verre se trouvait à ma droite, tandis qu'un minibar complet avec une machine à café ultra-moderne était posté à ma gauche. Cependant, ma partie préférée du bureau était l'œuvre d'art sur le mur derrière mon bureau. C'était une peinture murale d'un lys blanc sur un fond noir et gris. Elle s'étendait sur toute la longueur du mur. Les couleurs tourbillonnaient ensemble en un motif descendant, créant un effet de cascade avec le lys comme élément principal. Au-dessus du lys, une citation était inscrite.

Il y a quelque chose qui nous pousse à montrer nos âmes intérieures. Plus nous sommes courageux, plus nous parvenons à expliquer ce que nous savons.
Maya Angelou

Au début, j'avais simplement été attirée par la beauté éblouissante de l'œuvre d'art. Mais maintenant, j'y étais attirée pour une raison différente. Après avoir perdu Liliana, j'avais vécu d'innombrables matins à traverser le bureau en mode automatique, me sentant désolée et abattue après avoir passé du temps au cimetière. Mais lorsque je mettais les pieds dans cette pièce, je parvenais toujours à trouver la paix en regardant la toile et en étudiant la citation. La configuration en cascade fluide était apaisante. Elle me rappelait que la vie, malgré ses nombreuses épreuves, continuait malgré tout. Elle ne cessait jamais, était constamment en mouvement, et que seuls les plus courageux pouvaient résister aux épreuves du temps.

J'avais survécu à l'épreuve la plus difficile - celle de perdre un enfant. Parce que j'avais persévéré, j'avais maintenant l'opportunité de vivre une forme différente d'accomplissement avec Eva.

J'espérais seulement pouvoir convaincre Alexander de le voir de cette manière. J'avais dit que je ferais cela avec ou sans lui, mais je ne le voulais pas. J'avais survécu à la perte de Liliana, mais je savais que je ne pourrais pas survivre à la perte d'Alexander. Il devait changer d'avis. J'avais besoin de lui, peut-être plus que jamais maintenant.

J'accrochais mon sac à main sur le dossier du fauteuil qui se trouvait face au bureau, puis je m'asseyais et allumais l'ordinateur. J'avais été tellement préoccupée par Eva depuis mon retour de Las Vegas que j'avais complètement perdu le fil de ce qui se passait au travail. Dès que je vis la multitude d'e-mails s'afficher sur l'écran, je me résignais à une longue journée à venir.

Je tambourinais des doigts sur le bureau en faisant défiler ma liste d'e-mails en les triant par priorité. Lorsque j'approchais de la fin de la liste, le téléphone du bureau se mit à sonner. Baissant le regard en sa direction, je vis que le voyant correspondant à la ligne de ma secrétaire était allumé. Je fronçais les sourcils en me demandant ce que Regina voulait. Je lui avais explicitement envoyé un e-mail avant d'arriver ce matin pour lui faire savoir que je ne voulais pas être dérangée ce matin. C'était bizarre, parce qu'il lui était inhabituel de ne pas suivre mes instructions.

Tendant la main en avant, j'appuyais sur le bouton du haut-parleur.

- Oui, Regina ?

- Je suis désolée de vous déranger, Madame Stone. Je sais que vous m'avez dit que vous vouliez être tranquille, mais un homme qui prétend être votre père insiste pour s'entretenir avec vous par téléphone.

- Frank ? C'est bizarre. Pourquoi il ne m'a pas appelée sur mon portable ? Passez-le moi.

J'attendis que l'appel bascule, puis décrochais le combiné en disant : Salut, Frank !

Au début, un moment de silence m'accueillit. Ensuite, ce fut une voix rauque qui ne ressemblait en rien à celle de mon beau-père qui traversa la ligne.

- Krystina, dit un homme d'un ton grave. Ce n'est pas Frank. Je suis euh... Je ne suis pas sûr de comment dire ça. Cela fait longtemps que ça dure.

Je serrais les lèvres en me sentant profondément agacée. J'avais eu ma part d'appels bidons après le scandale des paparazzis où mon numéro de téléphone portable avait été divulgué. J'étais persuadée que cela n'en était qu'une conséquence résiduelle, et je n'avais aucune patience pour ça.

- Désolée, mais à qui ai-je l'honneur ? demandai-je avec impatience.

- C'est ton père, Krystina.

Je faillis rire. Qui que c'était, il aurait pu faire mieux.

- Vous n'êtes pas mon père. Je reconnaîtrais sa voix.

- Non. Pas ce crétin que ta mère a épousé. Ton vrai père.

Une sensation des plus étranges m'envahissait. Je ne savais pas pourquoi, mais mon cœur se mettait soudainement à battre rapidement. Et ce qui était étrange, dans tout ça, c'était que j'avais l'impression de ressentir une part de vérité dans ses paroles.

Non. Ça peut pas être lui. Après tout ce temps ?

Si c'était effectivement mon père biologique, il avait renoncé depuis longtemps à la chance de me connaître. Je ne voulais rien avoir à faire avec lui. Frank était le seul père que j'aie jamais connu. Il avait pourvu à mes besoins de bien des manières, et mes souvenirs étaient avec lui, pas avec cet inconnu au téléphone. Ni l'homme ni moi ne parlions, et le silence semblait pesant. Je pouvais entendre sa respiration lourde combinée au tic-tac de la trotteuse de la grande horloge noire encadrée de fer au-dessus du minibar. Mon cœur commençait à battre plus fort dans ma poitrine jusqu'à ce que tout autre son soit noyé par les pulsations dans mes oreilles. Je devais mettre fin à cet appel. Maintenant.

- J'ai un père, et ce n'est pas vous, aboyai-je dans le combiné avant de le raccrocher violemment.

Mes mains tremblaient. Je les serrais ensemble et les posais sur mes genoux lorsqu'elles se mirent à s'agiter nerveusement. Tentant de me calmer, je respirais de manière instable. Je continuais à me concentrer sur ma respiration, inspirant et expirant lentement jusqu'à ce que je me sente à nouveau stable. Puis je secouais la tête.

- Tu es ridicule, me murmurai-je dans la pièce vide. Ce n'était rien de plus qu'un canular. Tu t'es tout bonnement énervée pour rien.

Pivotant dans mon fauteuil pour faire face à l'ordinateur, je me reconcentrais sur mes e-mails. Alors que je faisais glisser le dernier dans un dossier intitulé *En cours*, un sentiment d'anxiété s'installait en moi une fois de plus. Je ne savais pas pourquoi, mais j'avais le pressentiment que j'allais encore entendre parler de cet inconnu. Des questions commencèrent à affluer dans ma tête, avec des réponses qui semblaient être hors de ma portée. J'avais besoin d'en savoir plus.

Plongeant la main dans mon sac, j'en sortais mon téléphone portable et composais le numéro de ma mère. Pendant que le téléphone sonnait, j'élaborais un scénario sur la manière dont j'allais amorcer ma conversation avec elle, sachant que ma mère ne m'en dirais que très peu si je ne ciblais pas le but de cet appel. Parler de ce donneur de sperme avait toujours été interdit. C'était trop perturbant pour elle, même si je ne lui avais jamais demandé pourquoi. Je n'avais simplement jamais été motivée pour aborder ce sujet. Mon père était comme un fantôme, et n'avait jamais eu d'importance pour moi. Je ne savais même pas comment il s'appelait, d'où la raison de l'appel à ma mère. Je ne pouvais pas en apprendre davantage sans avoir son nom, et je me maudissais de ne pas lui avoir demandé avant de raccrocher. Au moins, je m'en serais servi pour confirmer ou infirmer sa revendication d'être mon père biologique.

Alors que le téléphone de ma mère continuait de sonner, je me rendais compte que j'aurais dû réfléchir davantage avant de l'appeler. Je pensais que je pourrais simplement lui dire que j'allais faire un de ces tests ADN familiaux afin d'éviter toute surprise. C'était simple et ça avait du sens. Je pourrais utiliser cet argument pour enchaîner sur la raison pour laquelle j'avais besoin de son nom.

Constatant que j'étais redirigée vers sa messagerie vocale, je grognais de frustration. Je raccrochai sans laisser de message, ne sachant pas quoi dire. C'était probablement mieux ainsi, parce que je savais très bien que cette conversation nous aurait inévitablement mises mal à l'aise toutes les deux. Elle aurait même pu aboutir à une dispute. Je n'avais aucun intérêt à chercher des ennuis alors que j'avais déjà suffisamment de choses à gérer. Toute mon attention devait être concentrée sur Eva et sur la résolution de tout ce qui était cassé avec Alexander. Ces deux personnes étaient mes priorités.

20

Alexander

Je stationnais la Tesla sur le chemin circulaire situé devant la maison. Ce choix de ma part était stratégique car je ne savais pas si je resterais. Tout dépendrait de comment Krystina réagirait par rapport à ma venue impromptue.

Ça faisait cinq jours que je ne lui avais pas parlé. Cinq longs jours misérables. Je pensais vraiment qu'elle aurait repris ses esprits à présent, mais je pense clairement que j'avais tort. Il était inutile pour moi d'avoir un conflit de volontés avec elle. Si je pensais que la prendre sur mes genoux ferait une différence, je le ferais. Mais elle était trop tenace, et je ne bougerai pas sur ce coup-là. Tout ce que je savais, c'était qu'elle me manquait vraiment. Nous devions parler. Si elle était trop têtue pour voir sa bêtise, et bien tant pis.

Mais j'avais assez attendu. En glissant hors du siège du conducteur, je regardais l'immense bâtisse coloniale de style géorgien que Krystina et moi avions faite construire après notre mariage. De grands pins en bordaient les murs extérieurs en pierre, créant une image qui ferait pleurer n'importe quel peintre expérimenté. Cette maison n'avait jamais été à mon goût, mais elle m'avait convaincu. Elle convenait à Krystina et on ne pouvait nier sa beauté.

J'ouvrais la porte d'entrée et franchissais le seuil avec détermination tout en me préparant à la dispute qui ne manquerait pas d'éclater une fois que je serais à l'intérieur. Je fus accueilli par le silence, mais je m'y étais attendu. J'avais planifié mon retour à la maison assez tard dans la soirée en espérant que Krystina aurait couché la petite. Cela me permettrait de parler sans distraction.

Étant donné que l'heure du dîner était largement passée, Viviane avait probablement déjà reprit ses quartiers pour la nuit, et si je partais à sa recherche, je savais que je trouverais Hale chez lui, côté est de la propriété. Alors qu'il avait séjourné dans l'une des chambres d'amis pendant que j'étais au loft, je l'avais appelé pour lui faire savoir que je reviendrai et lui avais donné l'instruction de rentrer chez lui. Je n'étais pas sûr de comment se déroulerait ma conversation avec Krystina et je ne voulais pas être en public à ce moment-là.

En traversant le hall, je lançais un regard dans le salon et le trouva vide. Revenant d'où je venais, j'empruntais l'escalier pour monter à l'étage. Krystina était probablement dans son bureau ou dans notre chambre.

Mais j'avais tout faux : il n'y avait personne. Je fronçais les sourcils en regardant le couloir menant aux chambres d'amis.

Merde.

Je n'avais pas du tout prévu de rencontrer l'enfant ce soir. Mais alors, pas du tout. Un sentiment de résignation s'installait en moi alors que je descendais lentement le couloir. Une seule porte était ouverte, et le son léger de la voix de Krystina parvenait à mes oreilles au fur et à mesure que j'approchais. Lorsque j'atteignis l'embrasure de la porte, je marquais une pause en la voyant assise dans un fauteuil confortable, lisant un livre à une petite fille blottie sur ses genoux qui semblait dormir.

Krystina leva les yeux et son regard se fixa dans le mien. Quelque chose d'indescriptible traversa ses yeux d'un brun profond. Avant que je puisse déterminer ce que cela pouvait être, elle posa un doigt sur ses lèvres pour me demander de rester silencieux. Puis sans un mot, elle ferma le livre et le posa sur la table de nuit. Glissant ses bras sous la fillette, elle se leva et la porta jusqu'au lit.

Je clignais des yeux en remarquant soudain que la pièce avait changé : la chambre d'amis qui était autrefois décorée de manière contemporaine avait été complètement transformée. La couette satin gris anthracite et les rideaux assortis avaient été remplacés par des froufrous et de la dentelle violette. Le lit queen-size avec la tête de lit matelassée avait disparu, laissant place à un lit à baldaquin orné de rideaux violets transparents. Une lampe blanche avec un abat-jour mauve pâle était posée sur la table de chevet à côté d'une montagne de peluches. Elle avait même fait peindre les murs en violet clair. Cette chambre était virtuellement méconnaissable pour moi.

Mais qu'est-ce qu'elle a foutu ?

Je serrais les lèvres et fronçais les sourcils. Redécorer entièrement une pièce de A à Z et offrir à cette enfant ce qui semblait être son propre espace personnel était totalement contraire à tout ce que je voulais. Sa présence ici ne devait être que temporaire jusqu'à ce que Krystina reprenne ses esprits.

Mais ça...

C'était tout, sauf temporaire.

Recentrant mon attention sur ma femme insoumise, je la regardais tirer les couvertures sur l'enfant endormi. Je me figeais, complètement fasciné par la scène émouvante qui se déroulait devant moi. J'eus un sentiment de déjà vu avant de réaliser rapidement pourquoi cela me semblait familier. Ce n'était pas une scène que j'avais réellement vue auparavant, mais plutôt que j'avais imaginée - une vision de Krystina bordant notre enfant et l'embrassant doucement sur le front. Sauf que dans ma vision, c'était Liliana, âgée de cinq ans, et non cette... Cette intruse.

La fille qui était dans ce lit n'était pas la nôtre et ne le sera jamais. Je devais me rappeler cela, peu importe à quel point ma détermination voulait s'effondrer après avoir vu Krystina agir ainsi. Ce n'était pas notre réalité.

Une fois la petite fille installée dans le lit, Krystina se leva, ajusta sa chemise et se dirigea vers moi. Je fis un pas en arrière pour lui permettre de refermer la porte derrière elle. Lorsqu'elle se tourna vers moi, le soulagement se lisait clairement sur son visage.

- Je suis tellement contente que tu sois rentré, dit-elle. Sa voix semblait hésitante, presque comme si elle pesait soigneusement ses mots. Tendant la main vers moi avec prudence, elle glissait ses bras autour de ma taille. Je commençais à craindre que nous ne puissions pas surmonter cela.

- Mon ange, il faut qu'on parle, dis-je sèchement tout en essayant d'ignorer à quel point ses bras me faisaient du bien.

- Oui, je sais, et c'est ce qu'on va faire. Mais laisse-moi juste un moment. Inclinant la tête en arrière, elle rencontrait mon regard. Levant une de ses mains, elle commençait à tracer les contours de mon visage comme pour les graver dans sa mémoire. Tu m'as tellement manqué, Alex. Mais je pense que c'est le bleu saphir de tes yeux qui m'a le plus manqué.

Je haussais un sourcil : Mes yeux ?

- Hummm. Et tes lèvres, aussi. Elles m'ont bien manqué.

Se hissant sur la pointe des pieds, elle me surprit en pressant un baiser chaste sur mes lèvres. Je m'attendais à ce qu'elle soit en colère en me voyant de retour ici. Je n'avais pas du tout anticipé un accueil comme celui-ci. Comme elle commençait à freiner ses ardeurs, je la motivais à continuer et mes lèvres se mirent à bouger contre les siennes. Je n'aurais jamais dû lui rendre ce baiser. Pas à ce moment, alors que j'étais tourmenté par tout ce qui se passait dans ma vie. Mais je ne pouvais m'en empêcher. Ça faisait depuis trop longtemps que je n'avais pas goûté ses lèvres de cette manière.

Je passais ma langue sur sa lèvre inférieure pour la pousser à ouvrir la bouche. Elle le fit en portant ses mains à l'arrière de mon cou. Je grognais mon approbation et intensifiais le baiser en rapprochant son corps du mien. Nos langues dansèrent avec urgence et désespoir. C'était tellement bon, comme si nous avions tous deux besoin de cela plus que de l'air que nous respirions après tant de jours loin l'un de l'autre.

Je déplaçais ma bouche le long de la courbe de sa mâchoire, progressant vers le bas de son cou alors qu'elle fredonnait de plaisir. Glissant une main plus bas, je trouvais la limite de son tee-shirt et faisais naviguer ma paume jusqu'à pouvoir envelopper le côté de l'un de ses seins de la main. Il était couvert de satin, une barrière que je voulais effacer. Tirant le bonnet vers le bas, je laissais son sein s'échapper. J'en profitais pour lui tordre le mamelon un instant, appréciant la manière dont il durcit rapidement, puis j'abaissais l'autre bonnet afin de donner à chaque mamelon durci une attention égale.

Je lui suçais le cou et elle gémit lorsque je la pinçai en la chatouillant gentiment. Je savourais la sensation procurée par son pouls en action pendant que je respirais son parfum, une odeur de prunes caressées par le soleil et le jasmin, véritable aphrodisiaque pour mes sens. Remontant pour réclamer sa bouche une fois de plus, je poussais ma langue au-delà de ses lèvres attentives et la dévorais. Elle gémit encore, les vibrations de ses lèvres envoyant des décharges électriques jusqu'à mon aine.

- J'ai envie d'toi, grognai-je en la poussant jusqu'à ce que son dos soit contre le mur. En passant un bras en dessous de son genou, je relevais sa jambe droite vêtue de jean pour l'enrouler autour de ma hanche. Je pinçais son cou en me déplaçant pour capturer son lobe d'oreille entre mes dents. Tu n'as aucune idée du nombre de nuits où j'ai été éveillé en voulant te toucher, te caresser et pour te sentir au plus profond de moi.

Suivant mon initiative, elle levait son autre jambe jusqu'à pouvoir croiser les deux jambes autour de ma taille. Malgré la barrière de son denim et de ma chemise, je pouvais sentir la chaleur de son sexe pressant contre mon ventre. J'écrasais ma bouche contre la sienne une fois de plus en l'embrassant sans retenue, alimentant ainsi le besoin qui brûlait déjà intensément en moi. Ses mains s'accrochaient à mes biceps en remontant pour saisir mes épaules comme si elle s'accrochait à la vie. Et d'une certaine manière, c'était exactement ce que nous faisions tous les deux - nous nous battions pour conserver notre relation fragile de toutes les manières possibles. Si ces derniers jours m'avaient semblés cruels, il était temps pour nous de reprendre notre destin. Je ne pourrai pas passer un autre jour sans mon ange. Je voulais lui arracher les vêtements du corps ici, au beau milieu du couloir, et la posséder violemment de manière possessive.

Mais lorsqu'elle se mit à parler, la réalité s'effondra autour de moi.

- Alex ! Oh mon Dieu ! J'ai tant besoin de toi. Je savais que tu reviendrais vers moi. Emmène-moi au lit, et quand on se réveillera demain matin, tu pourras enfin rencontrer Eva et commencer à la connaître.

Immédiatement, je me reculais. Nos lèvres étaient toujours proches les unes des autres, laissant nos souffles se mêler à chaque expiration.

Que je la rencontre ?

Krystina ne comprenait toujours pas. Je n'avais aucune intention de faire connaissance avec cette petite fille. Jamais. En repoussant ses jambes jusqu'à ce que ses pieds soient solidement posés sur le sol, je reculais d'un pas. La confusion se répandait dans ses grands yeux bruns, et ça me tuait de prononcer mes prochaines paroles parce que je savais que ça la briserait.

- Non, Krystina. Je ne ferai pas connaissance avec elle demain. Demain, on l'emmènera au bureau des services de protection de l'enfance et de la famille. C'est là-bas que des gens pourront s'occuper d'elle.

- Attends, quoi ? Mais j'ai déjà parlé avec les services de protection de l'enfance et de la famille. Tout passe par le tribunal des familles. Pour le moment, j'ai une tutelle temporaire. Je pensais que tu étais revenu ici pour... Elle secoua la tête, perplexe. Alex, pourquoi es-tu *revenu* ?

Soupirant, je fermais les yeux et pressais mes index contre mes tempes. Quand j'ouvris les yeux, je vis de l'obscurité dans l'expression de Krystina. En peu de temps depuis mon retour, je l'avais vue passer de joyeuse et comblée à soulagée et passionnée. Mais maintenant, tout ce que je voyais, c'était cette colère familière et une douleur qui coupait si profondément que je me demandais si c'était devenu une partie permanente de qui elle était désormais.

- Mon ange, rester éloigné de toi a été l'une des choses les plus difficiles que j'ai jamais eues à faire. J'espérais que tu profiterais de ce temps pour réfléchir. Imagine ma surprise quand je suis rentré pour trouver une chambre complètement réaménagée pour un enfant qui ne sera jamais chez nous. Il est évident que tu as pris ta décision, et tu l'as prise sans moi.

Relevant le menton de manière obstinée, elle repoussait ses cheveux ébouriffés de son visage et me fixait froidement.

- Je pourrais dire la même chose de toi. Tu as décidé de ne jamais adopter sans moi. Et je ne parle pas seulement d'Eva, mais de n'importe quel enfant. Tu as décidé que l'adoption était hors limites sans même me mentionner brièvement. Mes sentiments à ce sujet ne t'ont jamais importé.

- Tu fais comme si je cachais délibérément mes sentiments alors que ce n'est pas le cas.

- Je ne vais pas argumenter là-dessus dans le couloir et risquer de réveiller Eva. Si tu veux parler de manière rationnelle, on peut le faire dans le salon.

Sans ajouter un mot de plus, elle avança dans le couloir et descendit l'escalier. Je réprimais l'envie de frapper mon poing dans le mur. Je ne savais pas quand Krystina avait décidé que c'était acceptable pour elle de donner toutes les directives. Les choses ne devaient pas fonctionner ainsi. Je n'agissais pas comme ça. J'étais aux commandes, toujours, et il était grand temps qu'elle s'en souvienne.

Me dirigeant vers l'escalier, j'en descendais les marches pour en atteindre le bas alors qu'elle traversait le hall.

- Arrête d'avancer et regarde-moi ! ordonnai-je.

Ma voix résonnait, faisant écho dans le vaste hall. S'arrêtant net, elle se tourna lentement pour me faire face. Nous nous regardions un long moment dans le silence. L'air était chargé de tension, et alors que je devais lui rappeler qui était le patron, je trouvais que ma langue était épaisse et lourde dans ma bouche.

- Je ne suis pas un chien qu'on peut commander, Alex.

Ma mâchoire se crispa.

- En mon absence, on dirait que tu as oublié qui doit commander.

- Et tu sembles avoir oublié que je ne t'ai jamais permis de me contrôler, du moins pas en dehors de la chambre. Je ne sais pas ce qui t'a donné l'idée que quelque chose avait changé. Si tu veux parler, alors c'est bien. Mais ce sera une conversation sur le même pied d'égalité. Je ne veux plus de tes conneries de l'époque de l'homme préhistorique, Alex. J'ai eu une semaine très occupée, et je n'ai pas le cœur à ça. Je te conseille de peser soigneusement tes mots, conclut-elle sur un ton de mise en garde.

Mes yeux s'étrécirent.

- Ah oui… ? C'est comme ça qu'tu veux qu'ça s'passe ?

- Tout à fait. Je ne participerai à aucune conversation qui implique de remettre Eva à l'État. Si c'est là où tu veux en venir, tu peux économiser ta salive. Elle reste ici, et j'aimerais que nous puissions trouver un accord mutuel à ce sujet.

- Et si je ne suis pas prêt à avoir la conversation que tu veux ? demandai-je pour la tester.

Krystina soupirait et secouait la tête.

- C'est pas censé être une dispute, surtout parce que l'argument de base repose sur une supposition. Je me souviens qu'Anna m'a dit une fois qu'Eva était gentille et qu'elle n'avait pas été corrompue par son environnement. Je pense qu'elle me disait la vérité. Eva est gentille, pure, et vraiment adorable. Elle est aussi intelligente, mais tu ne lui donneras même pas une chance parce que dans ton esprit, elle est déjà une cause perdue. Sauf qu'elle ne l'est pas, loin de là.

- Ça fait moins d'une semaine, Krystina ! Il y a des choses qui se manifestent et qui se révèlent avec le temps.

- C'est ton diplôme en psychologie qui parle ? As-tu déjà

envisagé qu'il pourrait ne pas y avoir quelque chose de néfaste sous la surface du tout ?

Je n'étais pas rentré chez moi pour ça. Clairement, Krystina avait besoin de plus de temps pour accepter la réalité.

- On dirait que tu as pris ta décision. Je m'en vais. Fais-moi savoir quand tu voudras voir la raison. Mais j'aimerais te dire que jamais je n'aurais pensé voir le jour où tu choisiras l'enfant d'un étranger plutôt que de moi, ajoutai-je amèrement.

La douleur que je ressentais à ce sujet était vicieuse et réelle.

- Ça, c'est pas juste et tu le sais. Je vous veux tous les deux. La différence, c'est qu'Eva ne me demande pas de choisir. C'est toi qui le fais.

Je la regardais, une bataille silencieuse de volontés faisant rage entre nous. Ce regard sombre dans ses yeux était quelque chose qui était devenu bien trop familier. C'était le résultat direct de trop de tristesse et de perte. La dernière fois que j'avais vu ce regard, c'était quand nous étions au Club O - quand elle était désespérée de fuir sa douleur par tous les moyens possibles. Cet enfant était juste une autre forme d'évasion.

Ou bien sa douleur était causée par quelque chose d'autre ?

Je n'avais aucune idée de quand nous en étions arrivés à ce seuil d'isolement. C'était comme si chacun de nous se tenait sur son propre rocher solitaire, avec chacun ses émotions comme une rivière en colère qui coulait tout autour, sauf qu'aucun de nous deux n'était prêt à combler ce fossé ou à tenter de le franchir. Je n'avais pas de mots pour expliquer ce que je ressentais, du moins aucun qu'elle comprendrait.

Sachant que j'avais besoin de m'éloigner d'elle, je me retournais et sortis de la maison en trombe. Ma colère était en ébullition complète, et cela ne présagerait rien de bon pour aucun de nous si je la laissais éclater. Krystina ne me suivit pas. Elle ne m'appela pas non plus pour tenter de m'arrêter.

Je me dirigeais hâtivement en direction de la Tesla. Durant ce bref moment, je constatais une sorte de mouvement un peu plus loin. Mon regard se mit en mode focus et je constatais que c'était

Hale qui venait de contourner le coin de la maison. Il stoppa net en me voyant puis changea de direction pour se diriger vers moi.

- Chef, dit-il en inclinant brièvement la tête. Je me dirigeais juste vers l'entrée pour m'assurer que les portes soient verrouillées pour la nuit. Tout va bien ?

- Pas vraiment, lui répondis-je, mes paroles dégoulinant d'un goût amer. Krystina est têtue comme une putain de mule.

Les sourcils de Hale s'arquèrent et je vis un coin de sa bouche tressaillir.

- Vraiment ? dit-il sans se donner la peine de dissimuler l'amusement dans sa voix.

Je l'ignorais et continuais.

- Non mais c'est violent. Elle doit être folle de vouloir cet enfant à ce point. Elle n'a aucune idée de ce à quoi elle s'engage. Quand je regarde cette gamine, je me vois. Moi, et toute la merde de mon passé. Krystina va en baver, Hale. Et cela survient à un moment où nous venons de traverser tant de choses. Je ne peux pas contrôler la tempête de conneries que cette petite fille apportera. Krystina et moi, nous avons quelque chose de bien ici, et je ne veux pas de toute cette laideur dans notre maison. N'oubliez pas ce que je vous dis, Hale. Cet enfant va poser un tas de problèmes.

- Vous pensez donc que le problème, c'est Eva ? C'est bien ça ?

- Ouais, dis-je lentement en remarquant soudainement l'intonation perspicace dans la voix de Hale.

De plus, il avait prononcé le prénom de la petite fille avec beaucoup trop de familiarité, comme s'il connaissait quelque chose que je ne savais pas.

- Mais c'est quoi, ce ton, Hale ?

Il fronça les sourcils et secoua la tête avec une innocence apparemment feinte.

- De quel ton parlez-vous ?

- Je parle de celui que vous venez d'employer. On dirait que vous êtes au fait de quelque chose.

- Je ne comprends pas. Je suis juste confus par la situation.

- Arrêtez, Hale ! Si vous avez quelque chose à me dire, alors, je suis tout ouïe !

- Oh, ça ! J'en ai, des choses à dire ! Mais je ne sais pas si vous voulez les entendre. Voulez-vous que je sois honnête ? me demanda-t-il.

- Je suis sûr que de toute manière, vous le serez. Alors allez-y ! Mais allez-y sans détour. J'ai déjà eu un discours interminable de la part de Justine et n'en ai pas besoin d'un autre.

- Depuis quand ai-je la réputation d'être bavard ? dit-il avec un demi-sourire sardonique.

- C'est vrai, admis-je en sachant que Hale avait toujours été un homme taiseux que les gens écoutaient lorsqu'il parlait.

- C'est votre passé qui perturbe votre boussole. Vous êtes en train de perdre de vue le vrai nord en regardant tout de la mauvaise manière. J'ai observé Krystina avec la petite Eva toute la semaine dernière. Je ne vais pas mentir - elle est vraiment très gentille, et je suis presque sûr qu'elle a déjà volé le cœur de Viviane. Je les ai surprises à faire des cookies dans la cuisine il y a quelques jours.

- Ah, oui ? lâchai-je sans cacher mon agacement.

Et moi qui pensais faire confiance à Viviane pour qu'elle garde ses distances. Apparemment, elle m'avait trahi, elle aussi !

- Et oui. Il était difficile de ne pas remarquer l'éclat dans les yeux de Viviane, ajouta Hale avec un petit sourire réfléchi. Mais c'est surtout le changement radical de Krystina qui m'a vraiment marqué. Elle était l'ombre d'elle-même depuis la perte de Liliana - triste tout le temps. Et là, je commence à voir une partie de cette tristesse se dissiper. Elle semblait malheureuse depuis un bon moment et c'est bien de voir un sourire sincère à nouveau sur son visage. Elle s'entend bien avec Eva. Je pense que vous le verriez si vous lui laissiez du temps.

- Je ne doute pas que Krystina soit incroyable avec elle. C'est une personne gentille et généreuse. Je n'aurais pas attendu moins de sa part.

- Vous connaissez votre femme, c'est certain. C'est vraiment un ange, comme vous l'appelez. Mais cette petite fille, vous ne la connaissez pas. Vous prétendez que si. Que vous pouvez vous voir en elle. Vous pensez qu'elle ne vous apportera que des ennuis. Peut-être que oui. Mais pensez à ce que vous pouvez lui apporter. Vos âmes ont vécu les mêmes émotions et les mêmes peurs. Et vous avez tous deux perdu tragiquement vos parents, même si les situations sont différentes. Je ne peux pas imaginer quelqu'un de mieux adapté que vous pour être un père pour cette petite fille.

- Je n'ai été père qu'une seule fois, et ma fille est enterrée dans le sol du cimetière de Westwood Hills. Je n'aurais pas d'autre enfant, déclarai-je sèchement avant de me tourner pour retourner à la Tesla.

- Je n'ai pas terminé ! s'écria Hale.

Je ralentissais mon rythme sans m'arrêter jusqu'à ce qu'il poursuive : Je n'y avais pas pensé jusqu'à ce que vous en parliez. La tombe de Liliana.

- He bien ?

- Krystina n'est pas allée au cimetière depuis lundi matin.

Mon dos se raidissait, ne sachant pas quoi penser de cette révélation. Je voulais dire à Hale d'aller se faire foutre, que de blâmer le changement dans la routine matinale de Krystina sur une coïncidence n'avait rien à voir avec Eva, et lui dire que son implication était sans fondement. Mais il y avait de la vérité dans chaque mot qu'il venait de prononcer, et c'était pourquoi je ne m'étais pas retourné pour lui faire face. Je n'étais tout simplement pas prêt à admettre, même à moi-même, qu'il pouvait avoir raison.

21

Alexander

La voix de Hale résonna dans ma tête pendant tout le trajet du retour au loft. Il agissait comme si je n'avais pas pris en compte tout ce qu'il avait dit. À certains moments, mon cerveau refusait de se taire. Je pensais faire ce qu'il fallait, mais Hale continuait de me faire douter de mes instincts. Je ne pouvais nier le fait que Krystina avait semblé comblée et heureuse pour la première fois depuis bien trop longtemps ce soir-là en couchant la petite fille dans son lit. Ses gestes étaient tendres et affectueux, et rien de cela ne semblait faux. C'était plus réel que tout le reste, et je savais sans l'ombre d'un doute que ma femme éprouvait déjà des sentiments pour l'enfant de cette inconnue.

Qui suis-je pour la priver de tout ça ?

Pourtant, c'était exactement ce que j'avais fait pendant notre dispute. Le bonheur que j'avais vu en elle juste un court instant plus tôt avait disparu très rapidement, laissant place à l'obscurité. Et j'avais été celui qui l'avait causé. Peut-être que le problème, depuis le début, c'était moi.

Me sentant plus en conflit que jamais, je fis la première chose qui me vint à l'esprit.

- Appelle le Dr. Tumblin, ordonnai-je à ma voiture.

Tant pis s'il était plus de vingt-et-une heures. Il était bien payé, et il le savait très bien. Ainsi, lorsque mon psychologue de longue date répondit après la deuxième sonnerie, je n'en fus pas surpris.

- Alex, comment ça va ? dit-il en guise de salutation.

- Pas génial.

- Étant donné l'heure tardive, je m'en doutais. Racontez-moi ce qui se passe.

- C'est Krystina. Je ne sais même pas par où commencer. Elle a ramené un enfant à la maison et maintenant on ne se parle plus... Enfin, je crois. Je ne sais vraiment pas où nous en sommes pour le moment.

- Attendez. Calmez-vous. Un enfant ?

Je soupirais. Il y avait tellement de choses qu'il ne savait pas. Me résignant à un long appel téléphonique - et à une facture salée à la fin du mois - je mettais le Dr. Tumblin au courant de tout. Je lui parlais d'Anna et de la promesse que Krystina lui avait faite, puis du suicide récent d'Anna. Je lui racontais notre séjour à Vegas, y compris le mariage inattendu d'Allyson et Matteo, et comment Krystina avait été droguée cette même nuit. Je lui expliquais notre dispute au sujet de mes soupçons selon lesquels elle avait pris des drogues délibérément, puis j'enchaînais sur l'appel téléphonique qu'elle avait reçu et qui avait motivé notre retour anticipé. Je lui dévoilais tout sans rien lui cacher, en terminant mon long discours sur ce qui s'était passé quand j'étais rentré chez moi ce soir.

Mon interlocuteur resta silencieux tout le temps, et lorsque j'eus fini de tout lui expliquer, j'avais l'impression d'avoir couru un marathon.

- Je ne négocierai pas avec elle là-dessus, dis-je avec véhémence. En ce moment, la fille vit simplement chez nous. Krystina a parlé d'une tutelle temporaire, mais je sais que ce n'est qu'une question de temps avant qu'elle n'aille plus loin pour obtenir quelque chose de permanent, comme l'adoption. Je ne veux pas adopter, et j'ai besoin que vous m'aidiez à faire comprendre à ma femme qu'elle a tort.

- Vous n'êtes pas seul, Alex. Beaucoup d'hommes ne veulent pas adopter. Certains craignent de ne pas pouvoir aimer un enfant qui n'est pas biologiquement le leur, tandis que d'autres ont simplement peur de l'inconnu. Le chemin pour accepter l'idée de l'adoption nécessite généralement d'affronter ses peurs et ses préoccupations. Alors, dites-moi. Pourquoi avez-vous peur de l'adoption ?

Je me crispais.

- Je n'en ai pas peur. Ce n'est tout simplement pas pour moi.

- Oui, mais pour quelles raisons ce ne serait pas pour vous ?

- Écoutez. Vous savez d'où je viens et vous savez quelles sont les horreurs que j'ai vues dès mon jeune âge. Cette petite fille vient du même endroit que moi, mais Krystina n'a même pas essayé de le comprendre. Si elle le faisait, elle pourrait saisir ma raison et ne serait pas si prompte à prendre des décisions impulsives. J'ai enfin laissé mon passé derrière moi, et je refuse de le ressasser, ou pire, de le revivre. Il m'a fallu deux décennies pour tourner la page et devenir l'homme que je suis aujourd'hui. Je ne veux pas ramener ça chez moi, surtout après avoir travaillé si dur pour m'en échapper.

- À mes oreilles, on dirait que vous n'avez pas du tout surmonté votre passé. Peut-être que c'est pour cela que vous êtes si réticent.

- J'ai surmonté mon passé, mais vous ne pouvez pas me blâmer de ne pas vouloir qu'il revienne.

- Cela n'arrivera que si vous le permettez. Je pense que vous devriez essayer de parler à Krystina à nouveau, Alex, mais essayez de ne pas laisser vos émotions s'en mêler. Ou bien sinon, on peut planifier une séance ensemble si vous pensez avoir besoin d'un médiateur, mais je ne prendrai ni parti d'un côté ni d'un autre. Je n'essayerais pas de la dissuader de l'adoption, tout comme je ne vous pousserais pas à y adhérer. Vous savez que ce n'est pas mon rôle. C'est à vous de régler ça tous les deux. Krystina est votre partenaire, et la décision d'adopter doit être approuvée par vous deux. Il ne peut y avoir de compromis.

- Pourquoi pas ? Je pourrais être prêt à faire un compromis. Peut-être qu'on pourrait adopter un nouveau-né qui n'apporterait pas avec lui tout un passé non désirable. Je n'ai jamais pensé que ce serait pour moi, mais maintenant je n'en suis plus si sûr. Je ne promets rien, mais je pense que je pourrais au moins être ouvert à la discussion après avoir vu la façon dont Krystina agissait en couchant la petite fille.

- Quel est le prénom de cette petite fille, Alex ?

- Quelle petite fille ?

- Le prénom de l'enfant dont Krystina s'occupe. Vous ne me l'avez pas mentionné.

J'hésitais. C'était comme si dire son nom à voix haute la rendrait vraiment réelle. Je savais que c'était une façon ridicule de penser, mais c'était tout de même ma réalité.

Tu agis comme une putain de mauviette. Ce n'est qu'un prénom.

- Eva, dis-je rapidement, comme si ces trois lettres me brûleraient la langue si je les prononçais trop lentement. Elle s'appelle Eva.

- Avez-vous remarqué des changements chez Krystina depuis qu'elle a ramené Eva à la maison ?

- Sa routine est différente. Hale m'a dit qu'elle n'est pas allée au cimetière pour rendre visite à Liliana depuis lundi matin.

- Pourquoi l'avez-vous appris par Hale ?

- Parce que Krystina et moi n'avons pas beaucoup parlé. J'ai passé beaucoup de temps au loft, admis-je.

J'entendis le Dr. Tumblin soupirer à travers la ligne.

- C'est une affaire très compliquée, Alex, et elle mérite plus qu'un simple appel téléphonique tard dans la nuit. Ma secrétaire vous appellera demain matin pour fixer un rendez-vous. En attendant, vous devez garder une chose très importante à l'esprit. La vie d'un enfant est en jeu. Vous et Krystina devez être totalement engagés - ou bien ne rien faire du tout. N'oubliez pas que la plupart des enfants adoptés ont déjà ressenti la douleur du rejet. Cette petite fille n'a pas besoin de vivre plus de rejet de la part d'un père adoptif. Sans oublier que cela pourrait être désastreux pour votre mariage. De nombreux mariages échouent parce qu'une personne prend une décision d'adoption que l'autre conjoint ne peut pas soutenir. Si vous ne pouvez vraiment pas accepter ça, Krystina doit le comprendre. Forcer la situation ne sera bénéfique pour aucune des parties impliquées.

\- Cette dernière partie, c'est quelque chose sur laquelle nous pouvons être d'accord. Maintenant, je dois vous laisser. Je compte donc sur votre secrétaire pour m'appeler demain matin.

\- Passez une bonne nuit, Alex.

Je mis fin à l'appel tout en me garant sur la place de parking qui était associée au loft. Après être sorti de la voiture, je m'assurais de bien la fermer et sortis à nouveau mon téléphone portable. Cette fois, c'était pour envoyer un message à Samuel. J'avais accordé un congé ce soir à mon équipe de sécurité, parce que je pensais que je resterais à Westchester - ou du moins, c'était ce que j'avais espéré. Maintenant que j'étais de retour, Samuel devrait ajuster son emploi du temps du matin en conséquence.

Aujourd'hui 22:13, Moi
Je viens tout juste de me garer dans le garage du loft. J'y reste pour la nuit.

Je vis immédiatement apparaître trois petits points m'indiquant qu'il était en train de répondre.

22:13, Samuel Faye
Je suis dans l'ancien appartement de Hale. Je peux vous rejoindre au plus vite. Préférez-vous que l'on se retrouve dans le hall d'entrée ou dans le parking ?

22:14, Moi
Ni l'un ni l'autre. Je préfère rester seul ce soir. Je voulais juste vous informer que j'étais de retour au loft et non à Westchester.

22:14, Samuel Faye

Très bien, monsieur. Si vous avez besoin de quoi que ce soit, n'hésitez pas à me prévenir.

Je rangeais mon téléphone et poussais les portes menant au hall luxueux de l'immeuble. Je traversais le sol en marbre et dépassais l'espace dédié à l'équipe de sécurité. Jeffrey, le portier jadis trop zélé que j'avais récemment promu, me fit un signe de tête en guise de salutation lorsque je passais devant la vitre de sa cabine.

- Monsieur Stone, me dit-il poliment. J'espère que vous allez bien ce soir. Si vous le souhaitez, je peux m'occuper de vous laisser accéder à l'ascenseur avec ma carte.

- Pas la peine. J'ai la mienne.

- Très bien. Passez une bonne soirée, monsieur.

- Vous aussi, Jeffrey.

Je m'approchais de l'ascenseur en me sentant déprimé et frustré par l'état actuel de ma vie et glissais ma carte-badge dans la fente correspondant à mon étage. Après la fermeture des portes de l'ascenseur et le début de l'ascension de la cabine, je repensais au fait que j'avais récemment promu Jeffrey. Ces derniers temps, les choses semblaient bien se passer. Jeffrey avait commencé à travailler pour moi dès sa sortie du lycée. À l'époque, c'était un jeune homme maladroit qui se laissait facilement démonter. Il avait considérablement mûri avec le temps, et grâce à sa maturité, je l'avais promu responsable du bâtiment après le départ à la retraite de son ancien patron. Jusqu'à présent, il s'en sortait très bien.

Lorsque les portes du loft s'ouvrirent sur le vaste hall, je me dirigeais jusqu'au bar de la salle à manger. Habituellement, quand je traversais une crise, c'était mon côté dominant qui m'aidait à y faire face. Avoir un contrôle total sur le corps nu d'une femme était une chose qui m'avait aidé à traverser les périodes compliquées de ma vie. Cependant, les choses avaient changé. N'importe quel corps ne ferait pas l'affaire. Je ne voulais que ma femme, et vu qu'elle était à Westchester en ce moment, la domination sexuelle n'était pas au menu ce soir-là. Mais par contre le whisky, lui, était bien là.

Je me servis donc deux doigts de whisky dans un verre à fond plat. J'en pris lentement une première gorgée, puis une autre en faisant tournoyer le liquide tiède ambré dans mon verre entre chaque gorgée. Lorsque j'en fus à la moitié, j'avalai le reste d'un trait. L'alcool me brûlait en descendant dans ma gorge, mais je ne le remarquais qu'à peine. Mon esprit était trop occupé à rejouer tous les conseils que j'avais reçus, sollicités ou non de Justine, de Hale et du Dr. Tumblin.

Le problème résidait dans le fait qu'aucun d'entre eux n'avait traversé ce que Krystina et moi avions vécu. Perdre Liliana avait provoqué un séisme dans notre monde. Krystina porterait toujours le poids de la tristesse qui en découlait, et aucun substitut adopté ne pourrait le dissiper.

Mes yeux brûlaient par le manque de sommeil de ces derniers jours. Peut-être que si je pouvais passer une nuit de repos réparateur, je pourrais aborder cette situation avec un regard différent. En ce moment, j'étais épuisé.

Me dirigeant vers la chambre, je me déshabillais rapidement pour ne rester qu'en caleçon en tentant de ne pas penser à la froideur des draps sans Krystina à mes côtés lorsque je me glissais dans le lit. Je fermais les yeux, et il ne me fallut pas longtemps avant que la fatigue ne s'empare de mon corps et que je me laisse emporter par le sommeil.

J'APPROCHE de notre maison de Westchester. Mes pas sont lents et pénibles tandis que je marche, donnant à mes pieds l'impression de s'enfoncer dans du sable mouvant. Je peine à soulever une jambe pour avancer, et je réalise que je ne peux pas bouger.

Je baisse les yeux. Sous mes pieds, le bitume n'est plus solide. Du goudron noir et collant m'entoure. Mes pieds y sont coincés, et je suis incapable de me déplacer.

Je regarde de nouveau la maison. Je dois rejoindre Krystina pour la mettre en garde contre le goudron. Je ne veux pas qu'elle sorte ici et se retrouve également coincée. Elle pourrait se faire mal.

Mes jambes luttent contre cette substance noire et collante, et je force presque mes pieds à avancer.

Le sol gronde, presque comme lors d'un tremblement de terre.

Je lève de nouveau les yeux vers la maison. Elle tremble.

Les grands pins qui bordent les murs extérieurs commencent à tomber. Ils disparaissent dans la terre, et je suis pris de stupeur.

Un gouffre, peut-être ?

Je ne peux pas en être sûr.

Je me concentre à nouveau sur la maison.

Les vitres commencent à trembler. Puis chaque fenêtre de la maison éclate dans une explosion sonore. Des éclats de verre volent dans toutes les directions.

"Krystina !"

Elle apparaît dans l'un des cadres de fenêtre à l'étage de la maison. Elle porte un enfant jeune.

C'est Eva.

Elle semble si petite dans les bras de Krystina. Comment n'avais-je pas remarqué à quel point elle était minuscule et fragile auparavant ?

J'essaie de bouger à nouveau, mais mes jambes sont toujours immobiles dans le goudron.

Je l'appelle à nouveau.

"Krystina !"

Toujours sans réponse de sa part.

À la place, elle me fixe simplement d'un regard triste.

Et puis la maison commence à s'effondrer. Lentement, au début. C'est le point le plus élevé du toit qui semble s'effondrer sur lui-même en une vague lente. Mais comme une ancienne statue romaine d'une mère portant un enfant, ni Krystina ni Eva ne bougent. C'est comme si elles étaient figées dans le temps.

Les bardeaux, la pierre et le mortier se brisent et les débris tombent tout autour de Krystina et d'Eva en créant une nuée de poussière. Juste au moment où je m'apprête à l'appeler pour la troisième fois, toute la maison s'effondre en les emportant avec elle.

"Non !"

Je me réveillais en sursaut, tremblant sous les ondes de choc résonnant à travers mon corps. Il me fallait un moment pour réaliser que les secousses provenaient de mon propre corps, et non pas d'une maison qui s'effondrait.

Juste un mauvais rêve.

Cependant, mon cœur battait la chamade, semblant frapper un trou béant au centre de ma poitrine. Je me sentais mal et j'essayais de chasser un sentiment de nausée tout en reprenant mes esprits. Tout ce que je pouvais voir, c'était Krystina restant parfaitement immobile avec la petite Eva dans ses bras. Je regardais du côté du lit où elle dormait habituellement. Je savais que je ne la verrai pas, mais je ne pouvais m'empêcher d'espérer. Ma femme a toujours été mon meilleur remède après un rêve perturbant, et elle me manquait maintenant plus que jamais.

J'avais besoin de mon ange.

Une fois que mon rythme cardiaque se calma en un battement plus normal, je balançais mes jambes par-dessus le bord du lit. J'essayais de chasser l'image d'une Krystina triste dans la fenêtre sans vitre, mais plus j'essayais, plus j'avais l'impression de vouloir vomir. L'effondrement de la maison était la symbolique de ma vie. Elle s'effondrait autour de moi, disparaissant dans un abîme. Et si je le permettais, Krystina suivrait le même chemin. Je la perdrais si je continuais sur cette voie, et je n'aurais personne d'autre à blâmer que moi-même.

Justine avait raison. Je n'étais qu'un idiot égoïste.

Le problème, dans cette histoire, c'était moi. Depuis le début. Ce n'était pas Krystina. Et cela allait bien au-delà du problème de l'arrivée d'Eva dans nos vies. En réalité, depuis la première fausse couche de Krystina, je me sentais moins homme. Et puis, à chaque autre fausse couche, ce sentiment s'était intensifié. Mes échecs à lui donner une grossesse viable avaient fait de moi une ombre de moi-même. C'était comme si la partie protectrice et dominante de moi avait disparu, croyant que j'étais trop faible pour mériter sa soumission. Dans mon rêve, j'avais été la maison, trop pathétique et frêle pour soutenir ma femme lors de son moment le plus crucial.

Je repensais à notre échange lors de notre dernière visite au Club O.

- Tu as eu ce qu'il fallait, mon ange.

- Je le saurais quand j'en aurai assez. J'utiliserai mon safeword à ce moment-là.

- Je n'en suis pas convaincu, et je ne veux pas que tu saignes, Krystina. Je ne ferai jamais rien qui puisse laisser des marques permanentes sur ton corps, et ça, tu le sais très bien. Alors pourquoi tu persistes ?

- C'est bon. Je ne vais pas saigner, insista-t-elle en bougeant légèrement son corps vers la gauche pour ne plus être directement sous moi. Tu peux continuer.

Mais j'avais rejeté ses demandes. Je pensais qu'elle voulait simplement que je la blesse physiquement pour masquer sa douleur mentale. J'avais refusé de lui accorder ma dominance même quand elle me suppliait. Même si je ne réalisais pas ce que je faisais à l'époque, je savais maintenant que c'était vraiment une manière de me priver de la dominance que je désirais. C'était ma façon de me punir. En repensant à quelque chose d'autre qu'elle avait dit, je réalisais que Krystina savait ce que je faisais subconsciemment.

- J'ai juste besoin... On a juste besoin...

Nous en avions besoin. Elle ne me suppliait pas de juste effacer sa douleur. Elle essayait de nous sauver. Tout simplement. Oui, elle était triste d'avoir perdu Liliana, mais elle n'était pas dans un endroit sombre comme je le pensais. C'était moi qui m'étais replié dans l'obscurité, pas elle.

- Tu parles d'une révélation au beau milieu de la nuit ! dis-je à voix haute dans la pièce vide.

Mais c'était vraiment ça : une révélation. Le Dr. Tumblin

croyait que les rêves étaient notre subconscient nous aidant à résoudre les problèmes que nous rencontrions. Peut-être avait-il raison, car tout devenait soudainement clair. De manière impulsive, j'enfilais un t-shirt et me dirigeais vers le bureau du loft. Sortant un bloc-notes et un stylo du tiroir du haut du bureau, je fis une chose que j'étais à peu près certain de n'avoir jamais faite auparavant dans ma vie : écrire une lettre manuscrite.

Krystina,

Je ne suis pas du genre à écrire des lettres comme celles-ci, et pour être honnête, je ne suis même pas sûr de te dire pourquoi j'ai choisi d'en écrire une. Peut-être que c'est simplement une forme de thérapie pour démêler mes pensées, et il se peut également que tu ne la lises peut-être jamais. Ou peut-être que je ressens simplement de la nostalgie après une longue nuit à t'avoir cherchée, pour ne trouver que des draps froids. J'ai fait un cauchemar cette nuit. Il était différent des autres, mais tout aussi terrifiant. Quand je me suis réveillé, l'oreiller vide à côté du mien a peut-être été la chose la plus déprimante que j'aie jamais vue.

Tu me manques, mon ange. Ça me manque de ne pas te voir dès le réveil, et je ne puis m'empêcher de penser au matin où nous sommes partis pour Las Vegas. C'était la dernière fois que je me suis réveillé dans le même lit que toi. Je me souviens de la manière dont je t'ai contemplée pendant que tu dormais. Tu étais ma belle au bois dormant. Tes lèvres étaient légèrement entrouvertes, et ta respiration régulière créait un doux mouvement de montée et descente de ta poitrine. Je ne désirais rien d'autre que me perdre en toi. Ton visage paisible et angélique avait apaisé la bête furieuse qui était en moi, cette bête qui voulait s'en prendre à tous à cause des cruautés que la vie nous avait infligées.

Mais maintenant tu es partie, et je suis seul à griffonner dans un carnet à essayer de trouver des réponses à une vérité brisée.

Lorsque je t'ai rencontrée, la solitude était ma compagne. Tu as changé cela en étant tout ce dont je ne savais pas que j'avais besoin. Malgré nos défis, tu m'as fait suffisamment confiance pour me donner ta soumission, et tu m'aimais assez pour me donner ton cœur. C'était un cadeau comme aucun autre. Tu étais parfaite pour moi, et parfois, je me demandais si tu étais vraiment faite pour moi, comme si ton âme magnifique ne pouvait pas être attachée à quelqu'un comme moi.

Tu es la raison pour laquelle les ombres et les cauchemars ne me hantent plus. Tu m'as appris à ressentir en chassant mes démons et en me défiant de rêver. Ton esprit remue mon âme, ton toucher m'apaise, et j'ai toujours trouvé de la force dans notre amour. Je veux que tu saches cela malgré toute la douleur et le conflit entre nous. Nos problèmes sont si complexes, et j'aimerais en connaître les solutions. Je viens seulement de réaliser à quel point je t'ai mal jugée, mais je refuse de croire que tout est perdu.

Je ne peux pas respirer sans toi. Reviens vers moi, mon ange. Mon corps aspire à te sentir. Laisse-moi partager ta douleur, respirer ton souffle, et je promets de te donner tout ce que je suis. Tu es mon addiction. Mon tout, mon passé, mon présent, et mon futur.

Je t'envoie tout mon amour,
Alexander

Je retirais le stylo du papier, surpris de constater que mes yeux se sentaient humides. Une partie de moi pensait que je m'attendrissais, mais une autre savait que c'était une nécessité. Je devais offrir à Krystina mon cœur tout entier sur un plateau en or, puis retenir mon souffle en priant pour qu'elle l'accepte.

La lettre que je venais d'écrire n'était pas une excuse. Elle méritait d'être donné en personne. Mais ce que j'avais écrit était une supplication destinée à ramener ma femme vers moi - du moins, c'était ce que j'espérais. Le malheur de Krystina était entièrement de ma faute. J'aurais dû être meilleur, bien meilleur. De mon refus de compromis à mes échecs à la dominer, c'était moi seul qui avais créé un énorme fossé entre nous. Je repensais à ces derniers mois, voyant soudainement sa patience et son acceptation de manière vraiment évidente. Chaque fois qu'il y avait eu un problème, j'avais été celui qui l'avait créé.

Je n'avais pas non plus fait confiance aux vérités les plus simples. J'avais fait des accusations infondées, y compris des allégations de consommation de drogue. J'avais dû être hors de moi. Je connaissais ma femme, et je savais qu'elle ne ferait jamais une telle chose. Le problème de mon mariage était de ma faute et j'étais le seul à pouvoir le réparer. La première étape pour y parvenir serait d'accepter Eva. Je n'étais pas sûr de pouvoir le faire, mais j'allais essayer.

Me penchant en arrière dans le dossier du fauteuil, je réfléchissais à comment j'allais m'y prendre. Accepter Eva serait un saut dans le vide depuis une falaise si haute que je ne pouvais même pas en voir le fond. Je ne savais pas où j'atterrirais, mais Krystina en valait la peine. Elle en vaudra toujours la peine.

Arrachant la feuille de son bloc, je la pliais et la glissais dans une enveloppe. Puis, en déplaçant ma main vers la souris de l'ordinateur, je rallumais l'écran et ouvrais le navigateur web. J'avais une idée, une idée qui, je l'espérais, enverrait à Krystina un message fort. La lettre n'en était que le début.

Dans la barre de recherche internet, je tapais le nom d'un logiciel de création graphique bien connu pour les novices. Chaque fois que j'avais quelque chose de ce genre à faire, je demandais à Laura de s'en occuper pour moi. Ça ne lui prenait jamais longtemps pour créer quelque chose, alors je supposais que si je partais sur une conception simple, ça resterait à ma portée.

Pourtant, j'avais tort.

Une heure plus tard, je regardais ma création amateur. J'étais un homme aux multiples talents, mais apparemment, la création de graphismes attrayants n'en faisait pas partie. Néanmoins, l'invitation que j'avais créée faisait passer le message, même si les concepteurs de *Hallmark* en seraient scandalisés par son atrocité. En reculant, j'examinais mon travail pour voir si je n'avais pas laissé de fautes de frappe ou si je n'avais pas d'autres corrections à y apporter.

À l'attention de Krystina et d'Eva
Vous êtes conviées à bord du *Lucy*
le samedi 10 septembre
à partir de midi
Votre hôte Alexander
Ce qu'il faudra apporter :

vos maillots de bain et des vêtements de rechange pour dormir une nuit

J'hésitais à retirer la petite illustration d'un yacht que j'avais intégré en bas de ma création. Cela ressemblait à quelque chose qu'un enfant de cinq ans aurait dessiné, mais ça fera l'affaire. Le temps pressait.

Après avoir imprimé l'invitation, je la glissais dans l'enveloppe avec la lettre, puis je retournais précipitamment dans la chambre pour enfiler un short de sport et des baskets. Attrapant mes clés, je sortis. C'était le milieu de la nuit, et je suis sûr que le gardien de sécurité de la Cornerstone tower penserait que j'avais perdu la tête en me voyant arriver. Mais tant pis. Il savait qu'il n'avait pas de questions à me poser. La seule chose qui importait était de m'assurer que cette lettre soit sur le bureau de Krystina avant qu'elle n'arrive au travail ce matin.

Je voulais la surprendre, et cela ne sera pas la première fois.

22

Krystina

Ce samedi matin, Eva et moi étions assises à l'arrière de la Maserati pendant que Hale nous conduisait sur la route sinueuse menant à la marina de Montauk[1], là où le *Lucy* était amarré. Lorsqu'il atteignit le parking, il s'arrêta près du portail de l'entrée principale. Descendant du siège avant, il contourna la voiture pour nous ouvrir la portière.

- Je vous laisse faire, ou préférez-vous que je vous accompagne jusqu'au bateau ? demanda-t-il.

Je le regardais avec surprise.

- Vous ne venez pas avec nous ?

- Non, madame. La marina est sécurisée et Monsieur Stone veut être seul. Je pense aussi qu'il sait à quel point vous n'aimez pas que Samuel ou moi soyons dans les parages, ajouta-t-il, mais je perçus une note d'humour dans ses yeux.

- Je vous aime bien tous les deux, et vous le savez très bien, lui dis-je. Mais j'apprécie également beaucoup notre intimité. Je pense qu'Eva et moi nous en sortirons bien pour rejoindre le bateau seules.

- Comme vous le souhaitez, dit Hale avec un petit signe de tête.

- C'est juste toi et moi, ma puce, dis-je à Eva en passant mon sac à main Cartier sur une épaule, et un sac de voyage rempli de vêtements et de quelques jouets pour Eva sur l'autre.

Des papillons anxieux dansaient dans mon estomac alors que nous marchions sur le chemin pavé. Les doigts d'Eva étaient entrelacés aux miens alors que nous approchions d'une porte en fer forgé aux arabesques compliquées. Une petite plaque y était soudée dessus, rappelant aux visiteurs que cette zone était réservée aux propriétaires de places d'amarrage et à leurs invités uniquement. Je lâchais la main d'Eva pour sortir ma carte d'accès de mon portefeuille et la passer dans le lecteur de cartes électroniques. Puis je poussais la porte.

Eva me tendit immédiatement la main après que je lui eus fait signe d'entrer. La sensation de sa prise chaleureuse me procurait une petite sensation exaltante, car c'était la première fois qu'elle prenait l'initiative de tenir ma main sans y être incitée.

- On est où ? demanda-t-elle curieusement en regardant autour des bâtiments qui longeaient le chemin que nous empruntions.

- Là où je t'ai dit que nous irions ce matin. C'est la marina. On va sur un bateau.

- Mais où est l'eau ?

Je lui souriais face à son observation perspicace. Elle était vraiment vive.

- Les bâtiments bloquent la vue pour préserver l'intimité des propriétaires des bateaux. Tu pourras voir l'eau et les bateaux dans un moment.

Lorsque nous atteignîmes le bout des bâtiments, nous tournâmes au niveau du coin, et Eva poussa un cri.

- Oh, regarde tous ces bateaux ! C'est tellement joli !

- C'est vrai, acquiesçai-je en nous laissant un moment pour regarder autour de nous et apprécier la beauté de notre environnement.

Comme toujours, les lieux étaient impeccablement entretenus. Sur notre droite, de rares clients sortaient et entraient des boutiques et des cafés qui suivaient le long chemin sinueux. Pendant la haute saison, les allées fourmillaient de gens et de chariots de golf transportant les propriétaires de yachts. À cette époque de l'année, tout était calme et paisible. C'était pourquoi Alexander préférait la fin de la saison, quand seuls les passionnés restaient à profiter de chaque dernier instant de l'été. L'accès était privé, et Alexander accordait une grande valeur à ce détail. Eva et moi marchions en direction du quai principal, vers les rangées de bateaux qui semblaient interminables. Étant donné que c'était juste après le Labor Day[2], la plupart des bateaux étaient encore à l'eau même si leurs propriétaires étaient absents. Mais dans quelques temps, ceux-ci seraient soit en cale sèche, soit expédiés vers le sud pour l'hiver.

- J'aime bien ces petites maisons, dit Eva en pointant les kiosques blancs bordant le bord de l'eau.

Je me mis à rire.

- Ce ne sont pas des maisons, Eva. Ce sont des kiosques. Peut-être qu'on pourra y faire un pique-nique un jour.

- Oh, chouette ! Je n'ai jamais fait de pique-nique.

- Eh ben alors ! On devra remédier à ça dès que possible.

Lorsque nous atteignîmes l'emplacement où le *Lucy* était amarré, ma nervosité revint en force. La lettre qu'Alexander avait écrite, accompagnée de son invitation, était glissée dans ma poche arrière. Je souriais en pensant à l'invitation. C'était une touche agréable, une chose à laquelle je ne m'étais pas attendue de sa part. Ce genre de chose n'était généralement pas son style, et j'avais déjà vu le travail de Laura, je savais donc qu'elle ne l'avait pas fait. Cela devait être de lui. Il me tendait une branche d'olivier, et j'étais plus que prête à l'accepter.

Mon mari me manquait désespérément. Il nous avait donné rendez-vous à midi. Nous avions cinq minutes d'avance, mais j'hésitais. Je m'inquiétais de la possibilité qu'Eva soit blessée si les choses ne se passaient pas bien. Mais en même temps, je repensais à tout ce qu'Alexander avait dit dans sa lettre. J'en croyais chaque mot. Mes yeux balayaient le pont du *Lucy*. Je ne l'y voyais pas, mais il avait laissé la petite passerelle accessible pour que nous puissions monter à bord. Une légère brise dansait sur les vagues du lac Montauk et faisait clapoter l'eau contre les quais et les bateaux. C'était apaisant, et je retrouvais mon calme alors que nous montions sur le bateau.

Je guidais Eva vers le centre du bateau où l'escalier en colimaçon menait à la zone de vie. Je m'arrêtai net lorsque Alexander apparut depuis l'avant du bateau. Ma respiration se bloqua et j'hésitais, me sentant transportée dans le temps. Il se tenait à seulement quelques mètres de l'endroit où il se trouvait le jour de notre mariage, au moment précis où j'apparaissais depuis le pont inférieur. Il était sous une tonnelle couverte de lierre dense et de lys blancs. Même si cette tonnelle n'y était plus aujourd'hui, il était aussi beau qu'au jour où nous nous sommes promis l'un à l'autre.

Cela ne faisait que deux jours que je ne l'avais pas vu, mais ça aurait aussi bien pu être une éternité. C'était difficile à croire, mais il m'avait manqué, tout comme son souci constant et ses vérifications pour s'assurer que je prenais bien trois repas par jour et que je dormais huit heures par nuit.

Je prenais un moment pour l'observer de la tête aux pieds. Mon mari était toujours un régal pour les yeux, avec ses muscles et sa peau bronzée par nos journées passées sur le *Lucy*. Il portait un short kaki et un polo marine dont le bouton au niveau du col était desserré. Il y avait de l'éclat et de la puissance dans la façon dont il se dirigeait nonchalamment vers nous. Il était d'une beauté ahurissante et me laissait sans voix. Je ne me lasserai jamais de le regarder.

Il s'arrêta à seulement quelques pas de moi, mais au lieu de m'embrasser comme je pensais qu'il ferait, il se contenta de croiser les mains devant lui. Sa posture légèrement décalée mettait en valeur la largeur de ses épaules. Son regard bleu était perçant, évaluatif et dévastateur, une force de la nature avec laquelle je devais composer.

- Mon ange, je suis heureux que tu sois venue.

- Je viendrai toujours quand tu me demanderas de venir à toi, Alex. J'espère que tu le sais.

Il me fit un bref signe de tête, puis il regarda Eva.

- Et toi, tu dois être Eva. Tout le monde m'a parlé de toi. Je m'appelle Alex. Je suis ravi de te rencontrer, lui dit-il en se penchant légèrement pour lui tendre la main.

Sa voix semblait raide et formelle, mais son expression était concentrée. C'était comme s'il se donnait beaucoup de mal pour s'assurer de dire les bonnes choses. Elle regardait sa main étrangement pendant un moment avant de réaliser soudainement ce qu'elle était censée faire. Un large sourire se dessina sur son visage lorsqu'elle retirait ses petits doigts des miens. Ensuite, de la manière dont seul un enfant de cinq ans pensant faire quelque chose d'extrêmement important pourrait le faire, elle serra la main d'Alexander avec un enthousiasme débordant.

- Je suis aussi ravie de te rencontrer, répondit-elle d'une voix adorable. J'ai cinq ans et j'aime bien les éléphants. Le violet est ma couleur préférée. Et toi, c'est quoi, ta couleurs préférée ?

Alexander leva les sourcils d'une expression amusée.

- Je n'y ai jamais vraiment pensé, mais je dirais que c'est le bleu.

- Tout comme tes yeux.

- C'est très observateur de ta part, Eva. Oui, tout comme mes yeux.

- J'ai aussi les yeux bleus, fit-elle remarquer. On pourrait être des jumeaux !

Un léger sourire se dessinait sur les lèvres d'Alexander.

- Eva, commençai-je. Pourquoi on n'irait pas en bas pour ranger tes affaires ?

- Prévois-tu de dormir ici ? me demanda Alexander.

- On verra. Lorsque je vis Alexander se crisper, j'ajoutai rapidement : Eva et moi sommes prêtes pour passer la nuit ici. Tout dépendra de comment notre journée se passera.

Il m'observait curieusement pendant un moment, comme s'il essayait de lire dans mes pensées. Je n'étais pas sûre de ce qu'il cherchait. Je lui avais dit la vérité en lui disant que je voulais vraiment voir où la journée nous mènerait. Alexander et moi n'avions rien de prévisible ces derniers temps, et je ne voulais pas lui faire de promesse que je ne pourrais pas tenir.

- C'est logique, dit enfin Alexander. La tension dans ses épaules se relâcha alors que son regard passait d'Eva à moi. J'ai discuté avec Viviane de ce qu'Eva aime et ai aménagé la cabine d'invités en conséquence. Elle devra être à l'aise pour y dormir.

Mes sourcils se levèrent de surprise.

- C'est vrai ?

Concentrant mon attention sur lui, j'observais d'innombrables émotions tourbillonner dans ses yeux saphir : colère, prudence, soulagement, compréhension, patience et curiosité. Mais ce que j'y voyais plus que tout, c'était de l'amour. Lorsqu'il parla, sa voix était basse et pleine de sens.

- Considère ça comme un acte de loyauté de ma part, mon ange.

Sans un mot de plus, il se retourna et commença à marcher vers la porte menant à l'escalier en colimaçon. Je posais ma main sur l'épaule d'Eva, et nous suivîmes Alexander dans sa descente. Une fois en bas, nous traversâmes l'espace salon somptueusement décoré avec une grande télévision à écran plat et des fauteuils rembourrés. Eva regardait autour d'elle avec des yeux curieux, absorbant chaque détail de son nouvel environnement. Lorsque nous atteignîmes la cabine d'invités, je n'eus guère le temps de prendre conscience de ce qu'Alexander avait fait dans la chambre qu'Eva poussa un grand cri.

- C'est mon éléphant !

Courant vers le lit, elle prit un éléphant en peluche violet et le serra fort contre sa poitrine. Alexander et moi nous regardâmes perplexes.

- Comment ça, c'est ton éléphant ? demandai-je.

- C'est celui que j'ai perdu. Comment tu l'as retrouvé ?

Je fronçais d'abord les sourcils, mais me rappelais ensuite la première fois que j'avais rencontré Eva. Anna était entrée au refuge de Stone's Hope avec Eva à ses côtés. Eva portait un éléphant en peluche violet, qui ressemblait remarquablement à celui qu'elle tenait maintenant. Je me souvins qu'Anna m'avait dit un peu plus tard qu'Eva l'avait perdu et qu'elle en avait été dévastée. Les chances qu'Alexander ait trouvé exactement le même éléphant devaient être minces.

- Eva, commençai-je. Je ne pense pas que ce soit celui que tu as perdu.

- Peut-être que c'est sa sœur ! suggéra-t-elle joyeusement, et je me mis à rire.

- C'est possible.

- C'est juste quelque chose que j'ai pris à la boutique de jouets *Sal* sur la 7ème Avenue, dit Alexander en faisant un signe en direction de l'espace de la cabine. C'est là que j'ai trouvé la plupart de ces choses.

En portant mon attention sur la pièce, je prenais enfin le temps de voir ce qu'Alexander avait voulu dire quand il disait qu'il avait préparé une chambre pour Eva. Des guirlandes lumineuses blanches pendaient du plafond, scintillant comme des étoiles au-dessus de nos têtes. Une couverture douce imprimée de singes violets était pliée au pied du lit, avec un oreiller assorti à la tête de lit. Un large éventail de jouets et de livres était empilé dans un coin, y compris des puzzles représentant diverses espèces animales et tellement d'animaux en peluche que j'étais sûre qu'il y en avait un pour représenter chaque animal du zoo de Central Park.

- Waouh, soufflai-je, ne sachant pas trop quoi penser des efforts qu'il avait déployés. Alors là, tu l'as vraiment gâtée !

- Viviane a dit qu'elle adorait les animaux, alors j'ai opté pour ce thème.

- Je n'arrive pas à croire que tu as fait tout ça - tout seul ? En d'autres termes, tu as fait tout ce shopping toi-même ?

- Eh bien, en fait... J'ai emmené Laura avec moi. Je me suis dit qu'un avis féminin pourrait aider. Ces trucs de lumières scintillantes, c'était son idée.

En regardant mon mari, je faillis éclater d'amour pour lui à ce moment-là. Je savais que cette chambre et tout ce qu'elle contenait pouvaient ne rien signifier du tout, mais cela pouvait aussi tout signifier, en même temps. Au moins, mon mari avait joué le jeu. Et juste pour ça, je lui en étais reconnaissante. J'avais décidé d'y aller doucement, pas à pas, mais cela ressemblait à un bond de géant.

Me hissant sur la pointe des pieds, je lui déposais un doux baiser sur la joue.

- Alexander Stone, je t'aime. Crois-moi. Mais tu ne sais pas à quel point.

Krystina

Alexander avait mis les bouchées doubles. Plutôt que de nous confiner aux abords du lac Montauk, il avait fait appel à un petit équipage pour que nous puissions quitter l'embouchure et emmener le *Lucy* en pleine mer. Nous étions allés jusqu'à Fort Pond et Tobaccolot Bay en passant par Plum Island. Puis nous avions jeté l'ancre à un peu plus d'un kilomètre des côtes de Gardiner Island.

Pendant ce temps, il s'était occupé de préparer le dîner sur le bateau - du saumon grillé pour nous et des pâtes au fromage en forme de Scooby-Doo pour Eva. J'avais appris dès mon premier jour avec elle que les pâtes au fromage étaient son plat préféré. Je ne savais pas quand Alexander avait parlé à Viviane pour connaître autant de détails sur Eva, mais je me fis une note mentale pour la remercier.

Ma relation avec Alexander reprenait un semblant de normalité, un peu comme un retour à une familiarité disparue depuis longtemps. La façon dont nous nous parlions et riions ensemble me rappelait notre vie d'avant. Avant que tout ne change. Avant la pandémie. Avant que je perde Liliana. À une époque qui semblait être une éternité. J'aurais pensé qu'avoir Eva autour de nous aurait créé des moments inconfortables, mais ce n'était pas le cas. Elle semblait s'intégrer parfaitement, comme si elle avait toujours été là.

Les accords d'Israel Kamakawiwo'ole accompagnaient notre repas, enveloppant notre escapade d'une ambiance tropicale. Alexander nous racontait de mystérieuses histoires au sujet de Gardiner Island, un paradis privé d'une dizaine de kilomètres de long appartenant à la même famille depuis près de quatre cents ans.

- On ne peut accéder à l'île que par bateau, nous expliqua-t-il.

- On peut y aller ? On est sur un bateau ! suggéra Eva entre deux bouchées de pâtes.

- On ne peut pas. Les étrangers y sont strictement interdits.

- Pourquoi ?

- L'histoire nous dit que cette famille veut mener tranquillement sa vie loin des regards indiscrets. D'autres personnes croient aux rumeurs selon lesquelles cette famille cache secrètement une partie du trésor du capitaine Kidd.

- C'est qui, le capitaine Kidd ? voulut savoir une Eva complètement captivée par chaque mot qu'Alexander disait.

- C'était un pirate.

Les yeux d'Eva s'élargirent.

- Un pirate ?

- Oui, c'est ça. Il a enterré son trésor sur cette île il y a bien longtemps.

- Waouh ! souffla-t-elle d'admiration.

Alexander me regarda et leva son verre comme pour porter un toast.

- *Yo ho, yo ho !*

- *Vive la piraterie*[1], chantai-je en terminant les paroles de la chanson avec un petit rire.

Après le dîner, Eva et moi avions fait la vaisselle pendant qu'Alexander travaillait avec l'équipage pour nous ramener aux eaux du lac Montauk. Il faisait sombre quand ils amarrèrent le bateau dans l'emplacement du port de plaisance. Le ciel nocturne était éclairé uniquement par une mer d'étoiles cristallines à perte de vue. Eva bâillait pendant que nous observions Alexander se déplacer autour du quai pour s'assurer que le bateau était bien amarré.

- Ça nous a fait une bonne journée. Tu as l'air fatiguée, ma puce. Es-tu prête à aller te coucher ? lui demandai-je.

- Est-ce que je peux avoir une histoire en premier ?

- Je pense que tu peux. Attends-moi ici ; je reviens tout de suite, lui dis-je, en lui montrant l'une des chaises longues sur le pont.

J'aurais pu choisir de lui lire dans son lit, surtout puisqu'elle s'endormait presque toujours pendant que je lui lisais son histoire du soir. Mais comme la nuit était belle, je voulais qu'elle en profite autant que possible. L'hiver arriverait bientôt, et nous ne pourrions plus refaire ce genre de choses avant le printemps.

Faisant comme je lui avais demandé, Eva m'attendait patiemment sur la chaise longue pendant que je descendais récupérer une couverture et un livre au niveau du dessous. En fouillant dans son sac de voyage, je choisis le livre qui était rapidement devenu son préféré, *Devine combien je t'aime*[2]. Puis une fois de retour près d'elle, je nous installais sous la polaire et commençais à lire l'histoire de Petit Lièvre Brun et ses déclarations d'amour.

À un moment donné, Alexander nous rejoignit. Il resta silencieux, mais je sentais ses yeux qui m'évaluaient à sa façon. Une fois que j'eus fini le livre, je le fermais discrètement et lançais un regard sur Eva.

- Elle dort, chuchota Alexander.

- L'air marin l'a fatiguée. Je vais la porter jusqu'à son lit, et ensuite je reviendrai.

- Je peux la porter, offrit Alexander.

Avant que je puisse protester ou lui dire qu'il n'avait pas besoin de le faire, il était déjà penché devant moi et glissait lentement ses bras sous le petit corps d'Eva. Nous descendîmes ensemble jusqu'à la cabine dans laquelle Eva dormirait. Elle était blottie contre la poitrine d'Alexander pendant que je le suivais de près.

- Il faut que je lui mette son pyjama, dis-je à voix basse une fois à l'intérieur de la cabine. J'aurais dû le faire avant, mais ça m'a complètement échappé.

Je me dirigeais rapidement vers le sac contenant ses vêtements et sortais une chemise de nuit violette claire à volants. Quand je me retournais vers Alexander, j'étais comme figée sur place en le regardant poser délicatement Eva sur le lit comme si elle était une poupée en porcelaine.

Cette scène me rappelait *Daddy Warbucks*[3] et *Annie la petite orpheline*, au moment où il l'emmenait au cinéma, puis qu'il la ramenait à la maison pour la border avec Grace, sa secrétaire. Tout était exactement pareil, mais à une époque différente. Et Alexander avait plus de cheveux. Une image d'Alexander Stone chauve me vint à l'esprit. Je reniflais à cette pensée, ce qui valut à Alexander de me jeter un regard perplexe.

- Pourquoi tu ris ?

- J'étais juste en train de te comparer.

- Avec qui ?

- Avec Daddy Warbucks.

- C'est qui ?

Je secouais la tête. Même si je lui parlais d'Albert Finney, il ne comprendrait toujours pas. Son manque de connaissances cinématographiques était vraiment gênant. J'aurais dû le savoir.

- Laisse tomber. C'est juste un film.

M'approchant du lit, j'ôtais soigneusement le haut d'Eva en faisant tout pour ne pas la réveiller. Ensuite, je glissais la chemise de nuit par-dessus sa tête avant de m'occuper de lui retirer son short et ses sandales. Une fois que j'eus terminé cette manipulation, Alexander la souleva légèrement pour que je puisse remonter la couette sur elle, mais il s'en chargea en la couvrant jusqu'au menton. Le voir accomplir ce geste tout simple me fit sourire avec nostalgie.

Tranquille, Émile...

Alexander se redressa en gardant son regard baissé sur elle.

- Elle est si petite, murmura-t-il doucement.

Je ne savais pas s'il se parlait à lui-même ou à moi.

- C'est vrai. Je me mordais la lèvre inférieure en craignant de dire le reste de ce que je pensais. En fin de compte, l'instinct l'emporta et je dis : Tu pourrais être un bon père pour elle si tu le voulais vraiment, Alex.

Il ne répondit pas mais se dirigea vers la sortie de la chambre.

P'tain. J'aurais jamais dû dire ça !

Je m'inquiétais d'avoir été trop loin, mais en même temps, je n'avais pas pu m'en empêcher. Mon cœur voulait exploser après l'avoir vu avec elle aujourd'hui. Jamais dans mes rêves les plus fous je n'aurais pu prédire ce qui s'était passé. Et cela n'avait été qu'une seule journée. Nous pourrions avoir une vie entière de journées comme celle-ci, s'il voulait bien le permettre.

Je suivais Alexander jusqu'au pont et le regardais nous servir à boire : pour lui, un mélange de sucre, d'alcool amer et de bourbon, et pour moi, juste du Riesling allemand dans un verre. Il se retourna pour me le tendre en disant :

- Tu as donc prévu de rester la nuit ?

- Oui, je pense. C'était vraiment une super journée !

- Je suis bien d'accord, et c'est pourquoi j'ai envoyé un message à Hale pour lui dire qu'il n'avait pas besoin de revenir te chercher.

- Ça, ça ne m'étonne pas de ta part, ne pus-je m'empêcher de lui dire avec un sourire narquois.

Ses apparences ne cessaient de me surprendre. Semblant ne pas remarquer mon sarcasme, Alexander poursuivit :

- Allons dans le jacuzzi. Comme ça, on pourra se détendre un peu et discuter de choses et d'autres.

Soudain, toutes mes appréhensions de ce matin revenaient en force.

Il veut discuter, maintenant. Où veut-il en venir ?

- Il faut d'abord que j'aille me changer, fis-je remarquer en travaillant dur pour maintenir ma voix calme afin de ne pas révéler ma nervosité.

- Tu n'as pas besoin de maillot. J'ai congédié l'équipage pour la nuit, Eva dort, et il n'y a pas de lune ce soir. Tu auras toute l'intimité que tu souhaites.

Je secouais la tête et soupirais. J'étais certaine que mon mari dirait n'importe quoi pour me voir nue. Mais je commençais à me déshabiller malgré tout pendant qu'il se dirigeait vers le panneau de contrôle du jacuzzi pour en activer les jets.

Un instant plus tard, l'eau bouillonnante fumait. Elle était cristalline et invitante, surtout maintenant que j'étais nue dans l'air frais de la nuit. J'y entrais rapidement, et presque instantanément, l'eau brûlante effaça le froid et une partie de mon malaise concernant la conversation qui était imminente.

Me penchant en arrière, je prenais une gorgée de mon vin et attendais qu'Alexander me rejoigne dans l'eau. Ce faisant, je ne pouvais m'empêcher d'admirer sa silhouette élégante et masculine alors qu'il se déshabillait à son tour. Son corps mince et musclé était incroyablement puissant. De la largeur impressionnante de ses épaules à son torse sculpté, aucune cicatrice ne ternissait sa chair. Des mains habiles défaisaient le bouton de sa ceinture, et je ne pouvais m'empêcher de penser aux nombreux miracles que ces mains avaient accomplis sur mon corps jusqu'à maintenant. Je rougissais en pensant aux moments où elles remontaient à l'intérieur de mes cuisses alors qu'il me regardait avec ses yeux bleu saphir pénétrants qui pouvaient même voir jusqu'à mon âme. Alexander était une perfection absolue de la tête aux pieds, et il mettait mon univers en feu.

Une fois qu'il fut dans l'eau, je ne lui parlais pas pour autant parce que je me disais que c'était à lui de prendre cette initiative. J'avais fait beaucoup de démarches au cours de la semaine écoulée et j'étais sûre qu'il avait beaucoup de questions à poser. Il méritait des réponses honnêtes de ma part, surtout après les efforts qu'il avait déployés aujourd'hui.

- Eva est une petite fille intéressante, dit-il enfin au bout d'un bon quart d'heure.

Mes yeux étaient fermés et ma tête était en arrière. En la relevant, j'ouvris les yeux pour rencontrer son regard pénétrant.

- C'est vrai, acquiesçai-je.

- Elle est précoce et drôle, et pas du tout ce à quoi je m'attendais. Quels sont tes projets pour elle ?

- J'ai beaucoup de projets préliminaires. Qu'entends-tu par « projets » ?

- Je parle plus précisément de tes projets de garde à long terme. Ton objectif final, c'est bien l'adoption ?

- Espérons que oui. C'est ce que je veux que nous fassions par-dessus tout, répondis-je en soulignant le mot *nous* pour être claire sur le fait que je voulais qu'il s'implique dans tout ça.

- As-tu pensé à d'éventuels obstacles, comme celui de son père ?

- Pas besoin de s'inquiéter à ce sujet. Je ne connais pas tous les détails, mais je sais qu'il est mort en prison.

- Et les grands-parents ?

- Je n'en suis pas certaine pour le moment. J'ai une clé de l'appartement d'Anna et j'ai jusqu'à la fin du mois pour tout fouiller. Je pourrais trouver des réponses à beaucoup de questions une fois que j'y serais.

- En effet, tu en trouveras. J'aimerais être avec toi à ce moment-là.

- C'est sûr.

- Maintenant, mon ange, mettons de côté tous ces éventuels problèmes pendant un moment. Tu es sûre que c'est ce que tu veux ?

J'inspirais profondément et expirais lentement en pesant les inquiétudes d'Alexander.

- Écoute, je connais les risques aussi bien que je connais la raison pour laquelle tu es déterminé à affronter ces réalités difficiles. Tu es résolu, et tu aimes gérer les choses en face, et tu en as le droit. Tout comme tu as le droit de t'inquiéter des problèmes émotionnels ou psychologiques par rapport à Eva. Je mentirais si je disais que je ne partage pas tes inquiétudes. Mais...

- Mais quoi ?

- Mais la différence entre toi et moi, c'est que je suis prête à relever les défis et à affronter tout ce que l'avenir nous réserve. Je ne prétendrai pas savoir à quoi ressemblait ta vie toutes ces années auparavant. Ce qui est vrai, c'est que tu as su persévérer et que tu es parvenu à te construire une vie meilleure. C'est l'une des choses que j'admire le plus chez toi. Si tu as pu tout surmonter et changer le cours de ta vie, qui peut dire qu'Eva ne peut pas faire la même chose ? Avec nous, elle a une chance d'y arriver. Nous sommes tout pour elle, Alex. Je ne vois personne de mieux placé pour lui offrir la vie qu'elle mérite.

Alexander réfléchit un moment avant de dire :

- Hale m'a dit quelque chose de similaire l'autre jour.

- Pourtant, tu sembles encore hésitant. Si tu as encore autant de réserves, pourquoi as-tu fait toutes ces choses, aujourd'hui ?

- Tu veux vraiment savoir ?

- J'aimerais bien. Juste pour une bonne raison. Tout simplement parce que je ne supporterai pas que tu t'éloignes de moi à nouveau, Alex. J'ai besoin de savoir que ce qui s'est passé aujourd'hui sur ce bateau était honnête de ta part.

Il me regarda alors, et mon souffle fut coupé par l'intensité de son regard.

- Et bien dis-toi que oui, Krystina. J'ai fait tout ça parce que je t'aime.

- Alex... Je...

- Je ne sais pas ce que l'avenir nous réserve, mais je sais que je ferais tout pour toi. Tu es à moi, mon ange. Pour toujours.

Il inclina la tête vers moi, et ses lèvres s'entrouvraient légèrement. Ses yeux étaient comme un enfer violent de désir qui provoqua quelque chose de remuant au plus profond de mon ventre. En se penchant, il pressait sa bouche contre la mienne. J'écartais les lèvres pour accueillir le goût piquant du whisky de sa langue.

Puis ses lèvres se déplacèrent le long de mon visage, s'arrêtant pour prendre mon lobe d'oreille entre ses dents et en tracer le contour avec le bout de sa langue. Son souffle était chaud alors qu'il me mordillait le cou. Une vague de chaleur déferlait entre mes cuisses et un frisson me parcourut.

D'une main, il me positionnait les bras derrière la tête pour les maintenir au niveau de ma nuque. La manœuvre fit remonter mes seins en faisant pointer mes tétons durs au-dessus de la surface de l'eau bouillonnante. Il se déplaçait autour de ma clavicule en utilisant son autre main pour effleurer doucement le côté de mon sein, descendre le long de mon ventre, puis remonter pour me chatouiller un mamelon. Quand il commença à le rouler entre son pouce et son index, je gémis.

Oh, comme tout ça m'avait manqué ! Il était le seul à avoir la capacité de me faire bouillonner le sang et de me faire sentir vivante de la manière la plus inimaginable.

Se déplaçant pour m'entourer les hanches, il me maintint en place et continua de faire tourner son pouce autour de l'un de mes mamelons en jouant avec un bon moment. Je sentais son sexe dur s'agiter dans l'eau contre mon ventre, et je me cambrais contre lui, mais cela ne fit que déclencher une nouvelle vague de chaleur entre de mes cuisses. Je gémissais de désir pour lui.

Capturant un mamelon entre ses dents, il chuchota :

- Tu veux quelque chose ?

La manière dont ses lèvres formaient les mots au-dessus de mon aréole tendue envoya une décharge de plaisir entre mes jambes.

- Tu sais que oui, Alex. Et tu sais très bien quoi. Alors donne-le-moi.

J'avais osé le supplier, et je ressentais la vibration de son rire sourd contre la courbe de ma poitrine. Mais il ne fit rien sur l'instant. À la place, il remontait un peu en pressant des baisers sur mon épaule et mon oreille mouillées avant de se retirer pour m'observer. Sa mâchoire était sérieuse alors qu'un million d'émotions tourbillonnaient dans les profondeurs de ses yeux saphir.

- Mon ange, n'oublie jamais que tu es à moi et que je suis à toi.

Quoi qu'il se passe, nous serons ensemble. Plus de conneries d'*avec moi* ou *contre moi*, et plus de séparations. Promets-moi que tu n'oublieras pas ça.

- Je te le promets.

Ensuite, son regard se tourna vers quelque chose de primal, faisant palpiter mon intimité. Alexander se recula légèrement, se donnant de l'espace pour écarter mes genoux, écartant mes jambes largement.

- Mets-moi à l'intérieur de ton corps, Krystina.

Je m'exécutais et lorsque nos corps ne formèrent qu'un, je gémis de plaisir dans cette réunion d'âmes que je n'avais jamais connue auparavant.

Et c'était aussi l'assurance que nous étions nous à nouveau, et que tout allait bien se passer.

24

Alexander

Je m'étais réveillé tôt dans la lumière du soleil qui passait au travers des rideaux diaphanes de la fenêtre de la cabine. Krystina dormait encore à côté de moi, nue et immobile, un air paisible sur le visage. Je l'observais un moment en me contentant d'écouter le son doux et régulier de sa respiration. Je savais qu'elle m'avait manqué pendant notre séparation, mais je n'avais pas réalisé à quel point jusqu'à cet instant. Une partie de moi aurait pu la regarder dormir pendant des heures, et je m'étais juré de ne plus jamais l'abandonner comme je l'avais fait.

Au bout d'un moment, je quittais le lit avec précaution en prenant soin de ne pas la réveiller. Je m'abandonnais à un bâillement discret, épuisé par un sommeil agité, et enfilais un short. Je m'étais réveillé plusieurs fois pendant la nuit, dérangé par des rêves d'yeux bleus glacés - les yeux d'Eva. Ils étaient semblables aux miens, mais un peu plus clairs. C'était bizarre. Hier, à la même heure, je ne ressentais rien à l'égard de cette petite fille, et pourtant, je ne pouvais nier que mon cœur s'était emballé à la vue de Krystina et d'Eva ensemble. Cette fille était adorable et charmante, elle m'attendrissait comme jamais je n'aurais imaginé qu'elle puisse le faire.

En sortant de la chambre, j'attrapais mes lunettes de soleil, posées sur une table et poursuivais en montant l'escalier en colimaçon. Une fois arrivé en haut, je me dirigeais en direction du pont. Plissant les yeux devant la lumière du soleil, j'installai mes lunettes sur mon nez et inspirais profondément.

L'air vif du matin me faisait du bien dans les poumons. Si je prenais en compte tout ce que je possédais, des voitures de sport au loft de Manhattan, le *Lucy* restera toujours mon bien le plus précieux. J'aimais le temps que j'y passais à bord, loin du chaos de la ville. Profiter de la sérénité que cela me procurait me faisait un bien fou. Et lorsque je le faisais naviguer en-dehors des limites du lac Montauk, loin de tout et de tous, il n'y avait rien de tel que l'air salé de l'Atlantique lorsque je mettais les gaz.

Je m'approchais de l'un des coffres de rangement du pont et l'ouvrais pour en examiner l'intérieur. Une pléthore d'équipements d'exercice portatifs, comme des bandes de résistance élastiques de musculation, des kettlebells[1] de différentes tailles, des haltères de différentes dimensions et une corde à sauter. Après avoir opté pour les haltères et la corde à sauter, je me dirigeais vers la chaîne stéréo de la terrasse et mis de la musique.

M'assurant que le volume était suffisamment bas pour ne pas réveiller Krystina et Eva, je me dirigeais vers le centre de la terrasse, où j'avais plus de place pour m'entraîner.

Pendant que je m'échauffais avec la corde à sauter, les haut-parleurs diffusaient la dernière chanson de Bishop Briggs. Tout en sautillant, je concentrais mon esprit sur les événements de la veille. Je réalisais qu'ils se mélangeaient à mes rêves et c'était troublant.

Je n'eus pas le temps d'en faire plus : une petite silhouette vêtue d'une chemise de nuit violette apparut dans mon champ de vision. Eva s'approcha de moi en se frottant les yeux et en bâillant.

Elle allait en direction du banc situé contre l'une des planches latérales, puis elle s'allongea et sembla s'endormir.

Je gloussai, m'approchais d'elle et m'asseyais à ses côtés.

- Bonjour, Eva. Tu as encore l'air un peu endormie.

Elle ne me répondit pas mais se glissa sur mes genoux en tendant un bras autour de mon cou. Lorsqu'elle commença à faire tourner ses petits doigts dans mes cheveux, je me figeai. Son contact était étranger, inattendu et... agréable.

Qu'est-ce qui se passe ?

Je me remettais à penser à la journée d'hier et à tous les rires partagés entre Eva, Krystina et moi. Durant ces moments-là, nous avions l'air d'une famille heureuse. Personne n'aurait pu deviner que c'était la première fois que je me trouvais en compagnie d'Eva.

La journée avait commencé un peu maladroitement, mais ce sentiment tendait à disparaître plus vite que je ne l'aurais imaginé. Notre complicité semblait réelle. Je pensais qu'il m'aurait été difficile d'accepter Eva. Que j'aurais eu du mal à le faire. À vrai dire, le fait de m'habituer à sa présence n'avait pas du tout été ce que j'avais imaginé. C'était plus facile. Beaucoup, beaucoup plus facile - et c'était parce qu'Eva rendait les choses faciles.

Une voix lancinante dans ma tête voulait me rappeler que ce n'était qu'une journée, mais cette journée s'était avérée être la plus satisfaisante que j'ai eue depuis longtemps. Krystina avait raison de dire qu'Eva était pure, gentille et douce. Il y avait quelque chose dans sa petite voix, ou dans la façon dont elle faisait tourner ses petits doigts dans mes cheveux à ce moment précis, qui faisait bondir mon cœur d'une façon que je ne pouvais pas expliquer.

La compréhension intuitive de ce à quoi mon avenir pourrait ressembler était à la fois éclairante et stupéfiante. Je réalisais que je n'allais pas seulement accepter Eva parce que je devais le faire si je voulais garder ma femme. J'allais le faire parce que je le voulais.

Des projections de ce qui pourrait être jouaient dans mon esprit, et je me rendais compte qu'elles me rendaient... heureux. Il n'y avait pas d'autre mot pour le décrire.

J'entendis le ventre d'Eva grogner bruyamment et la regarda. Ses yeux endormis me fixaient.

- Je crois que quelqu'un a faim. Que penses-tu d'un petit déjeuner ?

Soudain, la belle endormie se réveilla en sursaut. Elle secouait énergiquement la tête.

- Oui, s'il te plaît ! J'ai très faim. Est-ce qu'on peut...

Elle s'arrêta net et ses yeux s'écarquillèrent. Si je ne me trompais pas, je crus déceler une pointe de panique dans son expression.

- Qu'est-ce qui ne va pas, Eva ?

- Je ne suis pas censée demander à manger, dit-elle à voix basse.

Je sentais mon cœur s'emballer et ma mâchoire se serrer. Je savais pourquoi elle n'était pas censée demander de la nourriture. Elle n'avait pas besoin de m'expliquer pourquoi. Elle n'était pas censée le demander parce qu'elle pensait n'y aurait probablement pas de nourriture - du moins c'était la réponse à laquelle elle s'attendait de ma part. J'avais déjà été à sa place, lorsque les douleurs de la faim étaient si fortes que je croyais qu'il fallait que je me ronge un bras.

La tragédie de mes parents nous avait poussés à vivre chez mes grands-parents. Une fois chez eux, je n'ai plus jamais eu ce sentiment d'avoir faim tout le temps. C'était une nouvelle vie et de nouvelles habitudes. J'avais déjà pensé que tout cela était dû à la nécessité, mais maintenant je me retrouvais à souscrire au mode de pensée de Krystina, selon laquelle tout arrive pour une raison. Je réfléchissais à la façon dont ma vie avait changé et pensais aux expériences qui m'avaient été offertes grâce à mes grands-parents, en particulier à mon grand-père. Il avait pratiquement déplacé des montagnes pour s'assurer que Justine et moi soient protégés. Je me demandais ce qu'il penserait de moi maintenant. Je me demandais également ce qu'il penserait d'Eva.

- Quand j'étais plus jeune, mon grand-père faisait des

omelettes pour le petit-déjeuner. Est-ce que tu aimes les omelettes, Eva ?

Ses fins sourcils se rapprochaient en signe de confusion.

- C'est quoi ? s'enquit-elle.

- Ce sont des œufs avec pleins de bonnes choses mélangées dedans.

- J'aime bien les œufs, dit-elle pensivement au bout de quelques secondes. Je pense que j'aimerai certainement les omettes.

Je me mis à rire.

- Des omelettes, pas des omettes, la corrigeai-je en me levant, la portant sur ma hanche. On va aller en préparer une à la cuisine.

Alors qu'Eva et moi nous dirigions vers la cuisine, je ne pouvais empêcher les flashs du passé de m'assaillir. Après que ma sœur et moi ayons emménagé chez mes grands-parents, les repas réguliers, qui avaient été un luxe à une période, étaient soudain devenus partie intégrante de notre vie quotidienne. Mon grand-père laissait la plupart des responsabilités de la cuisine à ma grand-mère, à l'exception de la vaisselle, lorsqu'elle avait terminé de préparer le dîner. Il détestait cuisiner, sauf pour le petit-déjeuner. Le petit-déjeuner, c'était son truc.

Il le préparait pour Justine et moi tous les jours, et pas seulement en faisant griller du pain ou en nous donnant un bol de céréales. Il préparait des petits déjeuners chauds, sa spécialité étant les omelettes. Comme lui, je n'étais pas très doué pour la cuisine, mais j'avais hérité de ses talents de cuisinier en matière d'omelettes.

Une fois arrivés dans la cuisine, j'installais Eva sur une chaise, pour ensuite me rendre jusqu'au réfrigérateur. J'en sortais tous les ingrédients dont j'avais besoin. Je laissais crépiter du bacon dans une poêle, puis je cassais quelques œufs dans un bol. Alors que je mélangeais tous les ingrédients au fouet, je ne pus m'empêcher de penser qu'il manquait quelque chose. Je compris très vite quoi.

La musique.

Mon grand-père mettait toujours du Frank Sinatra pendant

qu'il préparait le petit-déjeuner. Bien sûr, j'avais déjà préparé des œufs sans que ce sultan de la pâmoison ne soit présent, mais le mettre aujourd'hui me semblait plus qu'approprié.

Sortant mon téléphone de ma poche, je lançais une des applications musicales auxquelles j'étais abonné. Je fis une recherche sur Sinatra et lorsque la chanson *Summer Wind* commença, je sortais une cuillère en bois du tiroir et me tournais vers Eva.

"The summer wind came blowin' in from across the sea. Je chantais dans le bout rond de la cuillère comme s'il s'agissait d'un micro. Eva se mit à glousser. *It lingers there to touch your hair..."*

- Bonjour, dit une voix trop familière derrière moi.

Je me retournais et vis Krystina entrer dans la cuisine d'un air amusé.

- Bonjour, mon ange. Je t'ai fait du café, lui dis-je en lui tendant une tasse de café fumant.

Elle prit la tasse et en respira l'arôme.

- Je te remercie. Maintenant, tu peux m'expliquer c'que t'étais en train de faire ?

D'un geste de la main, elle désigna le désordre qui régnait sur le comptoir, puis le micro de fortune que je tenais toujours près de ma bouche. Je souriais en imaginant ce que cela devait être pour elle. Je n'étais pas vraiment du genre à me faire surprendre en train de chanter dans une cuillère en bois. La scène devait paraître plus qu'idiote à ses yeux. Ce n'était pas quelque chose que j'aurais pu imaginer dans ma vie, et pourtant, c'était parfait. Absolument parfait.

Lançant un regard à Eva, je lui répondis :

- Comme tu peux le voir, la journée commence bien !

25

Alexander

Ce ne fut que tard dans la soirée que nous rentrâmes à Westchester. Après une belle journée comme celle-ci au soleil, Eva s'était rapidement endormie pendant le trajet en voiture. Après l'avoir couchée, Krystina en profita pour aller se doucher. Pendant ce temps, je m'étais installé dehors, au bord la piscine.

Un verre de bourbon à la main, j'observais le ciel nocturne. La lune n'était qu'un croissant ce soir, ce qui donnait l'impression que la voûte céleste se détachait comme du sucre renversé sur du marbre noir. L'air frais était chargé d'humidité, et tout était calme et silencieux. Des insectes bourdonnaient dans les arbres environnants, hormis le son des grillons.

Cet instant de tranquillité était vraiment le bienvenu après tous ces mois d'agitation et de chaos. Peut-être que ce calme avait toujours été là et que je ne m'étais pas permis de l'apprécier. Tout ce que je savais, c'était que quelque chose avait changé en moi au cours du week-end dernier. Ce sentiment ne s'était pas installé en moi de manière croissante et lente, mais plutôt comme un séisme puissant. J'eus soudain l'impression de voir les choses clairement pour la première fois depuis des années.

Il me semblait que Krystina avait vécu la même chose, mais un peu avant moi. Elle semblait plus forte qu'elle ne l'avait été depuis longtemps, contrairement à l'oiseau fragile que j'avais essayé de garder en cage et de protéger de la douleur que la vie lui avait infligée. Son attitude était pleine d'assurance. Mais le plus remarquable était la façon dont elle me regardait. L'affection et l'amour dans son regard brun intense étaient de retour - plus rien n'était éclipsé par la colère et le ressentiment. En termes clairs, j'avais l'impression d'avoir retrouvé ma femme.

Il était maintenant temps de nous retrouver.

Je faisais tourner le reste du liquide ambré dans mon verre avant de le terminer d'un coup. Puis, tirant mon téléphone portable de ma poche, je tapais un message à Krystina.

Aujourd'hui 21:36, Moi
Tu en as encore pour longtemps ?

21:38, Krystina
Une bonne dizaine de minutes. Pourquoi ?

21:39, Moi
Parce que ce soir, je veux te montrer le plaisir au-delà de ton imagination.

21:39 PM: Krystina
Alors maintenant, tu te mets à m'envoyer des sextos ? C'est nouveau, ça ! Alors méfie-toi, parce que je risquerais de m'en contenter ! 😈

La fin de sa dernière phrase, avec un emoji en forme de diable, me fit rire.

21:40, Moi

Non, pas de sextos. Juste des choses vraies. Je veux que tu sois nue dans dix minutes dans la salle de jeux.

Il y eut une pause et je souriais. Ma demande devait l'avoir étonnée, et je m'y étais attendu.

21:43, Krystina
T'en es sûr ?
21:44, Moi
Mon ange, jamais je n'ai été aussi sûr d'une chose de toute ma vie.

Je décidais de rentrer. Une fois à l'intérieur, je me dirigeais vers la chambre située à l'est. J'entendais Krystina bouger dans la salle de bains pendant que j'écartais la bibliothèque qui dissimulait l'escalier caché menant à la salle de jeux. Je n'oublierai jamais l'expression du visage de l'architecte lorsque je lui avais parlé des modifications que je voulais apporter aux plans de la maison. Mais comme je lui avais donné beaucoup de travail au fil des ans, il savait qu'il n'aurait pas à poser de questions sur ma demande peu conventionnelle d'ajouter une pièce secrète dédiée à des ébats intimes.

En descendant l'escalier étroit, j'entrais dans la salle de jeux et regardais autour de moi. Cela faisait près de deux ans que je n'avais pas exercé ma domination sur ma femme dans cette pièce. Il y avait eu des tentatives entre-temps, mais sans grand succès. Mais ce soir, tout sera différent. Je sentais mon besoin intense de contrôle dans mes veines. La domination était un instinct naturel pour moi. C'était pour ça que je vivais, même si Krystina brouillait souvent mes pistes. Mais je n'avais aucun doute sur qui serait le plus dominant de nous deux ce soir. Je ne ferai preuve d'aucune pitié pour exiger la soumission de ma femme, parce que son corps était le mien.

Un grand lit était placé à l'extrémité de la pièce. Sa couette rouge contrastait avec les murs sombres couleur ardoise. Un système de suspension planait au-dessus du lit. Le mur à ma gauche était tapissé d'instruments dédiés au plaisir. Si certains d'entre eux procuraient de la douleur, tous apportaient une certaine forme de gratification. En face du mur de ces accessoires se trouvait un système audio ultramoderne.

Je l'allumais sans choisir de playlist. Je n'en déciderais que lorsque j'aurais posé les yeux sur ma femme. Je laisserais mon premier instinct, après avoir vu son corps nu, donner le ton de la soirée.

Krystina n'entra dans la salle de jeux qu'une demi-heure plus tard. Elle était enveloppée dans une sorte de longue robe de chambre en soie noire et se balançait sur des talons aiguilles noirs. Quelque chose dans la façon dont ses courbes ponctuaient son corps serré sous le satin noir faisait perdre sa concentration à mon esprit vif.

Je clignais des yeux et fronçais les sourcils après avoir repris le contrôle. J'étais légèrement contrarié parce qu'elle avait pris beaucoup de temps pour venir jusqu'ici, et je l'étais encore plus parce qu'elle était venue dans cette robe de chambre. Je lui avais dit je que voulais qu'elle soit nue.

Mais comme ma femme ne savait pas suivre mes instructions, cela n'aurait pas dû me surprendre.

- Enlève-moi ça, lui ordonnai-je sans avoir besoin d'expliquer ce à quoi je faisais référence, parce qu'elle le savait très bien.

Lorsqu'elle fit glisser la soie de ses épaules jusqu'à ce qu'elle se retrouve au sol, je fus sidéré, parce que je ne m'attendais pas à ce qu'elle porte quelque chose en dessous. Et ce qu'elle avait décidé de porter ne ressemblait en rien du tout à ce que j'avais l'habitude de voir sur elle. Mon plan initial était de la faire s'agenouiller devant moi, mais je dus le mettre de côté. En effet, si je l'avais suivi, jamais je n'aurais pu voir la Krystina sulfureuse qui se tenait devant moi : des bas noirs montaient sur ses jambes fines jusqu'à la hauteur de ses cuisses. Le nylon était attaché à un porte-jarretelles noir porté sans culotte. Je fredonnais de plaisir, aimant qu'elle ait choisi de laisser ses parties intimes à ma vue. Un corset noir suivait la ligne de sa taille légèrement courbée.

Ses longs cheveux bruns tombaient sur ses épaules, encadrant son visage et le collier de triskelion que je lui avais offert, pour ne me laisser qu'entrevoir ses seins ronds et fermes. Je m'approchais d'elle lentement pour effleurer son bras d'une main. Je touchai le collier puis écartais quelques mèches folles afin de révéler ses tétons durcis qui dépassaient d'un soutien-gorge noir à bretelles et à bonnets ouverts. Elle était de loin la femme la plus sexy que j'avais jamais vue. Et c'était *ma* femme.

Je murmurai :

- Putain, c'est trop sexy, et je me mis à grogner mon appréciation.

Je ne savais pas ce qui l'avait poussée à s'habiller comme ça, mais la voir ainsi dans notre salle de jeux me faisait vraiment de l'effet au niveau de l'entrejambe.

Krystina baissait les yeux au sol comme je lui avais appris à le faire, l'air pudique. Cependant, sa respiration avait atteint un rythme plus rapide que d'habitude, signe qu'elle était tout aussi excitée que moi.

- Je suis à toi, Alexander. Je suis prête à me soumettre à tous tes désirs.

Mon sang se mit à chauffer. Alors qu'elle s'était soumise à moi un nombre incalculable de fois, un nouveau genre de frisson m'envahit. L'euphorie que je ressentais ce soir ne ressemblait en rien à ce que j'avais pu ressentir auparavant.

Je me dirigeais vers la chaîne stéréo et sélectionnais la playlist que je souhaitais pour ce soir. Cette playlist présentait un côté plus brutal et n'avait rien de sensuel. Car ce soir, il ne s'agissait pas de séduire. Il s'agissait d'assouvir un désir pur et simple et un besoin primaire.

J'attendis que la musique se mette en route, puis réglais le volume. Les notes de la version de Natalie Taylor de *In the Air Tonight* résonnèrent dans la pièce.

Parfait.

D'une certaine manière, ce moment faisait écho aux paroles de la chanson. J'avais l'impression d'avoir attendu toute une vie pour me retrouver dans ce lieu avec Krystina. Je me retournais vers elle.

- Mets-toi au centre de la pièce, lui dis-je.

Elle s'exécuta sans hésiter. Je la suivis en observant le balancement séduisant de son cul. Me plaçant devant elle, je lui passai une main autour du cou.

- Tu te souviens de la soirée qu'on a passée à Las Vegas ? lui demandai-je. L'inquiétude assombrit momentanément son expression jusqu'à ce que je clarifie ce à quoi je faisais référence. Je ne parle pas de toute la soirée. Juste une partie de cette nuit-là. Je parle du choke dip.

Ses yeux s'écarquillèrent dans un premier temps, puis ils s'assombrirent tandis que ses pupilles se dilataient dans une lueur sulfureuse et provocante.

- Je m'en souviens. C'était... Elle stoppa net, le souffle court. C'était sexy. Je me souviens avoir pensé que j'avais envie que me fasses la même chose.

Mes lèvres s'incurvèrent en un sourire complice.

- Hummm... C'est bien ce que je pensais. Je pense que tu pourras me suivre. Contente-toi de serrer les muscles du ventre, la main sur mon bras, et concentre-toi pour garder le dos droit. Je m'occupe du reste.

Je resserrais mon emprise au niveau de son cou en veillant à ne pas écraser sa trachée. Je n'étais pas du genre à jouer avec les limites, mais j'avais quand même envie de les repousser un peu ce soir.

Krystina suffoqua et s'agrippa à mon bras qui lui tenait le cou sans le lâcher pour autant. Pas encore. De ma main libre, je la redressai pour pincer l'un de ses tétons exposés. Elle expira un souffle rauque et sa tête retomba en arrière.

- C'est tellement bon. Tes doigts, ta main autour de mon cou. Elle gémit. Je n'aurais jamais cru que la menace d'une strangulation puisse être aussi excitante.

Je lui déposai un baiser sur l'épaule en respirant son parfum.

Alors que la chanson approchait de son crescendo, je lui dis :

- Prépare-toi, mon ange. Et accroche-toi bien.

Une fois qu'elle eut une emprise bien ferme, je la fis basculer jusqu'au sol d'un mouvement rapide. Je la traînais sur quelques mètres, puis je la redressai. Avançant d'un pas rapide, je la guidai jusqu'au mur et la plaquai contre. Sans lui laisser le temps de réagir, je tendis la main entre nous et lui plongeai un doigt dans son entrejambe déjà bien humide.

- Ahh ! Oh, mon Dieu !

Son cri fut immédiat, tout comme ses ongles qui s'enfonçaient dans mon bras.

Je souris : la réaction de Krystina correspondait exactement à ce que j'avais prévu. L'idée du choke dip n'était qu'une distraction, parce que j'avais besoin qu'elle soit excitée tout en envoyant son esprit ailleurs. L'effet de surprise fut efficace et j'introduis un deuxième doigt dans son orifice étroit. Elle se rebiffa contre moi dans un besoin brûlant, mais je n'avais pas l'intention de la laisser jouir. La soirée ne faisait que commencer, et j'avais encore beaucoup de choses à faire.

Quand je vis qu'elle était proche de l'orgasme, je retirai sans ménagement mes doigts pour l'empêchée de se libérer.

- Alex, qu'est-ce que... commença-t-elle entre deux suffocations.

- Chut. Ne dis rien.

Je m'approchais du mur qui maintenait les accessoires en les frôlant au passage. Puis mon choix s'orienta sur un fouet à langue de dragon rouge.

Ça fera l'affaire.

J'étudiais Krystina un moment, observant sa réaction à mon choix. Ses yeux s'écarquillèrent. J'aimais voir cette expression d'excitation effrayée.

Je me souris à moi-même, décidant que je voulais la torturer avec plus que ce fouet. Juste à côté de la chaîne stéréo, il y avait une petite boîte noire contenant deux petites boules lestées. Après l'avoir ouverte, je les glissais dans ma poche, puis me retournais vers Krystina en tripotant la languette du fouet, dont le cuir lisse et frais contre mes doigts lui délivrerait une brûlure brutale sans laisser une once de dommage sur sa peau parfaite.

- Dis-moi ton mot de passe.

- *Saphir*, répondit-elle immédiatement.

- Je n'arrêterai de faire ce que je vais faire que si tu l'utilises.

- Je sais.

Mais je savais qu'elle ne l'utiliserait pas. Elle voulait ma domination - une vraie domination, et non des ordres du style de ceux que je lui avais donnés au cours de ces deux dernières années. Elle était restée trop longtemps sans ça pour risquer d'utiliser son mot de passe. J'étais certain que ma femme accepterait volontiers tout ce que j'allais lui donner, peu importe jusqu'où j'irais.

- Sur le lit, près du bord, les fesses en l'air, exigeai-je.

Elle se dirigea vers le lit et se plaça près du bord. À quatre pattes, avec juste ses pieds qui dépassaient du bord, elle était pour moi un très joli spectacle à voir. L'odeur de son excitation emplissait l'air. J'avais envie de la goûter, d'enfouir ma langue dans sa chatte et de laper chaque once de son nectar divin. Mais pas tout de suite. J'avais d'autres idées en tête. Après tout, elle était dans ma salle de jeux et je voulais profiter de tous les plaisirs qu'elle avait à m'offrir.

Mais un petit avant-goût ne ferait de mal à personne. Je m'arrêtais un instant pour regarder son cul magnifique avant de placer ma tête entre ses jambes. Je donnai plusieurs coups de langue sur ses plis roses avant de faire un pas en arrière et de me lécher les lèvres. Sa respiration était rapide et irrégulière. De temps en temps, un gémissement désespéré s'échappait de sa bouche. Et c'était exactement comme ça que je voulais qu'elle réagisse.

Fouillant dans ma poche, j'en sortis les petites boules d'argent. Je les fis rouler entre mes doigts pendant un moment avant de les insérer dans son canal humide. Ma main se resserra sur le manche du fouet. J'aimais quand elle m'appelait *monsieur*.

Sans même la prévenir, je levai le fouet et lui assénai le

premier coup sur les fesses. Le cri qu'elle émit était comme une musique à mes oreilles. Je fis claquer le fouet, laissant une raie identique de l'autre côté.

Son dos s'arqua et elle s'effondra sur ses coudes, maintenant ses fesses en l'air. Je lui tournais autour tout en lui titillant le derrière, le clitoris et les jambes avec le bout du fouet. Ma queue palpitait à la vue de tant de rouge qui fleurissait sur sa peau. Ce n'était pas parce que je lui infligeais de la douleur : savoir que ma femme me faisait confiance sans équivoque était pour moi un sentiment inexplicablement enivrant qui ne se comparait à rien d'autre et je lui arrosais le corps de coups. Lorsque j'eus fini de lui tracer plus d'une douzaine de rayures sur le dos et les fesses, sa chatte était luisante. Le frottement des boules de Geisha qui étaient en elle et la morsure du fouet la faisaient se tordre de besoin. L'image d'elle dans son porte-jarretelles arqué représentait parfaitement le sexe et de péché.

Faisant courir une main sous elle, je trouvais son clitoris. Elle méritait d'être libérée après tout ce qu'elle venait de recevoir. Je triturais son noyau dur pour répandre l'humidité naturelle de son corps. Mon cœur battait la chamade et la sueur commençait à s'accumuler sur ma nuque. Je la désirais désespérément, mais je voulais d'abord son orgasme.

- Mon ange, tu peux jouir, maintenant.

Instantanément, ses hanches se poussèrent contre ma main, cherchant avidement à se libérer. Je pouvais sentir sa chaleur ondulante. Je ne tardais pas à sentir l'étouffement de son orgasme. Elle explosa comme une fusée, et je pensais que je pourrais en faire de même si je ne la pénétrais pas rapidement.

- Alex !

- C'est ça, mon ange. Crie mon nom !

Lui insérant un troisième doigt, je parvins à manipuler les boules de Geisha au plus profond d'elle pour prolonger son orgasme. Son nectar me coula sur la main, la badigeonnant de son essence crémeuse. Ses yeux se révulsèrent et ses gémissements se transformèrent en cris. Puis elle se libéra. Je lui laissais un moment pour reprendre ses esprits. Lorsqu'elle finit par me regarder, ses yeux étaient vitreux et sans expression.

- Je n'sais pas comment tu peux me faire sentir aussi bien, dit-elle d'un ton léthargique.

- Je te l'ai promis, mon ange. Ce soir, le plaisir dépassera l'imagination. Ce n'est que le début, et je tiens toujours mes promesses.

La poussant pour qu'elle s'allonge sur le dos, je grimpais sur le lit pour me retrouver au-dessus d'elle et pouvoir l'embrasser. Lorsque je mis fin à ce baiser et remarquais que ses joues étaient rougies par l'excitation. Me levant du lit, j'ôtai ma chemise et la jetai par terre. Le regard de Krystina parcourait mon torse de haut en bas comme si j'étais un festin qu'elle avait hâte de manger. Et qui étais-je pour le lui refuser ?

Mes mains se portèrent sur ma ceinture. Je la détachai et le laissai tomber, ainsi que le pantalon dans un bruit sourd. Mon membre viril se libéra, le précum scintillant déjà à son extrémité.

- Á ton tour, maintenant ! Mets-toi à genoux sur le sol.

Mon ton ne laissait aucune place au débat, mais mon ange n'eut aucun problème à obéir car elle avait très bien compris ce qu'elle avait à faire.

Se glissant d'un côté du lit, elle posa délicatement ses pieds au sol et se leva, vint devant moi, et s'agenouilla et entoura ma bite de ses lèvres parfaites et pulpeuses. Elle joua un moment avec mon sexe. Lorsqu'elle décida de le prendre en bouche de manière plus profonde, je me mis à gémir. Elle agissait lentement sans que ses yeux ne quittent les miens. C'était à la fois tendre et érotique. Mes cuisses se tendirent et je pris ses cheveux dans mes mains, un peu comme pour lui dicter le rythme qu'elle devrait suivre.

J'enfonçais ma bite dans sa bouche avec force, frappant agressivement le fond de sa gorge. Je savais que je pouvais insister, car Krystina n'avait jamais de haut-le-cœur. Pas une seule fois. Au contraire, elle laissait sa langue à plat tout en enroulant ses doigts autour de la base de ma bite.

Lorsque j'atteignis le précipice de ce qui promettait d'être un orgasme retentissant, je me forçais à me retirer de sa bouche. Krystina se lécha les lèvres, puis elle embrassa l'extrémité de ma bite en jouant avec jusqu'à ce que je m'éloigne complètement.

- Joue avec toi-même, lui ordonnai-je.

Posant ses fesses sur ses talons, elle écarta les genoux et leva les yeux pour rencontrer les miens. Avec son majeur, elle se mit à effectuer des mouvements circulaires lents et délibérés sur son clitoris. Je saisis ma bite et me caressais. J'aimais regarder ma femme se donner du plaisir presque autant que j'aimais être celui qui lui en donnait.

J'observais la montée et la descente de ses seins, signe de la rapidité de sa respiration. Lorsque celle-ci s'accéléra, je portai mon attention sur son visage. Ses yeux étaient vitreux et elle semblait droguée par un état d'euphorie qui ne pouvait provenir que d'un plaisir intense. Elle était proche de l'orgasme, mais je devais l'en empêcher. Cet orgasme m'appartenait.

- Debout. Je veux que tu retournes sur le lit, allongée sur le ventre, lui dis-je.

Elle se leva et se positionna comme je lui avais demandé. Prenant mon temps, je lui saisis les jambes et lui enlevais ses bas. Je détachais le porte-jarretelles et le fermoir de son soutien-gorge, les faisant glisser de son corps jusqu'à ce qu'elle soit complètement nue. Il ne restait plus que le collier.

Lui écartant les jambes, j'utilisais un doigt pour lui extraire les boules de Geisha. Puis je pressai ma bouche contre son vagin, voulant que seule ma langue lui donne du plaisir. Elle était trempée et j'avais hâte de consommer jusqu'à la dernière goutte de son désir. J'aimais son goût et son odeur, me perdant facilement dans mon paradis personnel. Elle gémissait doucement tandis que je l'explorais. Ma langue était douce, sachant qu'elle ne supporterait pas une pression trop forte après les ravages du fouet et mes doigts impitoyables sur sa peau.

- Prends tes genoux, mon ange, et recule. J'ai besoin de te goûter davantage.

Passant ses bras à l'arrière de ses genoux, elle écarta encore plus son corps. Tout était exposé - sa chatte rose parfaite et son petit trou du cul serré. J'avais l'intention de m'occuper des deux.

Utilisant l'humidité qui dégoulinait entre ses deux orifices, je glissais lentement un doigt dans le plus étroit. Krystina sursauta sous le choc de mon invasion, mais je savais qu'il s'agissait d'un soupir de plaisir. J'avais transformé ma femme en une fille coquine et dégueu, et nous étions déjà passés par là.

- C'est là que tu me veux, Krystina ?

- Hô mon Dieu, gémit-elle.

De doux sons suppliants sortaient de sa gorge.

Ma bouche se recroquevilla dans l'amusement.

- Dis-moi ce que tu veux, murmurai-je en soufflant doucement contre son clitoris. Tu es tellement humide. Il te suffit juste de dire mon prénom et de me dire ce que tu veux.

- Putain, Alex. Je te veux dans tous les sens imaginables et possibles. Baise-moi fort - ma chatte, mon cul. J'te veux partout, me supplia-t-elle.

Sa manière de parler me fit sourire. Elle n'employait pas souvent ce vocabulaire, mais je bandais encore plus chaque fois qu'elle le faisait.

Si elle me voulait de partout, je devais la satisfaire. Je me levai donc pour aller chercher ce dont j'avais besoin dans la grande armoire qui contenait tous les sextoys disponibles sur le marché. Mes doigts effleuraient les pinces et les perles anales, puis je fis mon choix sur un plug anal en silicone de taille moyenne.

J'étais certain que Krystina serait satisfaite.

26

Krystina

- Lève-toi, m'ordonna Alexander en me tapotant le côté de la hanche.

Sachant que mon obéissance m'apporterait le plaisir ultime, je m'exécutai. J'étais ainsi complètement exposée. Il ne fallut pas longtemps avant que le plug ne m'étire délicieusement le derrière. Le diable de mon subconscient grinçait de joie alors que je ressentais une étincelle de plaisir qui promettait un désir sombre et une déchéance décadente. Quand Alexander installa sa bite à l'entrée de mon vagin et qu'il glissa en son intérieur, il s'arrêta un moment et attendit que mon corps s'ajuste. Ses yeux de saphir brillaient avec intention, faisant serrer mon cœur.

- Il n'y a que nous dans cette pièce. Et aucun antécédent ne nous empêche de faire quoi que ce soit, dit-il avec véhémence, presque comme pour se le rappeler.

Pourtant, l'intensité dans ses yeux semblait transmettre beaucoup plus que ses paroles ; c'était quelque chose d'énorme et de profond qui avait l'avantage de renforcer notre connexion.

Il pressa ses lèvres sur les miennes, m'embrassant avec force et ardeur, poussant sa langue dans ma bouche avec une agressivité persistante. Quand il se mit à bouger en moi, un doux gémissement s'échappa de mes lèvres.

Puis il me prit brutalement, les entrelacs rigides de ses abdominaux fléchissant à chaque mouvement. Il poussa incroyablement plus profondément, remplissant le peu d'espace qui restait en mon intérieur. J'étais essoufflée et avait du mal à respirer, absorbant de profonds tremblements spasmodiques dans mon ventre. C'était à la fois douloureux et agréable. Des sensations sombres et nerveuses rampaient dans mes veines, me propulsant dans un état d'extase extraordinaire. Il me dominait vraiment sauvagement, démontrant son pouvoir avec force comme seul un vrai alpha pouvait le faire.

Je savourais chaque instant. Alexander ouvrait mes endroits les plus secrets, libérant ainsi mes désirs les plus sombres. Et ce soir, c'était exactement ce que je voulais, ce qui m'avait manqué. Mon mari était de retour dans tous les sens possibles et imaginables, et je n'en aurais jamais assez de son pouvoir et de sa domination.

Saisissant mes poignets, il tint bloqués de chaque côté de ma tête. En utilisant le poids de son corps, il appuya mes genoux sur mes épaules pour prendre complètement le contrôle. J'étais impuissante à tous ses désirs, savourant l'état vulnérable dans lequel il me mettait alors qu'il me poussait à bout. Cette sensation était addictive, comme celle que l'on pourrait ressentir avec la drogue la plus euphorique qu'il soit, appelant les parties les plus secrètes et les plus sombres de mon âme.

Je me collais à lui, pour le rencontrer à chaque mouvement qu'il faisait. Mon corps se crispa et mon torse se resserra. J'étais proche du point de rupture, l'orgasme juste à ma portée. La pièce se mettait à s'estomper autour de moi. Je criais dans l'abandon, cédant à la passion qui brûlait entre nous.

- Alex !

Mais Alexander ne cessait pas de bouger, mettant en avant la puissance de sa possession écrasante.

- Putain, Krystina, dit-il d'un ton si rauque que je pouvais sentir sa poitrine vibrer d'un profond gémissement. Tu es tellement humide.

Puis une autre vague de plaisir intense éclata à travers moi. Luttant contre les larmes et l'euphorie, j'explosais comme un feu d'artifice. Fermant les yeux, je laissai tomber ma tête sur le côté alors que j'étais submergée par un plaisir si puissant que des étoiles parsemèrent ma vision. Je tremblai violemment, bourdonnant de manière la plus inexplicable alors que je montai en flèche pour plonger dans un abîme d'extase insensé.

- Ah ! tonna Alexander.

Son corps tremblait lorsqu'il plongea fort en moi. Dans un dernier va-et-vient, il s'effondra sur moi, complètement harassé.

Une bouffée de souffle s'échappa de mes poumons alors que mon cœur s'efforçait de revenir à un rythme normal. Nous étions en sueur et agréablement comblés. Quand il se retira enfin, il s'allongea à côté de moi. Tendant la main, il se mit à malmener un de mes mamelons. Je lui lançais un regard taquin.

- Déjà le deuxième tour ? demandai-je.

- Oh, mon ange. Ce n'était qu'un échauffement. Aucune partie de toi ne sera inexplorée ce soir. J'ai réussi à te prendre en guet-apens dans la salle de jeux. Tu pensais vraiment que je te laisserais tranquille aussi vite ?

Le temps semblait suspendu et je n'avais aucune idée de combien d'heures nous étions dans la salle de jeux. En tous cas, c'était plus que suffisant pour laisser mon corps amorphe et assouvi. Je me sentais un peu délirante, luttant pour enchaîner des pensées cohérentes pendant que mon corps fredonnait.

C'était là une partie de plaisir parmi les plus puissantes que nous n'ayons jamais eue ensemble. Au bout d'un moment, Alexander me porta jusqu'à l'escalier étroit de la chambre. Une fois que je fus assise sur le lit, il me dit :

- Allonge-toi sur le ventre. Je reviens, mon ange.

Je n'avais pas besoin qu'il me le dise deux fois. Allongée sur le lit, mes yeux se fermaient presque au point de succomber au sommeil. Un instant plus tard, je sentis le lit vibrer et entendis comme un *clic*.

Alexander était en train de verser de l'aloès dans la paume d'une de ses mains, puis je commençai à sentir le frottement du gel apaisant sur mes épaules. Ses mains progressaient sur les courbes de mon dos, de mes fesses et de mes jambes, massant le gel frais à tous les endroits sur lesquels la piqûre du fouet avait sévi pendant une bonne partie de la nuit. Alexander avait toujours souligné l'importance de ces soins, et il s'y tenait scrupuleusement. Je soupirais, appréciant la façon dont il me traitait après nos moments intimes intenses.

- Ça fait du bien, murmurai-je.

- Tant mieux, dit-il en faisant parcourir ses doigts le long de ma colonne vertébrale. Et toi, tu es vraiment exquise. Vraiment parfaite.

Une fois qu'il eut fini, Alexander glissa son bras sous ma tête pour me blottir contre sa poitrine. Puis nous nous allongeâmes tranquillement alors que ses doigts me caressaient doucement la courbe de l'épaule.

Maintenant sortie de mon état de béatitude, j'étais capable de penser plus clairement. Je repensais à notre week-end et au désir inattendu d'Alexander de vouloir utiliser la salle de jeux.

J'avais souvent comparé notre alchimie à un éclair. Il grésillait et étincelait à chacun de nos regards et à chacun de nos contacts. Mais là, c'était comme si toutes ces petites choses avaient changé. L'intimité intense que nous venions de partager m'avait laissé l'impression que nous étions de nouveaux amants. C'était comme si nous nous étions à nouveau découverts, mais avec un niveau de confiance ne pouvant être partagé qu'entre deux âmes qui avaient vécu autant d'expérience qu'Alexander et moi. C'était le début de quelque chose de nouveau. Je le sentais au plus profond de moi-même, et je me demandais jusqu'où je pouvais aller.

Levant la tête pour regarder Alexander, je décidais de tester ses limites. Mais à un autre niveau, cette fois-ci.

- Je me demandais quelque chose, commençais-je.

- Hein ? Que veux-tu savoir ? répondit paresseusement Alexander tout en tournant toujours ses doigts autour de mon épaule.

- Je me demandais si tu pourrais emmener Eva à l'école demain.

Il hésita.

- Désolé de te poser cette question, mais où l'as-tu inscrite ?

- À Dalton-Hewitt.

- Je vois très bien où c'est. Juste pour savoir : pourquoi moi ? Tu ne peux pas l'y emmener demain ?

- J'aimerais aller au cimetière. Si j'y vais après avoir déposé Eva, ça veut dire que j'arriverais tard au travail. Ça fait depuis le lendemain de notre retour de Vegas que je n'y suis pas allée, et je ne sais pas... C'est comme si je me sentais obligée d'y aller. Je ne veux pas reprendre l'habitude d'y aller tous les matins, mais j'aimerais essayer une fois par semaine. Du moins, si c'est possible.

Son bras se serra autour de moi avec compréhension.

- D'accord, mon ange. À quelle heure faut-il la déposer ?

- D'habitude, Hale nous y emmène pour qu'elle y soit à huit heures et je l'accompagne. La classe commence à huit heures et demie. Du coup, ça me fait penser à autre chose. J'envisage de déménager les bureaux de Turning Stone Advertising plus près de Westchester. Le fait de ne pas arriver au bureau avant neuf heures et demie tous les jours ne pourra pas être une solution pérenne.

- Ah ! Ça me fait penser que j'avais oublié qu'il y avait le trajet, me dit Alexander. Je suis désolé, mais je ne peux pas la déposer. J'ai rendez-vous avec Kent Bloomfield et Walter Roberts à neuf heures pour voir les plans d'un magasin de Wally. Je n'arriverai jamais à temps à la réunion si j'emmène Eva à l'école. Elle a déjà été reportée à deux reprises, et je ne veux pas la repousser à nouveau.

- D'accord, dis-je tranquillement, déjà déçue de savoir que je n'irais pas sur la tombe de Liliana le lendemain.

- Attends, j'ai une idée. Je sais que tu arrives un peu plus tard que d'habitude au bureau depuis que tu as commencé à emmener Eva à l'école. Je me demandais si tu pouvais terminer plus tôt ta journée demain ?

- Je pourrais peut-être. Pourquoi ?

- Pour qu'on puisse aller au cimetière. Je pourrais en faire de même. J'en parlerais à Clive pour m'assurer qu'il fasse en sorte que cela fonctionne pour toi aussi.

Je serrais les lèvres dans un froncement de sourcils. Si j'appréciais que mon mari me domine dans la chambre, je détestais qu'il brandisse sa domination sur mon entreprise.

- Non, ce n'est pas la peine, déclarais-je. Clive est mon coordonnateur au niveau du marketing. Il travaille pour moi. Je n'ai pas besoin de sa permission pour partir plus tôt, pas plus que j'ai besoin de toi pour le gérer ou pour gérer tout autre membre de mon personnel. Je voulais simplement savoir pourquoi tu voulais que je parte plus tôt. Je peux m'occuper de la logistique.

- Très bien, accepta-t-il facilement, ce qui me choqua dans un sens. Mais quand il parla de nouveau, son ton était différent - plus modéré. J'ai beaucoup réfléchi à toutes les façons dont j'ai échoué depuis qu'on a perdu Liliana. Pour commencer, j'aurais dû t'accompagner davantage au cimetière.

- Alex, ça va...

- Non. Mon premier boulot est d'assurer ton bien-être. Dans mes efforts pour rester fort, je t'ai abandonnée. Je ne recommencerai pas, et je ne te permettrai plus d'aller seule sur la tombe de notre fille. À partir de maintenant, je serai toujours avec toi. Alors, t'en penses quoi ? Si on part de la Cornerstone Tower à deux heures, ça devrait nous donner suffisamment de temps pour passer au cimetière et pour arriver à l'école d'Eva à temps pour la récupérer.

Je me blottissais contre sa poitrine.

- Cela semble être une idée parfaite. Merci, Alex.

- Pourquoi tu me remercie ?

- Pour tout. Je t'aime tellement.

Il ne répondit pas tout de suite, mais sa réponse me coupa le souffle.

- Quand tu iras au tribunal en octobre pour obtenir la tutelle permanente d'Eva, j'irais avec toi. Tu as tout mon soutien. Je vais demander à Stephen d'organiser une représentation juridique, et je m'assurerai également que Bryan prépare un état financier. On est partenaires dans la vie, mon ange, et il est temps que je commence à agir comme tel. De plus, il y a quelque chose à propos de cette petite fille qui... Il fit une pause pour chercher ses mots. Il y a quelque chose de vrai... De juste, en elle. J'aurais dû lui donner une chance – et à toi, aussi. Je suis désolé de ne pas l'avoir fait tout de suite, mais je suis avec toi maintenant. Je t'aime tellement.

Des larmes luisaient dans mes yeux quand je tendis la main vers sa joue.

- Et pour toujours.

27

Krystina

Je respirais profondément en descendant les marches de l'école Dalton-Hewitt, appréciant l'air frais dans mes poumons alors que je retournais vers la Maserati dans laquelle Hale m'attendait. Les matins de New York de fin de septembre étaient toujours plus frais, et cet équinoxe d'automne se révélait être comme tant d'autres.

Je venais de déposer Eva, et j'étais heureuse de savoir qu'elle passerait la première partie de sa matinée dehors, à profiter de la belle journée avec ses camarades. Le soleil brillait et l'air était frais. Les arbres n'avaient pas encore changé de couleur, mais cette évolution était imminente et dans peu de temps, leurs branches allaient se parer d'or, d'orange et de rouge vibrants.

Hale m'attendait en tenant la porte ouverte de la voiture. Soudain, quelque chose de brillant clignota sur ma gauche : on venait de me prendre en photo d'une voiture inconnue stationnée juste en face.

Putain !

C'était un téléobjectif. Je m'y étais trop habituée après avoir épousé Alexander. Cependant, à ma connaissance, les paparazzis n'avaient pas réussi à me prendre en photo depuis avant la pandémie. Alexander s'en était assuré. Je ne comprenais pas pourquoi ils choisissaient de revenir maintenant, et leur timing ne pouvait pas être pire. Moi qui espérais garder Eva secrètement encore un peu plus longtemps, c'était raté ! Mais encore une fois, peut-être que le paparazzi était là pour quelqu'un d'autre que pour moi. Après tout, l'école Dalton-Hewitt était un établissement prestigieux. Toutes sortes de célébrités pouvaient très bien y être photographiées. Comparée à ces personnalités, j'étais au bas de la hiérarchie. Les paparazzis n'étaient probablement même pas là pour moi du tout, et j'étais juste paranoïaque.

- Tout va bien ? demanda Hale.

Je regardais rapidement en arrière en espérant que mon expression soit impassible. La dernière chose dont j'avais besoin était d'alerter Hale d'une possible activité de paparazzi. Il irait en parler à Alexander et l'enfer éclaterait.

- Tout va bien, Hale. On va faire un arrêt rapide à La Biga avant d'aller à la Cornerstone Tower. Cela fait une semaine que je n'y suis pas allée, et je suis sûre que Maria et Angelo n'hésiteront pas à me le rappeler.

- Très bien, madame.

Je montai dans la voiture et m'installai sur la banquette en me sentant plus satisfaite que je ne l'avais été depuis au moins un an. Dans l'ensemble, les choses allaient bien. Si rien n'était parfait, tout allait bien quand même. Après le week-end sur le bateau et nos ébats dans la salle de jeux, Alexander et moi semblions avoir retrouvé notre rythme. Les mariages sont composés de hauts et de bas, et nous étions en pleine période ascendante après avoir longtemps stagné au point le plus bas.

Tout cela nous avait aidés, Alexander et moi, à développer une nouvelle routine au cours de ces deux dernières semaines. Il allait au cimetière avec moi les jours où je pensais en avoir besoin, mais il est vrai que je pouvais très bien me débrouiller avec la vidéo qu'il avait faite pour moi. Les matins où nous allions au cimetière, c'était différent. La présence d'Alexander me facilitait les choses parce que je pouvais puiser dans sa force.

Nous avions prévu de passer dans l'appartement d'Anna en fin de mois, et j'avais commencé à chercher de nouveaux bureaux plus proches de chez nous. Je n'avais pas oublié que mes employés auraient eux aussi des déplacements à effectuer et espérais trouver quelque chose entre Westchester et la ville. En attendant, Alexander et moi avions convenu d'emmener Eva à l'école à tour de rôle, car ce n'était ni propice à lui ni à moi d'arriver en retard tous les jours. Bien sûr, nous aurions pu demander à un membre de notre personnel ou de l'équipe de sécurité de l'emmener, mais je ne voulais pas perdre une seule minute avec elle - tout comme Alexander, d'ailleurs.

Il faisait vraiment de son mieux avec Eva, et le trajet jusqu'à l'école était un temps précieux qui lui permettait de pouvoir mieux la connaître. Regarder leur relation se transformer lentement faisait monter mon cœur en flèche. Il lui accordait régulièrement du temps, souvent dans des moments qui lui étaient chers, comme le temps qu'il passait avec sa mère. Une fois, je l'avais surpris à lire *Hop On Pop*[1] à une Helena souriante avec Eva sur ses genoux. Si sa mère ne parlait pas du tout, il était facile de voir son bonheur chaque fois qu'Eva était là.

Je ne savais pas si Alexander s'en était rendu compte, mais je savais que chaque sourire accordé par Helena lors de ses visites était un autre point marqué pour Eva. Il essayait toujours d'avoir l'apparence de quelqu'un qui monte la garde, un peu comme s'il avait peur de s'approcher trop près d'Eva - du moins, c'était ce que j'avais vu à un moment où il pensait que je ne le regardais pas. Son expression était curieuse, et je savais qu'il essayait de déballer son petit esprit.

Fidèle à la signification de son prénom, je croyais qu'Eva insufflait la vie à Alexander et à moi à une époque où nous nous sentions le moins bien. Je me demandais si elle faisait aussi partie de la raison pour laquelle aller au cimetière semblait plus facile à endurer. Je n'en étais pas certaine. Tout ce que je savais, c'était que j'étais reconnaissante d'avoir son tempérament doux et curieux dans nos vies. Il y avait encore tellement d'inconnues, mais je croyais vraiment qu'elle était venue à nous pour une raison précise. Nous allions avoir à faire face à une longue série de petits pas et j'étais prête pour ce beau défi.

Je sentis une vibration contre ma cuisse et plongea la main dans mon sac pour y prendre mon téléphone portable, qui m'indiquait le nom d'Allyson comme appelante. J'hésitais à répondre.

Nous ne nous étions pas parlé depuis Las Vegas. Elle avait tenté de m'appeler à plusieurs reprises de retour de sa soi-disant lune de miel, mais je n'avais pas répondu. Et pourtant, ce n'est pas parce que je ne voulais pas lui parler. Allyson m'avait profondément blessée en me cachant sa relation avec Matteo, et réparer tout ça avec elle était important. Cependant, je ne voulais pas trop m'éloigner de choses plus importantes à mes yeux. Mon mariage et la vie d'une petite fille étaient en jeu, et je devais donner la priorité à ce qui comptait pour moi.

Glissant mon doigt sur l'écran, je répondis.

- Salut Ally !

- Tiens, une rev'nante ! Ça fait une semaine que j'essaye de te joindre !

- Je sais. Les choses ont été mouvementées, ces derniers temps, lui expliquai-je.

Je tentais de garder une voix normale même si j'avais choisi de ne pas entrer dans trop de détails sur pourquoi les choses avaient été mouvementées pour moi. Eva était une grande nouvelle et je voulais la lui annoncer un peu plus tard quand, je l'espérais, les choses se sentiraient moins tendues.

- Je pensais qu'on pourrait se rattraper en allant boire un verre *Chez Murphy* ? Ça fait depuis des lustres qu'on n'y est pas allées !

- Peut-être, répondis-je sans m'engager dans quoi que ce soit. Les soirées sont assez occupées pour moi en ce moment, mais je suis sûre que je peux m'arranger. À quel moment ça t'arrange ?

Ally resta silencieuse pendant un moment avant de dire :

- Écoute Krys. Je suis vraiment, vraiment désolée. Je sais que tu es contrariée, et tu as parfaitement le droit de l'être. J'aurais dû te parler de ma relation avec Matteo.

- C'est bon, t'inquiète, mentis-je.

- Non, c'est pas vrai. Je peux dire par le son de ta voix que tu es blessée. Avec Matteo, les choses ont été très compliqués pendant un certain temps. Je ne savais pas comment me l'expliquer à moi-même et encore moins à qui que ce soit d'autre.

J'hésitais par rapport à ce que j'allais lui répondre en essayant de décider si je voulais discuter de ça par téléphone, ou si je préférais lui en parler en tête à tête. Mais une autre partie de moi ne voulait pas du tout de tête à tête avec elle. Oui, elle m'avait blessée. Mais elle était ma meilleure amie et je voulais arranger les choses. Toute la tourmente entre Alexander et moi semblait m'avoir enlevé toute envie de me battre, et je n'avais plus l'énergie de me disputer avec qui que ce soit. Je poursuivis donc de manière honnête :

- Ça m'a vraiment blessée, Ally. Cacher ta relation avec Matteo, c'est une chose... Mais vous marier comme ça... J'ai l'impression que tu ne me faisais pas assez confiance et que c'est pour ça que tu ne t'es pas confiée à moi.

- Oh, non ! Krys, c'est pas du tout ça ! Ce n'est pas que je ne te faisais pas confiance - c'était à moi que je ne faisais pas confiance.

Je fronçais les sourcils.

- Que veux-tu dire ?

- Il y a toujours eu ce courant sous-jacent de tension sexuelle entre nous, mais Matteo est... Eh bien, ce n'est pas le genre de gars avec qui tu as juste une aventure. C'est lui qui s'installe, pour le meilleur ou pour le pire. C'est pourquoi je ne laissais jamais aller les choses plus loin qu'un simple flirt.

- Sauf que ça ne s'est pas passé comme ça du tout.

- Oui, mais rien n'était prévu. Tout a commencé lors du confinement. Le restaurant de Matteo n'était ouvert que pour les plats à emporter. Un jour, je suis passée prendre un truc à manger.

On a un peu parlé et je suis rentrée chez moi. Un peu après, Matteo m'a appelée pour me dire qu'il avait le Covid et qu'il devait se mettre en quarantaine. Vu que j'étais passée à un moment où il était certainement atteint, il a pensé que je devais faire de même. C'était juste avant Noël, au moment où Alexander et toi étiez au Vermont.

- Ally, c'était il y a deux ans ! J'arrive pas à croire que tu ne m'aies rien dit pendant si longtemps, lui dis-je en ressentant à nouveau un poids dans mon cœur.

- Je sais. Je t'ai dit que j'étais désolée. Mais laisse-moi finir. Je l'entendais respirer profondément dans son téléphone. Ce n'était pas un vrai soupir, mais plutôt comme si elle se préparait pour la suite. Les premiers jours de notre isolement, on s'appelait tous les jours. Au bout d'un moment, la situation nous énervait vraiment. Et puis, l'idée d'être seul et chacun dans notre coin à Noël était vraiment déprimante. J'ai donc eu l'idée qu'on se mette en quarantaine ensemble. Matteo a accepté cette idée. Il a fait son sac et est venu chez moi... Tu vois, une chose en amenant une autre... Eh bien tu sais...

Je serrais les lèvres tout en fronçant les sourcils.

- Cela n'explique toujours pas pourquoi vous nous avez caché votre relation, à Alexander et à moi.

- Je ne vous en n'ai pas parlé parce que j'ai presque immédiatement regretté. Tu te souviens de ce que je disais au sujet de Matteo ? Que c'est le genre de gars à se poser ?

- Oui.

- Il m'a dit qu'il m'aimait le matin après qu'on ait couché ensemble. Il m'a avoué avoir des sentiments pour moi depuis longtemps et j'ai paniqué. J'étais terrifiée à l'idée de lui briser le cœur, et j'ai pensé que je ruinerais la dynamique que nous avions tous ensemble - toi, Alexander, Matteo et moi. On passe toujours de bons moments ensemble et j'ai pensé que j'avais merdé. Je ne pensais pas que j'étais faite pour le mariage, avoir des enfants, un jardin avec une jolie clôture blanche et le chien qui va avec. Alors, sachant que je ne pouvais pas donner à Matteo ce qu'il méritait, je lui ai demandé de partir de chez moi et j'ai gardé mes distances, ce qui n'a pas été difficile à cause de la pandémie. Mais une fois que nous avions repris une vie normale, je me suis retrouvée de plus en plus près de lui. L'attraction ne s'est jamais éteinte, et pourtant, j'avais bien essayé de la combattre ! Puis on est partis à Vegas. C'était l'impulsivité du moment. Enfin, en vrai, est-ce que tu m'as déjà vue ne pas être impulsive ?

Je me mis à rire.

- Non.

- Je ne voulais pas t'exclure. C'était juste quelque chose qui n'était pas censé se produire. Tout simplement.

- Oui, mais ça s'est passé quand même.

- Oui, en effet, dit-elle dans un soupir mélancolique. Mais tu n'es pas la seule à être bouleversée par tout ça. Mes parents ne sont pas très contents, et la famille de Matteo est furieuse. Je n'avais jamais entendu autant de jurons italiens dans une seule phrase jusqu'à ce que Matteo annonce la nouvelle à sa mère au téléphone après notre retour de Vegas. Elle n'arrêtait pas de parler de ne pas se marier dans une église pendant ce qui me semblait être une éternité, mais à la fin de l'appel, elle nous avait déjà prévu un mariage traditionnel. Nous avons une réunion avec le père Daniel la semaine prochaine.

- Vous allez encore vous marier ?

J'avais posé cette question avec incrédulité.

- Apparemment, me dit Allyson en riant. D'ailleurs, c'est pas toi qui disais que les mariages à Las Vegas n'étaient pas réels ? La mère de Matteo a dit la même chose. Je veux que ce que j'ai avec Matteo soit réel, et si ça veut dire un mariage traditionnel, je suis pour. Et pour être tout à fait honnête, j'ai hâte.

Je secouais la tête pendant que je digérais tout ce qu'Allyson venait de me dire. Elle avait l'air très-terre-à-terre et lucide - rien de comparable à l'amie frivole que je connaissais depuis l'école primaire. Mais surtout, elle avait l'air heureuse - vraiment heureuse. Je n'allais pas l'en empêcher. Elle méritait tout le bonheur du monde.

- Waouh, Ally. Je pense que je peux enfin te féliciter !

- On n'a pas encore fixé de date. J'ai dit à Matteo que j'aimerais d'abord voir avec toi, en termes d'agenda.

- Avec moi ? demandai-je en fronçant les sourcils dans ma confusion.

- Ben oui, idiote ! Afin de m'assurer que mon témoin soit disponible pour le grand jour !

Mon sourire fut instantané.

- Bien sûr, que je serai disponible !

Nous discutâmes ensuite de leurs projets pour le jour J. Je préférais ne pas lui parler d'Eva. Je finirais par le faire, mais de manière physique. Après avoir décidé d'un rendez-vous *Chez Murphy* pour boire un verre, je mis fin à l'appel en me sentant un peu plus légère que lorsque je m'étais réveillée ce matin. Mon amitié avec Allyson avait résisté à l'épreuve du temps, et si je me sentais bien de savoir que cette dernière chose n'était qu'un obstacle dans une longue route, alors dans ce cas nous étions engagées à faire un long voyage ensemble.

Je regardais par la fenêtre de la voiture et vis que nous étions arrivés à La Biga lorsque j'étais déjà en conversation avec Allyson. Hale attendait patiemment sur le siège avant. Lorsqu'il attira mon attention dans le rétroviseur, je lui fis un bref signe de tête.

- Je ne m'étais pas rendu compte qu'on était arrivés. Je reviens tout de suite, l'informai-je en saisissant la poignée de la porte de la voiture.

- Je vais vous accompagner, me dit-il en s'extirpant du siège du conducteur avant que je puisse protester.

- Hale, vraiment. C'est juste La Biga ! Ça va aller, lui annonçai-je alors qu'il m'ouvrait la portière.

- Dans ce cas, je pense ne pas trop prendre de risque. Je vous autorise à aller à l'école de la petite Eva sans moi, mais seulement parce que j'ai compris le souci d'attirer trop d'attention sur elle. Je ne ferai plus d'exceptions.

- D'accord, marmonnai-je.

Si j'étais assez contrariée par rapport à ça, je savais que Hale ne se contentait pas de suivre les ordres, mais qu'il tenait à moi.

Une fois sur le trottoir, je respirais l'arôme de café et de pâtisseries fraîches provenant de La Biga. Je venais ici depuis que je vivais à New York, et les propriétaires, Maria et Angelo Gianfranco, étaient devenus mes amis avec le temps. C'étaient des gens fabuleux dont je n'avais pas pu m'empêcher de tomber amoureuse, tout comme de leur café, d'ailleurs.

Je poussais la porte d'entrée et balayais du regard l'intérieur simple de l'établissement inspiré du Café La Biga de Rome. Le bruit des grains de café dans le moulin mélangé au brouhaha des clients assis aux petites tables parvint jusqu'à mes oreilles. Dean Martin chantait au travers des haut-parleurs et, comme toujours, Angelo sifflait en même temps. J'avançais jusqu'au comptoir et lui fis un grand sourire. Levant les yeux, il me rendit mon sourire.

- *Ciao, bella* ! Où étais-tu ? Ça fait un bon moment qu'on t'a pas vue ! dit-il avec son accent italien prononcé.

Je me mis à rire.

- Tu sais que tu dis ça chaque fois que je viens ici. Ça ne fait qu'une semaine, lui fis-je remarquer en plaisantant.

C'était un petit jeu auquel nous jouions. Il me faisait souvent croire que je n'étais pas venue au café depuis des lustres, et moi, je lui rappelais les faits réels.

- Une semaine, c'est trop long pour nous sans te voir, ma belle ! me dit-il.

Je ris encore car je m'étais attendue à cette réponse de sa part.

Il commença à préparer ma boisson préférée, un cappuccino avec deux sachets de sucre en poudre.

- Comment ça va? lui demandai-je.

- Bien, bien. Je viens d'apprendre que j'allais redevenir grand-père. Ma belle-fille attend un autre *bambino* !

- Oh, c'est une excellente nouvelle, lui dis-je en essayant de calmer la jalousie que je ressentais chaque fois que l'on m'annonçait la grossesse d'une autre femme.

Je me demandais si ce sentiment d'être imparfaite disparaîtrait un jour.

- Ah ? ! Il me semblait que c'était ta voix ! appela Maria, interrompant notre conversation alors qu'elle sortait de l'arrière-boutique.

- Bonjour, Maria.

Je saluais l'Italienne qui contournait le comptoir pour me serrer dans ses bras. Après avoir embrassé mes deux joues, elle fit deux pas pour me regarder.

- Tu as l'air en forme, Krystina. Tu as un peu d'éclat dans les yeux. Tout va bien pour toi ?

- Ça va, merci.

- *Bravo, bravo* ! Maintenant, dis-moi, dit-elle en se penchant comme si elle s'apprêtait à me parler à voix basse. Est-ce qu'ils ont attrapé l'homme qui traîne dans le coin ?

Je clignais des yeux dans la confusion.

- Quoi ? De quel homme tu parles ?

- Maria, *basta così* ! siffla Angelo, qui se mit à parler rapidement en italien.

Je ne comprenais pas un mot de ce qu'il disait. Je lançai un regard furtif à Hale juste à temps pour le voir hocher la tête à Maria.

- Hale, de quoi elle parle ?

- De rien.

Je connaissais Hale et sa réponse était bien trop rapide. Je savais que ce n'était pas rien.

- Maria, dis-je en interrompant la tirade d'Angelo. Peux-tu me dire de quoi il s'agit ? De quel homme parlais-tu ?

- Maria, dit Angelo sur un ton d'avertissement.

- *Non mi dire*! Je pense qu'elle devrait être au courant, répliqua Maria qui se tourna vers moi. Regarde !

Retournant de l'autre côté du comptoir, elle y glissa la main par-dessous et sortit une photo. L'image semblait avoir été prise par une caméra de surveillance. Je reconnus l'homme en question.

- Je le connais ! dis-je en pointant la photo du doigt. En fait, je ne le connais pas vraiment, mais je lui ai déjà parlé.

- Vous lui avez parlé ? Quand ? s'enquit Hale.

- Derrière la clôture qui borde la cour de récréation de Dalton-Hewitt. Il m'a dit que son petit-fils y était également.

Je vis Hale pâlir, une réaction inhabituelle de sa part. Mon cœur s'emballa et je regardais Maria et Angelo. Tous deux affichaient des expressions inquiètes, mais aucun ne pipa mot. Angelo se contenta de me tendre mon cappuccino et de regarda vers Hale comme s'il attendait la permission de dire ou de faire quoi que ce soit.

- Je peux vous assurer que cet homme n'a pas de petit-fils à cette école, me dit Hale. Venez maintenant. Je dois vous amener à la Cornerstone Tower. Monsieur Stone doit être informé.

Il me prit le coude, mais je haussais la main.

- Hale, dites-moi ce qui se passe ? ! Qui est ce type et qu'est-ce qu'il a à voir avec Alexander ?

- Ce n'est pas à moi de le dire. Vous devrez le lui demander.

- Très bien. Dans ce cas, allons-y vite, lâchai-je en me tournant vers la porte.

Trop énervée d'être encore une fois mise à l'écart, je partis sans penser à dire au revoir à Maria et Angelo. De quoi il s'agissait cette fois-ci ? Avec Alexander, cela pouvait être tout et n'importe quoi, et ma sécurité personnelle était presque toujours citée comme l'argument principal qui donnait une explication à tout.

Mais peu importe : j'irai jusqu'au bout. C'était ce que je faisais toujours.

28

Alexander

Alors que je me rendais de la salle de réunion à mon bureau, je vis Krystina sortir de l'ascenseur de mon étage. Hale était derrière elle, mais je n'avais d'yeux que pour elle. Vêtue d'une combinaison bordeaux, elle s'approchait de moi sur des escarpins. Ses manches trois-quarts révélaient la peau de ses bras, lisse et bronzée. D'imposantes boucles d'oreilles en anneaux argentés mettaient en valeur ses lunettes de soleil rose clair et mon attention se porta sur sa bouche et sur les lèvres pulpeuses - celles qui m'avaient sucé ce matin-là. Cependant, quand elle enleva ses lunettes, il n'y avait pas de doute sur la fureur qui vibrait dans ses yeux.

- Il faut qu'on parle. Et tout d'suite, me dit-elle sèchement.

Ses sourcils fins se rapprochèrent au-dessus de ses yeux bruns furieux.

- Hein ?

Je me demandais pourquoi elle adoptait un ton aussi autoritaire.

- Je n'sais pas c'qui s'passe, Alex. Mais je suis sûre qu'il y a un gros malentendu au niveau de la sécurité. On ne peut pas toujours me laisser à l'écart.

Certaines personnes se tournèrent vers l'agitation engendrée, remarquant au passage la colère clairement écrite sur le visage de Krystina. Je levais les sourcils devant tant d'insolence de sa part. Personne ne m'avait parlé comme ça dans cet édifice - dans mon empire. Surtout pas devant mon personnel. Sauf que là, il s'agissait de ma femme.

- Monsieur, laissez-moi vous expliquer, commença Hale.

Krystina le réduit au silence d'un signe de main.

- Je veux des réponses, Alex.

Ma mâchoire se resserra.

- Dans mon bureau. Maint'nant, sifflai-je entre mes dents.

- Bonne idée, déclara Krystina.

En serrant les épaules, elle passa devant moi. Je serrai mes lèvres, n'ayant pas d'autre choix que de la suivre. Lorsque nous fûmes tous les trois dans mon bureau, je fermais tranquillement la porte et me retournais pour leur faire face. Mon humeur mijotait sous la surface, prête à éclater à tout moment.

- De quoi tu veux qu'on parle ?

Krystina ouvrit la bouche pour parler, mais Hale lui coupa l'herbe sous le pied.

- Maria Gianfranco lui a montré une photo de Ketry. Il faut que vous sachiez que ce dernier avait déjà pris contact avec Krystina. Il lui a parlé à l'extérieur de l'école d'Eva sans lui donner sa véritable identité.

Je me sentis pâlir.

- Ketry? C'est qui ? s'enquit Krystina.

Je ne savais toujours pas ce que Ketry faisait, et je jouais brièvement avec l'idée de ne pas le lui dévoiler. Ça n'allait pas être facile à entendre pour elle pour plus d'une raison. Après tout ce temps, je ne savais pas comment elle réagirait si elle apprenait qui était son père biologique - un criminel. Cependant, Hale sembla lire dans mes pensées.

- Monsieur, il me serait plus facile de la protéger si elle était au courant.

Je regardais mon agent de sécurité, qui était aussi mon confident depuis longtemps. Nous avions eu notre part de hauts et de bas, mais nous avions travaillé ensemble et je lui faisais confiance. S'il pensait que ma femme devait savoir qui était Ketry, je préférais m'en remettre à son jugement.

Me tournant vers Krystina, je lui dis :

- On ne sait pas vraiment quelle menace il représente, ni même s'il en est une. Cependant, étant donné ses antécédents, on pense fortement qu'il en soit une. Le nom de Michael Ketry te dit quelque chose ?

Elle secoua la tête.

- Non, pourquoi ? Il devrait ?

Je soupirais en sachant qu'il n'y aurait pas d'échappatoire. Il valait mieux miser sur la franchise.

- Assieds-toi, lui dis-je en pointant du doigt le coin salon confortable de mon bureau. Il y a quelque chose qu'il faut que tu voies.

Ouvrant d'un coup le tiroir de mon bureau, j'en sortis un dossier contenant une version imprimée du dossier que Hale m'avait envoyé avec toute la documentation concernant ses recherches et plusieurs photos de Ketry dans le hall du bâtiment du loft, de La Biga, et d'autres endroits que ma femme fréquentait. Je balançais le dossier sur la table basse devant laquelle Krystina était assise.

- Michael Ketry est ton père biologique, déclarai-je d'un ton catégorique.

La confusion éclata rapidement sur les traits de Krystina.

- Quoi ? demanda-t-elle de manière incrédule.

- Il s'agit d'une vérification exhaustive de ses antécédents que Hale a préparée. Lis-la, mon ange.

Son regard passa rapidement entre l'enveloppe et moi puis elle la prit lentement en main. Je regardais ses yeux alors qu'ils suivaient les lignes du texte, et qu'elle tournait rapidement les pages et lisait chaque morceau du dossier. Son regard perplexe se transforma lentement en choc. Repoussant les papiers dans l'enveloppe, elle me regarda, puis elle se tourna vers Hale.

- Mais comment pouvez-vous être sûr que c'est mon père ? Il n'y a rien ici qui me relie à lui, et j'ai vu mon certificat de naissance. Il n'y a pas de nom pour le père.

Cette fois, ce fut au tour de Hale de parler.

- Comme vous le savez, lorsque vous êtes entrée dans nos vies, j'ai effectué une vérification de vos antécédents. Votre nom est apparu dans le testament d'une femme nommée Évelyne Rose Ketry. Elle est décédée en 2017 et vous a inscrite comme bénéficiaire dans son testament. Si vous regardez dans le dossier, vous en trouverez une copie. Le testament vous cite comme étant sa petite-fille. Cependant, sa succession n'est jamais allée à vous comme elle l'avait prévu, et je n'ai pas été en mesure de savoir pourquoi. Par défaut, c'était un homme nommé Michael Ketry, l'enfant unique d'Évelyne. C'est comme ça que j'ai pu en déduire qu'il était votre père.

- Ta mère me l'a aussi confirmé, ajoutai-je.

Krystina braqua la tête dans ma direction.

- Ma mère? Tu lui en as parlé ?

La trahison dans ses yeux était tellement réelle et féroce que c'était comme si elle m'écorchait. On s'était promis de ne plus de se mentir et de ne plus rien se cacher. Pourtant, cela faisait des mois que je lui dissimulais une vérité poignante, et je n'étais pas sûr qu'elle me pardonnerait.

- Oui, je lui en ai parlé, mais on a vraiment échangé très peu à ce sujet. Elle en est restée sans voix en disant que ça lui faisait trop mal d'en parler. Elle m'a seulement confirmé que Michael Ketry était en fait ton père biologique. Elle n'a pas dit grand-chose de plus et elle a très vite raccroché.

- Typique de sa part, dit une Krystina sarcastique. Ma mère...

Tout ce qu'elle allait dire fut coupé par la sonnerie du téléphone du bureau. Je vis que c'était Laura qui tentait de me joindre.

- Laura, ce n'est pas vraiment le bon moment, l'informai-je après avoir activé le haut-parleur.

- Monsieur Stone, désolée de vous déranger. C'est Cameron Duncan. Il prétend être l'assistant de Paul Glower, de l'ESI, et il insiste sur le caractère urgent de son appel. Voulez-vous que je vous le passe ?

Même si je ne voulais pas être dérangé à ce moment-là, j'avais prévenu Laura du fait que tout ce qui concernait l'ESI était prioritaire. Le partenariat était encore trop récent et devait être entretenu avec soin, surtout compte tenu de la réaction tiède de la presse. Il ne serait pas judicieux pour moi de reporter l'appel. J'espérais juste que ce que Cameron avait à dire serait bref.

- Passez-le-moi, lui dis-je. Quand la lumière du téléphone devint verte, je savais qu'il était en ligne. Cameron, c'est Alexander Stone. Que puis-je faire pour vous ?

- Je ne suis pas Cameron, même si j'ai beaucoup aimé lire toutes les critiques que vous avez reçues de la presse au sujet de votre entente avec le diable, ou devrais-je dire, avec Paul Glower et compagnie. Je pensais que quelqu'un de votre notoriété saurait mieux faire que de coucher avec le gouvernement.

- Qui êtes-vous ? voulus-je savoir.

- Oh, je pense que vous le savez très bien, puisque ça fait des lustres que vous me suivez.

Ma tête se leva pour regarder Hale et Krystina, dont les sourcils se fronçaient dans la confusion. Je remarquais cependant qu'elle commençait à relier les points. De son côté, Hale restait remarquablement immobile, et je savais que ses instincts aiguisés avaient déjà silencieusement passé la deuxième vitesse. Appuyant mon doigt sur mes lèvres, je leur fis signe de rester silencieux et tournais mon attention sur le téléphone.

- Je sais que vous avez suivi ma femme, Ketry. Que voulez-vous d'elle ?

- Cinq millions de dollars, dit-il.

Je reniflais presque avec amusement, mais en même temps, je sentais la colère m'envahir.

- Essayez encore, contestai-je.

- Vraiment, Stone. C'est juste une goutte d'eau dans un seau pour quelqu'un comme vous.

- Aucune chance.

- Oh si ! Je pense que je pourrais vous amener à changer d'avis. Vous voyez, je sais tout sur vous, y compris comment vous assouvissez vos besoins pervers dans un endroit spécial appelé le Club O.

Je n'eus qu'un bref moment de panique avant de décider de bluffer. Si Ketry avait vraiment quelque chose, il n'irait pas loin. Je m'en assurerai. À la fin de cette journée, il ne sera plus personne. Ketry n'était rien de plus qu'un insecte qu'il fallait écraser.

Quand je me mis à parler, je m'assurais de garder mon ton uniforme et sans entrave, mais je bouillonnais au fond de moi-même.

- Vous pouvez me menacer autant que vous voulez, mais personne ne vous croira, lui dis-je.

- Vous le pensez vraiment ? Allumez la télévision sur la chaîne 7.

- Non.

- Ne soyez pas difficile, Stone. Ça m'gâche tout mon plaisir - et je me suis beaucoup amusé pendant mon entrevue de ce matin. Je ne voudrais pas que vous la ratiez. Le journaliste était très enthousiaste rien qu'à l'idée de me parler. Je pense que vous trouverez ce que vous allez voir et entendre très instructif.

J'étrécis les yeux et me tournai vers les trois grands panneaux de télévision à écran plat accrochés au mur de ma gauche. L'un d'entre eux était réglé sur Bloomberg TV, sans le son. Un autre affichait des télégraphes boursiers, et le troisième était éteint. Saisissant la télécommande du tiroir du haut de mon bureau, je la pointai sur l'écran jusqu'à ce que la septième chaîne s'allume. C'était *Good Morning New York*, une émission axée sur les événements locaux, les potins des célébrités, et tout ce qui pourrait être intéressant pour la population locale. À ma grande surprise, Ketry était interviewé par un journaliste. Et pas n'importe lequel : c'était Mac Owens.

- Putain d'mes deux, murmurai-je.

Mac Owens était obsédé par moi depuis des années. Chaque fois que je pensais que j'étais tombé de son radar, il revenait en force. Je me demandais comment il s'était positionné à la télévision. Aux dernières nouvelles, il travaillait toujours au journal le *City Times*. J'augmentais rapidement le volume et lançai un regard sur Krystina. Son choc reflétait le mien. Concentrant mon attention sur la télévision, je pouvais à peine croire ce que j'entendais.

Mac Owens : *Il est difficile de croire que vous n'avez jamais su pour elle jusqu'à maintenant.*

Michael Ketry : *Sa mère l'avait gardée loin de moi. Dès que j'ai découvert qu'elle existait, je suis venu directement à New York. Nos retrouvailles ont vraiment été géniales.*

Des retrouvailles ?

Je regardais Krystina, mais elle haussait les épaules avec perplexité. Dans tous les cas, le point de vue de Ketry était un mensonge. Une série de photos traversa l'écran. Beaucoup étaient de Krystina plus jeune. Puis la série s'accéléra jusqu'à après notre rencontre. De rapides flashes de nous à divers endroits remplissaient l'écran. Certains étaient des photos prises par les tabloïds alors que nous n'étions pas au courant. D'autres étaient des clichés de nous lors de divers événements caritatifs ou des galas.

Cependant, je n'en crus pas mes yeux quand une photo de Krystina et moi dans le Vermont s'afficha : un selfie pris il y avait quelques années - l'un des favoris de Krystina. Elle l'avait même encadré la photo et exposé chez nous. Ce qui m'embêtais, c'était que la seule copie numérique se trouvait sur le téléphone de Krystina. Juste au moment où je commençais à me demander comment *Good Morning New York* avait obtenu une prise de ce selfie, l'écran passa à une autre photo de Krystina prise sur le *Lucy*.

Je me figeai.

Je savais qu'il n'y avait qu'une seule copie de cette photo parce que c'était moi qui l'avais prise. C'était ma photo préférée de ma femme, et elle était assise près de la cheminée de mon bureau de Westchester. La seule façon possible pour eux d'avoir eu cette photo, c'était de l'avoir obtenue de la part de quelqu'un vivant dans la maison. Ou sinon, ça voulait dire que quelqu'un était entré chez nous sans autorisation et l'avait volée. Mon estomac se resserra lorsque la caméra se posa à nouveau sur Ketry. Alors que je regardais son visage, une réalisation terrifiante me vint à l'esprit.

Personne ne lui avait rien donné. C'était lui. Michael Ketry était venu chez nous.

Je regardai rapidement Krystina. D'après son expression, il me semblait qu'elle était arrivée à la même conclusion que moi. Mon cœur se mit à battre plus vite dans ma poitrine et je me demandais combien de fois il avait envahi notre espace personnel - le côté le plus intime de nos vies. Compte tenu des mesures de sécurité que nous avions mises en place, il me semblait impossible qu'il ait pu entrer sans préavis, mais je ne pouvais pas nier cette évidence.

Je me reconcentrais sur l'émission. Les images qui clignotaient à l'écran étaient très troublantes, mais les arguments que Ketry donnait à Mac Owens n'était guère dignes d'intérêt. Je me demandais pourquoi Owens lui avait laissé ce créneau de la journée. Il devait y avoir autre chose.

Mac Owens : *Tout l'équipe de Good Morning New York est ravie d'apprendre que vous avez une petite-fille. Je me demande comment les Stone ont su garder son existence secrète aussi longtemps. Parlez-nous d'elle, Michael.*

Mes bras m'en tombèrent.

Eva.

C'était pour ça qu'Owens interviewait Ketry. Eva était un sujet d'actualité et un contenu de premier plan pour le segment des potins de célébrités de l'émission - surtout s'il disait que nous la cachions. Après cette interview, il y aurait sûrement une frénésie médiatique.

Merde !

Quand l'écran montra une photo d'Eva jouant sur une balançoire de son école, je sentis mon visage se vider de son sang. Non seulement il surveillait les allées et venues de Krystina, mais il surveillait aussi Eva. Je frappai mon poing sur le bureau, ce qui fit trembler le téléphone que nous utilisions.

- Fils de pute ! rugis-je.

- Elle aime vraiment les balançoires, n'est-ce pas ? répondit-il joyeusement.

- Ne t'approche pas d'elle ! le prévins-je sans me soucier de regarder comment se poursuivait l'émission.

Je pourrais la regarder plus tard en ligne une fois la conversation terminée.

- Vous connaissez mon prix, Stone. Payez et je m'en vais.

- Méfiez-vous, Ketry. Vous venez d'utiliser une photo sans permission de ma part. Vous pensez avoir tout compris, mais vous ne savez pas du tout à qui vous avez affaire. Je vais...

- Oh non, non. Je *sais* que j'ai tout compris, interrompit Ketry. Vous voyez, il y a quelque chose qu'on appelle des dossiers publics, et il y a eu un dépôt judiciaire au nom de ma fille chérie. Vous ne pouvez rien faire à propos de cette photo - et Owens le sait aussi. Les dossiers montrent qu'une petite fille du nom d'Eva Wallace n'est pas du tout la vôtre. Mais vous voulez qu'elle le soit. Le savoir a été une surprise inattendue pour moi. Que pensez-vous qu'un juge dirait s'il savait que ses tuteurs légaux potentiels ou ses parents adoptifs étaient les clients habitués d'une boîte de nuit pour adultes ?

- Allez vous faire foutre !

Mais Ketry m'ignora et poursuivit :

- Votre rendez-vous au tribunal est en octobre, c'est bien ça ? Cinq millions, c'est finalement peu à payer maintenant, non ?

Nous n'étions pas des habitués du Club O. En fait, notre dernière visite là-bas était la première fois depuis des années. Je tentais donc une nouvelle carte :

- Vous n'avez aucune preuve, osai-je en espérant que c'était bien le cas.

- Vraiment ? Je vous invite à consulter votre boîte de réception. Vous y trouverez quelques photos de vous deux en train de sortir de cette boîte lors de votre sortie du 26 août dernier.

- Enculé, expirai-je.

Il jouait avec nous comme si nous étions des marionnettes, sachant que nous sauterions au moindre mouvement de ficelle. Furieux qu'il soit aux commandes, je me levais pour allumer l'ordinateur et ouvrir la boîte de réception de mes e-mails. Un e-mail provenant d'un expéditeur anonyme attendait d'être ouvert. En cliquant dessus, j'attendis que les images se chargent. Une fois le chargement terminé, j'expirais un souffle vif.

Une série de photos de Krystina et moi descendant les marches du bâtiment en pierre massif qui abritait le Club O s'ouvrit sous mes yeux. Mon bras était autour d'elle et elle semblait extrêmement décoiffée. Des taches noires étaient sous ses yeux et sa chemise n'était que partiellement boutonnée. La sangle de son sac à main était accrochée au hasard au-dessus d'une épaule, avec son soutien-gorge laissé suspendu au-dessus du gousset de son sac.

Nous étions partis à la hâte ce jour-là, c'était pourquoi elle était sans soutien-gorge et que sa chemise semblait bancale. Le noir sous ses yeux était recouvert de mascara parce qu'elle avait pleuré. Cependant, pour ceux qui ne savaient pas ce qui s'était vraiment passé cette nuit-là, les images représentaient un couple qui avait passé plus qu'un bon moment. En fait, par la façon dont une Krystina demi-vêtue s'accrochait à moi sur les marches, elle pourrait facilement être perçue comme une femme ivre qui avait besoin de mon soutien. Je tournais mon regard vers ma femme. Elle se tenait à côté de moi, un regard d'horreur sur le visage.

- Alex... murmura-t-elle.

Elle avait vu la même chose que moi, et nous savions tous les deux que ces photos ne pouvaient pas être rendues publiques.

- Maintenant, à propos de ces cinq millions, dit Ketry, comme pour nous rappeler qu'il était toujours au téléphone. Vous avez deux jours. Je les veux en liquide. Des billets dispatchés en deux sacs de sport noirs. Rendez-vous à la place de stationnement du coin de Shea Road et de Seaver Way, dans le Queens, samedi soir à vingt-deux heures trente. J'espère que vous n'avez pas peur du noir.

- Et si je ne me présente pas?

- Je donnerai les photos prises à l'extérieur du club à Mac Owens. Il me paiera pour ça - pas autant que vous, bien sûr, mais ça sera déjà ça. Ce type vous déteste vraiment, hein ? ajouta-t-il en riant. Et Stone... Pas de police. Sauf si vous voulez à tout prix perdre l'enfant. Vous viendrez seul, bien sûr. Parce que si jamais je me faisais arrêter, c'est Mac Owens que j'appellerais. N'oubliez pas : samedi, à vingt-deux heures trente. Je vous trouverais dès que je verrais que vous tenez votre part du marché. Attendez mon appel. Si je sens que quelque chose ne va pas et que mes instructions ne sont pas suivies à la lettre, je pars et j'appelle Owens.

Puis plus rien.

Nous nous regardâmes tous. L'idée de perdre Eva me rendait malade. J'avais à peine eu le temps d'apprendre à la connaître, mais l'idée que quelque chose puisse lui arriver me retournait l'estomac au point de vomir. Eva était trop douce et trop innocente pour se laisser prendre dans toute cette histoire. Je devais la protéger. La pièce resta silencieuse pendant encore dix secondes. Puis je réagis du mieux que je pus.

- Hale, avez-vous pu tracer cet appel ?

- Oui, monsieur. L'équipe de sécurité a été en mesure de localiser son emplacement à une cabine téléphonique à New Rochelle. Il n'est nulle part dans le voisinage.

Je hochai la tête, puis me tournai vers ma femme.

- Krystina, appelle ta mère et dis-lui qu'on sera à Clifton Park en début de soirée.

- On ne peut pas juste partir comme ça. Eva est à l'école.

- On part dès qu'elle sort de l'école. De toute façon, on était censés passer la prendre dès la fin de sa journée de classe. Maintenant que son existence est rendue publique, les médias vont tourner en rond. Elle viendra avec nous chez ta mère. Comme elle fera partie de nos vies, il est temps qu'elle rencontre Frank et Elizabeth. Hale, on prendra l'hélicoptère Bell 407GXP. Pouvez-vous organiser le plan de vol avec Air Pegasus ?

- Oui, monsieur.

- Très bien. Je veux regarder Elizabeth dans les yeux et lui poser des questions sur Ketry. Je veux savoir ce qui le motive. Je ne veux plus qu'elle évite mes questions et qu'elle prétende que ça lui fait mal de parler du passé. Je veux savoir exactement à qui nous avons affaire, et elle est la seule à le savoir.

Krystina ne posa pas de questions, mais sortit immédiatement son téléphone. Alors qu'elle s'occupait d'appeler sa mère, je demandais à Hale de contacter Greyson Hughes, l'homme chargé de trouver les allées et venues de Ketry.

- Informez Greyson de ce qui se passe et organisez une réunion avec toute l'équipe de sécurité après notre retour de Clifton Park. Je vais appeler Stephen et Bryan pour les mettre au courant.

N'attendant pas de réponse de sa part, j'empoignais le combiné du téléphone fixe de mon bureau et appela d'abord Stephen. Pendant que j'attendais qu'il décroche, je regardais Hale. Je n'avais jamais vu un tel niveau d'inquiétude dans son expression. Quand il parla, son malaise était palpable.

- Greyson, on a trouvé Ketry, dit-il au téléphone. On a un gros problème.

Après tous les appels, Hale partit à la rencontre de Greyson, de Samuel et du reste de l'équipe de sécurité pour essayer de trouver un plan préliminaire.

Je remarquais que Krystina, qui venait de raccrocher d'avec sa mère, affichait une expression vide. Sans aucune émotion du tout.

- Krystina, qu'est-ce qui t'arrive ?

- Rien. Tout va bien.

Son ton plat et son regard vide me mettaient en état d'alerte.

- Parle-moi, mon ange.

- J'ai reconnu sa voix lorsque tu étais au téléphone avec lui. Pas juste parce que c'était l'homme que j'ai rencontré à l'école. Il m'avait aussi appelé à Turning Stone, prétendant être mon père. Je l'ai rejeté, pensant à un gars qui me faisait un canular. Je ne m'étais pas rendu compte que cet homme et celui de l'école, c'est juste la même personne.

Je remarquais que ses mains tremblaient légèrement. Elle était pâle, ses joues manquant de leur teinte rosée habituelle.

- Krystina, viens ici, lui dis-je en me dirigeant vers le canapé. Je m'asseyais et tapotais l'espace vide qui était près de moi. Assieds-toi, mon ange. Je pense que tu es en état de choc. Parle-moi.

Elle se dirigeait vers moi comme un robot, ses mouvements se faisant raides tandis qu'elle s'asseyait. Mais quand elle inclina son visage pour me regarder, une larme solitaire glissa sur sa joue. Cela me détruisit.

- Il ne se contente pas de me harceler, il traque aussi Eva. Ces photos de nous... Elles n'augurent rien de bon. On ne peut pas perdre Eva, Alex. Je... Je n'pourrai plus survivre à tout ça.

Je la serrais contre moi et entrelaçais mes doigts dans ses cheveux. Je lui embrassais la tempe. Mon amour pour elle n'avait jamais été plus féroce qu'à ce moment-là.

- Je sais, mon ange. Je sais. On la perdra pas. Je le promets.

29

Krystina

Frank et ma mère vivaient dans une maison Tudor située dans un quartier résidentiel assez huppé, avec des maisons de styles architecturaux tous différents. À l'époque, je n'avais que onze ans, et pour moi, cette maison sortait d'un livre de contes. L'esthétique du vieux monde se composait de toits et de pignons abrupts, de façades en briques et d'éléments en bois, ce qui me faisait penser à un cottage de conte de fées surdimensionné.

La main d'Eva dans la mienne, j'avançais aux côtés d'Alexander en montant les marches qui menaient à la maison de mon enfance. Hale et Samuel nous suivaient de près, scrutant la rue de haut en bas pour repérer tout ce qui sortait de l'ordinaire, et semblant plus alertes que d'habitude. Après l'appel de Michael Ketry, Hale et Alexander avaient tous deux convenu que nous aurions tous une double sécurité jusqu'à ce que « la menace soit neutralisée ».

Je trouvais leur verbiage un peu dramatique, mais je n'allais pas rechigner. La sécurité d'Eva était plus importante que tout.

- Tu veux sonner à la porte, Eva ? demanda Alexander lorsque nous atteignîmes la dernière marche.

Il s'était donné beaucoup de mal pour que rien ne paraisse bizarre devant elle. Elle hocha la tête avec enthousiasme et tendit la main sur la pointe des pieds pour appuyer sur le petit bouton à gauche de la porte. Alexander glissa son bras autour de moi et posa ses lèvres sur ma tempe.

- Bon. Tu es prête, mon ange ? me demanda-t-il doucement.

Je n'étais pas sûre de l'être. Après tout, j'étais sur le point d'apprendre qui était mon père biologique. Je n'avais aucune idée de ce à quoi je devais m'attendre ou de ce que je devais ressentir, mais le regard de mon mari, d'une intensité brûlante et d'un amour féroce, me détendit suffisamment pour que j'aie la confiance dont j'avais besoin.

- Prête ! dis-je en lui offrant un petit sourire en guise de réconfort.

Peu importe ce que je découvrirais aujourd'hui, je m'en sortirais parce qu'il était avec moi.

Quelques instants plus tard, Frank ouvrit la porte d'entrée en chêne. Ma mère se tenait juste derrière lui.

- Bonjour ! Bienvenue dans notre humble demeure ! nous salua Frank et je lui souris en retour.

Cette maison de plus de trois cent soixante-dix mètres carrés était tout sauf humble, mais je savais pourquoi il disait ça : comparée à la maison que je partageais avec Alexander à Westchester, celle-ci était vraiment modeste.

- C'est bon de vous voir, dit Alexander.

- Pareil pour moi, acquiesça Frank. Ça fait un moment.

- En effet, fis-je remarquer en me sentant quelque peu nostalgique d'être de retour dans ma ville natale.

Malgré les circonstances pénibles, j'étais vraiment heureuse de voir ma mère et mon beau-père.

Ils reculèrent pour nous laisser entrer. Hale resta à l'avant pour garder la porte, et Samuel, lui, se posta à l'arrière de la maison.

Ma mère, Frank, Alexander et moi échangeâmes des

accolades, puis ma mère s'accroupit pour être au niveau des yeux d'Eva.

- Et toi, tu dois être Eva, s'exclama-t-elle.

Eva lui répondit par un sourire radieux.

Lorsque j'avais appelé ma mère et Frank pour les prévenir de notre arrivée, je leur avais raconté brièvement comment Eva s'était retrouvée sous notre responsabilité. Je n'avais pas attendu la réaction de ma mère pour leur annoncer notre visite. Je n'avais pas non plus expliqué la raison exacte de notre venue, mais j'étais sûre que c'était l'urgence et le timing abrupt de notre venue qui avaient fait réfléchir ma mère. À vrai dire, je pensais qu'elle connaissait la véritable raison de notre visite impromptue.

Elle me demanda si nous avions mangé.

- Je peux réchauffer les restes si quelqu'un a faim.

- Pas besoin, Elizabeth. Nous avons mangé un morceau avant de monter dans l'hélicoptère. Mais merci, lui dit Alexander.

- Il reste un peu de dessert. On pourrait aller dans le patio arrière et...

- Elizabeth, on n'est pas venus là pour nous amuser. Je pense que vous le savez. Et Frank, je pense que vous savez aussi pourquoi nous sommes ici, ajouta Alexander.

- En effet.

Ma mère serra les lèvres avant de hocher la tête en signe de résignation.

- Très bien. Pourquoi on n'irait pas au salon ?

Nous nous dirigeâmes vers le salon, où Alexander, Eva et moi nous assîmes sur un canapé en cuir de couleur crème, tandis que Frank et ma mère s'installaient dans des fauteuils assortis face à nous. Je regardais la pièce spacieuse, réalisant que peu de choses avaient changé depuis que j'avais déménagé à l'âge de dix-huit ans.

Les murs étaient toujours d'un joli vert menthe. Les couleurs vives du tapis oriental tranchaient avec les meubles clairs, mais c'était surtout le piano à queue qui attirait le regard. Frank l'avait hérité de sa grand-mère lorsqu'elle était décédée, et il trônait dans le coin le plus éloigné du salon depuis aussi longtemps que je me souvienne. Frank et ma mère avaient espéré que j'apprenne un jour à en jouer, mais je n'avais jamais été douée pour ça. Avec le recul, je regrettais de ne pas avoir fait plus d'efforts. Le piano antique en bois de cerisier restait là, sa beauté gâchée.

- Elizabeth, commença Alexander. On a des questions auxquelles, j'espère, vous pourrez répondre. Mais avant de nous lancer, j'aimerais savoir s'il y a des choses qui ne conviennent pas à de jeunes oreilles.

Ma mère regarda Eva avec hésitation, puis moi.

- On aimerait que tu nous dises tout, maman. Tu ne peux plus rien nous cacher, dis-je. Je me tournai vers Frank et fis un signe du menton à Eva. Frank, ça ne te dérange pas ? Tu pourrais peut-être lui trouver quelque chose à faire dans une autre pièce, au cas où la conversation deviendrait un peu trop intense pour elle ?

- Bien sûr, acquiesça mon beau-père, même s'il semblait hésiter à quitter ma mère.

- Ce ne sera pas nécessaire, Frank. Il n'y a rien à dire. C'était il y a longtemps, insista ma mère, la voix un peu trop aiguë, signe de sa nervosité.

- Elizabeth, tu lui dois bien ça. Il est temps, dit Frank. La résignation transparaissait dans sa voix. Je serai juste à côté si vous avez besoin de moi.

- Mais Frank, je...

- Ça va aller, affirma-t-il, coupant court aux protestations de ma mère. Alexander, laissons à Krystina et Elizabeth un peu d'intimité. Suis-moi dans...

- Non, je reste ici, dit Alexander avec détermination.

Les yeux de Frank balayaient la pièce, s'arrêtant sur chacun d'entre nous. Toujours aussi pacifique, il semblait se demander si nous laisser juste ensemble était une bonne idée. Finalement, il soupira.

- Eh bien, Eva. Je crois qu'il ne reste plus que toi et moi. Je crois que j'ai de la glace à la menthe et aux pépites de chocolat avec ton nom dessus. Viens avec moi dans la cuisine.

Frank lui tendit la main et Eva me regarda pour savoir si

j'approuvais. Je hochais la tête et elle sourit, ravie d'avoir une friandise. Une fois qu'ils furent hors de portée de voix, je me tournai vers ma mère.

- Allez, maman. On t'écoute.

- Krystina, vraiment. Je ne sais pas ce que tu attends de moi, ni même par où commencer.

- Et si on commençait par le début ? Par exemple, où as-tu rencontré Michael Ketry pour la première fois ? Je veux dire, aucun détail ne sera inutile à mes yeux. Je ne sais rien du tout à propos de lui.

J'essayais de faire ressortir l'amertume de ma voix. J'étais furieuse qu'elle m'ait caché tout ce qui concernait mon père biologique, mais je n'avais jamais voulu savoir quoi que ce soit sur lui, en même temps. La frontière était mince, mais il était difficile de lui reprocher de ne pas m'avoir donné de détails.

Ma mère restait silencieuse, les mains tournées sur ses genoux. Je fronçais les sourcils, remarquant pour la première fois son habitude nerveuse. Je ne savais pas comment j'avais pu rater ça, mais visiblement, j'avais hérité d'elle mon agitation anxieuse.

- Elizabeth, s'il-vous-plaît, implora Alexander. Il essaie de nous extorquer cinq millions de dollars. Il harcèle Krystina et Eva. Tout ce que vous nous direz pourra nous éclairer sur ce à quoi nous avons affaire.

L'inquiétude brilla dans les yeux de ma mère qui lança un regard entre Eva et moi.

- Il est dangereux, Krystina. C'est un criminel, chuchota ma mère.

- Je suis au courant. Mais c'est à peu près tout ce que je sais à son sujet.

Ma mère ferma les yeux et inspira profondément. On aurait dit qu'elle rassemblait ses pensées. Ou bien qu'elle reprenait des forces. Je ne savais pas trop.

- Frank a raison. Il faut que je te dise tout. Même si j'ai envie d'oublier tout ce qui s'est passé, j'aurais dû tout te dire il y a longtemps. Ou, au moins, te le dire dès que j'ai découvert qu'il fouinait dans les parages.

- C'est bon, maman, lui dis-je sincèrement.

Tout ce qui comptait, c'était qu'elle dise la vérité.

- Quand j'ai rencontré Michael Ketry, j'avais à peine dix-sept ans, commença-t-elle. Il avait neuf ans de plus. À vingt-six ans, il était beau, charmant, drôle et beau parleur. Quelques minutes seulement après notre premier rendez-vous, je m'étais mise à rire à gorge déployée. Mon père venait de mourir, et Michael était le meilleur remède contre la tristesse. Je suis tombée amoureuse de lui tout de suite.

Elle s'arrêta et prit un air lointain, comme si elle était transie par un moment de son passé. Elle semblait presque nostalgique. C'était étrange de la voir ainsi.

- Vous êtes donc sortis ensemble et êtes tombée amoureuse de lui. Que s'est-il passé ensuite ? demanda Alexander, visiblement impatient de tout savoir sur Michael Ketry.

Je levais les yeux sur lui et lui serrais la main, reconnaissante qu'il soit là avec moi.

- C'était un homme incroyablement jaloux. Dès les premières semaines de notre relation, il a commencé à faire des remarques sur les vêtements que je portais au lycée. Pour lui, soit ils étaient trop révélateurs, soit ils étaient trop serrés. Si je me maquillais trop, il disait que j'avais l'air d'une pute. J'acceptais ce qu'il me disait en pensant que j'étais « un grande femme » parce que je sortais avec un homme plus âgé, et que ses critiques étaient uniquement dues au fait qu'il s'inquiétait pour moi. Il s'assurait de venir me chercher tous les jours au lycée. Je me disais que c'était parce qu'il avait hâte de me voir. Rétrospectivement, ce n'était qu'un des moyens qu'il utilisait pour me surveiller. Ma mère n'a jamais aimé Michael, mais comme elle venait de perdre son mari, elle était en train de faire son deuil. Elle n'avait pas l'énergie nécessaire pour me faire part de ses inquiétudes, mais j'aurais aimé qu'elle le fasse. Peut-être qu'alors...

Elle s'interrompit, semblant à nouveau perdue dans ses

pensées. Tout ce qu'elle disait me touchait. Ça ressemblait tellement à mon passé avec Trevor, le petit ami violent avec qui j'étais avant de rencontrer Alexander. Au bout d'une minute, ma mère se reprit et poursuivit :

- Une fois le lycée terminé pour moi, je sortais toujours avec Michael. Et notre relation a perduré quelques années. Je pensais qu'on était inséparables, mais pendant cette période, il était parvenu à mener une toute autre vie. Aujourd'hui encore, je ne sais pas comment j'ai pu ne pas m'en rendre compte.

- Qu'est-ce que tu veux dire ? m'enquis-je.

- On s'amusait bien, à cette époque. On vivait à cent à l'heure. L'argent ne semblait jamais être un problème pour lui, même s'il ne gardait jamais longtemps le même emploi. Il aimait acheter les nouveautés, quel qu'en soit le prix. Il collectionnait les objets et semblait éprouver un sentiment d'euphorie chaque fois qu'il achetait quelque chose de nouveau. Mais plus il achetait, moins il semblait satisfait. Il voulait toujours ce que les autres avaient. Ma mère marqua une nouvelle pause, cette fois-ci pour me regarder avec insistance. J'ai commencé à le pousser à se marier avec moi. Il a refusé, invoquant diverses raisons qui n'ont plus lieu d'être. À l'époque, j'étais extrêmement naïve et j'y croyais, à toutes ses excuses. Mais je suis tombée enceinte, et tout a changé. C'est toi que j'attendais.

Je fis un calcul mental rapide.

- Tu avais environ vingt et un ans, c'est bien ça ?

- C'est vrai, confirma-t-elle. Il avait promis qu'il s'occuperait de moi et de notre bébé. Il refusait toujours de m'épouser, mais j'ai accepté d'emménager avec lui. C'est une fois que j'étais sous le même toit que lui que des choses bizarres ont commencé à se produire. Alors que j'étais enceinte d'environ six mois, il est soudain devenu irrationnel et paranoïaque à propos de tout. Je ne comprenais pas. Il a commencé à stocker des armes. Il ne dormait pas et restait debout tard dans la nuit pour surveiller à la porte.

- Vous dites qu'il était paranoïaque. Dans quel sens ? Il n'avait pas une maladie mentale, par hasard ? lui demanda Alexander.

- Non, ce n'était pas du tout ça, même si je ne savais pas du tout quoi penser de son comportement à l'époque. Ce n'est que plus tard que j'ai appris qu'il s'était mis dans le pétrin avec de mauvaises personnes. Il avait raison d'être paranoïaque.

- Qu'est-ce qu'il a fait ? insistai-je.

- Le lendemain de ta naissance, j'ai reçu une visite à l'hôpital. C'était la femme de Michael.

- Sa femme ? demanda Alexander.

- Sa femme, oui, expliqua ma mère. Elle s'appelait Carole, mais je ne me souviens pas qu'elle m'ait donné son nom de famille. Légalement, Carole et Michael étaient mariés, c'est pourquoi il ne pouvait pas m'épouser. Apprendre son existence m'a anéantie. Mais elle m'a ouvert les yeux sur des choses que j'aurais pu voir depuis le début. Et pour être honnête, c'est ce mariage qui m'a sauvée.

- Tiens, c'est bizarre. J'ai fait une recherche... Aucune trace de mariage, remarqua Alexander.

- Non, tu n'en aurais probablement pas trouvé. Elle a demandé le divorce à peu près au même moment où elle est venue me rendre visite. Carole m'a dit qu'elle avait l'intention de demander à un juge de sceller l'acte de mariage et de divorce pour sa protection. Elle ne voulait aucun lien avec Michael, affirmant qu'elle avait reçu des menaces de mort de la part de personnes à qui il devait de l'argent. Des trafiquants de drogue - des gens sérieux qui voulaient le voir mort. Cependant, ils ne pouvaient pas tuer Michael parce que sinon, ils n'auraient jamais reçu d'argent du tout ; ils cherchaient plutôt à lui envoyer un message en blessant les personnes qu'il aimait. Écouter Carole, c'était comme écouter des propos insensés, comme ceux qu'on ne voit et n'entend que dans les films, mais elle insistait sur le fait que le danger était bien réel. C'est pourquoi elle est venue me voir. Elle avait entendu parler de moi par des relations que nous avions en commun, et lorsqu'elle a découvert que j'avais eu un bébé, elle s'est sentie obligée de m'avertir pour le bien de l'enfant.

Abasourdie, j'étais presque incapable de comprendre ce que

j'entendais. Ma mère, Elizabeth Long, la femme qui se comportait comme un pilier de la communauté de Clifton Park, avait été liée à des trafiquants de drogue. C'était insondable. Son histoire semblait appartenir à la vie d'une autre personne.

- Je ne voulais pas croire ce que Carole me disait, poursuivit ma mère. J'étais jeune et amoureuse, et aussi un peu jalouse de la femme qui avait obtenu de Michael qu'il s'engage légalement avec elle. Pouvez-vous m'en vouloir ? Je veux dire, il refusait même d'envisager l'idée un mariage avec moi. Pourtant, ses paroles m'ont touchée. Je n'avais pas encore rempli le certificat de naissance, alors quand l'infirmière m'a apporté les papiers, j'ai laissé l'espace correspondant au nom du père vide, juste au cas où. Si les histoires de Carole sur les dettes de Michael et les trafiquants de drogue étaient vraies, je ne voulais pas que l'on fasse le lien avec toi. Je pensais qu'avec seulement mon nom, Elizabeth Cole, inscrit comme parent, tu serais en sécurité.

- Mais tu es quand même restée avec lui, fis-je remarquer. Tu ne m'as jamais dit grand-chose à ce sujet, mais je sais qu'il n'était jamais loin environ un an après ma naissance.

- Comme je l'ai dit, j'étais jeune et amoureuse. Et incroyablement stupide. Oui, j'ai été bouleversée d'apprendre pour Carole, mais j'ai cru toutes ses nombreuses excuses sur les raisons de son mensonge, et je lui ai pardonné. Cependant, quelque chose a changé, après tout ça. Ce que Carole m'avait dit m'avait affectée plus que je ne le pensais. J'avais constamment peur. Je détestais les armes à feu, mais je me suis surprise à prendre celle de Michael et à dormir avec dans la table de nuit de mon côté du lit. C'était un faux sentiment de sécurité, car je ne savais pas du tout comment m'en servir. J'ai commencé à partager la paranoïa de Michael et sursautais au moindre bruit. Parfois, il se passait des jours sans que je n'entende un seul mot de sa part. Le téléphone sonnait n'importe quand la journée et même la nuit. C'était exaspérant. J'étais constamment sur des charbons ardents, essayant de prendre soin de toi alors que Michael me brisait le cœur un peu plus chaque jour. Finalement, un jour, c'en fut trop. Je savais que je devais te sortir de tout ça. Alors, quand tu avais huit mois, j'ai quitté Michael et suis retournée vivre chez ma mère.

- Désolée que tu aies vécu ça, maman. Mais au moins, tu t'en es sortie.

Elle sourit avec amertume.

- Ce n'est pas fini, ma chérie.

- Oh non ?

- Je t'ai dit que Michael était extrêmement possessif. Il ne voulait pas que je le quitte.

- Alors, il a fait quoi ? demandai-je, presque effrayée par la réponse.

- Oh, il a tout essayé pour me récupérer. Il a même essayé de te kidnapper - oui, c'est véridique. Je n'entrerai pas dans les détails, mais sache que ma mère - ta grand-mère - était une force sur laquelle je pouvais compter. J'étais peut-être incapable de me servir d'une arme, mais pas elle. Michael a cessé de m'embêter après ça, du moins jusqu'à la mort de ta grand-mère. Tu vois, il était intelligent, et il observait toujours tout. Il savait que je serais vulnérable après la perte de ma mère, ce qui lui permettait de se frayer un chemin jusqu'à moi. Il est resté suffisamment longtemps pour pouvoir encaisser le chèque d'assurance vie de ta grand-mère. Puis il est parti. Et moi, j'étais sans le sou.

Je me rappelais à quel point ma mère avait dû se battre pour joindre les deux bouts lorsque j'étais enfant. De ces nuits où je l'entendais pleurer dans la cuisine devant les factures qui s'amoncelaient. Quand j'étais petite, j'essayais de la réconforter, mais elle me disait de ne pas m'inquiéter et que c'étaient des problèmes d'adultes.

- Quel salaud, murmurais-je.

Pas étonnant qu'elle ait eu du mal à faire confiance aux hommes ! Je comprenais maintenant pourquoi elle ne voulait jamais parler de lui. Mon père biologique lui avait fait vivre un véritable enfer.

- Vraiment désolée de ne pas t'avoir dit tout ça plus tôt, mais tu dois comprendre, Krystina. J'avais le cœur brisé et j'étais gênée. Je voulais faire comme si rien ne s'était passé. C'est pour ça que je ne parlais jamais de cette période de ma vie à qui que ce soit. Je n'en ai parlé à Frank que bien longtemps après notre mariage, et encore, c'était seulement parce que je n'avais pas eu le choix.

- Qu'est-ce qui vous a forcé la main ? demanda Alexander.

- La police s'est présentée chez nous pour poser des questions sur Michael. Ils avaient un mandat d'arrêt concernant tous les problèmes qu'il a eus lorsqu'il travaillait au département des services sociaux. Falsification, usurpation d'identité. Toutes sortes de choses un peu louches. C'était dans tous les journaux. Ils sont venus voir chez nous uniquement parce que j'avais été inscrite comme personne à contacter en cas d'urgence dans l'un des dossiers de ses emplois précédents. Ils ont pensé que j'étais peut-être encore en contact avec lui.

Je fronçais les sourcils en essayant de me souvenir à quel moment la police était passée chez nous. Impossible de m'en rappeler.

- J'étais où ? voulus-je savoir.

- Tu n'étais plus à l'école. Tu suivais ta première année à l'université de New York. Je crois bien qu'il s'agissait là d'une des seules fois où j'ai été reconnaissante que tu aies tant insisté pour aller là-bas, dit-elle avec ironie.

- Elizabeth, avançons rapidement jusqu'à aujourd'hui. On sait tous que Ketry a fait de la prison, mais maintenant, il en est sorti. Pourquoi l'avoir rencontré ?

- Pour protéger Krystina, dit-elle, comme si sa réponse était évidente.

- Je m'en doutais. Mais pouvez-vous développer, s'il vous plaît ? s'enquit Alexander avec une légère pointe d'impatience.

- Michael Ketry est un homme dangereux et désespéré. Il est impulsif, avide et prêt à tout pour obtenir ce qu'il veut. En ce moment, c'est l'argent qui l'attire. Il a vu la photo de Krystina dans les tabloïds et sait qu'elle est mariée à un homme très riche. Il m'a contactée pour essayer de la joindre. Je ne voulais pas qu'il s'approche de vous, alors j'ai pensé que si je lui donnais de l'argent, il vous laisserait tous les deux tranquilles. Je pensais que dix mille dollars suffiraient.

- Tu lui a donné dix mille dollars ? demandai-je avec incrédulité.

- Oui c'est ça. J'en ai parlé à Frank, et il a reconnu que c'était la bonne décision à prendre. Comme je savais que Michael était très possessif, je pensais qu'il valait mieux que je le rencontre seule. Je savais aussi que Frank n'accepterait jamais, mais je ne pouvais pas prendre le risque de faire quoi que ce soit qui puisse attiser les tendances jalouses de Michael. J'ai donc pensé au système de surveillance ultramoderne dont Alex dispose dans le bâtiment de son loft et j'ai décidé que ce serait le meilleur endroit pour le rencontrer. Les caméras sont visibles et j'ai pensé qu'elles le dissuaderaient de faire quoi que ce soit de stupide. Et au cas où il m'arriverait quelque chose, ce serait enregistré. Inutile de dire que Frank n'a pas été content du tout quand il a su tout ça.

- J'ai regardé la vidéo de votre rencontre, dit Alexander d'un air pensif, comme s'il était en train de reconstituer les choses. Certains endroits du hall sont hors de portée de la caméra, et vous avez bien pensé à les éviter.

- Oui. Comme je vous l'ai dit, il est dangereux et on ne peut pas lui faire confiance. C'est une dure leçon qui m'a été rappelée le jour où je lui ai donné cet argent. Après l'avoir pris, il m'a remercié pour l'acompte. J'ai su à ce moment-là qu'il ne risquait pas de disparaître et que ce n'était qu'une question de temps avant que quelque chose d'autre n'arrive.

- Vous auriez dû venir me voir, Elizabeth, déclara Alexander. La force de son ton me choqua. D'habitude, il parlait de manière plus apaisée lorsqu'il s'agissait de ma mère. Si j'avais su dès le début quel genre de menace Ketry représentait, j'aurais pu mettre en place des mesures de protection. Maintenant, il a eu le temps d'épier nos moindres faits et gestes. Il en sait trop sur nous et se sert d'Eva comme d'un levier.

Frank revint alors dans la pièce, avec Eva dans ses bras. Elle brossait la crinière en nylon d'un petit poney en plastique qui était le mien quand j'étais petite. Je ne savais pas trop où Frank s'était procuré ce jouet, mais cela déclencha en moi une nouvelle vague de nostalgie.

- Alors, quelle est la suite des événements, Alex ? demanda Frank.

Mon mari regarda Frank pendant un moment avant de reporter son attention sur Eva. Il fronça les sourcils et l'étudia pendant ce qui sembla être un long moment. Des rides de stress se dessinaient sur ses beaux traits et, pour la première fois, mon mari me semblait vieux. C'était comme si l'idée de perdre Eva était trop forte.

Lorsqu'il prit enfin la parole, la gravité de son ton me fit frissonner.

- Cette petite fille est la définition de tout ce qui est bien dans nos vies et je ne laisserai pas Ketry gâcher tout ça. Je vais céder à ses demandes et le payer. Chaque centime. Eva en vaut la peine - ma famille en vaut la peine.

30

Alexander

Ce samedi en fin d'après-midi, je faisais les cent pas dans mon bureau comme un animal en cage. Je me passais les mains dans les cheveux tandis que la pluie s'abattait en torrent furieux sur les baies vitrées. L'orage qui avait débuté une heure plus tôt avait apporté avec lui des vents violents qui correspondent à mon humeur. Un coup de tonnerre retentit. C'était comme un présage.

Après l'appel de Ketry, mon choix avait été très clair. Je devais répondre à son ultimatum et céder à ses exigences. Mais je savais aussi que je ne pouvais pas m'en sortir seul. J'avais donc demandé à des personnes de confiance de nous rencontrer, Krystina et moi, à la Cornerstone Tower. Les personnes présentes dans cette pièce - Hale, Samuel, Bryan et Stephen - étaient au courant de tout. Greyson Hughes, le nouveau membre de haut rang de l'équipe de sécurité, était également présent. Il avait été mis au courant de tout ce qui concernait la situation.

Il ne manquait qu'une personne que j'aurais aimé avoir dans cette équipée : Matteo. Je n'avais pas été autant blessé que Krystina en découvrant la vérité sur son histoire avec Allyson. En fait, je ne m'étais jamais intéressé de savoir qui il trompait, avec qui il sortait - et même cette histoire de mariage ne m'intéressait pas. Si Krystina et Allyson étaient maintenant sur le chemin de la guérison, rien n'avait jamais vraiment été brisé entre Matteo et moi, et j'aurais voulu que mon ami soit ici pour m'épauler. Le problème, c'était que ni lui ni Allyson ne savaient pour Eva. Après plusieurs discussions minutieuses, Krystina et moi avions décidé qu'il valait mieux les garder hors de la boucle pour différentes raisons : d'une part, nous ne voulions pas que leurs premières expériences avec Eva soient entachées par toute cette laideur ; d'autre part, nous ne voulions pas non plus perdre notre temps en leur expliquant toute l'histoire d'Eva alors que nous avions à nous soucier de tant d'autres choses.

Stephen, mon avocat, avait été placé au premier rang dans mon passé sordide après la tentative de chantage de Charlie Andrews, il n'y avait donc aucun secret entre nous. Maintenant, nous étions à nouveau victime du même sort. Je me serais bien moqué de la probabilité que cela m'arrive deux fois... Mais pourtant !

Quant à mon comptable Bryan, lui, ne cachait pas grand-chose. Et l'argent laissait toujours des traces.

Et puis il y avait Hale. Je lui faisais entièrement confiance et j'avais plus que jamais besoin de sa vigilance. Je lui lançais un regard rapide. Il se trouvait de l'autre côté de la pièce et faisait les cent pas, tout comme moi. Nous étions à six heures de l'échéance fixée par Ketry et le consensus sur ce qu'il fallait faire était partagé.

- Hale, qu'en pensez-vous ? lui demandai-je.

- Je n'aime pas ça, chef, me répondit-il.

- La situation est loin d'être idéale, mais je ne suis pas opposé à cette stratégie, dit Greyson Hughes.

En me tournant vers lui, je l'observais. Avec ses cheveux coupés courts et sa chemise blanche impeccablement repassée, il avait l'air de quelqu'un qui avait passé un certain temps dans l'armée. Il était ici aujourd'hui pour apporter une contribution précieuse, mais surtout, il était l'un des rares à ne pas avoir de lien personnel avec Krystina ou moi. Ça lui permettait d'être plus objectif.

- C'est une bonne stratégie en effet, convins-je.

- C'est la meilleure qu'on ait pu trouver jusqu'à présent, ajouta Greyson.

- Comment tu sais ça ? renchérit Stephen.

- Le festival Rolling Loud se déroule tout le week-end au Citi Field, expliqua Greyson. Les festivaliers devraient commencer à se disperser à peu près au moment où vous devez rencontrer Michael Ketry. Je suis sûr qu'il le savait et que c'est pour ça qu'il a prévu de procéder ainsi, parce que comme ça, il pourra sans problème se mélanger à la foule. Ce qui veut dire qu'on aura le même avantage. Je peux demander aux gars de mon équipe de s'habiller avec des t-shirts de Busta Rhymes[1] et ils se fondront dans la masse. Comme ça, si Ketry tente quelque chose de stupide, on sera là.

- Moi, je suis d'accord avec Hale, et j'aime pas ça, dit Bryan depuis le canapé où il était assis à côté de Krystina.

Je remarquais qu'il fixait les grands sacs de sport posés sur le sol devant mon bureau. Chacun d'eux contenait deux millions et demi de dollars. Il n'a pas été facile de mettre la main sur autant d'argent en si peu de temps. Heureusement, Bryan était très soucieux de diversifier mes liquidités pour se conformer aux règles de la Federal Deposit Insurance Corporation[2], et nous avons donc pu collecter l'argent nécessaire auprès de différentes banques de la ville sans trop attirer l'attention. Je suis peut-être un homme riche, mais même pour moi, voir autant de billets verts au même endroit était intimidant.

- C'est juste que tu ne veux pas que je donne tout cet argent, dis-je en sachant très bien à quel point il hésitait devant toute transaction importante, qu'elle soit légale ou illégale.

- C'est pas juste et tu le sais, répliqua Bryan. Ça n'a rien à voir avec l'argent. Tu es mon ami, et je pense qu'il est dangereux de rentrer dans le même jeu que lui.

- Écoute, Alex. J'essaie de te soutenir, mais je dois m'en tenir à Bryan et à Hale, ajouta Stephen. On devrait faire intervenir la police.

Krystina secoua la tête avec véhémence : Pas de police. Ketry a été très précis à ce sujet.

- Si tu vas dans son sens, qu'est-ce qui te dit qu'il ne reviendra pas pour en avoir plus ? l'interpella Stephen. C'est pas comme si tu faisais un échange. Tu te contentes juste de lui donner l'argent. Même lui demander d'effacer les photos ne veut rien dire. L'époque des pellicules est révolue depuis longtemps. Avec les photos numériques, il n'y a aucun moyen de savoir combien il y a de copies.

Stephen avait raison de se méfier - Ketry pourrait revenir en force pour en obtenir plus. C'était un vautour comme tant d'autres. C'était pourquoi je n'avais que très peu d'amis. La plupart des gens que je connaissais étaient des connaissances, et même ce terme était très vague. En fin de compte, presque tout le monde voulait quelque chose de moi, et je savais qu'il fallait être prudent. La moindre erreur, ou même le fait de faire confiance à la mauvaise personne, pouvait me coûter. Cette pensée vivait en permanence dans un coin froid et sombre de mon esprit, ne me poussant à aller de l'avant que lorsque l'instinct m'avertissait d'un danger imminent.

Cependant, c'était différent. Si Ketry devait revenir, et bien tant pis. Je m'occuperais de lui au moment venu. Je n'avais pas d'autre option. Peu importe de combien d'argent je disposais - aucun tribunal ne nous accorderait la garde d'Eva si ces photos étaient divulguées. Mis à part le fait que nous ayons été pris dans une boîte de nuit comme le Club O, la frénésie médiatique qui allait s'ensuivre aurait un impact dramatique sur la suite à donner du dossier, et ce fait ferait réfléchir n'importe quel juge. Perdre Eva maintenant briserait Krystina, et après tout ce que nous avions traversé, je savais que ça me briserait aussi. Je déplacerais des montagnes pour la protéger.

Je ne savais pas à quel moment ça c'était passé, mais j'en étais venu à vouloir prendre grand soin d'Eva. Son sourire et son esprit curieux avaient apporté de la vie dans mon obscurité. Son innocence était rafraîchissante, et je m'étais retrouvé à attendre de plus en plus avec impatience nos interactions. Je savais que je finirais par l'aimer comme Krystina.

- Non. Il n'y a plus de débat. On la suivre, cette stratégie ! annonçais-je. Hale, Samuel et Greyson, mettez votre équipe en place. On partira sur le point de rencontre à vingt et une heures trente, puis on attendra l'appel de Ketry.

La pluie avait pris fin il y a des heures, laissant derrière elle un air brumeux et humide. La nuit était fraîche et le brouillard se dissipait, laissant place à des zones floues qui flottaient près des vitres de la voiture alors que nous approchions le Queens. Hale était au volant de la Porsche Cayenne Turbo S et Krystina, assise à côté de moi sur la banquette arrière. J'aurais aimé qu'elle reste là où je savais qu'elle serait en sécurité, mais elle avait insisté pour laisser Eva avec Viviane pour qu'elle puisse être avec moi. Après une longue dispute, la culpabilité que j'avais ressentie en laissant ma femme le plus loin possible de Ketry avait d'abord prit le dessus et j'avais cédé, mais seulement si elle acceptait de rester dans la voiture pendant que j'effectuais la livraison.

Krystina me serrait la main et je sentais sa nervosité. Je tentais de lui sourire de manière rassurante.

- Tout ira bien, mon ange. Détends-toi.

- Facile à dire ! En plus, je me pose pas mal de questions. Et si Hale, Bryan et Stephen avaient raison ? Et si c'était une erreur ? Et si les choses tournaient mal ? J'ai l'impression qu'on avance à l'aveuglette. En dehors de ce que ma mère nous a dit, qu'est-ce qu'on sait vraiment de Michael Ketry ?

- Je fais confiance à notre équipe de sécurité. Greyson sait ce qu'il fait, et Hale ne laisserait jamais rien arriver de mal. On est entourés de gardes, lui assurai-je en traçant un cercle dans l'air avec mon doigt.

Samuel était dans la voiture de tête avec Greyson à l'arrière, et deux autres véhicules transportant plus de personnel de sécurité suivaient dans les rues voisines.

- C'est peut-être parce que tout passe tellement vite. J'ai l'impression qu'on n'a pas eu le temps de bien réfléchir.

Je ne répondis pas, parce que même si je ne l'avais pas dit à voix haute, je partageais ses sentiments. Mais mon instinct me poussait à protéger Eva, et il ne se trompait jamais. En repensant à l'intrusion dans notre vie privée, je me mis à trembler.

Jeudi soir, j'avais fait l'erreur d'aller sur Internet après la diffusion de l'interview de Krystina avec Mac Owens. Il y avait déjà des théories de conspiration et de spéculations sur les raisons pour lesquelles Krystina et son père étaient séparés depuis tout ce temps. J'étais passé maître dans l'art de rester à l'écart du radar de la presse, mais là, les journalistes avaient été implacables avec Krystina. C'était comme si elle les obsédait et qu'elle n'avait aucune chance de leur échapper. Finalement, j'avais dû arrêter de regarder les résultats de mes recherches en ligne : une fureur impuissante m'avait envahi après avoir seulement dépassé la première page d'une recherche de base.

Et puis il y avait aussi ce à quoi nous avions été confrontés lorsque nous avions amené Eva à l'école hier matin. Je devais l'y déposer le vendredi, mais compte tenu des événements, Krystina et moi avions préféré l'y emmener. Lors de notre arrivée à Dalton-Hewitt, les paparazzis avaient déjà envahi les vastes pelouses de l'école.

Je refusais de soumettre Eva à tout ça. C'était pourquoi et elle avait passé sa journée à la Cornerstone Tower. Sa présence à Stone Enterprise était tout sauf un fardeau. En fait, j'étais rassuré de la savoir à proximité pendant que je travaillais sur un plan d'action pour Ketry avec Krystina et l'équipe de sécurité. Dans les bureaux, tout le monde était plus qu'heureux d'avoir une distraction.

Certes, cette situation n'était pas idéale, mais cela avait solidifié ma décision de coopérer avec Ketry. Le monde nous regarderait et scruterait chacun de nos mouvements pendant des mois. Le plus tôt il serait hors du tableau, le plus tôt les tabloïds perdraient intérêt.

Puis Hale se gara dans le parking A, juste en bas de la rue du Citi Field. C'était bondé de voitures, mais le gardien avait pu sans problème nous indiquer une place. Il n'y avait pas grand monde, car la plupart des gens assistaient au concert. J'avais cependant repéré quelques groupes bruyants qui faisaient la fête depuis le pare-chocs arrière de leur véhicule, avec de la musique qui sortait des haut-parleurs.

Samuel et Greyson étaient partis s'installer une bonne centaine de mètres plus loin. Nous ne voulions pas que Ketry nous voie arriver avec tout un tas de personnes et qu'il prenne peur. Je ne savais pas où se trouvaient les autres membres de l'équipe de sécurité, mais j'étais sûr qu'ils étaient quelque part dans les environs.

Une fois la voiture garée, Hale en sortit et commença à inspecter les lieux, pendant que je restais à l'intérieur avec Krystina. Je surveillais mon téléphone : presque dix heures et demie. Michael Ketry allait appeler dans quelques minutes. Il avait dit qu'il appellerait dès qu'il me verrait.

- Ne bouge pas, mon ange. Je vais juste sortir de la voiture un moment. Il faut que Ketry me voie. Et sans les flics.

Je sortis de la voiture et me tint aux côtés de Hale. Les bruits ambiants étaient vraiment différents à l'extérieur : de la musique sortait du Citi Field, remplissant l'air de certains des meilleurs titres hip-hop du moment. Je n'en étais pas fan, mais je pouvais quand même les apprécier.

- Je ne le vois pas, dit Hale en continuant à balayer les lieux du regard.

- Il est pourtant quelque part ici.

Comme par hasard, mon portable se mit à vibrer avec un numéro inconnu. Retenant mon souffle, je fis glisser mon doigt sur l'écran.

- Allô ? répondis-je.

- J'ai dit qu'il fallait venir *seul*, dit Ketry.

- Pour moi, *seul* signifie *sans police*. Je ne sors jamais sans mon équipe de sécurité. Seuls Hale, ma garde rapprochée et ma femme m'accompagnent, dis-je en refusant de lui accorder le privilège d'entendre le prénom de Krystina.

- Je suis d'accord. Mais ils restent tous derrière à partir de maintenant. Commencez à marcher vers le nord le long de la cinquième rangée de voitures du parking, me dit Ketry. Le bruit de fond du téléphone correspondait au même que celui qui m'entourait ; je savais donc qu'il était proche. Arrêtez-vous quand vous arrivez dans la rue, puis tournez à droite sur Shea Road et marchez jusqu'à l'intersection. Il y a un atelier de réparation automobile juste en face. Attendez là.

Puis, silence radio.

Prenant une grande inspiration, je remontais dans la voiture et regardais Krystina.

Elle me passa les bras autour du cou et me serra fort.

- Vas-y, mais fait gaffe !

- T'inquiète !

- Je t'aime.

Ce n'étaient que des mots, mais je ne me lasserais jamais de les entendre. L'émotion s'engouffra dans ma gorge lorsque je réalisais à quel point j'avais besoin de les entendre en ce moment.

- Je t'aime aussi, Krystina.

En me retirant de son étreinte, je me recentrais sur la tâche qui m'attendait et tendis la main derrière moi pour récupérer les sacs de sport contenant l'argent.

Une partie de moi s'inquiétait d'en transporter le plus possible à la vue de tous. Après tout, nous étions à New York. Dans cette ville, personne ne prêtait attention à rien, même lorsque quelqu'un faisait quelque chose d'improbable en pleine rue. Je n'étais pas sûr que ce fait me réconfortait compte tenu des circonstances.

Après avoir transporté les sacs sur la banquette arrière, je jetais un dernier regard à Krystina. Sa beauté ne manquait jamais de me couper le souffle. Elle était parfaite, comme une déesse venue du ciel.

Et c'était à moi de la protéger.

- Je serai vite de retour, mon ange.

31

Krystina

Je regardais Alexander s'éloigner de la voiture en direction de la route. J'aperçus Greyson et Samuel qui le suivaient, chacun avec un gobelet Solo à la main et agissant comme s'ils venaient d'assister à une fête de fin de concert. Les voir ne me rassurait pas. Malgré mon accord initial avec Alexander sur le fait que c'était la seule façon de gérer Michael Ketry, j'avais maintenant un sentiment d'insécurité à propos de tout ça.

Cette sensation d'effroi me poussa à ouvrir la portière de la voiture et à sortir.

- Que faites-vous Madame ? demanda Hale en se précipitant à mes côtés.

- Il y a quelque chose qui cloche, Hale. Je le sens.

- Je suis d'accord, mais le chef a pris sa décision. Il ne m'a pas été possible de le convaincre du contraire.

- Je sais. J'étais sur la même longueur d'onde que lui au début, mais maintenant je n'en suis plus si sûre. Je pense qu'il y a un angle différent sur lequel on aurait pu jouer, mais je n'y ai pas pensé jusqu'à maintenant.

- Quel angle ?

Je fronçais les sourcils et essayais de faire le point. Je n'avais pas encore eu le temps de réfléchir, alors quand je parlais, c'était un peu comme si je pensais à voix haute. J'espérais seulement que cela aurait du sens pour Hale.

- Et si je jouais la carte de la fille riche tout en prétendant que je veux avoir une relation avec Ketry ? Vous savez, avec une grande famille heureuse. Comme s'il manquait quelque chose sans lui depuis tout ce temps. Si je pouvais le convaincre que devenir un habitué de ma vie serait plus bénéfique pour lui, peut-être qu'il reculerait.

- Parce que c'est ce que vous voulez ? voulut savoir Hale, qui semblait réellement perplexe.

- En fait, non ! Je ne veux pas du tout retisser des liens avec lui, et ni qu'il s'approche d'Eva. Mais s'il croit à mon discours, cela pourrait nous faire gagner du temps, à Alexander et à moi. Il faut juste qu'on le repousse jusqu'à ce que tout soit réglé avec Eva et le tribunal des familles. Une fois qu'on sera les tuteurs légaux ou les parents adoptifs d'Eva, on n'aura plus à nous soucier des juges et des décisions de justice. On pourra même poursuivre Ketry pour extorsion de fonds, même s'il faudra quand même bien réfléchir avant de le faire. Et là, on aurait vraiment de quoi alimenter les médias !

Hale se frotta la mâchoire avec son pouce et son index en réfléchissant à ce que je venais de lui dire.

- Il y a encore le problème de la photo où vous sortez du club, souligna-t-il.

- Eh bien, si la photo sort, tant pis. Ça ne sera pas facile de gérer les retombées dans la presse, mais au moins Ketry ne pourra pas utiliser Eva comme levier. C'est tout ce qui compte. Je fis une pause et regardai nerveusement par-dessus mon épaule. Hale, s'il faut que j'intervienne, il faut que je rattrape Alexander. Et tout de suite.

- Il n'aimera pas du tout. Croyez-moi. Greyson Hughes non plus, et c'est lui qui dirige cette opération. Je pourrais le contacter, mais un changement de dernière minute comme celui-ci...

- Je sais, je sais. Ils n'apprécieront pas. Mais l'heure tourne.

J'aurais tout simplement dû courir dans la direction où Alexander avait disparu parce que j'étais certaine que Hale me plaquerait au sol.

- Alors, que proposez-vous ? me demanda-t-il finalement d'une voix résignée.

- Marchons un peu pour qu'Alex ne prenne pas trop d'avance sur nous, et je vous expliquerai mon plan pendant ce temps.

HALE et moi suivîmes Alexander en gardant une distance de sécurité tout en l'ayant bien dans notre ligne de mire. Lorsqu'il traversa Saaver Way et qu'il entra dans un atelier de réparation automobile délabré, j'en eus l'estomac retourné.

- Hale, pourquoi il entre là-dedans ? Je croyais que Greyson avait dit que Ketry voudrait que se fondre dans la foule.

- Je ne sais pas, madame, répondit Hale en secouant la tête.

L'inquiétude dans sa voix correspondait à ce que je ressentais, et nous accélérâmes tous deux le pas.

Au fur et à mesure que nous nous rapprochions de l'atelier, je me demandais à quel moment il avait été en fonctionnement la dernière fois. Des écailles de peinture se détachaient des planches du bardage et les deux grandes portes du garage étaient couvertes de rouille. Les fenêtres ne laissaient plus passer la lumière, car la poussière et les toiles d'araignée recouvraient les vitres, bloquant le soleil qui osait essayer de pénétrer à l'intérieur. La porte d'entrée semblait avoir été autrefois d'un rouge cerise éclatant, mais tout comme le reste du revêtement, la peinture s'était écaillée, jonchant le seuil d'un mélange délavé de taches rouges, roses et blanches.

Hale et moi nous arrêtâmes juste devant la porte derrière laquelle nous avions vu Alexander disparaître. Nous pouvions entendre des voix venant de l'intérieur, mais je n'arrivais pas à comprendre ce qui se disait.

Un bruit de pas derrière nous me fit me retourner. Greyson et

Samuel s'approchaient rapidement, chacun avec une expression confuse sur le visage. Greyson ouvrit la bouche pour parler, mais Hale le fit taire en portant un doigt à ses lèvres, puis en pointant l'intérieur du bâtiment.

- Je vais entrer, chuchotai-je. Hale secoua violemment la tête, mais j'ignorai son avertissement silencieux. Je dois le faire. Et seule. Si vous entrez avec moi, ça pourrait provoquer une réaction négative de la part de Ketry.

Sans attendre de réponse, je me retournai et saisis la poignée de la porte. Je la poussai, faisant gémir les charnières et les faisant résonner contre les poutres d'acier qui luttaient contre l'affaissement du toit. Une fois à l'intérieur, je refermai rapidement la porte derrière moi, aussi silencieusement que possible, puis je tournai le pêne dormant en position verrouillée afin d'empêcher Hale, Samuel et Greyson de me suivre, mais vu la quantité de particules de rouille qui s'étaient détachées de la serrure, j'étais sûre qu'ils seraient capables d'entrer avec un minimum d'effort.

Les voix que j'avais entendues depuis l'extérieur étaient plus fortes maintenant, mais toujours à distance. Je reconnus les sons étouffés d'Alexander et me dirigeais dans leur direction vers l'arrière du bâtiment.

Une odeur d'urine imprégnait l'air, et je retroussais le nez avec dégoût en marchant. Mon cœur battait la chamade et un bourdonnement résonnait dans mes oreilles. Je ne pouvais m'empêcher de ressentir que je vivais dans un film d'horreur. J'étais la fille imprudente qui pénétrait dans un bâtiment abandonné, pendant que le public regardait la scène se dérouler, retenant son souffle, attendant qu'un monstre horrible surgisse de derrière elle.

Je me rappelais qu'il n'y avait pas de monstres dans la vraie vie. Juste des gens malveillants.

Une partie de moi souhaitait que tout cela ne soit en réalité qu'un film dramatique. Ça en avait certainement l'air. Si seulement je pouvais faire appel à la mafia et ordonner une élimination de

Michael Ketry, éliminant ainsi mon problème comme je l'avais vu dans *Les Soprano* ou dans le film *Casino* avec Robert De Niro.

C'était une idée absurde, mais une idée que j'avais eue en marchant lentement sur le sol en béton recouvert de poussière et de débris. Je ne ressentais même pas de culpabilité à souhaiter la mort de mon père biologique. Il représentait une menace pour moi et pour tous ceux qui m'étaient chers, et il n'y avait pas d'amour perdu entre nous.

Je tournais dans un coin, passant par une entrée étroite, quand Alexander et Ketry entrèrent dans mon champ de vision. Ils se faisaient face, se tenant à environ une vingtaine de mètres l'un de l'autre. Les sacs d'argent étaient aux pieds d'Alexander, et il avait un air meurtrier. Ketry, en revanche, semblait arrogant et sûr de lui, comme si c'était juste une journée ordinaire au bureau.

La tête d'Alexander se retourna quand il m'entendit approcher.

- Krystina ! Mais putain ! Je t'ai dit d'attendre dans la voiture, grogna-t-il.

Je secouais la tête.

- Non. Je pensais que c'était important que je vienne. Je veux parler à mon père.

Alexander me regarda d'un air étrange, comme s'il pensait que j'avais perdu la tête. Peut-être que c'était le cas. Je ne lui prêtais pas attention et maintenais mon attention sur Ketry.

Il était vêtu d'une chemise vert foncé tachée de graisse et d'un style de jean noir délavé que je n'avais pas vu depuis le début des années quatre-vingt-dix. Je pouvais voir qu'il avait été bel homme, mais le temps n'avait pas été tendre avec lui. Même maintenant, il était plus négligé et désordonné que quand je l'avais vu à l'école, mais il parvenait quand même à se tenir là avec arrogance.

- Il n'y a rien à dire, ma chérie. Dis juste à ton mari de me donner le fric et je m'en vais.

- Est-ce vraiment nécessaire de faire ça ? demandai-je. Enfin, j'veux dire, je viens littéralement d'apprendre ton existence. J'ai pensé qu'on pourrait essayer de se connaître. Après tout, je suis ta fille.

- Krystina, tu fais quoi ? chuchota Alexander.

Je ne détournais pas les yeux de Ketry.

- Si j'avais voulu te connaître, je l'aurais fait il y a bien longtemps, déclara Ketry.

- Et ma mère ? Tu as eu une relation avec elle il y a longtemps, et c'est de cette relation que je suis née. Ça ne signifie rien pour toi ?

- Non, en fait. Ça ne signifie rien du tout pour moi.

Il me fixait avec tant de haine que je pouvais sentir le mal brûler dans son âme. Je frissonnais. La soudaine réalisation que le sang vil de cet homme puisse couler dans mes veines était révoltante.

- Michael...

Je commençais à l'implorer, mais je m'arrêtai net quand il sortit un pistolet de l'arrière de sa ceinture.

Il le pointa sur Alexander, puis sur moi. Nous restions tous les deux figés, et je ne pouvais que prier pour qu'Alexander reste immobile et ne fasse rien d'imprudent qui pourrait provoquer Ketry à nous tirer dessus.

Il déplaça le pistolet de manière hésitante entre Alexander et moi, avançant lentement vers nous jusqu'à s'arrêter devant Alexander.

- Maintenant, je vais ramasser ces sacs, nous informa-t-il. Pas la peine de faire de blague. Pigé ?

Alexander lui fit un léger signe de tête.

Ketry se pencha lentement et dézipa les sacs pour en vérifier le contenu. Satisfait, il se redressa lentement. Il jeta un sac sur le bras qui tenait le pistolet tout en portant le deuxième dans sa main libre. Il recula vers la porte étroite par laquelle j'étais entrée, ne détournant jamais le canon dirigé sur nous. En atteignant la porte, il sourit et leva l'un des sacs.

- Merci ! Je suis sûr qu'on va se reverra dans pas longtemps.

Puis il disparut.

J'expirais l'air que je n'avais pas réalisé retenir. Cependant, le soulagement de ne plus avoir de pistolet pointé sur moi fut de courte durée lorsque Alexander se retourna vers moi. Il me saisit les épaules d'une prise tellement serrée que je grimaçais.

- Mais tu pensais à quoi en venant ici ? Krystina ! Il aurait pu te tuer !

- Toi aussi, répliquai-je. Je me dégageais de son emprise. Ketry ne va tuer personne : t'as entendu ce qu'il a dit à la fin ? Il a dit qu'on se reverrait dans peu de temps. Il reviendra pour en demander plus. Je suis venue espérant nous acheter du temps pour...

Un bruit fort retentit derrière moi. Nous sursautâmes tous les deux. En me retournant, je vis qu'un grand morceau de tôle s'était détaché d'un mur, causant ce bruit assourdissant en frappant le sol en béton.

- Je ne discute pas ici, dit Alexander d'un ton sec. Cet endroit est en ruine et pourrait s'effondrer au moindre souffle de vent. Partons.

Il m'attrapa le bras et me traîna presque jusqu'à l'entrée principale. Juste avant d'y arriver, la porte s'ouvrit violemment. Hale, Greyson et Samuel arrivèrent en courant. Tous semblaient furieux, mais Hale l'avait l'air encore plus.

- Pourquoi avez-vous fermé le verrou de cette putain de porte ? demanda-t-il avec colère dès qu'il me vit.

- On en parlera une fois qu'on sera dehors, répondit Alexander. Cet immeuble est en train de s'effondrer, ce n'est pas sûr.

Une fois dans la rue, j'arrachai mon bras de l'emprise d'Alexander.

- Je peux marcher parfaitement toute seule, merci beaucoup !

- Krystina, répondit Alexander d'un ton avertisseur.

Je l'ignorais et me dirigeais vers la voiture. Alexander était contrarié, et peut-être qu'il avait le droit de l'être, mais au moins il aurait pu me laisser m'expliquer.

Je traversais la rue quand j'entendis de l'agitation sur ma gauche. Des gens criaient et des pneus crissaient. Je suivis la direction du bruit et vis une voiture surgir du coin de la rue, fonçant dans Seaver Way et fauchant la foule de personnes qui sortait du concert. Certaines d'entre elles avaient réussi à s'écarter, mais pas toutes. Elles avaient été projetées dans les airs comme si elles n'étaient rien de plus que des quilles sur le chemin d'une boule cherchant un strike.

- Oh mon Dieu, chuchotai-je. Cette voiture a percuté ces gens. Toutes ces personnes sont...

Je n'eus à peine le temps de réaliser que la voiture se dirigeait droit sur moi avant d'être violemment percutée sur le sol. Ma tête heurta violemment l'asphalte, et je roulais par terre. J'ai cru que j'allais vomir en ouvrant un œil, découvrant Greyson qui faisait barrière de son corp pour me protéger. J'essayais de bouger, de respirer, mais c'était comme si mes poumons ne fonctionnaient plus. Des étoiles tourbillonnantes parsemèrent mon champ de vision, puis tout devint noir.

32

Alexander

Les sirènes et les gyrophares étaient partout. Nous étions entourés de camions de pompiers, de voitures de police et d'ambulances, tous luttant pour se frayer un chemin vers la scène la plus critique. Je voyais à peine tout ça alors que je me concentrais sur le fait de maintenir Krystina à plat sur le sol. Heureusement, elle n'avait été inconsciente que pendant quelques minutes, mais son corps immobile avait suffi à me faire peur. Elle était restée insensible à mon contact, et jusqu'à ce qu'elle se réveille, son pouls fort était la seule indication qu'elle était en vie.

- Alex, laisse-moi me lever. Ça va !

- Non, ça va pas ! Tu as une entaille de plus de dix centimètres sur le front, et peut-être aussi que tu as d'autres blessures qu'on n'a pas vues ? Tu bouges pas tant que quelqu'un ne te regarde pas ! Hale ! appelai-je par-dessus mon épaule. Pourquoi les secouristes mettent-ils autant de temps pour venir jusqu'à nous ?

Je voulais être en colère contre ma femme. Mon besoin intense de lui reprocher de ne pas être restée en retrait comme elle était censée le faire était réel. Je ne savais pas comment quelqu'un réussissait à toujours trouver autant d'ennuis. Elle s'était mise en danger tout simplement en étant... en étant Krystina ! Encore une fois. Et ça me rendait complètement dingue rien que de penser à ça.

Autant je voulais la cloîtrer dans notre chambre pour toujours après l'événement d'aujourd'hui, autant j'étais simplement reconnaissant qu'elle n'ait pas été plus gravement blessée. Quand elle avait touché le sol, j'avais senti mon cœur s'arrêter. Avec la façon dont cette voiture avait foncé à travers la foule, je frissonnais en pensant à quel point cela aurait pu être pire.

Si Greyson n'avait pas été si près d'elle...

Greyson Hughes était un nouveau venu dans l'équipe de sécurité, mais je me fis une note mentale pour l'augmenter. Il se révélait être de plus en plus précieux chaque jour.

- On m'a dit qu'un secouriste arrivera dès qu'il pourra, dit Hale. Ils sont tous un peu débordés en ce moment. Beaucoup de personnes sont sérieusement blessées.

- Et vous dites que ma femme ne l'est pas ? aboyai-je d'un ton irrité.

- Je ne dis pas ça du tout, mais... Il hésita, me forçant à détourner mon attention de Krystina pour regarder là où il se tenait. Pas mal de gens sont décédés, monsieur. C'est le chaos. La police essaie de traiter la scène.

- Y'a des morts ? demanda Krystina en luttant pour se redresser.

Je suivis le regard de Hale et vis ce dont il me parlait. J'avais été tellement absorbé par le cas de Krystina que je n'avais pas pris la peine d'évaluer la gravité de ce qui s'était passé.

La police balisait des sections le long de la rue, encerclant des zones contenant des corps ensanglantés et immobiles. Des policiers progressaient dans le quartier, mais ils avaient encore du chemin à faire avant de nous atteindre. Le maniaque au volant de la voiture avait parcouru plus de deux cent mètres à grande vitesse avant de s'arrêter, et ce n'était que parce qu'il avait percuté une voiture garée à quelques mètres de l'endroit où je me trouvais.

Tournant mon attention vers le véhicule, je me demandais

quel était l'état de santé du conducteur. Je dus m'y reprendre à deux fois en repérant une silhouette familière allongée au milieu de la route. Son ventre rond faisait saillie entre une chemise verte et un jean noir délavé et je n'avais aucun doute sur son identité.

Michael Ketry.

Il gisait là, étendu et parfaitement immobile, ses membres s'étendant en position bizarre avec du sang s'accumulant sous la tête. Ses yeux étaient ouverts et vides. J'étais sûr qu'il était parmi les morts. Si cela c'était passé dans un autre endroit et à un autre moment, j'aurais peut-être remercié le destin d'avoir résolu cette menace pour ma famille. Mais pas aujourd'hui. Pas quand il y avait autant de pertes de vies autour de moi. C'était rien de moins qu'une tragédie.

Samuel se tenait à quelques mètres derrière son corps. Il portait son t-shirt de concert, et n'avait pas l'air différent des autres spectateurs. Je vis Hale lui faire un signe de tête rapide, puis j'observais Samuel qui se promenait d'un air détendu derrière le corps de Ketry et ramasser les deux sacs noirs qui contenaient les cinq millions de dollars en liquide. Par la grâce avec laquelle il bougeait, personne n'aurait remarqué ce qu'il faisait sans l'observer de plus près. En quelques secondes, Samuel avait disparu dans la foule bordant la rue.

- Il y aura moins de questions si tout ça n'est pas trouvé en plein milieu de ce chaos, dit Hale à voix basse. Je fais confiance à Samuel pour tout mettre en un endroit sûr.

- Bonne idée, acquiesçai-je.

Je me demandais si je devais me sentir soulagé de ne pas avoir perdu tout cet argent. En vérité, je ne ressentais qu'un choc immense, et il m'était difficile de réaliser le niveau de degré réel du chaos et du carnage qui m'entouraient.

Une fois de plus, je me tournai vers le véhicule qui avait causé tant de destruction, essayant de comprendre ce qui était en train de se passer. Les pompiers l'entouraient, utilisant des pinces de désincarcération pour retirer la portière du côté du conducteur. J'observais leur travail, jusqu'à ce que la porte soit finalement complètement enlevée. Les secouristes purent enfin tirer le conducteur de la voiture et le placer sur une civière jaune.

Son corps était mou, un bras pendait librement de la civière et se balançait jusqu'à ce qu'un sauveteur le pose sur sa poitrine. Depuis mon point de vue, je ne pouvais pas dire si le conducteur était mort ou vivant, mais il avait l'air plutôt jeune.

- Oh non ! s'exclama soudainement Krystina.

- Qu'est-ce qui se passe ? demandai-je précipitamment.

Contrairement à moi, ce n'était pas le conducteur qu'elle regardait, et c'était pourquoi je ne savais pas ce qui mettait cette expression horrifiée sur son visage.

Elle porta une main tremblante à sa bouche, puis pointa sa main libre vers la rue située à l'opposé de l'endroit où je regardais. Je savais ce qu'elle montrait sans qu'elle ait à le dire. C'était le corps inerte de Michael Ketry qu'elle avait repéré.

- Il est mort, chuchota-t-elle. C'est de ma faute. J'ai moi qui ai fait ça.

- Comment ça ? Tu n'as rien à voir avec ce qui s'est passé ici.

- Mais je l'ai souhaité. Je voulais qu'il meure parce qu'il avait menacé notre famille. Je voulais qu'il se passe quelque chose comme ça.

Sa voix était aiguë, et je craignais qu'elle ne commence à être en état de choc.

- Krystina, regarde autour de toi. Tu n'as jamais souhaité tout ça.

- Mais si. Je l'ai souhaité pour lui. Quel genre de personne voudrait voir une autre personne morte ?

Je pressais mes lèvres en une ligne serrée, dérangé qu'elle puisse porter le moindre sentiment de culpabilité pour cette scène horrible. C'était une question d'être au mauvais endroit au mauvais moment, et cela n'avait rien à voir avec une quelconque pensée positive.

- Beaucoup de gens souhaitent la mort des autres. J'ai souhaité la mort de mon père aussi. Quel genre de personne cela fait de moi ?

Elle me fixa pendant un long moment avant de dire : Mais c'était différent. Tu étais...

- Quoi ? Un enfant ? Ça fait aucune différence. S'il était encore en vie maintenant, je souhaiterais toujours sa mort après ce qu'il a fait à ma mère. Mais c'est ça, mon ange... ça aurait été un souhait. Rien de plus. Tu n'avais aucun contrôle sur ce qui s'est passé ici. Ne te blâme pas.

Elle fronça les sourcils en se concentrant.

- Je comprends ce que tu dis, mais quand même. Je ne peux m'empêcher de penser...

- De penser à quoi ? insistai-je en essayant de discerner son expression conflictuelle. Je ne sais pas comment l'expliquer. Ce que je veux dire, c'est que je viens de découvrir qui était mon père, et maintenant il est mort. Je ne sais pas comment me sentir par rapport à ça... ou à propos de tout ça. Alex, qu'est-ce qui se passe ? Toutes ces personnes...

Sa voix se fissura et elle s'interrompit à nouveau, ses yeux remplis de larmes non versées parcourant la scène incompréhensible.

C'en était trop. Il me fallait l'emmener ailleurs.

- Hale, on ne sait pas combien de temps les secouristes vont mettre pour arriver à nous. On emmènera Krystina à l'hôpital plus rapidement par nos propres moyens. Retournez au parking et voyez si vous pouvez amener la voiture jusqu'au coin de l'avenue Roosevelt. On s'y retrouve.

- Bien, monsieur.

Après qu'il se soit éloigné, je me tournais vers Krystina. Mon regard parcourut son corps, l'inspectant pour trouver toute blessure que j'aurais pu manquer auparavant.

- Tu te sens capable de marcher ? demandai-je.

- Je te l'ai déjà dit. Ça va.

- D'accord. Dans ce cas, prends ma main... doucement. Je ne veux pas que tu te déplaces trop vite.

- Alex, vraiment...

- Tout le monde va bien ici ? demanda une voix derrière moi.

Glissant mon bras autour de la taille de Krystina, je la redressai. Me penchant pour voir qui nous adressait la parole, je vis un agent de police en uniforme s'approcher. Je le reconnus immédiatement : c'était l'agent Bailey, le flic qui m'avait poussé violemment sur le trottoir froid et enneigé devant le refuge pour femmes pour m'empêcher d'entrer dans le bâtiment de la prise d'otage de Stone's Hope, un an auparavant.

- On dirait que tout va bien pour nous. Merci, lui dis-je.

- Eh, est-ce qu'on se connait ? demanda-t-il.

Un coin de ma bouche tressaillit en un sourire ironique.

- Un peu. Vous m'avez fait goûter le béton devant le refuge pour femmes de Stone's Hope l'année dernière.

Il fronça les sourcils, puis regarda Krystina. Il la reconnut au bout de quelques secondes.

- Eh bien, eh bien. C'est bien vrai. Le monde est petit. Je suis désolé de nous retrouver dans ces circonstances.

- C'est vraiment affreux, acquiesçai-je. Vous savez ce qui s'est passé ?

- Je ne devrais pas le dire avant qu'il y ait une déclaration officielle, mais je reconnais une overdose d'opioïdes quand je la vois, dit-il en secouant la tête. Peau bleue, respiration superficielle. Nous lui avons donné du Narcan pour le réanimer. Une fois sobre, ce jeune homme va se retrouver dans une mouise fantastique.

L'officier Bailey regardait en bas de la rue et je suivis son regard. La foule avait commencé à se disperser, et les badauds qui restaient étaient éclairés par une mer de lumières rouges et bleues clignotantes provenant d'au moins une douzaine de véhicules d'urgence. Je contemplais toutes les zones barrées par du ruban jaune, des lignes jaunes qui représentaient tant de morts. Le conducteur qui avait causé toute cette perte allait probablement être condamné à la réclusion à perpétuité.

- Combien de morts ? demanda Krystina, ses pensées se dirigeant dans la même direction que les miennes.

- Quatre confirmés jusqu'à présent, et beaucoup trop de personnes sont dans un état critique, dit l'officier d'un air sombre.

Soupirant, il se tourna de nouveau vers nous. Si vous allez bien, je vais continuer mes vérifications. Y a-t-il d'autres personnes de votre groupe qui sont blessées ? Ou juste vous deux ?

Je ne pus empêcher mon regard de glisser sur à Ketry. Sans m'y attarder, mais seulement assez longtemps pour prendre une décision en une fraction de seconde.

- Non, officier. C'est juste nous deux. On ne connaît personne d'autre ici.

Enveloppant mon bras autour de la taille de Krystina, je me retournai et nous commencions à remonter la rue en laissant toute cette folie derrière nous.

ÉPILOGUE

Krystina
5 mois plus tard

Je me penchais en arrière pour remonter la courte fermeture éclair de ma robe. Elle débutait à la courbe de mes fesses et remontait sur trois centimètres. Juste au-dessus, une petite agrafe discrète était cousue pour assurer le maintien de la robe au niveau des hanches. Comme je ne pouvais pas du tout la voir et qu'elle m'était totalement inaccessible, je partis chercher l'aide d'Alexander. Sortant de mon dressing, je n'eus pas à chercher bien loin. Alexander, d'une élégance remarquable dans son smoking noir, se tenait de l'autre côté de la chambre, irrésistiblement beau. Sa beauté éclatante et son charisme avaient un effet puissant sur moi, et lorsqu'il m'offrit un sourire, mon cœur s'emballa avec une palpitation accrue.

- Est-ce que tu pourrais m'aider ? Je n'arrive pas à fermer cette agrafe... Là ? demandai-je en me tenant devant le miroir en pied.

Alexander se plaça derrière moi et glissa le crochet à travers la boucle.

- Cette robe est trop évocatrice, me dit-il.

Je contemplais mon reflet avec satisfaction. J'appréciais cette robe, qu'Allyson avait sélectionnée pour moi afin que je la porte en tant que témoin lors de son mariage. D'un rouge intense, elle arborait un corsage perlé et une jupe légèrement superposée qui ondulait gracieusement derrière moi à chacun de mes pas. Le haut se prolongeait en un col montant à l'avant, laissant place à un profond décolleté en V dans le dos. Tout mon dos était exposé, ce qui était probablement à l'origine du mécontentement de mon mari.

- Je n'ai pas choisi cette robe. C'est Ally, et c'est son grand jour. Je pense que ce rouge audacieux est parfait pour le thème de la Saint-Valentin qu'elle et Matteo ont choisi. Ce thème est d'ailleurs très approprié à Matteo, toujours aussi fidèle à son âme romantique.

À cet instant, Eva fit irruption dans la chambre. Ses cheveux châtain clair étaient relevés en deux couettes bouclées qui sautillaient chaque fois qu'elle bougeait. Les rubans rouges qui les liaient constituaient le détail parfait pour compléter la robe de demoiselle d'honneur blanche et rouge qu'elle allait bientôt revêtir.

- Est-ce que je peux regarder la télé dans votre chambre ? demanda-t-elle en me regardant avec ses grands yeux bleus curieux.

- Bien sûr, ma puce, acquiesçai-je. Mais pas longtemps. Tu vas bientôt aller mettre ta belle robe.

- Viens là et assieds-toi avec moi sur le lit, lui dit Alexander en s'asseyant sur le bord du grand matelas king size de notre lit et en tapotant l'espace vide qui était près de lui. Saisissant la télécommande sur le meuble télé, il la pointa vers la télévision. Qu'est-ce que tu aimerais que je mette ?

En souriant, je les laissai discuter des options de dessins animés qui se présentaient à eux pendant que je me rendais dans la salle de bains pour finir de me préparer. Alors que j'appliquais sur mes paupières la combinaison de couleurs adaptée à l'effet œil « fumé », je soupirais de satisfaction.

Au cours de ces cinq derniers mois, la situation s'était apaisée, nous permettant d'instaurer une routine plus facile. Cependant, cela n'avait pas été sans quelques difficultés sur notre chemin. Après avoir pesé le pour et le contre, nous avions décidé de nier les affirmations de Michael Ketry diffusées aux informations selon lesquelles il était mon père. Ma mère fut plus que ravie que nous ayons choisi cette voie, car cela lui permettait de mettre cette partie de sa vie derrière elle une bonne fois pour toutes. Cependant, ce n'était pas pour elle que nous avions agi ainsi, mais pour Eva. Elle semblait heureuse et épanouie, et réussissait bien à l'école. Nous pensions qu'il valait mieux qu'elle n'ait aucun lien avec l'homme qui n'avait jamais cherché à avoir une relation avec moi jusqu'à ce qu'il voie une opportunité d'extorquer de l'argent. Lorsque les journalistes nous posaient des questions à ce sujet, nous répondions tout simplement que nous n'avions aucune idée de qui il était.

Bien sûr, la presse s'était mise à fouiller un peu malgré nos déclarations. À moins d'un prélèvement d'ADN - auquel je ne consentirais jamais - il n'y avait aucune preuve de sa relation avec moi, grâce à la décision de ma mère de l'exclure de l'acte de naissance. Je pensais que je ressentirais un minimum de culpabilité pour avoir nié l'homme dont le sang coulait dans mes veines, mais rien du tout. Mon indifférence me fit marquer une pause, mais juste pour un bref moment. Après tout, il n'était qu'un étranger pour moi. Frank était le seul vrai père que je n'avais jamais connu, et je l'aimais de tout mon cœur.

Je dévissais le capuchon de mon gloss teinté, en appliquais une touche sur mes lèvres, puis le glissais dans ma pochette. En fouillant dans ma trousse de maquillage, je sortis tout ce dont j'aurais besoin au cours de la journée et l'ajoutais à mon gloss. En reculant, je contemplais mon reflet. La seule étape restante était d'ajouter les boucles d'oreilles en diamant et en perles en forme de gouttes qu'Alexander m'avait spécialement achetées pour cette occasion.

Revenant dans la chambre, je me dirigeais vers mon portebijoux et sortis les boucles d'oreilles de leur écrin de velours. En attachant le fermoir sur la tige de la première boucle, j'entendis Eva qui riait à pleins poumons. Intriguée, je me retournais pour voir ce qui la faisait tant rire. Son attention était captivée par le dessin animé qu'elle regardait, où un chien célèbre aux longues oreilles noires se débattait avec un ange et un démon perchés de chaque côté de sa tête.

Alexander, qui riait aussi, se pencha pour lui chuchoter à l'oreille : Elle aussi, elle a un ange et un démon. Comme ce chien ! dit-il en me montrant du doigt et en s'assurant que son chuchotement était assez fort pour que je puisse l'entendre.

- Ohhhh ! Tu pourrais pas te taire un instant ? ! T'es pas obligé de lui révéler tous mes secrets ! le taquinai-je.

- Et qu'est-ce qu'ils font ? demanda Eva, les yeux remplis d'émerveillement.

Jouant le jeu, je me laissais emporter : Ils agissent un peu comme mon subconscient en me disant ce qui est bien, et ce qui est mal, lui dis-je. L'ange est gentil, mais le diable me tente à faire des choses très mauvaises.

- Moi aussi, je veux aussi un ange et un diable ! déclara-t-elle.

- Peut-être que Krystina partagera les siens avec toi, intervint Alexander avec un clin d'œil.

Je roulais des yeux et secouais la tête.

- Décidemment, tu es incorrigible.

- J'ai beaucoup réfléchi à une chose, dit soudainement Eva, prenant un ton très sérieux.

- Oh, oui ? m'enquis-je amusée tout en prenant la deuxième boucle d'oreille qui allait finir sur mon autre oreille. Dis-nous tout. À quoi tu as réfléchi, ma puce ?

- Je ne veux plus vous appeler Alex et Krys.

Je penchais la tête pour la regarder, ne sachant pas ce qu'elle allait dire ensuite. C'était une enfant très réfléchie, et quand elle disait qu'elle réfléchissait sérieusement à quelque chose, c'était probablement le cas.

- Alors, comment tu veux nous appeler ? interrogea Alexander.

- Eh bien, j'ai une amie à l'école, qui s'appelle Jenna, commença-t-elle de manière très factuelle. Elle a deux mamans. Elle en appelle une *maman* et l'autre *mamou*. Je pense que moi aussi, j'ai deux mamans. Toi, et la maman du ciel. J'ai appelé celle du ciel *maman*, alors j'ai pensé que je pourrais t'appeler *mamou*.

Je me figeai, ne sachant pas quoi dire. Alexander et moi étions allés au tribunal, et nous avions obtenu la tutelle légale. La prochaine étape était l'adoption. Nous avions finalement décidé de ne pas insister sur le fait de savoir si Eva devait nous appeler *maman* et *papa*. Elle ne parlait d'Anna que rarement, mais je savais que sa mère biologique occupait toujours ses pensées de temps en temps.

- Mamou. J'aime ça. C'est même parfait, lui dis-je, faisant tourner ces cinq lettres dans ma tête.

- Et moi alors ? demanda Alexander.

- Tu peux simplement être *papa*, canaillou ! dit Eva avec un sourire. Je n'en ai pas d'autre, alors pourquoi aurais-je besoin de trouver un nouveau nom ?

Elle avait dit ça comme si c'était une évidence. Et pour elle, c'était probablement le cas puisqu'elle n'avait jamais eu de figure paternelle jusqu'à présent. C'était juste l'une des nombreuses choses que nous avions découvertes en fouillant l'appartement d'Anna Wallace.

Nous avions trouvé des flacons de médicament portant le nom d'Anna, des médicaments utilisés pour traiter le trouble bipolaire. Tous étaient vides, et les dates sur les flacons montraient qu'elle était à court de médicaments depuis au moins un an avant son suicide. Elle tenait également plusieurs journaux intimes qui nous avaient permis d'avoir un aperçu de son état mental. Nous les avions remis au Dr Tumblin, et il en avait déduit, avec ce peu de littérature à son sujet qu'elle souffrait probablement de bipolarité et luttait contre des démons que personne d'entre nous ne pouvait comprendre.

Je pensais qu'Alexander paniquerait face à cette découverte, mais il prit le tout avec philosophie, disant que c'était bien de connaître l'histoire médicale familiale d'Eva. Quand viendrait le temps, nous lui dirions la vérité, nous assurant qu'elle comprenne qu'elle était toujours aimée, et que ce n'était pas le rejet mais la maladie mentale qui avait emporté sa mère biologique de la terre.

Mais la chose la plus importante que nous ayons trouvée chez Anna était le certificat de naissance d'Eva. Eva Eloise Wallace, née le vingt-huit février, semblait être sans père. Anna n'avait pas indiqué de nom pour le père. Nous n'avions trouvé aucune preuve non plus que Mark, l'homme tué en prison, était son père biologique, comme me l'avait indiqué Madilyn Ramos. Ça aurait pu être lui, mais il n'y avait aucun moyen pour nous de le savoir avec certitude. Comme il n'y avait pas de photos d'Eva avec lui, ni avec un autre homme, cela donnait à l'identité de son père biologique le fruit de toutes les suppositions.

Cependant, voir le sourire d'Alexander quand Eva l'appelait *papa* suffisait à faire en sorte que tout cela n'ait plus d'importance. Je souris en le regardant déposer un baiser sur le sommet de la tête d'Eva. Il serait son père maintenant. Et tout comme Frank l'était pour moi, mon mari serait le seul qui compterait vraiment pour elle. Ils avaient déjà établi leurs petites routines, certaines d'entre elles étant beaucoup plus adorables que les autres. Ma préférée était la façon dont ils préparaient le petit-déjeuner ensemble chaque matin. Il y avait toujours de la musique, et on les surprenait souvent en train de chanter. Eva connaissait rarement les paroles, mais entendre Alexander changer les paroles de *Jack and Diane*[1] en "œufs et jambon frit" était vraiment inestimable.

- La voilà ! s'exclama une Viviane exaspérée depuis l'embrasure de la porte de la chambre. Elle regarda Eva d'un air significatif. Je t'ai cherchée partout, ma petite. Je crois t'avoir dit qu'il était temps de t'habiller. Je n'ai pas dit qu'il était temps de regarder des dessins animés au lit.

Je souris intérieurement devant l'indignation feinte de Viviane.

Même si je savais très bien qu'il n'y avait aucune véritable animosité dans ses paroles, Eva les prenait à cœur et baissa la tête avec timidité.

- Je suis désolée, Mademoiselle Viviane.

- Rhôôôô non, pas ça, maintenant ! Tu n'as rien à te faire pardonner. Viens avec moi. On va te rendre toute belle !

En se dirigeant vers le lit, elle tendit la main à Eva. Je lui souris, aimant la relation facile et attentionnée qu'elle entretenait avec Eva.

- Merci, Viviane. Je ne suis pas loin, si besoin. Ally nous attend dans deux heures. La cérémonie n'est qu'à treize heures, mais Eva et moi, on va l'aider à se préparer.

- J'ai hâte de la voir, dit Viviane en souriant. Allyson va être une mariée magnifique !

Après leur départ, Alexander vint vers moi et me balaya du regard de la tête aux pieds avec des yeux brûlants.

- Puisque je t'ai juste pour moi, commença-t-il. Parlons un peu plus de cette robe très évocatrice. Il y a quelque chose qui ne va pas.

- Tu vas pas rev'nir là-d'ssus ? Cette robe est très bien. D'ailleurs, même si je voulais la changer pour une autre, je ne le pourrais pas. Tu le sais bien.

- J'ai pas dit que je voulais que tu changes de robe, déclara-t-il, en prenant mon visage entre ses mains et en baissant suffisamment la voix pour me faire frémir mes orteils.

- J'ai cru comprendre que tu n'étais pas enchanté par le dos révélateur ce cette robe.

Ses sourcils élégants se haussèrent légèrement, comme si ce que je venais de dire était loin de la vérité.

- Ou peut-être qu'il lui manque quelque chose, tout simplement ?

À ma grande surprise, il plongea la main dans la poche poitrine de sa veste de smoking et en sortit un collier de diamants. Il le porta jusqu'à moi, fixant les joyaux éblouissants autour de mon cou avant de tourner mon corps pour me faire face dans le miroir. Dos à lui, j'admirais le magnifique collier de plus d'un centimètre de large qui scintillait de manière éblouissante. Il y avait une perle solitaire au centre, nichée entre mes clavicules. C'était un complément parfait aux boucles d'oreilles en diamant et perles qu'Alexander m'avait déjà offertes un peu plus tôt dans la matinée.

— Alex, il est magnifique !

Je le touchais avec une main tremblante, m'émerveillant de son exquisité.

—Ça, c'est juste parce qu'il est sur toi. Tu es radieuse quand tu souris, mon ange.

— Non, mais quel beau parleur tu fais ! Écoute-toi un peu ! Et il n'est même pas neuf heures du matin ! lui dis-je en riant

— Mais non, mais du tout ! C'est la vérité. Et quand tu ris, tu es plus époustouflante que n'importe quel diamant.

Je rougis lorsqu'il m'enlaça la taille et se pencha pour presser ses lèvres contre mon épaule nue. Me tournant dans son étreinte, je me hissais sur mes talons aiguilles rouges de douze centimètres et portais mes lèvres aux siennes.

— Merci, murmurai-je. Je sentis sa bouche s'incurver contre la mienne. Quand on rentrera de la réception du mariage, je vais te faire l'amour avec ces diamants et ces talons hauts, et rien d'autre. Hummm, rajoutai-je en chantonnant alors que sa langue surgissait pour tracer légèrement mes lèvres de manière taquine.

— Mais je n'ai pas encore fini. J'ai une autre surprise pour toi, mon ange.

Je me retirai légèrement, me sentant légèrement choquée. Le coût du collier et des boucles d'oreilles suffisait à nourrir un pays affamé. Je ne pouvais pas imaginer ce qu'il pourrait y avoir de plus. Se déplaçant vers une grande commode, Alexander ouvrit le tiroir du haut. De l'intérieur, il sortit une petite boîte et une enveloppe format A4 couleur crème. Il me tendit d'abord l'enveloppe.

— Qu'est-ce que c'est ? demandai-je en la prenant de sa main.

— Ouvre-la !

Je m'exécutais, et l'ouvris. Puis je parcourus le contenu de la première page.

- Des papiers d'adoption. Comment as-tu... Alex, je pensais qu'il fallait qu'on retourne au tribunal, dis-je dans la confusion en feuilletant les autres pages en m'assurant de lire correctement tout.

- J'ai réussi à tirer quelques ficelles. Tout ce que tu as à faire, c'est signer.

Mon cœur tambourinait dans ma poitrine, à peine capable de croire que c'était réel, que cela se passait vraiment. Eva deviendrait Eva Eloise Stone. Notre fille. Pour toujours. Des larmes montèrent à mes yeux alors que je prenais conscience de la gravité de cet instant. Il y a un an, je n'aurais jamais pensé me trouver ici. Mais là, je ne ressentais plus de tristesse en voyant une mère pousser une poussette. Nous échangeâmes des sourires complices, bien conscients que nous faisions tous deux partie de quelque chose de plus grand que nous.

- Donne-moi un stylo, dis-je d'une voix chargée d'émotion.

Les larmes menaçaient de couler, mais je clignai des yeux en penchant la tête en arrière, ne voulant pas avoir à refaire mon maquillage au niveau des yeux. Alexander plongea dans sa poche poitrine et sortit un Mont Blanc. Je signai mon nom avec une belle plume, ne voulant pas perdre un instant de plus pour officialiser la chose.

- Je demanderai à Stephen de déposer le dossier dès lundi matin.

Il me prit les papiers de la main et fit quelques pas pour les remettre sur la commode. Je n'eus à peine le temps d'assimiler l'adoption qu'Alexander revint vers moi et ouvrit la petite boîte en velours. Une bague était nichée contre du satin violet.

- Oh, waouh... soufflai-je, incapable de trouver de meilleurs mots pour décrire son design étonnamment unique.

Le sertissage en platine tenait une seule perle avec une spirale argentée complexe modelée en forme de triskèle. Pour accentuer le tout, trois petites pierres précieuses étaient ajoutées.

- Chacune de ces trois pierres est une pierre de naissance : la tienne, la mienne et celle d'Eva. Je veux qu'aujourd'hui soit considéré comme le premier jour du reste de nos vies, en tant que famille. Que cette bague en soit le symbole.

Les larmes montèrent à mes yeux lorsqu'il glissa la bague à mon doigt.

- Alex, dis-je avec hésitation. Je ressentais tellement d'émotions en même temps : de la joie, de l'amour, mais aussi de l'inquiétude. Je ne voulais pas gâcher ce moment, mais je ne pouvais pas ignorer les craintes que je nourrissais depuis un certain temps. Toi et moi... on a parlé de la période sombre dans laquelle je suis tombée après la perte de Liliana. On a tous les deux réagi à notre manière, et on a même perdu un peu de nous-mêmes. Les choses vont tellement bien maintenant, mais j'ai l'impression d'attendre qu'autre chose nous tombe sur la tête, un peu comme s'il y avait une partie de moi qui refuse de croire que tout va bien. Et si quelque chose de mal...

- Mon ange, interrompit Alexander, me tirant contre sa poitrine. Rien de mal ne va nous arriver. Arrête de te concentrer sur le négatif. Il y a tellement de bonnes choses dans nos vies en ce moment. Pourquoi t'attarderais-tu sur de simples hypothèses ?

- Je sais, mais... Oh, mon Dieu ! Je viens de réaliser à quel point ce que je dis ressemble à un discours de ma mère. Elle est tellement négative, lui dis-je en me sentant quelque peu consternée que sa négativité puisse ressortir en moi en vieillissant.

- C'est peut-être parce que tu es une mère maintenant. Peut-être que ça n'a jamais été de la négativité, mais simplement une inquiétude maternelle. Peut-être que tu ressens les mêmes inquiétudes qu'elle avait. Si c'est le cas, est-ce si terrible de lui ressembler ?

Je fis un pas en arrière, légèrement surprise par ses paroles.

- Eh bien, on n'a qu'à dire que non. Je n'ai simplement jamais vu les choses de cette façon. Je pensais juste qu'elle était négative à propos de tout.

- C'est possible, mais je ne pense pas que ça le soit autant qu'elle l'était avant, surtout maintenant qu'elle a affronté ses démons. Pense à la façon dont elle est avec Eva. Elle s'est parfaitement glissée dans le rôle de grand-mère sans perdre une seconde. Parfois, je ne pense pas que tu lui donnes assez de crédit. Tu lui ressembles plus que tu ne veux l'admettre.

Je fronçai les sourcils.

- Dans quel sens ?

- Passer à autre chose demande de la force, et il lui a fallu une quantité considérable de force pour surmonter ce que Michael Ketry lui a fait. Tu as hérité de cette même force d'elle. Pense à tout ce que tu as surmonté. Tu es très différente de ta mère - très différente, crois-moi - mais tu es aussi très semblable. Et ce n'est pas une mauvaise chose. Car rien n'a été facile, mais je suis fier de toi, mon ange - je suis fier de nous.

Je fixai mon mari, ne voyant rien d'autre que de l'amour dans ses magnifiques yeux saphir tandis qu'il se penchait pour presser ses lèvres contre les miennes. Sa bouche se scella sur la mienne, et il m'embrassa avec une intensité farouche que seules deux personnes partageant nos expériences de vie pouvaient ressentir.

Dans ses bras, je réfléchissais à ce qu'il venait de me dire : c'était la vérité. J'avais déjà fait l'expérience du deuil - des amis ou des proches décédés, ou du chagrin d'une relation amoureuse qui avait mal tourné. Il y avait différents niveaux de deuil, mais rien n'égalait le chagrin que j'avais ressenti après la perte de Liliana. Certaines blessures ne guériraient jamais complètement, mais elles pouvaient nous rendre plus forts si nous le permettions.

Perdre notre premier enfant nous avait changé, Alexander et moi. Mais je pouvais enfin voir comment, à travers cette expérience, nous avions découvert de nouvelles forces et qui nous étions vraiment en tant que couple. Nous n'étions plus simplement deux personnes lourdes de désir et d'amour. Nous étions de véritables partenaires.

Et maintenant, nous étions parents.

Les personnes liées par le destin se retrouveraient toujours. Quand nous avons accueilli Eva, notre petite puce. Elle a su occuper des espaces dans nos cœurs dont nous ne soupçonnions même pas le vide en nous apportant de l'espoir.

Elle était une bénédiction et un miracle.

Notre miracle.

FIN

LA PLAYLIST

Merci aux talents musicaux qui ont influencé et inspiré *La Pierre Brisée.*
Pour l'écouter entièrement sur <u>Spotify</u>,
recherchez-la en tapant *Breaking Stone*[1] dans la barre de recherche !

"Possession" de Sarah McLachlan
"In the End" Mellen Gi Remix de Tommee Profitt, Fleurie, et Mellen Gi
"I Dare You" de Kelly Clarkson
"Gold on the Ceiling" de The Black KeyS
"Easy On Me" d'Adele
"Hearts on Fire" de ILLENIUM, Dabin, Lights
"Play with Fire" de Sam Tinnesz (feat. Yacht Money)
"Don't Blame Me" de Taylor Swift
"Iris" de Natalie Taylor
"Falling" de Harry Styles
"Somewhere Over The Rainbow" d'Israel Kamakawiwo'ole
"White Flag" de Bishop BriggS
"Summer Wind" de Frank Sinatra
"In the Air Tonight" de Natalie Taylor
"War of Hearts" de Ruelle
"On An Evening In Roma" de Dean Martin
"Hold On: de Chord Overstreet
"I Know What You Want" de Busta Rhymes & Mariah Carey (feat. Flipmode Squad)
"Reckoning" d'Alanis Morrissette
"What a Wonderful World" de Kina Grannis & Imaginary Future

L'AUTEURE

 Dakota Willink, autrice new-yorkaise, a décroché le titre envié de USA Today Bestselling grâce à son talent indéniable. Elle excelle dans l'art d'écrire des histoires mettant en scène des héros tourmentés qui tombent amoureux de femmes impertinentes et indépendantes. Ses livres mettent l'accent sur les personnages et sont empreints d'émotion et de sensualité. Ils sont écrits avec beaucoup de réalisme et son imagination donne naissance en permanence à de nouvelles idées.

Elle affirme souvent avec humour qu'elle a survécu à sa première publication grâce au café et au vin. Fan inconditionnelle de Star Wars, elle entretient toujours le rêve de recevoir un jour sa lettre de Poudlard. Au quotidien, elle rehausse son style avec du rouge à lèvres et voue une fascination particulière aux feuilles de calcul Excel. Ses compagnons d'écriture à quatre pattes, deux Cavaliers espiègles, sont les joyeux agitateurs qui distillent la bonne humeur au sein de son foyer. Elle adore voyager avec son mari et débattre de questions sociales et économiques avec son fils et sa fille issus de la génération Z, qui possèdent de solides connaissances en politique.

En termes littéraires, Dakota affectionne particulièrement les romances contemporaines ou sombres, les thrillers politiques et psychologiques, ainsi que les autobiographies.

À ce jour, *Pierre Brisée* est son cinquième roman traduit en français. C'est également le cinquième volet de *la Série de Pierre* qui se compose d'*Un cœur de Pierre*, de *Pierre de gué*, de *Gravé dans la Pierre* et de *Pierre de Souhait*.

NOTES

Chapitre 4

1. Le mot anglais pour *lys* est *lily*. (Notes de la traductrice).

Chapitre 7

1. Citation d'Oscar Wilde, tirée du *Déclin du mensonge* (1891).
   Cette expression signifie que les gens peuvent avoir des opinions différentes sur ce qui est beau. Ainsi, ce qui est agréable aux yeux d'une personne peut être ordinaire ou laid pour une autre. En d'autres termes, la beauté peut être subjective.
2. Officiellement connu sous le nom de Las Vegas Boulevard, le Strip de Las Vegas est la rue la plus connue de la ville. Elle s'étend sur 6,7 km, depuis son fameux panneau indiquant *Welcome to Fabulous Las Vegas* jusqu'à l'aéroport international McCarran.

Chapitre 9

1. Jeu de poker.

Chapitre 11

1. Le Rohypnol est un tranquillisant environ dix fois plus puissant que le Valium. Il peut être utilisé pour commettre des abus sexuels, car la victime à qui on l'administre devient incapable de résister, ce qui confère à cette drogue une réputation de « drogue du violeur ». Il est vendu en Europe et en Amérique latine comme somnifère, mais il est illégal aux États-Unis.

Chapitre 14

1. Hunts Point est un quartier de la ville de New York situé dans l'arrondissement du Bronx. Il est connu pour abriter d'importantes infrastructures de distribution de marchandises alimentaires.

Chapitre 17

1. L'horloge musicale Delacorte du zoo de Central Park est une horloge mécanique à trois niveaux qui joue de la musique pendant que des animaux statufiés tournent autour.
2. Programme télévisé américain pour la jeunesse.

Chapitre 22

1. Situé dans la ville d'East Hampton dans le comté de Suffolk, dans l'état de New York, Montauk est à l'extrémité orientale de la Rive-Sud de Long Island.
2. Le Labor Day est la fête du Travail célébrée le premier lundi de septembre aux États-Unis et au Canada.

Chapitre 23

1. Chanson du film *Pirates des Caraïbes*.
2. *Devine combien je t'aime* est un livre pour enfants écrit par Sam McBratney et illustré par Anita Jeram, publié pour la première fois en 1994 au Royaume-Uni par Walker Books.
3. *Oliver "Daddy" Warbucks* est un personnage fictif de la bande dessinée *Little Orphan Annie et Dick Tracy*. Il fit sa première apparition dans le *New York Daily News* dans le strip Annie le 27 septembre 1924.

Chapitre 24

1. Sphère en fonte ou en acier moulée avec une poignée fixée sur le dessus couramment utilisée comme une haltère pour des exercices de renforcement musculaire ou cardiovasculaire.

Chapitre 27

1. *Hop on Pop* est un livre d'images pour enfants de 1963 du Dr Seuss, publié dans le cadre de la série Random House Beginner Books.

Chapitre 30

1. Rappeur Américain.
2. La Federal Deposit Insurance Corporation (FDIC) est une agence indépendante du gouvernement des États-Unis dont la principale responsabilité est de garantir les dépôts bancaires faits aux États-Unis jusqu'à

250 000 dollars (source : *Le Monde*, « Accès au crédit: une Amérique à deux vitesses »).

Épilogue

1. Chanson de John Mellencamp issue de l'album *American Fool* sorti en 1982.

La Playlist

1. Titre original de ce roman

www.ingramcontent.com/pod-product-compliance
Lightning Source LLC
Chambersburg PA
CBHW030805200726
48285CB00015B/1496